椿と花水木
万次郎の生涯(上)

津本　陽

椿と花水木　万次郎の生涯

（上）

目次

黒瀬川

薄墨いろに曇りきった空で、尾をひくのど声をあげ、風が唸《うな》っていた。

ふだんは魚納屋《いおなや》の波止《はと》わきの、がんぎ辺りに舳《へさき》をつらねもやっている漁船は、すべて月見草の茂る浜辺の高処《たかみ》に引きあげられている。

波止の亀甲石《きっこうせき》に向う鉢巻《はちまき》の漁師が十人ほど、強風に身をさらして坐《すわ》り、沖を見ていた。

さきほど山手の寺で暮六つ（午後六時）の時鐘が鳴ったが、まだ辺りは明るい。

波止のうしろから小山の懐《ふところ》へかけ、藁《わら》屋根が起伏していた。

土佐国幡《は》多《た》郡中ノ浜の集落である。

天保《てんぽう》十一年（一八四〇）の夏も末に近かった。

漁師たちの頭上に、北東風が吹いている。

はるか西南の海上から迫ってくる嵐《あらし》を迎えにゆく風であった。

浜辺に打ち寄せる波は、二間ほどにも盛りあがっては砕け、霧のようなしぶきが空中にたちこめていた。

沖合からのうねりが高まってくると、浜辺の浅場の潮が吸い寄せられてゆき、両方から盛りあがってギヤマンのように緑いろのすきとおった壁になり、それが内側に彎曲《わんきょく》して白泡《しらあわ》をたて崩れ落ちてくる。

巻き波が浜辺の幅いっぱいに砕けるとき、地響きとともに遠雷のような音が山肌《やまはだ》に反響した。

漁師たちは海を眺《なが》めるのが好きであった。

彼らは早めの夕餉《ゆうげ》をおえ、晩酌《ばんしゃく》の微醺《びくん》をおびた顔を波止にならべ、いつまでも飽きることなく海上を眺めている。

漁師たちにとって晩夏の嵐はおそるべきものではない。

海上のうねりによって、襲来を予知できるからである。

嵐のあとは、大漁に恵まれることが多い。

彼らは雨戸につっかえ棒をして風に吹きとばされないよう養生をしたあとは、海を眺めておればよい。

嵐が過ぎれば、初秋のいろをにじませた晴天が戻ってくる。

「今日は宵《よい》のうちから、寝ちょかにゃーいかんけんねや。夜なかにゃ騒がしゅうなるぜよ。はや沖で御鳴《おな》り（雷鳴）がしゆう」

暗い水平線に、嵐の前触れの稲光りが走り、波の砕ける音とはちがう、どろどろと太鼓を打つような単調な物音がつづいていた。

突然ひとりが立ち上がって叫んだ。

「ありゃ人か。滅相《めっそ》な乱暴者《がいもん》じゃが。泳いじよう。あそこじゃ」

波止の内側で大きく起伏している海面に、人の頭が見え、潮に押されつつわずかずつ動いてくる。

「助けちゃれ、岩に当るきに」

年寄りが叫び、数人が腰をあげたが、泳いできた者は、ふくれあがってきた波に乗って、がんぎの杭《くい》をつかみ波止にあがった。

しずくをしたたらせ、石のうえに立ったのは、痩《や》せた少年である。右手にタコ突き銛《もり》を持ち、褌《ふんどし》に獲物が重たげに入った網袋をさげている。

「なんじゃい、谷前のヤッコじゃ。お志おの息子じゃ」

「あの絹夜具《きんにゃぐ》か。ありゃまたこの荒吹きよるさなかに、海へ入りようたか。まっこと、トットのあほうじゃ」

漁師のひとりがどなりつける。

「この乱暴者が。おまえはなんぼいうたち、ひとのいうこと聞かんきに、さいさい怪我《けが》するんよ」

少年は絹夜具と呼ばれた厚めの下唇《したくちびる》をつきだすようにして、愛嬌《あいきよう》のある笑顔になる。

「すまんのう、こらえとうぜ」

彼は漁師たちが不興げに眼《め》をやる腰の網袋をゆすりあげ、家へ戻ってゆく。

少年は谷前と呼ばれる集落の奥まった辺りへ崩れかけた土塀《どべい》のつらなる細道を辿《たど》り、足を止める。

道からすこし高くなった敷地に、藁葺《わらぶ》きのちいさな平屋がある。

向って左手が納屋と台所である。

「お母《か》はん、帰ったぜよ」

「あーいー、海ゃ荒れてたやろうに、怪我しようなんだか」

「うん、ひとはたらきしよったぜよ。これ見や」

少年は網袋を褌からはずし、台所の土間へ放《ほう》り出す。

母親はしゃがんで袋をあけ、声をあげる。

「こりゃまあ、がいに仰山《ぎようさん》あるがねえ。なんと大《お》っけえアコウも取ったんかいや」

「うん、鮑《あわび》も仰山あるがい」

少年は万次郎という名である。

彼は文政十年（一八二七）一月一日に、中ノ浜で生れた。

父は悦助といったが、万次郎が八歳のとき亡《な》くなった。気分が悪いといい床に就いて、医者を呼ぶこともしないうちの急死である。

万次郎の兄時蔵は「ノータレ」といわれる知的障害者ではたらけない。姉二人と妹一人がいるが、万次郎は家族のうちただひとりの男手として、九歳で中ノ浜の村年寄、今津太平の家にヤッコと呼ばれる下働きに出た。

万次郎は今津家で米搗《こめつ》き、子守り、掃除、肥汲《こえく》み、薪割《まきわ》りなど、幼い体にあまる重労働に堪えてきた。

沖が凪《な》ぎで子供でも船に乗れる日は、炊夫《かしき》として沖へ出る。

主人の太平は使用人のはたらきぶりを見廻《みまわ》りにきて、怠けていると見れば容赦なく叱《しか》りつけ殴った。

万次郎は手足にひびをきらせ終日休む暇もなく仕事に追われ、わずかな報酬を得る生活を送りつつ、「いまに見よれや」と歯をくいしばり胸中にくりかえす。

太平は口癖のようにいった。

「倹約せにゃーいかんぜよ。豆腐一丁倹約すりゃ、豆腐ぐらいの地が買えるきにのう」

彼は使用人をこき使いながら、飯につけるのは、塩味ばかり濃い味噌汁《みそしる》とおどろくばかりに辛い沢庵《たくあん》である。

万次郎は彼と同様、他家の女中に傭《やと》われている姉のセキとシンに、わが境遇を嘆くことがあった。

「うちの旦那《だんな》はわえらのことを、犬ぐらいに思うとるがじゃ。犬は叱りゃあいうこと聞きようと決めとるがじゃねや」

万次郎が重労働に堪えるよりも辛《つら》いのは、太平が彼を見るときのさげすみをあらわにした眼差《まなざ》しであった。

鰹《かつお》漁の最盛期には、夜明けがたから深夜まではたらかされる。不眠をかさねた万次郎が魚臭にまみれた厚司《あつし》を着て、両眼をまっかに充血させ魚箱を担《かつ》いで走るように浜辺と納屋を往復しているとき、今津家の小嬢《こいと》はんと出会ったことがある。

着飾った彼女は、父親と同様に冷たいさげすみの表情を見せていた。

負けぬ気の万次郎は、いつまでもいまの境遇にはいない。いつか頭角をあらわしてやろうと内心で誓っている。

だが貧困のつきまとう生活が長くつづくうち、いつか投げやりな絶望感が彼を向うみずな衝動に駆りたてるようになった。

夏の一日、万次郎は子守りをさせられていた。赤ん坊を背に帯でくくりつけ、浜に出ているうち、村の子供たちが眩《まぶ》しく陽光をはじく海で歓声をあげ、泳ぎたわむれているのを見ると、彼は我慢できなくなってきた。

「わえはちと泳いでくるきに、めっそう動かれんぜよ」

赤ん坊が動けないよう、浜に揚げている船の下に縛りつけておき、衣服を脱ぐと海へ飛びこむ。

万次郎は鱶《ふか》の出没する沖へ、平気で泳いで出た。

初夏の頃《ころ》中ノ浜波止の真際《まぎわ》で、万次郎とおないどしの男児が鱶に食われた。

大人たちが漁にでかけたあとの昼さがりで、波止には洗いざらした帷子《かたびら》に竹の子笠《がさ》の老人が四、五人、透明な淡緑の海面が陽射《ひざ》しを砕きつつ上下するのに眼をやりながら、雑談を交していた。

陽炎《かげろう》のゆらめく熱気のなかで、女が幼な子を遊ばせている。古松の根方に犬がながく身をのばし舌を垂れあえいでいた。

波止の石積みから五、六間離れた辺りで、子供たちが泳いでいる。海に慣れた彼らは軽やかにうねりに乗り、歓声は晴れわたった空に吸われる。

「あら、何じゃっ」

老人のひとりが突然立ちあがり、海面を指さし、手をふるわせた。

もやい杭に腰をおろしていたいまひとりが、しわがれ声を張りあげ叫ぶ。

「ふ、鱶じゃあ。青鱶じゃ。あれ見よ、ヒレじゃ。早うあがれ。食わるるぞ」

子供の群れにむかい、黒ずんだ重箱の蓋《ふた》のようなものが、泡をたてて急速に迫っている。

「鱶じゃあ、逃げよ。そこへきおったぜよ」

老人たちはふだんとは一変してすばやい動作で浜辺へ走り、小舟を押し出し、櫂《かい》を手に漕《こ》ぎはじめる。

彼らは鱶に近づくと、竿《さお》で海面を叩《たた》きつつ喚声をあげ、追い払おうとした。

子供たちが泣き叫びつつ抜き手や犬掻《か》きで浜へ泳ぎつこうとするうち、背泳ぎをしていたひとりが空間を切り裂く刃物のような悲鳴をあげた。

子供はたちまち海中に引きこまれる。

「この業《ごう》垂れぼしが」

老人たちは危険も忘れ、竹竿で海面を殴りつけるが、揺れうごく海面に濃く血のいろがひろがってきた。
四、五度呼吸する間をおいて、子供が浮きあがってきたが、もはや意識を失っているようである。
老人たちが必死で追い払おうと声をからして叫び、竿をふるううち、波間に浮いている子供のまわりを廻っていた青鱶は、やがてあきらめたのか姿を消した。

「早う助けちゃれ」

数艘《そう》の小舟が子供を助けに集まった。

「こりゃいけん。もう息がなーよ」

ひとりが眉根《まゆね》をひそめる。

「早う揚げてやらにゃあ」

白蠟《はくろう》のように血の気が引いた子供の肩口へ手をかけ、舟へ引きあげようとした老人がおどろいて手をとめた。

波間にただよう子供は、右足を喰《く》いちぎられていた。

脇腹《わきばら》から鋸《のこぎり》でひかれたように口をあけた疵《きず》が大きいので、そばをたばねたように内臓があふれ出て、体を引き揚げようとすると海中にひろがる。

「待て、こんままじゃ流れ出てしまうけん、戸板へ乗せにゃー、揚げられんねや」

遺骸《いがい》は戸板を下へ差しいれ、すくいあげるようにして舟へ入れた。

今津家で米搗きをしていた万次郎は、表をゆく人のただならない声を聞いて走り出る。

「子供が鱶に喰われようた」

万次郎は浜へ走る。

波止の亀甲石のうえに置かれた戸板のうえで、子供は無残な姿となっていた。右足のつけねの疵口から、太いのやら細いのやらさまざまの紐《ひも》を組みあわせたように、腸や腱《けん》が束になって垂れさがっている。

蝿《はえ》がまっくろにたかっている屍体《したい》の姿は、万次郎の脳裡《のうり》に焼きつけられた。

鱶があらわれて数日後、子供たちのあいだで胆《きも》試しがおこなわれた。

「真浜《まはま》から泳いでのう、沖の畳磬《たたみはえ》まで行てこられるかえ」

畳磬という大岩までは、二町ほどの距離があり、辺りの海中にはいちめんに海草が繁茂し揺れていて、気味わるい。

悪童たちもさすがに顔を見あわせ、ためらう様子である。

「半七、お前やどうじゃ」

いいだした半七という少年も、うす笑いをしつつ首をかしげる。

「まだこの辺りに鱶がいよるか分らんきに、危ないじゃねや。生きるか死ぬるか、五分五分じゃもの」

浜辺から眺めても、焦茶色《こげちゃいろ》の海草が密生した海中からいまにも鱶があらわれてきそうに思える。

「わえがやるろう」

万次郎がいった。

「万やん、危ういけんやめよ」

友達がとめたが、万次郎は大股《おおまた》に海へはいり、布団《ふとん》にねそべるようにあおのけに波に身をのせると、そのままかろやかに手足を動かす。

万次郎は烏賊《いか》のように潮に乗って進んでゆく。

「万やん、待ってくれ。わえも行くきに」

半七が抜き手であとを追う。

二人は二町ほどを泳ぎきって、畳磯につ いた。

万次郎はいまにも鱶が背中へかぶりつきにくるかも知れないという恐怖に、鳥肌をたてていた。

万次郎は畳磯のうえで、途方に暮れた。

浜辺では子供たちが群れ集ってこちらを眺めている。

「万やん、よう去《い》ぬか」

半七が潮騒《しおさい》に消えがちの力ない声で聞く。

「男がそげな性根無しで、どうすりゃー」

万次郎は自分をはげますようにいいはなったが、恐怖でみぞおちの辺りがだるくなっている。

「いま鱶に食われりゃ、わえもお前も盆にゃ精霊《しょうらい》さんになって、ここらの空を飛びよるがじゃゆ」

半七の言葉は、渦《うず》を巻くように揺れている海中の藻草《もぐさ》をみつめている万次郎に、つよい力で迫ってくる。

「人は一遍は死ぬけん、怖がるこたないきに。もういうな。黙ってよ」

海の色は、沖へ向っているときは空の碧瑠璃《へきるり》を映して明るいが、浜のほうを向くときは一変して暗緑になる。

万次郎は半七の怯《おび》えをあらわにした横顔に眼をむけないようにした。弱気になると、叫びだしたくなる。舟で迎えにきてくれと泣き喚《わめ》けば、鱶に食われるおそれはなくなる。

脇腹から股へかけ大鋸《おおのこ》で引かれたような疵口をあけていた屍体の影像が、あざやかに眼のまえに浮かぶ。

「わえはのう、もうよう去なん。舟呼ぼらあ」

万次郎はかぶりをふる。

「お前は呼べ。わえは呼ばんろ」

海上は凪いでいた。

沖からの風が吹くと、わずかにしわばみがあらわれるが、うねりはおだやかであった。海が静かでも青鱶は浜辺に近い浅場まで忍び寄ってくる。一度人を喰った鱶は、また戻ってくるといわれていた。

小半刻《こはんとき》（三十分）ほどためらったのち、万次郎は立ち上がった。

「万やん、いくんか」

「うん、そうじゃ。舟呼んできちゃるきに」

万次郎の内部で、張りつめた恐怖がはじけ、勇気が湯のようにあふれた。

――わえは太平の家のヤッコじゃ。ここで泳いで戻れなんだら、そりくりかやりくさる太平の足ねぶる犬のよなヤッコじゃ。犬でないとこを見せちゃるきに――

万次郎は恐怖にうちひしがれる醜態を他人に見られるより、鱶に食われて死ぬほうがましだと思う。

「万やん、いくんか」

万次郎は半七にうなずいてみせ、岩上からしぶきをあげ海へ飛び入った。

万次郎は真昼の陽射しにあたためられた、ぬるま湯のような海に寝そべるように身をまかせ、両股《りょうもも》にはさんだ潮を蹴《け》り、両脇の潮を力まかせに押しやって、力づよく進む。

頭と肩にあたる潮が、泡《あわ》をたて体の左右へ分れる音を聞きつつ、万次郎の胸は早鐘をうっている。

いまにも青鱶が海草を掻きわけあらわれ、庖丁《ほうちょう》をならべたような歯で、彼の腹を掻き裂くかも知れない。

「進まんろ。ちっとしか進まん」

万次郎はいくら水を掻いても体が静止しているような錯覚にいらだちを燃えあがらす。

「潜《す》むほうが、ええきに」

彼は背泳ぎをやめ、海中を潜ってゆく。

視野は揺れ立つ海草にさえぎられおぼろであるが、鱶が姿をあらわせば見分けられる。見分けたところで逃げられるわけでもないが、突然やられるよりはましだと万次郎は海中で眼《め》をみはる。

その辺りの水深は、たかだか七、八尺であった。鱶は獲物に襲いかかるまえ、軽い体当りをしかけてくると聞いている。

そのとき潜って海底に身を寄せれば、一度は攻撃をかわせるかも知れない。万次郎は敵《かな》わぬまでも抵抗を試みようと、潜りながら左右を見まわす。

水温が急に低くなるところへさしかかると、海しらみが腋《わき》の下や股を嚙《か》みにきて軽い痛みが走る。

――えーい、来くされ――

万次郎は歯を剝《む》き、海豚《いるか》のように見事な潜水ぶりで一気に二十間ちかくを泳ぎ、海面に顔をあげ潮を吹く。

「いまにやられらあ。なんぼ早う行たち、鱶が出たらあかんのや」

万次郎は自分にいい聞かせつつ力のかぎり水を掻き、四度息つぎをして足先で底を探ってみて潮を呑《の》み、絶望する。

――まだ足が立たんぜよ。わえは水掻いてるのか――

彼は浜辺の子供たちの叫び声がはっきりと聞えてきたのに、海底に足のつかないもどかしさに身内をあぶられる。

――もうええか。まだあかんか――

万次郎は爪先《つまさき》を立ててみて、砂地の感触をたしかめ、後から追ってきたうねりに顔を沈め、むせんだ。

「おんどりゃ見よ。泳いじゃったぞ」

万次郎は潮をかきわけ浜辺へ近づいてゆく。二里を泳げる彼が、わずか二町の力泳に力を出しつくし、波打ち際に坐《すわ》りこんでしまった。

胆試しに成功したあと、万次郎はそれまで経験したことのない衝動に突きうごかされるようになった。

自分が常に死の恐怖に圧迫され、押しひしがれているような気がしてならない。

「わえは鱶らあ怖がらんきに。命らあいるか」

万次郎は自分をあざけりさげすむ何者かに反撥《はんぱつ》する。

嘘《うそ》をつけ。お前は臆病者《おくびようもの》だ。命が惜しかろう。鱶を怖《おそ》れないのなら、もういちど真浜の沖へ出てみるがよい。

万次郎の内部で、彼を冒険に駆りたてようとする衝動がくりかえしおこる。彼は蒸暑い住居の砂でざらつく破れ畳のうえで、掻巻《かいま》き布団を体にまきつけ、いつまでも眠れず潮騒を聞く。

万次郎は自分にむけられる、主人の太平と小嬢《こいと》はんの、野良犬《のらいぬ》を見るようなさげすみの眼差《まなざ》しが忘れられない。その屈辱の苦い思いが、いつのまにか死の恐怖とからみあっている。

「おどれこな、わえは命も欲しゅうないきに。もう一遍沖へ出ちゃる」

万次郎は晴れわたった夏の真昼、中食《ちゆうじき》休みに蟬《せみ》の声が大気を揺がせている谷前の納屋《なや》を出て、真浜へむかった。

年下の子供たちが遊んでいて声をかけてきたが、万次郎は返事もせず、岩蔭《いわかげ》に衣類をぬぎすてると水に入る。

「万やん、沖へいくんか。おっとろしや、鱶くるが」

誰かがいうが、万次郎はうねりに寝そべって、のびやかに水を掻きはじめた。

青空に満ちわたる光りを眺《なが》めていると、不吉なことがおこりそうもないと思える。

「まあええ、死んだとてヤッコで無《の》うなるだけじゃきに」

万次郎は、背中を死神にうかがわれているような恐怖を無視し、まっすぐ沖へ出た。

畳碆《たたみはえ》はたちまち通りすぎた。水が冷たくなってくるが、万次郎は動きをとめない。

右手の大ノ浜の岬《みさき》が真横に見えるまで泳ぎつづけるつもりでいた。そうすれば、二十町ほども沖へ出ることになる。あおむいた万次郎のこめかみの辺りで潮が音をたてている。

万次郎は背泳ぎをしつつ、顔をあげ波上を見渡す。

沖へ出ると潮の動きがゆるやかになるような気がする。

「青畳を敷きつめたような眺めじゃねや」

なめらかに浮沈するベタ凪《な》ぎの海面に流木が見える。木には海鳥がとまっていた。

「もう、去なにゃいけん。いや、もうちっといけ」

万次郎は深い海中から死神があらわれ、足を引っ張りにくる想像に身をこわばらせつつも、ひとりごとをいいつつ沖へむかう。

「ここでええ。心地ええわい」

彼は顔の真横に岬の突端が見えるのをたしかめ、腹を海面にあらわし大の字に寝そべる。

「さあ、去ぬろ」

万次郎は体の向きを浜辺へ変えたとたん、ちぢみあがった。

真浜は人の姿を見分けられないほどはるか遠方で、行手には豊かな潮がうねっている。

彼をとりかこむ海面が突然暗い眼差しに変り、陰気なつぶやきをたて四方から迫ってくる。

「早う去なにゃあ」

万次郎は背泳ぎする余裕を失い、懸命に抜き手を切る。

彼は浜で年寄りがいっていた言葉を、突然思いだす。

「人が抜き手を切りようたらのう。青鱶《あおふか》は息のあがりかけた魚《いお》がばたついちょると思うて、食いにきよるきに。そおっと泳がにゃあかんぜよ」

万次郎は背泳ぎに戻ろうとするが、いまにも鱶が体当りをしてくるような気がして、死にもの狂いに抜き手をきる。

体がいっこうに前進しない錯覚に焦《あせ》りつつ、夢中で水を掻くうち、右手の海面に風もないのによじれるように小波が立った。

波は一間ほどの長さから十五、六間ほどに延び、万次郎の眼前へ近寄ってきた。

「やられらあ、もうあかん。鱶じゃ」

万次郎は泣き声をあげつつ泳ぐ。

暗緑の海面は凶々《まがまが》しい影を刻んでいたが、何事もおこらず、万次郎は無事に浜へたどりついた。

彼は冒険を幾度もくりかえすうち、しだいに慣れてきた。

子守りをしているときも、潮騒を聞くと何かに背を押されるように水に入り、はるかの沖まで泳いだ。帰ってみると、船の下に縛りつけておいた赤ん坊は泣き疲れ、砂にまみれていた。

万次郎はしだいに主人の太平の酷使が、苦にならなくなってきた。自分が縛りつけられている環境から抜け出ようという考えがいつのまにか芽生えていた。

裏山の樹林をなぎ倒し、寺の大屋根の瓦《かわら》をはぎとる嵐《あらし》が幾度かおとずれたあと、ひぐらしの声もまばらになった山肌《やまはだ》に、薄《すすき》が銀の穂をつらねる季節がめぐってくる。

朝夕の暑熱はうすらぎ、万次郎は谷前の家で夜更《よふ》けに木綿蚊帳《かや》をふくらませる浜風の涼気に身をなぶらせ、すずろな虫の音を聞いた。

例年初秋に催される中ノ浜の八幡《はちまん》神社の祭礼は、折柄《おりから》の鰤《ぶり》、鰺《あじ》、室《むろ》の豊漁景気で上方の旅芸人一座もきてにぎわったが、万次郎は遊ぶ暇もなく夜明けまえから深夜まではたらかねばならなかった。

「いまが稼《かせ》ぎどきじゃきに、遊んでおられん」

今津太平は終日浜の納屋にいて、使用人たちをこきつかった。

万次郎は魚臭にまみれ、沖から運んでくる収獲を納屋にはこび、塩漬《しおづ》けの作業をする。夜が更けて家に戻るときは、膝《ひざ》があがらないほどくたびれはてていた。

太平はヤッコたちをふだんの幾倍もはたらかせながら、トロ箱一杯の犬猫《いぬねこ》の餌《えさ》にしかならないような雑魚《ざこ》を与えるだけである。

八月も末の月見の晩、万次郎は行水で汗を落したあと、縁先に寝ころんでいた。

冴《さ》えわたった月が紫紺の布を張ったような空に鏤《え》りこまれている。

荒芋のような形の雲がひとつ、右手からゆっくりと流れてきて、月にかかった。

万次郎は傍《そば》で石臼《いしうす》をつかい麦粉をこしらえている母の志おに話しかける。

「お母《か》はん、わえはヤッコではたらくのにゃもう飽いたきに」

「太平旦那《だんな》は人遣いが荒いけん、さだめしつらかろうが、お前にはたらいてもらわにゃ食うていけんぜ。少々のことはあきらめてつかあえ」

「わえははたらくのに飽くるというちゃおらん。朝から晩まで動《いの》いて、ようよう済んだら夜なかじゃ。そがいに使《つこ》うても鳥目《ちょうもく》はずみよらんけん、あほらしゅうなったわ。今津の親方に尻《しり》こべた蹴飛ばされて追い使われる暮しは、もういやじゃちゅうことよ。わえは鰹《かつお》釣りの漁師になりたいねや」

　志おは溜息《ためいき》をつく。

「お前の難儀はよう分るが、漁師になりゃ金持になって、ええ家を建てちょる者もおるかわりに、板子一枚下は地獄じゃけん。死によう者も多かろうね。お前はうちの大黒柱になってもらわにゃならん子じゃきに、危ない沖へはやれん」

　志おは臼をひく手をとめ、万次郎の背をなでた。

　万次郎は志おの願いに応じた。

「お母はんがそげんいうなら、まあちっとは辛抱するきに。そんぎゃあいうても、ヤッコして雪隠《せっちん》の棟でもあげた者はなかろ。わえもこのさきヤッコして芋粥《いもがゆ》すすっておったとて、ええことはおこらん」

　志おはすすり泣く。

「おっ父《た》んが早う亡《な》いようになったけん、お前《ま》やいらん苦労するなあ」

　万次郎は、狭い中ノ浜でいつまで暮らしていても、将来身をたてる見込みはないと考えていた。

　彼は五体がなみはずれて丈夫であった。沖で荒波に揉《も》まれ、死の危険にさらされるのもいとわない度胸もある。

台風がやってくるまえ、中ノ浜の海辺に土用波が押し寄せてくる。

波高が二間ほどに盛りあがって、砲撃のような轟音《ごうおん》とともに崩れおちる巻き波の下をくぐって抜ける遊びを、万次郎は好んだ。

丘のように高まってくるうねりが浜側へ曲り、砕ける直前の瞬間をのがさず、波の根方を潜って沖側へ抜ける遊びは、タイミングをあやまれば、海底に叩《たた》きつけられ幾度も回転させられ上下の判別を失うことになる。

そのまま沖へ引きずられてしまえば、土左衛門になるほかはない。

中ノ浜の悪童たちのなかで、この遊びができるのは、十六、七歳の年長者のうちでも限られている。

だが、十三歳の万次郎は平然と荒れる海にのぞみ、波くぐりを巧みにやってのけた。

「あの乱暴者にゃ、かなわんぜよ」

朋輩《ほうばい》たちは、ふだんは穏和であるのに突然荒々しいふるまいに及ぶ万次郎に、一目置いていた。

万次郎の生れるはるか以前から、土佐の住民は村方、浦方をとわず困窮した生活をつづけてきた。

慶長十七年（一六一二）閏《うるう》十月、土佐山内家は七十五カ条の法令をさだめたが、二十二カ条までが在所から逃亡する走り者の規定であった。

そのうちには、つぎのような条項があった。

「百姓奉公人他国へ走るもの其科《そのとが》重し。送り候《そうろう》ものも同罪となすべし。両鼻耳を削《そ》ぐべきなり。のち本人をとらえきて成敗に及ぶべきならば、送り候ものも死罪に行うべし」

漁民たちは逃散《ちょうさん》しても科人《とがにん》となり、追及されると分っていながら暗夜に船を操り、他郷へ逃げた。

中ノ浜に近い足摺《あしずり》西岸の伊佐《いさ》浦に、つぎのような話が伝えられていた。

過重な租税を納めかねた若い夫婦が他国へ逃亡することになった。

「宵《よい》は海老《えび》すき夜なかに戻る朝の暁沖へゆく」

と謡《うた》われるように寝る間も惜しむ労働をかさねても、藩への御貢物《みつぎもの》が納められなかったためである。

夫婦には幼い息子がいた。

逃亡しても捕えられたときは打首になる。夫婦は息子を祖父母の家に預け、夜闇《やみ》にまぎれ船を漕《こ》ぎだした。

彼らは息子の身のうえを案じつつも、櫓音《ろおと》を忍ばせつつ去ってゆく。

祖父母に抱かれ睡《ねむ》っていた息子は夜半に目覚めた。

「家へ去《い》にたや」

息子はひそかに起き出てわが家へ急ぐ。

人の気配のない静まりかえった夜道も気にならず、幾度か転び手足をすりむくが、泣きながら戻った家には誰もいない。

「おっ父ん、お母はん。どこへ行ちょったら」

息子はいまに闇中《あんちゅう》から返り出て、自分を抱いてくれるにちがいない両親を待つ。

だが、声は空屋にひびきわたるのみであった。

「船じゃが」

父母がわが命のように大切に扱う漁舟が頭にうかぶ。

息子は湊《みなと》へ駆け下りたが、船はなかった。

荒磯《あらいそ》を転びつつ岩鼻へ出て、息子は暗い沖にむかい父母を呼ぶ。彼は祖父母に連れ戻されたが、その翌日から毎日岩場の突端に立ち、沖にむかい父母の名を呼ぶようになった。

雨が降ろうと風が吹こうと息子は一日もかかさず磯へ出て沖へ呼びかける。

「おっ父ん、お母はん。おらざったねや。どこへ行ちょったら。帰ってよう」

ある日、息子は帰らなかった。

浦人たちが探しにゆくと姿はなく、岩鼻に子供の姿に似た岩がひとつ立っていた。

のちに、幼な子の霊を弔うため、沖にむかう石地蔵が建てられたという。

足摺臼碆岬《うすばえみさき》沖は、黒潮の接岸する鰹の漁場であった。紀州からの出稼ぎ船、宇佐など遠隔の漁港から出漁してくる船にまじり、地元の船も釣り場に出る。

その辺りは潮流が急変し、突風が吹き荒れる難所であった。

おだやかな海面は、ひとたび気象が変れば一面に白馬を走らせて沸きたち、渦潮《うずしお》は臼を挽《ひ》くような無気味な音をたて、船を海中へ引きずりこもうとした。

昔から遭難者があいつぎ、地獄碆と呼ばれ恐れられた臼碆岬では、波静かな月夜に夜釣りをする人は、横笛の音とささやき、すすり泣きを耳にするといわれていた。

足摺海岸の諸浦の寺院には、海上での遭難者の記録が残されている。

寛政八年（一七九六）二月二十四日。大浜浦万福寺過去帳。

「袋屋善之丞漁船ニテ出帆シテ行方知レズトナリタルモノナリ。実ハ十三名が乗組ミタルモ、過去帳ニハ十二名ヨリナシ」

文化六年（一八〇九）十月九日。万福寺過去帳。

「銭屋儀右衛門《ぎえもん》漁船ニテ出帆。十六名行方知レズ」

文政四年（一八二一）四月十六日。万福寺過去帳。

「中ノ浜、山城屋儀右衛門漁船当所へ出張難船。十三名死去。内蓮光寺《れんこうじ》檀中《だんちゅう》二人、万福寺檀中四人、当寺七人、スナワチココニ記スモノナリ」

文政十一年（一八二八）四月六日。松尾浦海運寺過去帳。

「松尾新浦、天神ノ漁師五人、田中屋栄蔵舟ニテ流死ス」

天保《てんぽう》六年（一八三五）三月十八日。海運寺過去帳。

「田中屋亀六舟ニテ流死ス拾壱《じゅういち》人」

このような記録を見ても、海難が頻々《ひんぴん》とおこっていたことがわかる。

松尾浦金刀比羅宮《ことひらぐう》の灯明台は、帰港する漁民の道標とした常夜灯であるが、正面に浮彫りされた松の絵に、枝にまたがる猿《さる》の姿が刻まれている。

これは松の枝にまたがる猿で、「待たざる」という判じ絵であった。沖へ出漁した肉親が、無事帰港して待たずともよいという意を托《たく》したものであった。

土佐で一攫千金の利を得られる鰹漁の漁場を開拓したのは、紀州熊野《くまの》の漁師甚太郎《じんたろう》であるといい伝えられている。

「紀伊《きい》国潮岬会合《かいごう》」と呼ばれる紀南の漁業者たちは、寛永期以降熊野の漁場に鰹の不漁がつづくようになると、大型漁船の船団を組み、昔熊野海賊が倭寇《わこう》として活躍した九州へ出漁するようになった。

渡海船と呼ばれる鰹船には、数十人の舟子《ふなこ》が乗り組む。

ある年、日向灘《ひゅうがなだ》に出漁していた甚太郎は嵐に遭い仲間にはぐれ、流されて足摺岬沖をただよっていた。疲労しきった甚太郎が寝ていると、船底が何かに押しあげられるような気配がした。

様子をうかがうと、魚がひしめきあい、舷《ふなべり》に当っている。彼ははね起きた。

甚太郎は眼《め》をみはり、叫んだ。

「えらいこっちゃ。魚《いお》が湧《わ》いてら」

舷から垂らしておいたハエ縄《なわ》に結んでおいたウバメ樫《がし》の木《き》鉤《かぎ》に鰹がむらがっている。船体を押しあげ、海の色が変るほどの鰹の大群は、甚太郎がはじめて眼にするものであった。

その後、足摺の新漁場に年々出漁してきたのは、紀州印南《いなみ》浦（和歌山県日高郡印南町）、津井、山口、切目の漁民であった。

彼らは船団を組んでやってくると、おびただしい漁獲を鰹節に加工した。

土佐藩の許可を得て、足摺西岸の諸浦に節納屋（鰹節加工場）を建設し、据浦《すえうら》（基地）とする。

当時は冷凍設備がないので、幾日も漁獲物を積んだまま航海できず、鮮魚を取引する市場もなかったので、釣りあげた鰹はただちに港へ運び、釜《かま》で煮て鰹節に加工した。

鰹節は独得の味わいのある保存食品で、全国の市場へ送れば高値で売れる。

紀州漁民は漁場から最短距離にある港を据浦とし、漁獲を節納屋で加工し、数カ月後に製品に仕あげた。

釣りあげた鰹は海水に入れておいても一昼夜が限度で、その後は急速に鮮度がおとろえ、加工できなくなる。

紀州漁民が進出してくると、微力な地元漁民は大資本による能率的な漁法を駆使する彼らに対抗できず、窮乏になお拍車をかける結果を招いた。

万次郎が鰹釣りの漁師を望むのは、豊漁に恵まれたとき、十日間の漁でヤッコの一年分の給銀よりはるかに高額の鳥目を得られるためであった。

――今津の親方らに追い使われるのにゃ、飽いたきに、思いきって沖へ出てやるぜよ――

万次郎はひそかに心を決めていた。

遭難すれば母を歎《なげ》かすことになるが、このままで生きながらに死んでいるかのような張りあいのない暮らしをつづけるのに、堪えられない。

太平旦那はあいかわらず万次郎を終日休みなくはたらかせた。

彼は万次郎の内部に芽生えた反抗の気配を敏感に察しているようであった。

秋がふかまり、今津家の田圃《たんぼ》でとれた米を、小作人が牛車で運んでくると、万次郎の仕事はふえるいっぽうである。

太平は家族と使用人が一年間のうちに食う米を、万次郎に搗《つ》かせるのである。万次郎は年末まで石臼と向いあい、台柄《だいがら》を踏まねばならなかった。

歳末が近づいてくると、万次郎は終日米搗《こめつ》きに追われる。

糠《ぬか》の甘いにおいのこもる納屋《なや》で台柄を踏みつづけていると、足腰がこわばりひきつってくる。

一日に何俵もの米を搗きあげねばならないので、下着の背に汗をしみとおらせ、懸命にはたらく。

「こげことをしちょったら、飯食う間もないきに、考えにゃあいけん」

万次郎は早く精米をするには、臼のなかに小石をいれ、米にまぜてみるのがいいかも知れない、と考え、ひとつかみいれてみた。

足踏みの杵《きね》で搗くとき、石と米粒を摩擦させれば、精白の能率があがるだろうとの思いつきは、的を射ていた。

それまで容易に白くならなかった米が、すみやかに搗きあげられてゆく。

「わえも軍師じゃ。これなら手間を三分の一もかけんうちに出来ゆう」

搗きあげた米はていねいに篩《ふるい》にかけ、小石をとりのぞく。

臼にいれる小石の量をふやすと、仕あげる時間がさらに短縮される。

万次郎は太平に褒《ほ》められようと、力をふりしぼって台柄を踏む。日暮れがたになって、畚《ふご》に入れた精米を母屋《おもや》の土間へ運びこむ。

「もう搗いたんか」

太平は畚に手をいれてあらためる。

「よう搗いちょる。この米みな仕上げたんかえ」

万次郎は黙ってうなずく。

太平は口もとをほころばせた。「お前がのう。ようやりゆう。風の吹きまわしゃ、分らんきに」

彼は皮肉をいいつつも褒めた。

万次郎は翌日も米納屋で台柄に乗り、作業をはじめた。

半刻《はんとき》（一時間）ほど米搗きに熱中したあと、ソゾリという目のあらい竹篩で米と糠、小石をよりわけているとき、ふだんは米納屋をのぞきにこない太平が不意にあらわれた。

万次郎があわてて莚《むしろ》のうえの塵芥《ちりあくた》を土間へ放《ほう》り投げようとしたが、太平が莚のはしを足で踏んだ。

「こりゃ、なにを急ぎよるんじゃ。何ぞ隠しようたな」

太平が莚のうえをあらためてみて、顔色を変えた。

「万よう、こりゃ何じゃい」

彼はてのひらに小石をつかみあげていた。

「仰山《ぎようさん》米割れとるのう。おんどれが早う米搗いたと思うたら、こげな細工しちょったか」

万次郎はいいかえした。

「米はなんぼも割れりゃせんきに。割れた分はわえが旦那《だんな》に弁償《まど》うちゃらあよ。それでこらえとうぜ。わえが考えてやりよるがやに、黙って見ておーせ」

「舞いあがったことぬかすな。この横道者が」

太平が平手で力まかせに万次郎の頬《ほお》を張りとばす。

「おどれ、やりすえたな」

万次郎は台柄のうえに飛びあがり、片足をあげ太平のほうにむけ放屁《ほうひ》した。

「主人に無礼をはたらきくさったな。許せるかよ。殺しちゃる」

太平は傍《そば》にあった天秤棒《てんびんぼう》をとり、万次郎を打ちすえようとした。

万次郎はすばやく逃げる。

「こら待て、待たんかよ」

太平は棒をふりまわし、幾度か土間を打った。

万次郎は巧みにかわしつつ、浜のほうへ逃げてゆく。

「逃がすか。殺しちゃるきに」

太平は母屋へ駆けこみ、刃渡り二尺ほどの大脇差《わきざし》を持ちだしてきた。

肌寒《はださむ》い西風が海面を皺《しわ》ばませている波止際《はとぎわ》にたたずんでいる万次郎に、陽《ひ》なたぼっこをしている年寄りたちが声をかけた。

「お前はよう、今津の旦那怒らせたんか。旦那はかんしゃくじゃけん、逃げにゃーえらい目にあわさるるねや」

「ほれきた、刀提げてきたろ。逃げよ」

太平の怒声を聞き、集まってきた老若《ろうにゃく》が、刀身のかがやきを見てどよめき、道をあける。

「来くさったか、爺《おじ》め」

万次郎は波止の端まで走って逃げる。

「早うこい、ここでとんぼは押えられん」

彼はからかいつつ、太平が眼前に迫ると身をひるがえし、厚司を着たまま海へ飛び込む。

万次郎は着衣が体にまつわりつくのもかまわず、巧みに抜き手を切って畳瀞《たたみはえ》まで泳ぎつき、岩上に立つと両手を振って太平をからかう。

「早うこんかえ。刀持って、泳いできくされ」

太平は傍の男たちに命じた。

「さあ舟出せ。乗りつけてあやつを叩《たた》っ斬《き》っちゃるきに」

万次郎は畳砦から呼びかける。

「おどれは、何しよりゃー。早う来んかれ」

太平が老人のひとりを叱《しか》りつけ、ようやく舟を出させると、万次郎は泳いで沖へ出て、東の小鼻の砦のうえで躍りあがってからかう。舟を漕《こ》ぎ寄せたとき、姿はどこにもなかった。

万次郎は夜になっても帰らなかった。

母の志お、姉のセキとシンは、日暮れまえから真浜附近を探し歩いたが、姿は見えない。

「暗うなりゆう、提灯《ちょうちん》持ってくらあよ」

セキが谷前の家へ帰りかけるのを、志おが呼びとめる。

「きいやん呼んできなんせ」

きいやんは万次郎の叔父である。

志おは声をひそめて呼びかける。

「万よう、万やんよう。どこにおりゃー。返事せえ。怒りゃせん。どうもしやせんけえ、帰っちょくれ」

日が暮れると風が落ち、波音がくりかえすのみである。

今津太平の腹立ちは、ひととおりではない。ヤッコにこけにされたと酒を呑《の》み、喚《わめ》き散らしているという。

中ノ浜の村年寄がひとり、夕方に志おをたずねてきて、すすめた。

「お母《か》んもえらいことやなあ。このたびは万次郎もちとやりすぎたけん、しばらく他国へ修行にいかせにゃあ、いかんけんねや。浜の役方《やくかた》にゃ、わえが話つけとくきに。太平は怒りだすとえらいきに、ここを去らにゃあいかん」

叔父のきいやんは、沖から帰ったばかりであったが、浜へ駆けつけてきた。

彼は話を聞くと、万次郎に同情した。

「あれは石臼《いしうす》に石ころをいれて米搗きゆうたか。やっぱり利口者のすること違わあ。いまにこの浜の者は皆そうやって米搗きよるやろ。太平は口やかましいばっかりで、吝《しわ》い爺じゃきに辛抱してても何にもならん。万次郎は漁師にしちゃったらええ」

志おたちは、提灯を振りながら万次郎を探した。

真浜を離れ、大ノ浜へむかう道へさしかかると、高処《たかみ》の神社からいびきが聞えた。

志おたちは足をとめた。

「えらいいびきじゃ。今時分こげんところで寝ちょる者がおるかねや。大蛇《だいじゃ》かも知れんわえ」

きいやんが木切れを手にして提灯をさしだし、及び腰で堂宇のなかへ歩みいる。

拝殿のなかに、誰かが寝ていた。

「乞食《こじき》か、いや、万次郎や」

きいやんは駆け寄り、万次郎の肩をつかみ揺りおこした。

「こりゃ、起きよ。風邪ひくけん。この寒さに裸で寝ようたか。恐ろしい奴《やっ》じゃわえ」

万次郎は眼ざめると、床に手をついて詫《わ》びた。

「すまなんだ。短気おこひて不始末してからに。わえは阿呆《あほ》や」

万次郎は揺りおこされると、たてつづけにくしゃみをしたあと、うつむいて志おに詫びた。

「すまなんだのう、気遣いさせてからに。お母はんの手助けをばせにゃならんとゆうに、太平旦那の所におられんきに。どうすりゃええじゃろうかのう」

志おは眼をおさえ、号泣した。

「あげなむごい太平旦那のとこで九つのときから辛抱させて、かわいそうなことをしたものじゃねや。お前がそれほど辛抱してたとは知らざった」

セキとシンも、志おの肩にとりすがり泣きむせぶ。

きいやんが万次郎をはげました。

「しゃんとせんかい。お前は男じゃきに、泣いたらひとに笑われらあ。このさき太平みたいな者に詫びを入れいでもええけん。わえが仕事の口を世話しちゃるきにのう」

志おが聞く。

「お前、心あたりがあるのかえ」

「あるんぞね。大ノ浜の湊《みなと》にゃいま宇佐の西浜の船頭で筆之丞《ふでのじょう》ちゅう者の船が入っちゅう。筆之丞は腕のええ漁師じゃきに、万次郎を一人前の水主《かこ》に仕立てあげてくれようかえ」

きいやんは筆之丞と昔馴染《なじみ》であるという。

筆之丞は高岡郡宇佐浦西浜（土佐市宇佐）の徳《とく》右衛《え》門《もん》という船主の持ち船に乗り、大ノ浜へ積荷の陸揚げにきていた。

「筆之丞の船は二挺櫓《ちょうろ》の鰹《かつお》船じゃ。いまは冬場で鯖《さば》やら鯵《あじ》、鱸《すずき》のハエ縄漁《なわりょう》をやっちょろうが、わえが頼みゃ万次郎を炊夫《かしき》に雇うてくれらあ」

万次郎は眼を見はった。

「ほんまか、きいやん。わえが鰹船に乗れるんか」

「おうよ、ひとが心《しん》もってやりゆうに、まちがいなしに雇うてくれらあ」

万次郎母子《おやこ》ときいやんは、小鼻の喈を過ぎ、大ノ浜へ着くと筆之丞が泊っている魚《いお》納《な》屋《や》をたずねた。

早朝に起きるので宵《よい》から眠っていた筆之丞は、きいやんがきたと知らされ起きてきた。

「いま時分、何事ぞね」

あくびをして笑いかける筆之丞は、逞《たくま》しい三十なかばの船頭であった。

漁師たちは山の民とちがい体格がいい。幼時から魚介類を充分に口にして育つからである。

奈良《なら》の大仏みたいな人じゃ、と万次郎は思った。丸顔で、細い眼が柔和な光りをたたえている。

「この子を炊夫に雇うてくれかや」

きいやんは用件をきりだした。

筆之丞はきいやんから事情を聞かされると、ためらわず承知した。

「ええきに、炊夫のひとりぐらいふやしても、がいなことはないぞね。わえらはこの浜で魚揚げたら宇佐へ帰るきに、連れていかあ。来年の盆にゃあたっぷり鳥目《ちようもく》持たせてやるぜよ」

筆之丞は胴巻をひきよせ、一朱銀を二十個つかみだし、志おに差しだす。

「これはお母んの盆までの小遣いぞね。給銀から差っ引かせてもらうきに、遠慮せんと使《つこ》うておくれ」

志おは居ずまいを正し、押しいただく。

「めっそうな大金を頂戴《ちょうだい》して、ほんまにどうお礼をいうてええやら、とんと分らん」

「それくらいのことでびっくらして、どうすりゃあ」

筆之丞は諸事に吝い今津太平とちがい、気前のいい男であった。

「お前が今日から乗るのは、この船じゃ。小っさいが少々の横波くろうても倒《こ》けんやつぜよ」

彼は万次郎を浜へ連れてゆき、頑丈《がんじょう》な漁船を見せる。

「長さは四間半じゃ。上棚《うわだな》と中棚にゃ荷を積んで、わえらは艫屋形《ともやかた》で寝るんじゃ。これ見よ、甲板板《かわらいた》も厚かろうが」

船体にはいくつもの中仕切りがあり、浸水を防ぐ構造になっている。

艫屋形は狭いが、風雨を凌《しの》ぐのに不足はない。

万次郎は筆之丞に頼んだ。

「今日から精かぎりはたらくきに、よろしゅうお頼《た》の申しますらあ」

筆之丞は笑って応じる。

「沖へ出りゃ、わえらは親子きょうだいより縁が深《ふこ》うなるんじゃきに、こっちもよろしゅう頼むぜよ。漁師は収入《みいり》がええが、命がけじゃが」

船に乗り組むのは三十六歳の筆之丞と二十三歳の重助と十四歳の五右衛門、二十四歳の寅《とら》右衛門《えもん》であった。

重助と五右衛門は筆之丞の弟である。彼らは万次郎をこころよく仲間にうけいれた。

船の名は金比羅《こんぴら》丸である。

筆之丞はその名を万次郎ときいやんに告げるとき、気はずかしげな表情になった。

「こげんな小《ち》んまい船で、がいな名あつけてのう。ひとにいうたら笑わるるぜよ」

金比羅丸は日のあるうちに荷揚げを終え、翌朝に早立ちすることとなった。

明け六つ（午前六時）まえ、金比羅丸はもやいを解いた。

「さあ出るろお。達者でおれや」

船上で筆之丞が万次郎の肩に手を置き、波止に立つきいやん、志お、セキ、シンに手を振った。

万次郎は波止に立つ志おたちの姿が豆粒のようになり、見えなくなるまで艫屋形の横手で手を振っていた。

彼は志おが一夜で縫いあげてくれた、真綿の分厚くはいった胴着を身につけていた。

「お母はん、達者でいてくりょう」

万次郎は涙にかすむ眼《め》をこする。

沖に出ると、うねりが大きくなる。風が出て、うねりのうえに潮のしぶきが煙のように立ち、そのなかを飛魚が一直線に飛ぶ。

陽がのぼるまえ、海上にたちこめた水蒸気がうすい紅色に染まり、夢のなかで見るような景色になる。

金比羅丸は帆を引き舳《へさき》でいきおいよく水を分けて走りはじめた。

冬場であるが黒瀬川（黒潮）の迫っているこの辺りは水温がたかく、澄んだ海水のなかに無数の稚魚がむらがり、ついてくる。

筆之丞は熟練した船頭であった。海辺の山容を眺《なが》めながら巧みに舵《かじ》を操り、足摺岬《あしずりみさき》の沖へむかう。

「お前、万次郎ちゅう名か」

船が帆走をはじめたあと、甲板に腰をおろした寅右衛門が聞き、万次郎はうなずく。

「お前、船に酔うんか」

「いや」

「沖へ出たことあるんか」

万次郎はうなずく。

寅右衛門は眼をほそめた。

「お前はまだほんに荒れてきた海は知らんちゃ。大分稽古《けいこ》せんならんぜよ。飯食えんと、痩《や》せるけんのう。うちの親爺《おやじ》はええ人じゃ。これについとりゃ、一人前の漁師にしてくれらあ」

万次郎は初漁に炊夫として同行する。彼は漁の情景を想像し、胸をはずませる。

金比羅丸は宇佐浦に着くと、年末まで湊にとどまる。

筆之丞たちはその間に鯖や鱸のハエ縄《なわ》を支度する。万次郎も陽当りのいい船納屋《なや》で、縄に木《き》鉤《かぎ》をむすびつける作業に精だす。

「お前は手先がはしかいのう。ちと船に乗ってるうちにゃ、ええ水主になりゆう」

筆之丞は優しい。

彼の妻も、万次郎の身のうえを聞いて同情した。

「うちの筆やんについてたら、悪《わ》りようにゃせんきに、気を大きにせにゃいかんぜよ」

万次郎より一歳年上の五右衛門も、船上での作業についての要領を、くわしく教えてくれた。

万次郎は谷前の陋屋《ろうおく》で正月をむかえる家族を案じつつ、日を過ごした。

天保《てんぽう》十二年（一八四一）正月五日巳《み》の四つ（午前十時）頃《ごろ》、金比羅丸は漁の支度をととのえ、宇佐浦を漕ぎだした。

沿岸の漁場を数日間移動して、ハエ縄漁をおこなうのである。乗り組みの人数は筆之丞以下五人であった。

白米二斗五升と、薪水《しんすい》を積み込んでいる。

「潮で炊《た》いた飯は旨《うま》いぜよ。釣《つ》れたての魚《いお》を刺身にしてのう、お皿《てしょう》の醤油《しょうゆ》で食うんじゃ」

万次郎は日頃押し麦の飯ばかり食っていたので、一歳年上の五右衛門に聞かされると涎《よだれ》がわいてくる。

――わえも、ええあんばいに漁師になれたもんじゃねや――。

万次郎の身内はしあわせな思いにあたたまる。

今津太平のヤッコをつとめておれば、母に一朱銀二十枚も渡せることはない。

「船出はくらいうちから出ると思うたが、いま時分からでもええんかよ」

五右衛門が笑って答える。

「おうそうじゃ。漁は潮まわりじゃけん、潮が動かんときゃ、明けがたに出たとて一匹も釣れんぜよ。ときにゃ、昼すぎまで遊んで夕方に沖へ出ようこともあらあ。漁師は極道商売じゃ」

晴天で北東風《きたごち》がゆるやかに吹いている。

船は湊を出ると西へむかい、海岸に沿ってゆく。帆が風をはらみ、金比羅丸の船足ははやい。

途中の浜から漁船が幾艘《そう》もあらわれ、帆をあげる。いつのまにか数十艘が西を指して帆走していた。

寅右衛門がハエ縄をたばねる手を休め、万次郎に教えた。

「これから行くさきは、与津《よつ》（高知県高岡郡窪川《くぼかわ》町与津）の岬《みさき》だねや。ここからまだ十里ほどさきぜよ。そこはええ漁場じゃ」

金比羅丸は油のようになめらかな海面へ舳を上下させている。

寒中であるが、潮に手をいれてみるとあたたかい。

「潮温《ぬく》いのう」

「おうよ、陸《たか》と海では夏と冬のめぐりが、三月のうえも違うねや。いまは正月になったばっかりやけん、海のなかはまだ秋のはじめじゃ」

寅右衛門は饒舌《じょうぜつ》に、海の様子を教えてくれる。

「黒瀬川ちゅう潮が、まあ傍《そば》を流れちょる。それが温いんよ」

万次郎は中ノ浜の海で冬場に泳いだことが幾度もあったが、宇佐沖の潮は故郷の海よりもあたたかかった。

金比羅丸が与津岬に着いたのは日暮れまえであった。

「潮まわりがええけん、流すろう」

漁場は岬の沖、ドントと呼ばれるところである。

「鳥山、見えんぜよ」

筆之丞は首をかしげたが、さっそくハエ縄漁にとりかかった。

元縄は三百尋《ひろ》。一尋は約一間（一・八メートル）である。枝縄は十尋ごとにつけ、浮子《あば》を置き、海底に垂らす。枝糸は五尺から一丈で、鈎《はり》には生餌《いきえ》をつける。

万次郎は好奇心に駆られ、熱心に作業をした。筆之丞は巧みに櫓をあやつり、縄を下してゆく。

鳥山とは、海中に魚群がいるとき、海面近い空中に鷗《かもめ》があつまってくることをいう。

筆之丞たちは日没まではたらいたが、魚は一匹も釣れなかった。

「今日は魚《いお》は留守じゃ。出払っつろう」

手元も見分けられないくらがりのなか、船篝《かがり》を焚《た》いて縄を片づけると、うねりのすくない岬の西側のかげに船を寄せ、錨《いかり》をおろす。

「明日の潮まわりは早いけん、早起きじゃ。もう寝ちょいたがええ」

筆之丞にいわれ、万次郎は魚臭のこもった狭い艫屋形の隅《すみ》で掻巻《かいま》き布団《ふとん》をかぶり、眼をつむった。

船はゆるやかに揺れ、舷《ふなべり》にあたる水音が眠りをさそう。万次郎は明けがたまで熟睡した。

翌朝は暗いうちに沖へ出る。西南へ四里ほど走って佐賀浦へ出た。縄場洋《なだ》という漁場で終日縄をおろしたが、漁獲は鯖、鰺、グチなど十数尾がかかったのみであった。

その夜は伊の岬白浜の海岸に碇泊《ていはく》し、小魚を煮て夕食をおえた。

灯芯《とうしん》のゆらめく明りのなかで夕餉《ゆうげ》をとっているとき、無口な重助が万次郎に声をかけた。

「馴《な》れん仕事で、疲れたじゃろう。万やん」

万次郎は笑顔で答える。

「疲れるほど動いちょらん」

「そうか、明日は足摺のハジカリ洋《なだ》へいくけん、ちと揺れるろう。荷物がすざらんように、縄で強う括《から》げちょかにゃーいかんぞ」

「そこなら、釣れるんかえ」

「おう、いつでも釣れらあ。そのかわり、天気がころころ変りゆう。西が荒吹いてきたら、地方《じかた》へ漕《こ》ぎ戻らなあかんぜよ」

ハジカリ洋のシと呼ばれる漁場の海底には、数十里にわたる沈礁があり、溝《みぞ》のような割れ目が延々とつづいている。そこが魚の通い路《みち》になっていた。

七日早朝、万次郎は暗いうちに揺りおこされた。

「起きよ。ほかの船が出ていきよらね」

寅右衛門が顔のうえで笑っている。

「ハジカリ洋かえ」

「そうじゃい、ちと西吹いてるねや。用心せにゃいけんろう」

気温がさがり、低い口笛のような音をたて、西風が吹いている。

寅右衛門が錨をあげるあいだ、筆之丞は舳に立ち、風勢をはかっていた。

熟練した船頭として宇佐浦で聞えた筆之丞は、しだいに明けてくる空に眼をやる。

暗い海面は空の色を映し、葡萄色《ぶどういろ》から藤色に変ってきた。

筆之丞が誰にともなくいった。

「あれ見よ、鳥山立っちょるきに、今日は漁になろうかえ」

浜辺を離れた漁船は、ゆるやかな西風に帆をはらませ、滑るように沖へむかう。

海面には縮緬皺《ちりめんじわ》が立ち、険しい気配であったが、荒れてはいない。

「さあ、いくろう」

筆之丞が潮さびた声で告げ、重助と寅右衛門が声をあわせ、櫓を漕ぎはじめた。

「えんや、えんや、えんや、えんや」

船が深場にくると、帆を張る。

金比羅丸の舳が音をたて、波を切ってハジカリ洋へむかう。

舵をとっている筆之丞に、重助が話しかける。

「シまでいくかのう」

「むりじゃ、お前ら二人で肩替りないけん、疲《だ》れようがや」

「わかったよう。この先あたりで釣ることにせざあか」

シと呼ばれる漁場は、海岸から十五、六里も離れている。

金比羅丸には五右衛門、万次郎の二少年が乗っている。海が荒れてきて櫓《ろ》をつかわねばならないとき、漕ぎ手が不足であるので、シまで出向くのを見合わせることとなった。

「あれ見よ、お日いさんぜよ」

五右衛門が指さす水平線には、横長の白雲が幾筋かかさなり、ひとところが橙色《だいだいいろ》に染まっている。

やがて太陽が雲のうえに頭を出し、筆之丞たちは鉢巻《はちまき》をはずしてかしわ手を打った。万次郎も見習って拍手をする。

橙色にかがやく太陽は、生きもののように急速に昇ってゆく。

「さあ、今日は大漁じゃ」

筆之丞が鉢巻を締めなおした。

金比羅丸は足摺岬の東方五里の海上で、漁をはじめた。筆之丞は帆を納め、船をシにつながる沈礁のうえに導く。

重助たち四人は弾んだ動作で六桶《おけ》のハエ縄をおろしてゆく。

筆之丞は、山立ての名人といわれていた。山を立てるとは、はるかの海上に出て、墨絵のようににじむ陸岸の山影を数カ所見くらべ、船の位置を定める技術である。

筆之丞が山を立てれば、船の幅ひとつの狂いもなく、魚の群れている釣り場の真上にゆきつくと、漁師仲間の評判であった。

ハエ縄を下すなり、手ごたえがきた。浮子《あば》が激しく動き、重助たちは歓声をあげる。

ハエ縄漁は、それぞれの縄の両端に浮子と錘《おもり》をつけ、海中に放置して傍で手釣りをするなり、いったん浜へ帰るなりして間を置き、漁獲をたしかめに戻るのだが、このときはいきなり喰《く》いが盛《さか》ってきた。

筆之丞は海面にまで魚影があらわれてきたのを見て、重助に命じる。

「一桶あげてみよ」

万次郎ははじめての大漁の予感に胸おどらせ、重助たちとともに掛け声をあわせ、縄をひきあげる。

「おる、おる。仰山《ぎょうさん》いよるけに」

重助が叫ぶ。

海中からあがってくるハエ縄に、銀色の魚体がむらがりつき、餌《えさ》の鰯《いわし》をくわえこんだ大型の丸鰺《あじ》が、はねつつあがってくる。

「あいた鈎は一本もないぜよ。これ見よ」

「大漁じゃ、大漁じゃ」

重助、寅右衛門《とらえもん》が眼《め》をかがやかせ、青みばんだ魚を巧みに鈎からもぎはなす。

「鰺は口が柔《やわ》いけん、そうっとはずせや」

万次郎は幾度か、はねる魚をはずしそこね口を傷つけたが、じきに馴れた。

皆は夢中で作業をすすめる。

六桶のハエ縄を揚げてゆき、生餌をつけて放《ほう》りこむ。縄《なわ》をいれると、たちまち浮子が激しく揺れ動いた。

「入れ喰いじゃがえ。餌つける間もないがや」

海面の真下に、二十五尋下方の沈礁から湧《わ》きあがってきた魚群が右往左往している。

万次郎は眼を血走らせ、餌を鈎につける作業に没頭した。鈎の先で指を突いても気づかない。

漁獲はたちまち船中の活《い》け間《ま》に充満した。

「控えの活け間、あけよ」

寒風に吹きさらされている男たちは気をたかぶらせ、頬《ほお》かむりのうちで汗をしたたらせる。

いつのまにか二刻《ふたとき》（四時間）ほどが過ぎていた。

巳《み》の四つ（午前十時）頃になって、風が変った。

ゆるやかに吹いていた西風が北にまわり、漁師のもっとも嫌《きら》う北西風《あなぜ》となって、風勢がつよまってきた。

北西風に吹きたてられた船は、陸地へ戻れなくなり、黒瀬川に入りこんでしまう危険があった。

黒瀬川は土佐のはるか沖合いを酉戌《とりいぬ》（西西北）から卯辰《うたつ》（東南東）へむかい、矢のように走る急流である。

万次郎は中ノ浜の漁師たちが、黒瀬川を魔物のように怖《おそ》れているのを聞いたことがある。

「あの潮へ乗ったらねや。生きては戻れんぜよ。十万億土まで行きよらあよ。櫓も舵《かじ》も利《き》かんようになるきに」

風音に敏感に気づいたのは筆之丞であった。彼は三角波の立ってきた海面に眼をやり、口早に命じた。

「縄さっさと揚げよ。北西風がきよらあ」

魚が喰いついている重い縄を、万次郎たちは声をかけあい揚げると、浮子、錘をとりこむ。

「魚《いお》はずすのはあとにせえ」

筆之丞が舵をとり、重助、寅右衛門が櫓臍《ろべそ》に櫓をつける。

胡麻《ごま》を撒《ま》いたように沖合に出ていた漁船がいっせいに帆をひらき、足摺岬北西の布崎の方角へ避難してゆく。

金比羅《こんぴら》丸は白浜の海辺が見える辺りまで戻ってきた。

「ここまできたなら、いつなりと逃げられらあよ。この辺りの底も岩場じゃけん、魚がいよらあ。ちと塩梅《あんばい》見るか」

筆之丞が舳《へさき》と艫《とも》から錨を下した。

耳もとで風が鳴る。せわしく上下する黒ずんだ海面には、風に押されこまかなしぶきが霧のように走っていた。

夜明けからの豊漁に未練をのこす漁船が、金比羅丸と同様に遠近《おちこち》に錨をおろし、日和《ひより》を見ていた。

「雲の色は白いけん、雨にゃならんぜよ」

筆之丞が煙管《きせる》をくわえた。

「めったにない大漁じゃきに、もうちっと釣りたいがや」

「そうじゃい、去《い》ぬ気いせんろう」

男たちは万次郎に炊かせた飯に、釣ったばかりの魚の刺身で腹ごしらえをする。

そのうち、陽《ひ》がさしてきた。

「風もおさまった様子じゃ。あれ見よ、船が沖へいきよらあよ」

筆之丞が腰をあげた。

筆之丞たちは日和の変化をうかがうあいだ、釣糸を垂れた。

万次郎は鰯の背に鈎をつけ、海中に投げいれる。錘が底に着く手ごたえを感じると同時に、つよい引きを手首にうけ、あわててててぐすを繰りあげた。

「万やん、もう揚げるんか。早いのう」

五右衛門が手もとをのぞきにきた。

「てぐす入れよったら、ひくひく引きだしよったねや」

海中に魚体が白く見えてくると、五右衛門は叫ぶ。

「鯛《たい》じゃ。ええ姿《なり》の鯛じゃ」

万次郎ははねまわる鯛を引きあげ、活け間に投げこむ。

「目の下一尺のうえもあるのを釣《つ》りようたがえ」

寅右衛門が笑ったが、すぐに表情をひきしめる。

「わえのとこへも、きようたぜよ」

半刻（一時間）ほどのあいだ手釣りをつづけたが、入れ喰いで鯖《さば》、鯛、鱸《すずき》があがった。

午《うま》の刻（正午）に近い頃《ころ》、筆之丞が海上を見渡す。

「大分凪《な》いできたようじゃねや。漁できるかのう。あそこの船は、桶下しよらあ」

頭上の雲が晴れ、陽がさしてきた。

さきほどまで暗色の三角波を刻んでいた海面は、晴れやかな藤色にかわった。

舷からのぞきこむと、透明な海中に鯛、鯖の群れが往来しているのがはっきりと見える。

「海も透んできたようじゃけん、もう北西風も荒吹こまいよ。桶おろひてみるかえ」

万次郎たちは鈎に生餌をつける作業にとりかかった。

「また大漁になりよるのーし」

万次郎がいうと、寅右衛門が陽気に答える。

「取れすぎて、嬉《うれ》してわが顔を張りまわして、夢でないかとたしかめんならんきに」

手早く作業をすすめ、六桶のハエ縄をすべて入れ終えたとき、空のどこかで、どうんと大砲でも撃ったような鈍い音が鳴った。

筆之丞が鋭い眼差《まなざ》しを空にむける。

「風変るろう。乾《いぬい》の風じゃ、北西風がやってきよらあ。さあ、縄あげよ」

「何じゃい、まだ荒吹きゃせんけに、おちつきやんせ」

寅右衛門が不足げにいいつつ、縄に手をかけた。

海の様子は筆之丞のいう通り、急速に変ってきた。遠近の船は早くも引き揚げてゆく。

風が耳もとで唸《うな》りだした。

万次郎は五右衛門とかけ声をあわせ、懸命にハエ縄を揚げる。

北西風はたちまちいきおいを増してきた。船上で立つこともできないほどの風勢である。

空は轟々《ごうごう》と鳴りはためき、海上には大波が湧きかえり、打ちあう。

――こりゃどうなるんじゃねや――

万次郎は胸を高鳴らせ、口をあけてあえぐ。重助と寅右衛門は敏捷《びんしょう》に動いて一桶を揚げ、さらにつぎの桶を揚げにかかった。

「もうやめちょけ。どしたち去《い》なにゃならんきに」

筆之丞が叱咤《しった》する。

「ほんにこの風は、どしぶきよる」

寅右衛門たちは横なぐりの風浪に頭から濡《ぬ》れねずみになりつつ、二桶のハエ縄を揚げた。

「あとは捨てよ。櫓を押せ」

筆之丞の叫びは緊張のあまりかすれた。

「よっしゃ。もったいないが、しかたない」

縄についた魚をはずす余裕もなく、重助と寅右衛門は櫓にとりつき、声をあわせ漕ぎはじめた。

猛烈な風勢であるため、帆を揚げればたちまち吹き倒される。筆之丞は舵のうえに身を伏せるようにして、激浪の圧迫に堪えつつ舳を陸岸へむける。

「えんや、えんや、えんや、えんや」

重助と寅右衛門は歯を剝《む》き、死力をふりしぼって漕ぐが、波浪にさえぎられ、金比羅丸の船脚は遅い。

五右衛門と万次郎は腰に命綱を巻き、三桶のハエ縄についた魚をはずし活け間へ投げこむうち、幾度も転倒した。

左舷《さげん》に当った波浪は頭上に網の目のようにひろがり、右舷へなだれ落ちる。船は波の下になるとき、いまにも沈むかと危《あや》ぶむほど舷を海中に没し、きしむが、ふたたび浮きあがる。

艫が揺りあげられるとき、舳は屋根から見おろす道の位置にある。艫が波間に沈むと、舳は道から見あげる屋根の高さになる。

重助と寅右衛門がくたびれてくると、筆之丞と五右衛門、万次郎が交替する。

「これで、陸向《たか》いてるんか」

五右衛門が泣き声で叫ぶ。

海上は潮煙に覆《おお》われ、大波のうちあう前途は二、三間先までかろうじて見分けられるばかりであった。

筆之丞がはげます。

「わりゃ男じゃろうが。吠《ほ》えづらかくとは根性がなっちょらん」

万次郎は櫓を押すうち、この有様では陸に辿《たど》りつけまいと、絶望した。船は風に流されていた。

五人が交替して櫓を漕ぐうち、日は暮れかけてきた。

北西風が吹きつのるうえに、北東風が空を鳴りとよもし襲ってきたので、大波が打ちあう。どこが陸岸か見当もつけかねるが、男たちは櫓を漕ぎつづける。

波の抵抗がつよすぎ、万次郎、五右衛門の力では櫓を押せなくなってきたので、重助、寅右衛門が必死にはたらきつづけた。

突然重助が叫んだ。

「櫓臍が折れたぜよ」

筆之丞が五右衛門に舵をとらせ、手斧《ちょうな》をふるい櫓臍をこしらえ、まにあわせる。

「えらい波じゃあ。あれ見よ」

五右衛門が悲鳴をあげた。

まっしろにしぶきを散らす巨大な丘のような波濤《はとう》が、左舷に押し寄せてきた。

「がいな奴《やつ》が来くさるろう。気いつけよ」

筆之丞が叫ぶ。

金比羅丸は斜めに傾きつつ、波の頂きへ引き寄せられてゆき、雨のように潮をかぶった。

主櫓《おもろ》を押していた重助が喚《わめ》いた。

「もうあかん。なんぼ行《い》たちあかん。これ見よ。櫓お折れたぜよ」

重助の櫓はまんなかから折れ、先がなくなっていた。

滝のように叩《たた》きつけてくる海水に全身を洗われる万次郎たちは、寅右衛門の悲痛な声を聞く。

「櫓を流してしもうた。わえらの運は一丁あがったぜよ。死ぬしかないちゃー」

寅右衛門は帆桁《ほげた》にしがみつき、泣き叫ぶ。

五人は体力をつかいはたし、波浪に翻弄《ほんろう》される船上で倒れていた。

やがて筆之丞は気力をふるいおこした。帆柱を立てられないので、船の敷板を立て陸からの風をうけ、帆を引き、なんとかして室戸崎のほうへ切りあがってゆこうと工夫する。だが努力の甲斐《かい》もなく、船は烈風に押され、東南の沖へ押し流されてゆく。

夜がふけると雪まじりのみぞれが降りだし、万次郎たちは艫屋形で濡《ぬ》れた体を寄せあい、ふるえつつ夜明けを待った。

「気い落さんと待ちよるうちにゃ、風がかわるきに。ちっとでも寝んといかんぜよ」

闇《やみ》のなかで筆之丞が皆を元気づける。

万次郎は五右衛門とともに濡れた苫《とま》を体にかけ、暖をとりつつ眼をつむる。寒気はきびしかったが疲れきっているので、万次郎はまどろむ。

彼はこのまま遭難するとは思っていない。風が収まれば、筆之丞たちが帆をあやつり、船を陸へむけてくれると信じきっていた。

「朝《あさ》になりゃ、何とかなるぜよ」

万次郎の耳もとで、五右衛門がつぶやいた。

夜があけてきた。

筆之丞は終夜一睡もせず舵をとりつづけてきた。彼は夜中に幾度か帆走を試みた。帆柱を立て、帆をわずかにひらき、舵を使って陸地へ向おうとしたが、北西風は正面から殴りつけるように吹いてくる。

波濤が舳の正面から押し寄せる状況では、帆柱は小半刻（三十分）も保《も》たずに折れてしまう。

筆之丞はやむなく重助、寅右衛門を手伝わせ、二本の帆柱を船の両舷にくくりつけ、船尾へ突きだすようにして、そのあいだに帆を張る。

帆柱に桁《けた》を立て、角帆としたので、帆布はいまにもやぶれそうに風をはらむ。

もはや足摺《あしずり》近辺へ戻るのは不可能とみたので、東方の室戸岬《みさき》の海岸へ船を寄せようと考えたのである。

波浪のかたちがおぼろに見分けられるようになった頃、筆之丞は万次郎に命じた。

「万やんよ、上棚《うわだな》から付け木出してお粥《かゆ》炊《た》いて皆に食わしちゃれ。このままじゃ凍え死にしかねんきに」

万次郎ははね起き、激しく動揺する船上で七輪に火をおこし、粥を炊く。

男たちは炊きあがったあつい粥をおおひらという器に盛り、すすりこむ。

「おーのう、生き返ったじゃねや」

「ほんに身内が温《ぬく》もって、寒気《おぞん》が消えちゅう」

海上があかるくなるにつれ、しだいに視野がひらけてきた。

「ありゃ何じゃ。陸《たか》じゃっ。皆見よ、陸が見ゆう」

筆之丞が狂ったように叫ぶ。

万次郎たちは躍りあがって歓喜の声を放った。

「陸じゃ、陸じゃ」

「家が見えちょる。わえらは助かったじゃねや」

「あんまり大声で騒ぐなえ。耳んすえるじゃいか」

万次郎も、不意に間近にあらわれた浜辺の景色を眼《め》にして、五右衛門と抱きあいよろこぶ。

「ここはどこかのう」

万次郎が聞くと、重助が教えた。

「室戸じゃが」

浜の松原が見分けられる辺りまで船は近づいていった。

烈風は陸の方角からまともに吹きつけてきて、息もつけないほどである。

「あと五町じゃ。もっと陸向いてくれ」

筆之丞は祈るような口調であった。

船尾に引いた帆はちぎれんばかりにはためき、金比羅《こんぴら》丸は弦《つる》をはなれた矢のように走るが、筆之丞が舵《かじ》をあやつって浜へ近づこうとする努力は、むくわれなかった。

陸岸はしだいに遠ざかってゆく。

北西風の吹き荒れる海には、一艘《そう》の船影もない。

「この辺りは鯨捕りの据浦《すえうら》（基地）じゃけん、山端《やまはな》にゃ山見小屋があるぞ。遠眼鏡で見張っちょるきに、助け船出してくれるかも分らん。皆、何ぞ振れ」

筆之丞にうながされ、万次郎たちは棒の先に白地の襦袢《じゅばん》をくくりつけ、差しあげて助けを呼ぶ。

だが助け船はあらわれなかった。

「こげに近場まできたのに、陸にあがれんのかよ。情ないのう。櫓が一挺《ちょう》でもあればなあ」

筆之丞が肩をおとすのを見た万次郎は、はじめて死の予感に胴震いをした。

室戸岬が潮煙の彼方《かなた》に遠ざかり、まもなくはるかの海上に、紀州の山影らしい薄墨をにじませたような隆起があらわれたが、たちまち消えてゆく。

北西風はなお吹きすさび、黒ずんだ雲の垂れこめた空中で、金切り声をあげ猛《たけ》りたつ。

金比羅丸は波頭の押しあう大海のなかを漂ってゆく。

「ここまできたら、いくら舵とっても旨《うも》いかんけん、寝るしかないちゃ」

筆之丞は舵からはなれ、艫屋形《ともやかた》に入って皆と身を寄せあって寝た。

「なまんだぶ、なまんだぶ」

「南無《なむ》大師遍照金剛」

万次郎は逞《たくま》しい漁師たちが、眼をつむり神仏の冥助《めいじょ》を乞《こ》う声を聞きつつ、中ノ浜の母親志おに胸のうちで話しかける。

——お母《か》はん、えらいことになったぜよ。わえは死んでも構わんが、あとが気がかりでならん。お母はんやお姉《ね》が、どうなるぜよ。難儀しゆう——

彼はわが身のうえよりも、家族の前途がどうなるかと、思い悩んだ。

志おが縫ってくれた胴着は潮を含んで重いが、万次郎は身につけている。彼は胴着をつけた自分が、底も知れない深海へ沈んでゆくさまを想像するが、はやくもあきらめていた。

——人は一遍は死ぬんじゃきに、何のおとろしいことがあるか——

彼は艫屋形の床に寝ころび、ひびわれた屋根板のあいだから曇り空を見あげ、この世に未練はないと考える。彼は母や姉が自分の死を悲しむ姿を、ひとごとのように想像した。

九日は終日北西風が吹き荒れ、金比羅丸は山のような大波の打ちあう海上を漂い流れた。

船が波の頂きに押しあげられるとき、万次郎は水平線が荒れだつ海面の果てに四方へ円形につらなっているのを見た。

——もう帰れん。ゆくさきゃあの世じゃねや——

十日の夜あけまえから風が東北にかわった。筆之丞は烈風が唸り声をあげる空を見あげるのみであったが、重助と寅右衛門《とらえもん》は船上の帆柱をにぎりしめ、身をよじって泣く。

二本の帆柱は船体と十文字になるよう横たえて緊縛し、転覆を防ぐ支えとしていた。

北西風が吹いているあいだは、日本の沿岸に漂着する一縷《る》の望みはあったが、東北風になればもはや陸地から離れるばかりである。

夜があけると氷雨《ひさめ》が叩《たた》きつけてきた。

筆之丞は皆を力づける。

「生きてりゃ、そのうちに風も収まり、何とかなりださあよ。まあ飯なと食わんか」

雨脚がはげしくなり、万次郎たちは帆布をひろげ雨を溜《た》めて飲む。

「こりゃ旨《うめ》えのう。甘茶のようじゃ」

船には三斗入りの水桶《みずおけ》を積んでいたが、幾日も航海すると思っていなかったので、一斗ほどしか水を支度しておらず、すでに尽きていた。

渇きに耐えかねる思いであった万次郎たちは、雨水をむさぼり飲む。

「さあ、水呑《の》んだら飯にせにゃ」

万次郎は割れた船板を折って粥を炊き、魚を煮る。

男たちは腹ごしらえをすますと、いくらか気力をとりもどした。

「ここはどの辺りじゃろうかのう」

「はて、見当もつけかねるぞ。島影も見つからんきにのう」

舷《ふなべり》から眺《なが》める海面は、万次郎がそれまで見たこともないほど黒ずんでいた。

雨雲がせわしなく動く空の下には、島影もない。重助が筆之丞に聞く。

「兄やんよう、えらい舟脚が早うなったぜよ。もしかすると、黒瀬川に入りゆうのとちがうかえ」

筆之丞がかぶりをふる。

「まだじゃ、黒瀬川はこげなもんでないわえ」

粥を食ってまもなく、筆之丞がするどい眼差《まなざ》しになった。

「風変ったろう。こんどは西じゃい」

小半刻《こはんとき》（三十分）ほど経《た》つうち、金比羅丸の周囲の海面が騒めきはじめた。

筆之丞が叫ぶ。

「これじゃ、黒瀬川に乗ったろう」

いつのまにか、船は宙を飛ぶように卯辰《うたつ》（東南東）へ向っていた。

金比羅丸は幅二十町といわれる黒瀬川に入り、流されてゆく。

十一日、十二日は終日西風が吹き荒れた。眼に入るものは波濤ばかりである。ときたま間近の海上に金比羅丸の三倍もあろうかと思えるほどの巨鯨が数十頭も群れ、潮を噴きつつ頭をあらわしては尾鰭《おひれ》を逆立てるのが見えた。

「なんとがいな姿じゃが。あげなものにぶちあたられたら、たまらんがよ」

五右衛門が万次郎に怯《おび》えた眼をむける。

「銀杏《いちょう》の葉ぁみたいな尾についとる紋は何じゃろう」

万次郎は首をかしげる。

「あら、牡蠣《かき》ぜよ」

舷にもたれている筆之丞が教えた。彼の頬髭《ほおひげ》がくろぐろとのびている。

「ここはどこかのう。こげな大海のなかで見る鯨は、冥途の使いに思えらあ」

見渡すかぎり、白馬を走らせる波頭が生きもののように上下しているばかりであった。鳥一羽も眼にはいらない。万次郎は頭上で唸《うな》る風音を聞きつつ、船上の彼らがすべて死に絶えるときが間もなくくると考えている。

船中には米も水も尽きていた。活《い》け間《ま》の魚も、十数尾をのこすのみである。

「喉《のど》かわくのう」

寅右衛門が呻《うめ》くようにいう。

五右衛門はこごえて発熱し、苫をかぶって寝たきりである。

「この船も、わえらの棺桶になるぜよ」

寅右衛門がうつろな眼つきになり、筆之丞が叱《しか》りつける。

「わりゃ、死にたけりゃおのれだけ死ね。わえらは生きるきにのう。えらいなさけない顔しちゅうが、ほかの者が気いおとすよなことというな」

十三日の朝が明けた。空は晴れわたったが、風勢は衰えを見せていない。

万次郎たちは活け間の魚を食いつくし、口にするものはなかった。彼らは飢えよりも喉の渇きにさいなまれていた。

筆之丞は五右衛門が海水をすくって呑もうとするのを、制止した。

「潮飲んだら、なお喉がかわいて気い狂いゆう。飲みたけりゃ、飛びこんで死によし」

海水でうがいをすれば口中に堪えがたい鹹《から》さがのこり、火のつくような渇きを呼びおこす。

唾《つば》はひとしずくも出ない。口中が乾ききって、ものをいうのもつらいほどである。あと幾日かで皆渇き死ぬと万次郎は覚悟した。

陽《ひ》がなかぞらにかかる頃《ころ》、万次郎は東南の海上にかすかな薄墨色の隆起があるのに気づいた。

はじめは雲かと思ったが、動かずおなじ位置にある。

「あれは何じゃろうのう、親方」

万次郎は筆之丞に聞く。

寝ていた筆之丞は起きあがり、万次郎の指さす方向を眺めた。

「島じゃ、まちがいない」

彼は喉からしぼりだすような声でいう。

「鳥の子のような形しちゅうが、やっぱり島かえ」

重助、寅右衛門が、身を起こす。

「どこじゃ」

「あそこじゃ」

二人は舷にしがみつき、眼をこらす。

島影は波濤《はとう》にさえぎられ、消えてはあらわれる。

「島じゃ、ほんに島じゃ。早ういこらあよ」

「さあ、帆を引け」

筆之丞が帆桁《ほげた》をつかい、角帆を張る。

万次郎は目前に迫った死を免《まぬか》れるよろこびに胸を高鳴らせ、作業を手伝う。

金比羅丸は北西風を帆にうけ、島影をめあてに走りだした。

筆之丞が懸命に舵をとり、金比羅丸は烈風にしばしば吹き戻されつつ島に向う。

鳥がうずくまったような形の島影は、しだいに近づいてきた。

「あそこへあがって、水呑んでから死にたいのう」

おそらく無人島であろうが、水は湧《わ》いているであろうと、万次郎たちは望みをつなぐ。

「あれ見よ。岩山じゃねや。木も生えとるぞね。いま一歩じゃきに、船割らんように磯《いそ》へ着けにゃならんぞ」

島へあと一里ほどに近づいた頃、北西風がいきおいを増してきた。

帆が破れんばかりにはためき、筆之丞が命じた。

「身縄《みなわ》を切るけん、帆をとりいれよ」

重助と寅右衛門が帆をおさめる。

「これからあとは、櫓《ろ》をつかうぞ」

重助が折れた櫓の先に短く切った帆桁をくくりつけ、漕《こ》ぎはじめた。

船は鈍い足取りで島に向ってゆく。

「潮が島へ向いてるけん、着けるろう」

筆之丞が皆をはげます。

こごえて寝込んでいた五右衛門も、起き出て柄長《えなが》ひしゃくで船底の水を汲《く》み出す。

金比羅丸は日暮れまえに、島の北側に接近したが、磯に打ちよせる波が荒く、近づけなかった。

島の東寄りには岩山が聳《そび》えていた。

山頂が三つに分れ隆起し、そのあたりにおびただしい数の海鳥が群れ飛んでいる。山肌《やまはだ》にもひしめきあうように白い鳥がとまっていた。

「雪が積もうちょるがに見ゆるぞね。大きな鳥じゃ。おう、こっちへきゆう」

万次郎は一間以上もあると見える両翼をひらいた純白の鳥が、山頂から風に乗り舞い下りてきて、風を切り頭上をかすめたので、思わず首をすくめる。

「ありゃ何の鳥じゃろう。藤九郎かのう」

万次郎がいうと、皆はうなずく。

「仰山《ぎょうさん》住みよるがじゃけんど、この島は藤九郎の巣か」

筆之丞は夕映えの山頂を見あげる。

藤九郎とは船乗りには親しみぶかいアホウドリのことである。

体は白い羽毛に覆《おお》われ、先端が鉤《かぎ》のように曲った嘴《くちばし》と翼の先、尾の部分のみが黒い海鳥で、土佐の沿岸にもしばしば飛んでくる。夏季にはアラスカ辺りの北方の海へ移動し、十月から翌年六月頃まで生れ育った島に戻り、産卵し雛《ひな》を育てる。

「藤九郎がおりゃあ、しばらくのあいだは飢えて死ぬこともないがじゃ」

重助がつぶやく。

藤九郎は体が重く、動作が鈍重であった。人が近寄っても怖がる様子を見せず、逃げない。

飛びたつにも、他の鳥のようにはゆかない。高所に登り、斜面を駆け下りつつ翼をひろげ、いきおいをつけておいてようやく空中に浮かぶ。

筆之丞たちがテグスの先に擬似餌《ぎじえ》をつけ流し釣《づ》りをしているとき、藤九郎が飛んできて餌《えさ》をついばみ、鈎《はり》を喉にひっかけ苦しがり、あばれることがあった。テグスを切ってやれば、糸の切れた凧《たこ》のように去ってゆく。

「船着ける場所を探さにゃいけん」

「磯波がえらいのう。これほどきつけりゃ、船寄せても一気に割られらあ。難儀じゃなあ」

黒ずんだ波は、磯辺で丘のように盛りあがり、岩場に激突して飛沫《ひまつ》を散らし、浜辺は霧がたちこめているように見える。

「暗うなってきたけん、錨《いかり》おろせ。今夜はここで船がかりするぞ」

寅右衛門が錨を投げいれたが、首をふった。

「あかんぜよ。この下は礁《はえ》があるがじゃ。錨がかからん」

日が暮れてきた。

金比羅丸を揺りあげては浜辺にむかい、落雷のような音響とともに砕ける大波が、夜光虫のかがやきにふちどられている。

「海ゃあよう光るのう。魚《いお》おるそうなぜよ」

筆之丞が海中をのぞきこむ。

「さあ、いこかえ。錨おろさにゃあ寝られんきに」

疲れきった男たちはかわるがわる櫓を押し、磯に沿い船を動かす。

島の形は丸く、険阻《けんそ》な岩礁がつづき、船を近寄せる浜が見あたらない。

「夜道に日は暮れなあよ。ゆっくりいけ」

飢渇《きかつ》に苦しむ彼らは、しばらく櫓を押すと息をきらし、船上に倒れこむ。

島の東側へまわり、磯から二町ほどはなれた海面に錨を下した。

「深うて錨とどかん。縄足さにゃいけん」

幾度も錨縄を継ぎたし、ようやく底にとどいた。

万次郎が胴の間でしばらくまどろみめざめると、筆之丞たちがかすれる声で話しあってい
た。

「こないにしゆううちにゃ、あと幾日も身は保《も》たん。夜お明けたら魚釣って腹ごしらえして、島へあがって水探そらあよ」

「船割らんと、陸《たか》へ着けられようかのう」

「このーな、ちんまいことにこびつくなや。船割ったとて、水飲んで死ぬほうがよかろうが」

風が収まってきた。

うねりに上下する船上からのぞく海には、小魚が往来している。闇《やみ》のなかで泳ぐ魚は、骨格から内臓にまで夜光虫の蒼白《そうはく》の光りをやどしていた。

「糸垂れてみゆうか」

筆之丞と万次郎がテグスを下した。道糸に幾本かの鈎をつけているが、餌をつけない空鈎である。

テグスを上下に動かすうち、鈎の動きにつられた魚がかかった。筆之丞が二匹、万次郎が一匹釣りあげる。

「こりゃ、緋魚《あかば》じゃねや。食えるろう」

五人で分けあって空腹をみたすに充分である。筆之丞が手早く皮を剝《は》ぎ臓物を抜いて身をぶつ切りにした。

ひきしまった固い身を嚙《か》みくだすと、空虚であった腹に力がこもったような気がする。

海面にわずかずつ光りがさしてきた。靄《もや》のように水蒸気のたちこめるなかで、重助が錨を揚げはじめた。

「あかん、とてもあかんぜよ。重うて揚がらんが」

彼は荒い息をついた。

寅右衛門が重助に手を貸したが、海底に延びた縄は動かない。

「皆、力貸せ」

五人が縄にとりつき引っ張る。

「これはいけん。縄を切らにゃあかんぜな」

「錨失うたら、船に乗れんぞ」

「しかたない。島へあがらにゃ皆死ぬけん。わえのいうことを、ぞうくりまわすな」

筆之丞は体力をつかいはたし、気みじかになっている。

「あれ見よ、鱶《ふか》が仰山いよるじゃねや」

筆之丞が顎《あご》で示した海中には、金比羅《こんぴら》丸のなかばを超すほどの図体《ずうたい》の鱶が、群れをなして動いていた。

寅右衛門が斧《おの》で棕櫚《しゅろ》縄《なわ》を叩き切った。

「それ漕げ、舳《へさき》を磯へ突きあげよ」

筆之丞が舵《かじ》を握り、重助が力をふりしぼって櫓を漕ぐ。

金比羅丸は押してくる波濤に乗って浜辺に近づいていったが、船底が岩礁《はえ》に引っかかり動かなくなったとたん、つぎの波に押され舳を岩のあいだに突きこみ、転覆した。

五右衛門、寅右衛門、万次郎は海中へ投げだされた。

万次郎はいったん海中深く沈んだが、浮きあがると巧みに波に乗り、剃刀《かみそり》のように尖《とが》った岩礁にも傷つけられず、岩のうえに這《は》いあがる。

五右衛門、寅右衛門《とらえもん》も岩にとりつく。

「早うあがれ。つぎの波がくるきに」

万次郎は二人を引きあげる。

「兄やんはどこじゃ」

五右衛門が泣き声で喚《わめ》く。

筆之丞と重助は、転覆した船の下になり、岩の間の海中に落ちた。あやうく岩に叩きつけられ死ぬところであったが、無傷である。

船の下から泳ぎ出ようとすると、一方は岩が迫って出られず、一方にはハエ縄の釣鈎をつけた道糸がすだれのように下っている。

二人はいったん深く潜ってから浮きあがり、ようやく岩にとりついた。

そのとき大波が押し寄せ、金比羅丸を微塵《みじん》に打ち砕いた。

重助は右足を挫《くじ》き、皆で岩上に引きあげたが動けない。他の四人で彼を守りつつ、ようやく浜辺に辿《たど》りついた。

「ああ、えらいことじゃねや。船はもうないきに、この島でおらにゃあならんぜよ。魚も釣れん」

五人は砕け散った金比羅丸の破片が、沖に引かれてゆくのを茫然《ぼうぜん》と眺《なが》めた。

エンケレセ

万次郎たちが天保《てんぽう》十二年（一八四一）正月十四日に上陸した島には人の気配がなかった。

「これはあんまり大きな島ではないが、人や獣はおらんかのう」

五人は顔を見あわせ、風音に乗って聞える鳥の啼《な》き声に耳をすます。

陽《ひ》は照っているが、海上を渡ってくる風はつめたい。

「荷は何にも揚げなんだか」

筆之丞《ふでのじょう》が聞き、男たちはうなずきあう。

漁に出たままの姿で海に投げだされ、身につけた道具はなにひとつなかった。

寅右衛門が暗い眼差《まなざ》しを磯《いそ》へむけた。

「魚《いお》を釣《つ》ろうにも、鉤《はり》もテグスもないぜよ」

「なんぞ打ちあがってくれりゃええが」

「煮焚《にた》きするにも、火打ち石も付け木もないけん、どうにもならん」

「藤九郎がおるがじゃけん、それだけが頼りよ」

濡《ぬ》れた衣類をしぼって岩上にひろげ、陽に干す。

足を挫《くじ》いた重助は動けないが、他の四人はとりあえず食物と水を探しに出かけた。口中に粘りけさえなく、乾ききっている。

頭痛がするのも、身内に水気が切れてきたためと思われた。

四人はよろめき歩くうち、筆之丞が巨岩の凹《くぼ》みに光るものを見た。

「あれを見よ。池じゃ」

四人は走り寄る。

筆之丞はおよそ二坪ほどの水面の傍《そば》にしゃがみ、口をつけて吸う。

「これは雨が溜《たま》りよったがじゃねや。皆飲め」

四人は水に顔を寄せ、夢中で飲む。

万次郎はこの世でこれほどの甘露があろうかと思いつつ、幾度も息をつぎながら飲む。

皆はひとしきりむさぼり飲んだのち、言葉もなく坐《すわ》りこむ。

「生き返ったねや。あまりに渇いて、身の皮がひっついて、小《こ》んもうなったように思うたが、元に戻りゆう」

寅右衛門があおむけに寝そべり、他の三人も身を横たえ、空を見る。

「ここはどの辺りかのう」

筆之丞が南西へむかう雲を眺めつつ、つぶやく。

ひさびさに地面の感触を味わいつつ、宇佐に残した家族に思いをはせているのである。

筆之丞たちは重助の寝ている浜辺に戻り、彼を背負い、水溜りのところへ連れてゆき水を飲ます。

「島のなかをあらためてくるけん、重助と五右衛門も疲れちょるき、ここにいよ」

筆之丞は寅右衛門と万次郎をともない、島内の様子をしらべることにした。

「どこぞに人が住みよるか分らんきに、行ちくらあ」

島の周囲はおよそ一里ほどであった。

地面は大小の岩に覆《おお》われている。島の東北は岩壁のそそりたつ山であった。

「なんと嶮《けわ》しい山じゃねや。とても登れまいが」

島内に大木は見あたらない。

土佐でシャシャブと呼ぶ茱萸《ぐみ》の木、萱《かや》、茨《いばら》などが繁茂していた。いずれも幹の細い灌木《かんぼく》で、高さは五尺までである。

虎杖《いたどり》が岩壁に密生しており、新芽は食用にできるが、登れない高所にあった。

万次郎は灌木をゆるがせて吹く北風の音を聞きつつ、自分が中ノ浜を出たのちわずか二十日のあいだに、思いがけない境遇に身を置いた激変の過程を、ひとごとのように考えている。

筆之丞は島内のどこにも人家がないのをたしかめ、落胆したようであった。

大海のただなかの芥子粒《けしつぶ》のような島は、船乗りの恐れる黒瀬川の外にあった。船の立ち寄るあてはないと見てよい。

万次郎は足どりの遅くなりがちな筆之丞と寅右衛門に先立ってゆく。

西南の浜辺に出ると、にわかに鳥の啼き声が騒がしくなった。

海岸の岩壁にうがたれた大小の穴が、鷗《かもめ》、鷺《さぎ》、雲雀《ひばり》、目白、鶯《うぐいす》などの巣になっている。

海にのぞむ台地には、幾千羽とも知れない藤九郎が群がり、万次郎たちがきたのを見て、啼きたてる。

「なんとえらい数じゃねや」

寅右衛門が近づき、一羽を抱いた。

藤九郎はおとなしくしている。

「かわいそうじゃが、食うてみるか」

「しかたない、殺生《せっしょう》せにゃいかんのう」

筆之丞たちは三羽を打ち殺し、二羽をその場に置き、一羽を持ち帰る。

藤九郎の皮を剝《は》ぎ、寅右衛門が食ってみて舌つづみをうった。

「これは旨《うま》いぜよ。なかなかええ味じゃねや」

五人は肉を分けあい、飢えをしのぐ。

住いは東南の浜辺にみつけた洞穴《ほらあな》にきめた。入口は腰をかがめて這いこまねばならないが、奥は高さ一間半、三間四方ほどもあった。

万次郎たちは洞穴を住居とし、藤九郎などの鳥類を食料として、一日でも長く生きのび、救助される好運を待つことにした。

火打石がなく、焚火で暖をとることもできないので、たがいに身を寄せあい夜を過ごす。

朝になって浜辺に出ると、金比羅《こんぴら》丸の船板数枚が打ちあげられていたので、持ちかえった。

筆之丞がいう。

「これを敷きならべて床にするがええぜよ。今夜から着物《きりもん》は布団《ふとん》がわりに着て、このうえでごたがいの身を寄せあわんか。そうすりゃ温《ぬく》みで寝られようが」

島での最初の夜は、寒気がきびしく睡《ねむ》れなかった。

筆之丞の思いつきは、意外なほどの効果があった。褌《ふんどし》ひとつの裸で身を寄せあうとたがいにあたたまり、春寒に悩まされないですむようになった。

「昨夜絞めておいた藤九郎を、取ってこんかえ」

万次郎は筆之丞に命じられ、鳥の巣穴の傍に置いてきた二羽を取りにいった。

「あれ、皮ばかりじゃが」

二羽の藤九郎は皮ばかりになっていて、辺りに羽毛が散乱している。他の鳥が肉を食いつくしたのである。

万次郎は五羽を打ち殺し、洞穴へ担《かつ》いで戻った。

「生《なま》で食うたら、腹病まんかのう」

筆之丞は警戒したが、腹ぐあいは変らなかった。

「さあこれで、寝屋と食うものができたきに、ええわよ」

筆之丞たちは藤九郎を一日に一人あたり二羽ずつ食料にあてることとした。

持ち帰った藤九郎は、船板についていた釘《くぎ》を石で磨《と》ぎあげた手製の庖丁《ほうちょう》で、皮を剥ぐ。

肉は石で叩《たた》き、薄くのばし岩上にひろげ、陽に干して主食とした。

万次郎たちはこれを石焼といった。

「石焼は旨いがじゃねや。のう寅やん」

「まったく旨いのう。皮を剝《む》いて酒の肴《さかな》にすりゃ、よかろのう」

筆之丞は首を傾《かし》げる。

「わえはあんまり旨いとは思わんわや。臭みが嫌《いや》じゃきに」

彼は万次郎にかげりのある笑みをみせる。

誰もが堪えきれない寂寥《せきりょう》に胸を嚙《か》まれている。この先、孤島での生活をいつまでつづけるのか。おそらく、救援の船は、ここで命を終えるまであらわれまいと、絶望の重石《おもし》を身内に抱いていた。

正月の大時化《しけ》で、宇佐浦の筆之丞ら五人の乗り組んだ船が帰ってこないという噂《うわさ》は、数日のうちに遠近にひろまった。

北西風《あなぜ》の吹き荒れた日、沖出していた船は風浪を凌《しの》いで浜に戻りついたが、金比羅丸だけは帰らない。

「あんまり波が高かったけん、どこぞのナダへ風を避けていゆうじゃろ。明日にでも魚積んで戻らあ」

筆之丞、寅右衛門の家族たちは不安をおさえつつ待っていたが、三日、四日と経《た》つうちにおちついていられなくなった。

陽のあるうちは浜へ出て沖を眺め、海岸沿いに歩いて金比羅丸の船板か漁具でも流れついてはいないかと、眼《め》を血走らせ探し歩く。

「やっぱり流されたんかのう。帰ってきてほしいぜよ」

「息災でなあ、帰っておくれ。皆待っとるきに」

船主の徳右衛門《とくえもん》は焦慮にさいなまれる筆之丞の家族とともに附近の湊《みなと》をたずね歩いたが、手がかりになる物も手に入らず、金比羅丸を見たという噂も耳にとどかなかった。

「わえは家におったとて睡れんけん、いまから幡多《はた》郡の辺りまで探してくらあよ。きっと吉報つかんでくるけん、待っちょれや」

徳右衛門は宇佐浦から浜伝いに与津岬《よつみさき》へゆく。さらに佐賀浦、白浜と、金比羅丸が立ち寄ったはずの土地をたずね、地元の漁民から何かの手がかりを得ようとつとめた。

だが漁師たちは首をかしげるのみであった。

「金比羅丸ちゅう船は、見たおぼえがないぜよ。なんというたち、沖出する船は何百とあるけん、なんとも分らんですらあ」

徳右衛門は足摺《あしずり》岬のほうへ重い足をはこびつつ幾夜かの泊りをかさね、中ノ浜まできた。

金比羅丸の残骸《ざんがい》がなにひとつ海岸に漂着していないのは、まだ漂流しているためかも知れない。いや、はるかの沖合いで沈没したとも考えられるなどと、徳右衛門は思いなやみつつ、中ノ浜の集落に入り、万次郎の母志おの住居をたずねた。

徳右衛門は万次郎の父が六年前に病死し、窮乏の暮らしむきであると聞き知っていた。

路地の片側が一段高くなっていて、前庭をへだてた小屋のような住居が見えた。

――ここが万次郎の家か。あそこにおるのは母親か――

陽は暮れかけていた。

母親らしい四十七、八歳の女が、十歳ほどの娘となにごとか語らいつつ、かまどの火を焚きつけている。徳右衛門は胸が迫った。

徳右衛門は石段を登り土間に入ると、挨拶《あいさつ》もできないまま志おと万次郎の妹ウメのまえに泣き伏す。

「あれ、旦那《だんな》はどなたかのう。なんで泣きよう」

志おがおどろいて徳右衛門を抱きおこす。

徳右衛門はしばらく身を揉《も》んで泣きむせんでいたが、やがて拳《こぶし》で涙をぬぐった。

「お前はお志おどんかえ。わえは宇佐浦の徳右衛門じゃ。金比羅丸の船主ぞね」

「まあ、船主さんか。中ノ浜へどげな用事でござったかのう」

徳右衛門はいいよどんだが、思いきってうちあける。

「金比羅丸が五日の朝に沖出したまま、戻ってこん。ほうぼう聞き歩いてここまできたが、何も分らんままじゃねや。どこぞへ流されたけん戻れんのやろうが、どこへいきゆうたか便りがないんぜな。沖で沈んだと思わにゃならんがじゃゆ。しかしのう、船板の一枚も流れつかんからにゃ、遠方の陸《たか》へあがっちゅうか知れんぜよ。こうなりゃ、何事も運まかせじゃけん、気長う待っておうせ」

徳右衛門は幾つかの一分銀を懐紙に包み、志おに手渡す。

志おは膝頭《ひざがしら》から力がぬけ、しゃがみこむ。ウメが声をしのび泣きだした。

──今日まで何の便りもないのなら、万次郎は生きてはおらんがじゃ。もうこの世ではあの子に逢《あ》えん──

志おは悲哀に胸をしぼられ、顔をゆがめる。あまりにつよい衝撃をうけたので、涙も出ない。彼女は両手で顔を覆う。

九歳の頃《ころ》から因業《いんごう》な雇い主のもとへヤッコに出し、苦労させてきた万次郎が不愍《ふびん》でならない。

前年の暮れに、神社の拝殿で裸のまま高いびきをかいていた万次郎を思いだすと、志おの両瞼《まぶた》から涙が噴きだしあふれた。

「わたいはこれから旦那について、宇佐までいくぜよ。もう一遍、浜を探しにいかせとうぜ」

志おは翌朝きいやんを呼び後事を托《たく》し、徳右衛門とともに足摺岬から沿岸の諸浦をたずね歩いた。金比羅丸の消息を得ようとつとめたが、やはり手がかりは皆無であった。

志おは半月後に、疲れはてて中ノ浜に戻った。

「もうあかん。万次郎は戻ってはこんがじゃ。宇佐から沖出した日が命日ぜよ」

彼女は中ノ浜の峠にある大覚寺の境内に、さしわたし一尺ほどの自然石を万次郎の墓としてすえ、身内を集めささやかな葬式をいとなんだ。

無人島での寂寞《せきばく》の日々が過ぎていった。

万次郎たちが住居とした洞穴は南西に向いているので、北風は当らないが、湿りけがあって底冷えがする。

万次郎は夜があけると洞穴の入口へ戸板を敷いて寝そべり、沖を飽きることなく眺《なが》める。海は深い紫紺をたたえ、風のない日も水平線の彼方《かなた》まで細かい起伏を刻んでいた。

波頭を見つめていると、ひとつひとつの動きが意味ありげに見えてくる。ときどきひょいと頭をもたげ、万次郎に合図を送ってくる波があった。

藤九郎は終日餌《えさ》をさがし、啼《な》きかわしつつ海上を飛翔《ひしょう》する。

「どこぞから船がきてくれんかのう。おらん見つけりゃ、山のうえへ走りあがって、手を振っちゃるきに」

万次郎がいうと、筆之丞がさびしげにほほえむ。

「万やんよ、それは無理ぜよ。なんとゆうても黒瀬川の外じゃきん、どの船もようこんぞな」

重助は傷ついた足の痛みが去らず、寝たままである。

五右衛門は気鬱《きうつ》の病いにとりつかれたようになり、はたらこうとしなかった。毎日藤九郎を捕え、木の芽をつみ、磯辺《いそべ》で牡蠣《かき》、鮑《あわび》を取ってくるのは、筆之丞、寅右衛門《とらえもん》と万次郎であった。

彼らが漂着して十日ほどが過ぎたが、連日の晴天で、雨の降る気配はなかった。

「雨降らんのう。水が難儀ぜよ」

筆之丞と万次郎は、岩山の中腹に、水がしたたり落ちている場所をみつけ、浜辺に打ちあげられていた三斗桶《おけ》を持っていってすえ、飲水を得ようとした。

上陸してすぐに見つけた水溜《みずたま》りは、数日のうちに飲みほしてしまった。

岩間からしたたる水は、一昼夜のうちに五升ほど溜った。

「まあこれが出てくれとるうちはええが、濡《ぬ》れもせんようになりゃ、おしまいになりゆうがじゃ」

万次郎は食物や水を探しあるいているとき、他境から隔絶され、檻《おり》にとじこめられている獣のようなわが身が、今後どうなるかと、胸のふさがる思いに襲われることがあった。

海にのぞむ崖《がけ》のうえで、筆之丞と膝をならべ一服していると、頭上を流れ去る雲に乗ってゆきたいと、激しい思いがこみあげてくる。

あるとき筆之丞が聞いた。

「万やん、こうやって生きてるのが嫌んなったら、どうすりゃ」

万次郎は自分にいい聞かせるように答える。

「わえは、海へ身投げして鱶《ふか》に食われゆうが、それまでは何とか生きとうきに」

彼はひとりで食物を探しにでかけるとき、真昼の陽《ひ》の照りわたる岬に立ち、沖にむかって叫ぶ。

「お母《か》はん、お姉《ね》、ウメ。わえはここでまだ生きちゅう。もうこの世じゃ逢えんかも知らんが、達者でいてよう」

わが声がむなしく海に吸われてゆくとき、万次郎は息のつまるような胸苦しさに襲われる。

自分が運命の手によって束縛され、家族に二度と逢えないと思うと、胸を掻きむしり、転げまわりたいような激しい絶望が身内につきあげてくる。

「お母はん、死んだら魂になって帰るぜよ」

万次郎は頰《ほお》に涙を伝わせ、志おに呼びかける。

「あんまり泣いたら、喉《のど》かわくきに」

彼は自分にいい聞かせつつ、磯へ下りる。磯の岩間には、牡蠣、鮑、なまこなどがある。

万次郎は草を編んでこしらえた袋に獲物をいれる。

小魚は手のとどくような海中に群れをなして泳いでいるが、つかみとれない。

「テグスと鈎《はり》さえありゃ、いくらでも取っちゃるが、どうにもならんぜよ」

万次郎は歯がみをする。

藤九郎の干し肉を石焼といって食っているが、たまには魚を食いたかった。

万次郎は幾度か袋のなかに魚を追いこもうと試みて失敗し、あきらめて岩海苔《のり》を貝殻《かいがら》で掻《か》きとっているとき、背後の海面を叩くようなちいさな物音がした。

ふりかえると、海中に雲の影のようなものが見えた。

万次郎はしばらく見つめていて鳥肌《とりはだ》が立った。畳八畳敷きあろうかと思える巨大な黒影が静かに動いてゆく。

——あれは何じゃ——

息をのむうち、影はしだいに深みへ下りてゆき、碧波《へきは》の奥に姿を消した。

——こんぎゃあ化物がいよる海へ、身投げできゆうか——

万次郎は自分に問いかけると、生きのびたい願望が炎のように湧《わ》いてきた。

島に上陸してのち、晴天がつづいていた。

岩間からしたたりおちる水の量は、日を追い減ってきた。

筆之丞は水不足を警戒しはじめた。

「雨が降らにゃ、どうすりゃよかろうのう。これからは思うさま飲めんぜよ」

万次郎たちは雨を待ちわびた。

空に黒ずんだ雲があらわれると雨が降るかと胸を高鳴らせるが、空を覆《おお》うこともなく消えてしまう。

「これほど四方を潮水に取り巻かれてるのに、飲む水に難儀するとは、何ぞの罰があたったんじゃろうぜよ」

筆之丞が不安にみちた眼差《まなざ》しを空にむける。夜中に湿りけを帯びた風が動くと洞穴から這《は》いだすが、星が輝いていた。

朝になると透んだ陽射しが照りわたり、男たちを落胆させた。

岩間の落水は細るばかりで、水桶を受けておいても一日二升にみたない量である。

「このままじゃ、渇《かつ》え死にすらあ。これからは飲み水も節約《しまつ》せにゃいけん」

筆之丞は牡蠣殻を拾ってきて、水桶の傍《そば》に置いた。

「これからは鳥一羽食うたら、これに一杯だけ水を飲むんじゃや。そのうえ飲んだら、洞穴《ほらあな》から放《ほう》りだすぞ。わかったなあ」

足腰の達者な筆之丞と万次郎は、夜があけると洞穴を出て、食いものと水を探しにでかける。

二人が磯辺で岩海苔を取っているとき、赤黒い塊が流れついているのを見つけた。

「ありゃ何じゃねや」

万次郎が走り寄ってみると、獣肉のようなものである。

抱きあげようとするが、重いので尻《しり》もちをついた。

「おっきいのう。何の肉ぜよ」

筆之丞が手を貸し、波打際《ぎわ》から引きずってきた。

「こりゃ、五貫匁《め》もありゆうが、何の肉じゃろう。鯨か」

筆之丞が肉に嚙みつき、歓声をあげた。

「鯨じゃ。やっぱり鯨の赤身じゃが。万やん、これを担《か》いとうぜ。これだけありゃ、しばらく食いのばしできゆうに」

二人がかりで肉塊を抱きあげ、よろめきつつ洞穴へ持ち帰る。

「これ見よ、鯨じゃ。嗅んでみたが、いたんどりゃせんぞ。これで精つけよ」

寝ていた寅右衛門、五右衛門がはね起きてきた。

「重やんにもやれ」

五右衛門が釘《くぎ》の先で肉を引き裂き、寝たきりの重助の手もとに置いてやる。

海水に浸っていた鯨肉は、塩味がついて旨《うま》かった。

「こげな大きな肉が、なんで流れついたんかのう」

寅右衛門が喉を鳴らし、肉に嚙みつきながらつぶやいた。

島での日をかさねるうち、寒気はしだいにうすらぎ、昼間の陽射しは汗ばむほどになった。

雨は依然として降らない。渇きは堪えがたいほどになった。食いものと水を求めてさまよう万次郎たちは、灌木《かんぼく》の根方に生えた芝草を引き抜き、根を噛む。

甘みのあるわずかな水分が口中にのこるのを楽しみに、唇《くちびる》を土に汚し噛みつづけた。

夜になって洞穴で眠っているとき、喉の渇きのため突然めざめることがあった。

「お母はん、お母はん」

万次郎は闇《やみ》中を見まわし志おを呼び、ここはどこであろうと考え、島にいるのだと気づき落胆する。

彼は志おが縫ってくれた胴着をかぶって寝ているあいだに、彼女の夢を見た。

「くたぶれたかえ。ゆっくり休みよし。悲哀なのう。ようはたらいたけん、無理ない。夜さにゃゆっくりしちょき」

志おはいいつつやさしい手つきで万次郎の背を撫《な》でてくれた。

その感触が、めざめたのちもはっきりと残っていた。

「お母はん、家へ帰《い》にたいぜよ」

万次郎は志おの幻に訴える。

中ノ浜での彼の生活は、いまとたいして変らない狭い環境のうちでいとなまれていた。谷前の住居を明け六つ（午前六時）頃に出て、今津太平の家でヤッコとしてはたらき、日が暮れてのちに帰る。

集落の人たちと言葉をかわし、年頃の似かよった子供たちとたまに浜辺で遊ぶ。中ノ浜が万次郎の社会であった。

たまに運上（税金）取りたての浦方役人が毛の抜けた老馬にまたがり、胸をそらせあらわれると、万次郎たちは雨あがりのぬかるみであろうとかまわず、道端に土下座し平伏しなければならない。そうしなければ、あとで村年寄に呼ばれ殴られた。

陽に灼《や》けた、出っ歯の猿《さる》のような顔つきの役人が、万次郎の前に村外の広い社会のにおいを運んでくる唯一《ゆいいつ》の存在であった。

終日きびしい労働に明け暮れる、貧困の暮らしに万次郎はならされてきた。

真砂《まさご》の八幡《はちまん》神社の祭礼で、二個一文の稲荷《いなり》ずし、五個を串《くし》にさした二個一文のあやめ団子さえ買えない生活であった。

糸車の独楽《こま》を四文で親に買ってもらえる子は、中ノ浜では数すくない特権階級に属していた。

貧困の労働の生活を支えているのは、家族のあいだの蜜《みつ》のような情愛であった。

いま万次郎は食物に窮するまま、藤九郎が雛《ひな》を養おうとくわえてきた鰯《いわし》や飛魚を横取りするため、棒をふるって飛びかかり、追いはらうこともする。

しだいに気持ちがすさみ、痩《や》せこけた顔に光りをはなつ両眼が、刃物のようにするどくなってきた。

一滴の雨も降らない晴天が六、七十日もつづくと、岩間の露滴も乾いてしまった。

「これはどうにもならんちゃ。渇き死にすらあ」

重助の足の疵《きず》は容易に回復せず、五右衛門、寅右衛門も体力衰え、洞内《どうない》で身を横たえるのみである。

筆之丞と万次郎だけが歯をくいしばり、食いものと水を求めにさまよい歩く。

わずかな湧水《わきみず》、溜り水を探していたが、ついにどこにも見あたらなくなった。草の根、海苔、貝などのわずかな水分をとるだけでは、やけつくような渇きをとめられない。

「小便も水のうちじゃきん、呑《の》もうぜよ」

皆はわが尿を手に受けて飲むが、渇きは増すばかりである。

このままではまもなく死ぬと思った万次郎は、筆之丞にいう。

「親方、北の山へ登ろうぜよ。水があるかも知れんきに」

「あげな険しい山へ登ったら落ちて死にゆうが」

「このまま寝てりゃ死ぬんぜよ。落ちてもええが」

二人は洞穴を出て岩山の麓《ふもと》へゆくと、息をきらせつつ、絶壁を登りはじめた。

「息切れよるろう。この頃はろくに食うものも食いよらんきに、手足が乾《ひ》かちばっちゅう」

筆之丞が苦しげにあえぐ。

島にたどりついたときは、藤九郎も多数いたが、雛が育つとあいともなって遠方の空へ去ってゆき、数が減ってきたので、いままでのように満腹するまで食うことができない。そのうちに一羽もいなくなるのではないかと危《あや》ぶむが、釣鈎《つりばり》もテグスもないので魚もとれず、成行きにまかすよりほかはなかった。

垢《あか》じみた褌《ふんどし》をつけた筆之丞の痩せた尻が、岩角にとりつき身をくねらせ険しい傾斜をのりこえてゆく、万次郎の頭上に見える。

「こ、こげに喉かわいてからに、どこにも水なかったら、どうなるぜよ」

筆之丞が陽灼けたこめかみから汗をしたたらせ、万次郎をふりかえる。

彼の体は痩せこけて、背骨がかぞえられるようになっていた。万次郎もつよい海風に吹かれると足がよろめくほど、衰えている。

万次郎たちは幾度か絶壁から転落しかけたが、蟻《あり》の這うようによじ登って岩山の頂きに達した。

萱原《かやはら》を押しわけて数歩進むと、広大な平坦地《へいたんち》の眺《なが》めがひらけた。地面には荒芝が生えているだけである。

「これはひろい平地《だぼ》じゃねや。果てが見えんぐらいじゃのう」

二人は立ちどまり、磯から吹きあげてくる風の音を聞く。

「人が住まんのに、こしらえたように見ゆうが」

万次郎は辺りを見まわすうちに、石の堆積《たいせき》を眼にとめた。

「あら何じゃえ」

二人が近づくと、磯にいくらでも転がっている青石が、長さ、幅、高さがともに三尺ほどに積みかさなっている。

「親方、こりゃ墓やろうが」

筆之丞はみじかい吐息をつく。

「ほんにのう、人が築《つ》いたがじゃ。そうとすりゃ墓か」

二人は墓らしい円形の石積みの傍に立ち、言葉もなく立ちつくす。万次郎は胸をつかれる思いである。

——ここはどこじゃろう。昔この島へ流れついて、死んだ者がいたんぜよ。ここへ埋められたんか——

「わえらも間なしに死にゆうが。巻き出しの潮で沖へ流されて、ここへあがって渇え死んだ者が、ほかにもおったんかのう」

筆之丞はかすれた声でいい、辺りを見まわす。

「親方、あそこの岩のかげにも石を築いたところが見ゆうがや」

万次郎が近づいてみると、風をさえぎるように石塊《いしくれ》を積みあげたなかに、古井戸があった。

「親方、井戸らしいものが残っちょら」

筆之丞が走り寄った。

「ほんに、井戸じゃなあ。誰ぞがこしらえたがか」

井戸の底に濁った水が溜《たま》っており、生い茂った草のあいだで光っている。

「水じゃが、助かったがやあ」

眼《め》をかがやかせた万次郎は、筆之丞をふりかえり、けげんな顔になる。

「親方、しかみがやって、どうしたがぜよ」

筆之丞は命をつなぐ水を発見できたのに、眉根《まゆね》をしかめ、いまにも泣かんばかりの表情であった。

「万やんよう、わえらもここで死ぬんぜよ。水を恵んでくれたお人らに、念仏をとなえよらあ」

二人は井戸にむかい、なまんだぶ、なまんだぶと六字名号《みょうごう》をとなえた。

井戸に石を投げこんでみると、かなりふかいようであった。

水を得て力づいた万次郎たちは、よろめきつつ、芝原のなかにまばらに羽根をやすめている藤九郎に忍び寄り、三羽を捕えた。

「鳥もすくのうなってきたがじゃねや。これで食い納めになるかも知れんし、早う洞穴へ帰って皆に分けて、よろこばしちゃろうぜよ」

二人は断崖《だんがい》を下りる際、足を踏みはずし頭から転げおち、茱萸《シャシャブ》の木に引っかかって事なきを得たが、手足は血にまみれ、よろめきつつ洞穴へ戻った。

迎えた五右衛門、寅右衛門《とらえもん》、重助は、万次郎と筆之丞の衣服が裂けやぶれ、疵を負っているのを見ておどろく。

「えらい怪我《けが》をしちゅうがねや。気遣いないか」

筆之丞は笑っていう。

「気遣いはないきに、安心せえ。それより聞いてびっくらこくなよ」

「え、何ぞええ話かえ」

「そうじゃなあ。このうえもない、ええ知らせじゃきに、耳澄ませよし。こりゃどうしたっち大事な話じゃろうのう。さっき万やんと山へ登ったら、古井戸があったがじゃ」

五右衛門が叫ぶ。

「兄やん、それは嘘《うそ》ではなかろか」

「なんで嘘つかんならん。ほんまじゃ。水はあるねや。皆で汲《く》みにいきよし」

五右衛門と寅右衛門が洞穴を走り出ようとして、筆之丞に制止された。

「こりゃ、いずれへ失《う》せるつもりじゃ。狭い島で井戸は逃げんち。それより、儂《わし》のいうことをよう聞け。井戸の横手に墓が三つあったぜよ。墓の下に眠ってるのは誰か知っちゅうか。沖出して流されて、この島へあがった者が死人《しびと》になって埋められたんじゃねや。わえらもいずれそうなるぜよ」

男たちはこの島から救いだしてくれる船のやってくる見込みが、はなはだ薄いと知る。五右衛門がかぼそい声で泣きはじめた。

島に着いて幾日を経たかは、洞内に石で刻みつけているので忘れることはない。

彼らは毎夜、月が満ち、欠けるのを眺め、今日が何月何日であるといいあう。

万次郎は魚をとる工夫をした。浜に打ちあげられた船板の釘をとって、木の板の先につけ、岩間の魚や蟹《かに》を突きにゆく。

澄んだ海水に半身を沈め動かずに待っていると、岩蔭《いわかげ》から磯魚が頭を出してくる。万次郎は石に化したかのように静止し、胸が高鳴るほどの大型の魚が身をあらわすと、力まかせに突いた。

万次郎は魚を突き、海苔《のり》、わかめ、貝を拾う作業をするあいだ、わずかに心の平安を得て、中ノ浜の今津家の納屋《なや》ではたらくときにおぼえたはやり唄《うた》をくちずさむ。

腰のあたりまで潮につかり、岩の表面についた牡蠣《かき》を石でつぶし、腰の袋にいれる。

夏が近づいてくると、牡蠣を食べてはあたると志おに教えられていたが、いまは大切な食料を見捨てられない。

——お母はん、夏の牡蠣を食うぜよ——

万次郎はおやゆびの先ほどの牡蠣を潮で洗い口にいれる。なまぐさい味が吐きけを誘うが、呑み下す。

彼は井戸に水を汲みにゆくときわが姿を水面に映し、蓬髪《ほうはつ》をふりみだし痩せさらばえた体《たい》軀《く》を他人のように見る。

——顔は陽《ひ》に灼けちゅうし、毛だらけで、着物《きりもん》は破れて乞食《こじき》のように見ゆうがか——

海の荒れる日、しぶきが霧のようにたちこめるのを見るとなぜか胸が迫り、波打ち際《ぎわ》に立って、波濤《はとう》の崩れとどろく音が天地を領するなかで喉《のど》をしぼるように号泣した。

四月も末に近づいた頃《ころ》、地震がおこった。日が昇ってまもなく地面が揺れては静止することをくりかえす。

「妙やなあ、こりゃなみの地震とはちがうがじゃ。こげにひっきりなしに揺れることはないゆうが」

「島が沈まんかのう」

男たちは洞穴《ほらあな》から出ては入り、不安におののく。

「まあええが、どうせ死ぬんじゃきに」

身動きのできない重助が、あきらめたようにいう。

外へ出て、島に残っている藤九郎、白鷺《しらさぎ》などが、いっせいに飛びたち頭上で旋回するのを見ると、ただごとではないと緊張せざるをえない。

日暮れまで地面の鳴動はやまなかった。

五人は揺れつづける洞穴のなかで寝たが、地震はしだいにつよまってきた。

「よう揺れるのう。折箱を手で押し揉《も》んでおるがじゃゆ」

万次郎は暗黒のなかで眼をみひらき、頭上の岩盤から砂礫《され》《き》が落ちてくる音を聞く。

いつか眠ったが、揺りおこされた。寅右衛門が耳もとで叫ぶ。

「あかん、もうあかん。この穴が潰《つぶ》れらあ」

「外へ出ようぜよ」

「あれ見よ、あかんきに」

洞穴の外は、岩石が雨のように降っている。万次郎たちは重助をとりかこみ、抱きあって夜を過ごした。立つこともできないほど地面が揺れていた。

夜の明けるまでに、もはやこれまでと覚悟するほどのすさまじい震動が幾度かくりかえされたが、陽が昇ってのちようやくおさまった。

洞穴の入口には巨石が積みかさなり、万次郎たちは力をあわせ押しのけ、ようやく出入りの空隙《くうげき》をひらいた。

「こげなえらい地震で穴が潰れなんだ。これはわえらの運がつながるがぞ。神仏が助けてくれたっつろ。運が尽きてりゃ死んでるはずちゃ。わえらの助けの神はきっときてくりゅうぞ」

筆之丞は皆の痩せた肩を抱き、はげました。

地震のあと、雨の降る日が多くなり、飲み水に窮するおそれはしばらく遠のいた。

「いまはええがのう。夏になりゃ草木もちぢむよなお日いさんが照りつける。また水の苦労がくるがじゃ。夏を越せるかどうか分らんろう」

万次郎は雨降りの日も磯に出て、魚貝を採った。

食料は藤九郎の干物《ひもの》が百五十羽ほどあったが、日がたつにつれ歯が立たないほど硬くなった。

「食うもんと水がつづくうちは生きられゆうが、秋になる時分にゃ皆干物ぜよ」

寅右衛門がなげやりな口調でいい、藤九郎の干物を岩角に打ちつけ、しがんだ。

五人はいずれも、夏を越せまいと思っていた。暑熱のなかでは、水がなくては生きられない。あとひと月ほどの命であろうかと万次郎はひそかに覚悟した。

六月はじめ、前日の宵《よい》に初の三日月を見たので四日の朝であった。五右衛門が夜明けにめざめ、眠れないまま浜に出て海を見ていた。

果てもなくひろがる海面は細波をきざみ、日の出まえの鈍い光をたたえていた。

――もう宇佐へは去《い》ねんのか。干物になって死ぬんか――

五右衛門が悲哀に身を噛《か》まれつつ沖を眺めていたとき、水平線の辰巳《たつみ》（南東）の方向にかすかな影を認めた。

海中に流木がただよってゆくことはめずらしくなかったが、影はそのようなものではない。

「山か、雲が湧《わ》きゆうがか」

五右衛門は瞳《ひとみ》をこらす。

しばらく眺めるうち、影がやや動くのをたしかめ、声をあげた。

「船じゃ、船がきゆう」

彼は洞穴に駆けいり、声をあげ四人を呼びおこした。

「船じゃ、船じゃ。皆起きよ」

万次郎たちははね起きて浜へ走り出た。

「どこに船がおるんぜよ」

「あそこじゃ、ちっとずつ動いちゆう」

「どっちへいくんがか」

「あっちじゃ」

船は東のはるか沖を北へ向っているという。

「何にも見えんが。お前《ま》んの見間違いじゃろう」

沖を見つめていた寅右衛門が肩を落し、筆之丞、万次郎に聞く。

「見ゆるがか」

二人はかぶりをふる。

「なんにも見えんぞ」

五右衛門は叫ぶようにいう。

「あれが見えんか。動《いの》きもていきよらあよ」

万次郎も眼をこらすが、影のようなものはどこにもなかった。

寅右衛門が舌うちをした。

「お前んは、おおかた夢でも見ちょるんぜよ」

五右衛門は沖へむけた視線を動かさずにいう。

「あれが分らんがかや。わえは三月の時分にも、早起きして沖を見ちょったら、船のようなもんが東からきて北へいきよったぜよ。そのときゃはっきり分らなんだけん、いわざったが、いまのもおんなし動きかたじゃ。もうちっと待ちよし。見えてくらあ」

筆之丞は五右衛門の様子で、彼が船影らしいものをたしかに見ていると納得した。

「五右衛門がこれほどいうんじゃきに、待とらあよ。ほかに何することもないきに」

重助も痛む足をひきずり、浜へ這《は》い出てきた。

「なんにも見えんが。やっぱりお前んの見間違いかや」

いいかけた寅右衛門が、あっと叫んだ。

「ほんに船じゃ、あれ見よ、船がきよらあ」

島のほうへ近づいてきたのは、たしかに帆船であった。

帆柱に多くの白帆が張られているのも見分けられるようになった。

「ありゃ異国の船ぜよ」

筆之丞がいう。

彼らは足摺岬《あしずりみさき》の沖で漁をしているとき、異国の巨大な帆船を、幾度も見たことがあった。

異国船であれば、黒瀬川を越えることもできる。

「早う白い物を振らにゃ、去《い》によらあ」

万次郎が裂けやぶれた襦袢《じゅばん》をぬぎ、懸命に振った。

帆船は乾《いぬい》（北西）のほうへ進んでゆく。

船の形はあきらかに見えるが、浜辺からははるかの海面を過ぎてゆく。万次郎の振る襦袢が見分けられる距離ではない。

「あそこまでは三里のうえ越すのう。陸《たか》で人が動いても、とても分らんちゃ」

筆之丞が唇《くちびる》を嚙む。

万次郎は崖《がけ》をよじのぼり高処《たかみ》に立ち、狂気のように叫びつつ襦袢を振る。

「助けてくれえ。おーい、わえはここにいゆうに、助けてくれえ」

声を嗄《か》らし、飛びあがり地だんだを踏んで呼ぶが、船は五人の眼前を通過し、岬に隠れて見えなくなった。

「とうとういきようたか。もうこれで仕舞いじゃ。助け船は来んがかや」

気丈な筆之丞が浜の砂をつかみ、身を揉んで小童《こわっぱ》のように号泣する。

「もうあかん。ここで死なにゃいかんねや」

五右衛門が重助を抱き、肩を震わせた。

万次郎は筆之丞たちが洞穴《ほらあな》へ戻りかけるのをひきとめる。

「待ってよう。さっきの船は島の裏手へ回っちゆう。また近寄ってくるか知れんけん、見にいこうぜよ」

筆之丞はかぶりをふる。

「そげなことしたち、あかんわえ。がっくり気い落すだけじゃきん、やめらあ」

万次郎はひとりで山を登り、懸命に走った。十町ほども息をきらせ走る。

――あの船はもう去んでしもうたか。あれが去んだら、ほんまにおしまいじゃ――

万次郎はわが五体が藤九郎のように干物になり、洞穴に横たわっているさまを脳裡《のうり》にえがくと、生きたい願いが身内に燃えあがる。

――いててくれ。去なんと、こっちゃの海にいてててくれ。運の神さんよ、見放さんといてくれ――

万次郎は宙を飛ぶように走り、洞穴のある浜の反対側の高処へ出た。

彼は息のとまるような衝撃に、顔をゆがめる。帆船は真近にいた。碇《いかり》をおろしたのであろう、動かない。

しかも本船から伝馬船《てんません》二艘《はい》が離れ、それぞれ白帆を張り、浜に向ってくる。

万次郎は夢中で洞穴へ駆けもどり、大声で告げる。

「さっきの船が、向うのナダに碇をおろしちゅう。伝馬二艘がこっちゃ向いてきゆうが。早うこいやあ」

寅右衛門と五右衛門が出てきて、万次郎に従い走った。

崖際に着いた寅右衛門、五右衛門は歓声をあげた。

「船じゃ、人が乗っちょる」

「六人ずつじゃ。隠元豆みたな伝馬じゃが」

三人は声をふりしぼって叫ぶ。

「おーい、助けてくれやあ。船の衆よう」

「こっちじゃあ、助けてよお」

五右衛門は杖《つえ》がわりに持ってきた棒の先に着物をくくりつけ、必死に振りまわす。

この機会を逃せば島で死なねばならない。

船中の人影が三人に気づき、立ちあがって頭にのせた笠《かさ》のようなものを手にとり、ふりはじめた。

「気いついたけん、こっちへくるぞ」

伝馬船は間近に漕《こ》ぎ寄せてきた。

船上の男たちは蓬髪で、万次郎たちが見たこともない異様な筒袖《つつそで》の衣服をつけ、容貌《ようぼう》が日本人とはちがう。一艘の伝馬船には頭髪のちぢれた墨のような肌色《はだいろ》の、仁王かと見まがう巨漢が二人いる。

「ありゃ異人じゃねや」

「逃ぐっがか」

寅右衛門と五右衛門は怯《おび》えて顔を見あわす。

「とろいこというちょらんと。助けにきてくれた神さん逃がすんか」

黒い男が船上に立ちはだかり、おおきな仕草で浜辺に下りてこいと誘う。

「よし、いくろう」

万次郎はいままでふりまわしていた着物を腰に巻きつけ尻《しり》に敷いて、立っていた崖を浜辺まで二十間（約三十六メートル）ほど、土埃《つちぼこり》をまきあげ滑り落ちた。浜辺に立つと、崖上の二人に呼びかける。

「お前《ま》んらも、スザレ落ちてきとうせ」

浜辺には暗礁《はい》を避けて、伝馬船が碇をおろしていた。

異人たちは声をあげて万次郎を呼ぶ。黒い巨漢が衣類を頭に巻けと、仕草で示した。

万次郎はいわれる通りにして水に入り、抜き手を切って泳ぐ。

――お母《か》はん、わえは助かるがかや。夢をみゆうか。潮は冷《ひ》やいがのう――

異人たちが声をあげて呼び、舷《ふなべり》に手をさしのべている。

万次郎は鱶《ふか》のいる深みをしぶきをあげて泳ぎ、伝馬船に扶《たす》けあげられる。

異人たちがいっせいに声をかけてきた。

ひとりが彼の濡《ぬ》れた顔を布で拭《ふ》いてくれ、沖の帆船を指さし、あそこへ連れていってやろうと仕草で示した。

「まあ、たまるか。おーきに」

万次郎は感謝の言葉を口にしつつ、船底にひれ伏し、帆船のほうを拝んだ。

五右衛門が万次郎のあとを追い泳ぎついて、伝馬船に引き揚げられた。

寅右衛門は衰弱して波に押され、進みかねているところを、別の伝馬船が岩間へ漕ぎ入って引き揚げる。

異人たちは何事か語りかけつつ、仕草をくりかえし、万次郎がその意を察した。

「わえらのほかに仲間の衆が島におるかと、いうちょるんじゃねや」

万次郎も身ぶり手ぶりで告げる。

「まだ二人、陸《たか》にいゆうが、ひとりは足が立たんきに、難儀ぜよ」

洞穴には重助と筆之丞がいる。

異人たちはうなずきあい、伝馬船を操り万次郎の示す浜辺へむかう。

「ここじゃきに、お頼《た》の申しますろう」

万次郎が洞穴を指さす。

黒い男二人が敏捷《びんしょう》な動作で浜に下り、洞穴へむかって走った。

筆之丞は数日まえから急に体力がおとろえ、身動きも不自由となり、重助とともに洞内《どうない》の板のうえに横たわっていた。

彼は万次郎たちが駆けだしていったあとを追う気力もないまま重助と洞穴に残り、気を揉んでいた。

突然走ってくる足音がして、筆之丞は身をおこす。

「誰じゃ、万やんか」

声をかけつつ入口を見て息をのむ。

炭を塗ったような肌の雲つくばかりの大男が二人、入口をのぞきこんでいる。

彼らは大声でくりかえし話しかけてくるが、何をいっているのかさっぱり分らない。

「お前んらはどこのお方じゃ」

筆之丞が震え声で聞く。

男たちは洞内のくらがりに眼《め》が慣れたのか、入りこんできて筆之丞を抱きあげようとした。

筆之丞は肝をつぶさんばかりにおどろく。

「お許《いる》しつかんせえ」

彼は身をもがき逃げようとしたが、異人たちは手ぶりでお前の仲間の三人は俺《おれ》たちが船に助けあげたと告げる。

筆之丞はようやく納得して磯《いそ》へ這うようにして出る。重助は異人に抱かれ、伝馬船に乗り移った。

思いがけない助けの神にめぐりあった五人は、まだ幸運が信じられない。気丈な筆之丞が唇をわななかせ、つぶやく。

「夢じゃないろうが。夢なら醒《さ》めんちょいてくれ」

浮城のような大船が、波間に近づいてきた。万次郎たちは嘆声をもらした。

万次郎たちは伝馬船から大船を見あげる。帆柱、横桁《よこげた》をきしませ、波間に上下している船体は、黒白四段に塗りわけられ、城壁のようにそびえていた。

帆柱は三本で、そのあいだに縄綱《なわづな》が縦横に張りめぐらされ、蜘蛛《くも》の巣のようで、白帆幾十張が、綱につながれ海風をはらみひるがえっている。

「こげな船が、この世にあるんかよ。極楽からお迎えにきた船じゃいか」

重助が震え声でいう。

「なにいうちょる。この旦那《だんな》らは異人ぜよ。異国にゃ、殿さんの御座船も足もとへ寄れんほどの大船があると聞いちょったが、こげなけっこうな船に助けてもらうとは、まあ、たまるもんか」

筆之丞が元気をとりもどし、重助をはげます。

頭上から大勢の異人が騒がしく声をかけ、伝馬船からも叫び返す。

やがて舷側《げんそく》からガラガラと音をたて鎖が下りてきて、伝馬船の艫《へさき》と艫《とも》の鈎穴《はりあな》に鈎を通すと、ひきあげてゆく。

姿勢を低くするよう異人が仕草で教え、万次郎たちは船底にしゃがむ。

伝馬船は舷側へ吊《つ》りあげられ、横づけになった。

黄ばんだ頭髪を乱した、青や灰色の眼の男たちが口笛を吹き、なにがおもしろいのかさかんに笑声をあげ、声をかけてくる。

万次郎はすすめられるまま船上に足をおろし、辺りを見まわし驚きのあまり言葉もなかった。

「なんと大けなもんじゃのう。ほんにお城じゃが」

「伝馬船が八艘《はい》も積まれちょる」

舷側に吊られている伝馬船でさえ、万次郎たちが漁に出た金比羅《こんぴら》丸より大型である。

五人はこちらへ入れとすすめられ、襤褸《ぼろ》をひきずり肩をすぼめ船室へ入る。万次郎はそのような銀金具のかがやく華麗な座敷をはじめて見た。

――これは中ノ浜のお寺の仏さんのお厨子《ずし》のなかのようじゃ。まっこと、眩《まぶ》しいのう――

そこには、万次郎たちより一尺は背の高い逞《たくま》しい男たちが大勢整列していた。彼らはみすぼらしい五人が入ってゆくといっせいに拍手をし、口笛を吹き、笑声を湧《わ》きあがらせる。

「おーきに、おーきに。よう助けておくれなはったぜよ。おーきに」

万次郎は海草のようにもつれた髪を振り、両手をあわせ男たちを拝んだ。

五人は足をとめた。

船室の奥に居並ぶ数人の男は、いずれも立派な衣服をつけ、体格もたくましくいかめしい顔だちであった。

万次郎たちは威圧され、床に坐《すわ》り手をつく。この連中が異国の侍かも知れないと察したからである。

侍に礼をつくさねば、どのような罰をうけるか分らない。

筆之丞が恐れいった様子を見せるため、額を床にすりつけ、他の四人が従う。

「ご容赦《い さ》下れませ。ごいされませ」

いちばん頭株らしくふるまう男が、手まねで五人に立てといい、手招く。

筆之丞たちは、おそるおそる近づく。

男は早口に何事かたずねる。おなじ言葉を幾度もくりかえし、筆之丞たちは首をひねる。

「何ぜよ、この旦那はエンコラセというちょる」

「掛け声かけて、わえらに何ぞはたらかせるつもりかねや」

「分らん」

万次郎がいう。

「こりゃ、わえらがどこの国の者かと聞いちょるんがか」

彼は男を手をあわせて拝んだのち、いってみる。

「旦那、おーきによ。わえらは日本の土州の者ぞのーし。分るかのーし」

男は北方を指さし、何事かいう。

「そうじゃのーし。わえらはあっちから来ちゅう」

男は威厳に満ちた顔でうなずき、水主《かこ》らしい男たちの一人に命じ、五人分の衣裳《いしょう》を持ってこさせた。

この日は初夏であるのに、肌つめたい海風が吹いていた。

「これはまあ筒袖に股引《ももひき》かねや」

はじめて見る衣裳を身につけかねていると、男たちは手まねで着かたを教えてくれる。

裂けやぶれ、磯のにおいの染《し》みこんだ襤褸をぬぎすて、着替えているとき、炊夫《かしき》らしい男が大皿に甘藷《かんしょ》の蒸したものを山盛りに持ち出してきてくれた。

「芋ぜよ。これはたまあるか」

筆之丞たちは甘藷を押しいただいて受けとり、かぶりつく。

そのさまを見た頭らしい男は、五人の手から甘藷を引ったくって床に投げすて、炊夫らしい男を鋭い声で叱《しか》りつけた。

筆之丞は、男の意をいちはやく察した。

「腹空かしちょるわえらが、いっぺんに大食いすりゃ、腹を病むんぜよ」

炊夫は万次郎たちにすこしばかりの蒸した豚肉と菜汁のような吸いもの一椀《わん》を与えた。

「これは何じゃ。薬湯かのう」

筆之丞、重助は不安げに舌先で味をみるが、万次郎は一気に飲みほし舌つづみをうつ。

「こげな旨《うま》いもんは、はじめて食うたぜよ」

豚肉は一寸四方ほどの角煮である。

「こりゃ、菓子だぜや」

万次郎は手をあわせ、空になった皿を示してねだった。

「もっちっと頂戴《ちょうだい》したいわのーし。ここへのせておうせ」

万次郎の仕草を見た水主たちは笑った。

彼らのいたわりのこもった優しい眼差《まなざ》しを、万次郎は敏感に見分けた。

――この旦那らは、わえらをあわれがっちゅう。ええ人らや――

五人への食べものは、およそ一刻《とき》（二時間）ごとに、少量ずつ与えられ、満天に星のきらめく夜がきた。

万次郎たちは洗濯場《せんたくば》で湯をもらい、体を拭いたのち、船頭らしい威厳のある男に導かれ、寝場所へゆく。

押し入れの棚《たな》のように二段になった寝床へ万次郎は身を横たえる。手ざわりのやわらかい薄い布団《ふとん》が敷かれ、掛け布団も足もとに置かれている。

――こげなええ寝間で寝たことはないじゃいか。今津の旦那の家ら、ここにくらべたら小屋みたいなもんぜよ――

万次郎はやわらかい枕《まくら》に頭をあずけ、壁にかけたギヤマンの筒のなかで光りを放っている焔《ほのお》をみつめているうち、睡気《ねむけ》をもよおす。

――この船の旦那らは、どこの国のお人か知らんが、偏屈《いごっ》でない大福帳《おおぶくちょう》な気のええお人ばっかりじゃけん、わえらも命拾いしたぞ。お母はん、家へ去《い》にたいぜよ――

飢渇《きかつ》にさいなまれ、眼前に死の恐怖が立ちふさがっていた島での明け暮れでは、気がはりつめていて故郷を偲《しの》ぶ余裕はすくなかったが、生きのびられると思うと、志おの顔が脳裡《のうり》にひろがる。

万次郎はあふれ流れる望郷の涙をてのひらでおしぬぐいつつ、睡りにおちた。

翌朝、五人ははやばやと起き、掃除、洗濯などしている男たちに手まねで手伝わせてほしいと頼む。

男たちは五人の体が衰弱しているため、はたらかないでもよいと手まねで告げ、肩を叩《たた》いていたわる。

「ほんにええ人ばっかりじゃ。地獄に仏というがか」

筆之丞が涙ぐんだ。

万次郎が前日まで水と食いものを求め、さまよい歩いていた島を舷側から眺《なが》めていると、うしろから肩を叩かれた。

ふりむくと船頭が立っていた。年齢は四十歳前後、肌は白く、黒い頭髪をうなじの辺りで切りそろえ、口髭《くちひげ》はない。

彼は万次郎に手まねで島へ戻れと命令する。万次郎は足もとが崩れおちるような衝撃をうけた。

――この旦那は儂《わし》に島へ去ねというがか。なんでわえだけ置いていかれるんかや――

彼の両眼から涙が噴きこぼれる。

「どうぞ島へ戻すのだけはこらえておうせ。どげな仕事でもするけん、命だけは助けておうせ」

万次郎は必死にかきくどき、胴の間（甲板）に額をすりつける。

船頭はほほえみうなずいて万次郎の肩を叩き、幾度もおなじ言葉と仕草をくりかえす。

万次郎は涙に濡れた顔をあげ見守るうちに、船頭が島へ置いてきた身の回りの品などがあれば取ってくるよう、すすめているのだと気づいて安堵《あんど》した。

万次郎たちが救われた船は、アメリカ合衆国東海岸マサチューセッツ州フェアヘブンの港を根拠地とする、三百七十七トンの捕鯨船ジョン・ハウランド号であった。

世界の海に出漁する捕鯨船のうちでも、特に大型である。

船体の全長が五十四メートル、幅十・八メートル。船内には二門の大砲と剣付鉄砲が三十挺《ちょう》そなえられていた。

船倉には各種の食料が多量に貯蔵され、洗濯も自由にできるほどの水も貯《たくわ》えられている。生きた牛や豚まで飼育されていた。

船底に鯨油を詰める大樽《おおだる》が六千個も積みあげられている。乗組員は三十四人、船内は整頓《せいとん》され、掃除がゆきとどいていた。

船長はウィリアム・エッチ・ホイットフィールド。一八〇四年十二月生れの三十六歳で、マサチューセッツ州の旧家の出身であった。

一六二〇年に信教の自由を求め、メイフラワー号に乗ってアメリカ大陸東北部に上陸した清教徒の子孫で、厳格な道徳規律を身につけた人物である。

船長は四年前の一八三七年五月三十一日に、夫人を病気で先立たせていた。

彼は一八四一年六月二十七日に万次郎たちを救助した。この日の航海日誌に、五人の漂流者を救ったことが、簡単に記されている。万次郎たちは稀《ま》れな幸運に恵まれたのである。

ホイットフィールド船長の航海日誌には、つぎのように記されている。

「日曜日、六月二十七日。南東の微風。島影あり。午後一時、二隻《せき》のボートを出す。この島に海亀《うみがめ》がいるかどうかを見るためである。そこで五人のみすぼらしく疲れはてた漂流者がいるのを発見。本船に連れ帰った。

彼らは飢えを訴えるが、ほかには何事も理解できない」

島の緯度は北緯三十度三十一分と記されている。アメリカの船乗りのあいだでハレケン・アイランドと呼ばれていた無人島に、ジョン・ハウランド号が近づいたのは、海亀を捕えるためであった。

海亀のスープは、彼らの好む珍味である。船長が海亀を探そうと思いたたなかったならば、万次郎たち五人はまもなく飢渇にさいなまれつつ世を去る運命に追いこまれざるをえなかったにちがいない。

万次郎たちが無人島に上陸したのは、天保《てんぽう》十二年正月十四日であった。捕鯨船に救助されたのが同年五月九日であるが、二月に閏月《うるうづき》があるので、島で暮らした期間は五カ月ほどである。

太陽暦によれば、一八四一年二月五日に島へ上陸し、六月二十七日に救われたので、島で百四十三日を過ごしたことになる。

ハレケン・アイランドとは、現在の東京港から南へ五百七十キロへだたる洋上、八丈島と小笠原《おがさわら》諸島の中間に位置する鳥島である。

ジョン・ハウランド号の船名をいちはやく覚えたのは、万次郎であった。

彼は船員たちの教えるジョン・アンド・ジェイムス・ハウランドをおうむ返しに口ずさみ、記憶する。

「チァンチェイムシハオラン」

船員たちは拍手し、万次郎の肩を叩き、ほめそやす。

船長の名は、「ウリェンエイチライツフィール」である。

ジョン・ハウランド号はこれからどこへゆくのか分からない。日本へ帰れるのだろうかと、万次郎は懸命に手まねで聞く。

船員たちは東のほうを指さし、「イプラシェナン」とくりかえしいうばかりである。

彼らは日本の政府が沿岸に接近する外国船に、あらわな敵意を示すことを知っている。

四年前の夏、漂流していた日本人漁民七人を救ったアメリカ帆船モリソン号が浦賀に入港し彼らを上陸させようとして、砲撃をうける事件がおこっていた。

筆之丞も、外国船が日本に接近できない事情を知っていた。彼は万次郎たちにこのまま土佐へ帰れないであろうと語った。

筆之丞はいう。

「わえらは異人の船に乗ったんじゃけん、まともにゃ去《い》ねんがよ。去にゃ浦方役人に引っくくられて首打ちおとされるがじゃ。いったんはどこぞへ連れてもろうて、あらためて去ねるときを待たにゃあ仕方ないいんぜよ」

万次郎は浦方役人の漁師を人とも思わない、横柄《おうへい》なあばた面《づら》を思いうかべる。

彼らは領民を牛馬のように見下し、威嚇《いかく》して年貢《ねんぐ》を取りあげ去ってゆく。

中ノ浜では昔からつぎのような俚謡《りよう》がうたわれてきた。

――お月さん桃色　誰んいうた　あまんいうた。あまん口つんじゃれ　つんじゃれ
あまとは小娘のことである。

この唄《うた》は、娘たちが当時沖合でとれた桃色珊瑚《さんご》についての噂《うわさ》を口にするのを役人が禁じた事情をいい伝えたものであるといわれる。

桃色珊瑚は当時宝石をうわまわる価値あるものとされており、土佐藩ではそれが中ノ浜附

近で採取されている実状を幕府に知られると献上せねばならないため、厳重な箝口令《かんこうれい》を敷いていたのである。

浦方役人は秘密を洩《も》らした領民は容赦なく投獄し、殺した。俚謡は「お上《かみ》」のおそろしさを教えるため、村人のあいだに唄いつがれてきた。

――この船の旦那《だんな》らは、ほんにやさしいのう。なんでいばらんがやろう――

万次郎は船員たちに近づき、話しかけ、命じられた掃除などの雑用を熱心に果そうとつとめる。

筆之丞、寅右衛門《とらえもん》、五右衛門は骨身を惜しまずはたらくが、遠慮がちで、万次郎のように船員と歓談し、言葉を学ぼうとしなかった。

万次郎は異人たちが好意をむけてくれるのを知ると、仔犬《こいぬ》がじゃれるように彼らにまつわりつき、手まねでたがいの意思を通じあおうとつとめた。

彼はしだいに片言をあやつり、船員たちと意を通じあえるようになってゆく。

夕食後寝部屋へ戻ると、万次郎は筆之丞たちに教える。

「この船はノースメリク、エナイツライ（ユナイテッド・ステイツ）ヌーベッホー（ニューベッドフォード）の鯨船じゃきに、これからノースメリクへ去ぬんじゃと。船頭どんはヌーベッホーの隣村のハヤヘブンちゅうところのお人じゃ。船頭どんの羽織はパルレで、袴《はかま》はツラロシというんぜよ」

万次郎は、エンケレセ（イングリッシュ）というのが、どうやら彼らのあやつる言葉をさすものであると見当をつけていた。

ジョン・ハウランド号は北へむかい、鯨を求め海上を帆走し、日をかさねた。

見渡す海は、四方に丸く水平線がつらなり、島影もない。上下する藍碧《らんぺき》の波のうえを飛魚が一文字に飛び去り、海豚《いるか》の群れが丸い背を出没させるのが、たまに見えるのみである。

船は十五張りの帆に風をはらみ、舳《へさき》に潮を湧《わ》きたたせて進む。陸地から遠ざかると島の影もなかった。

筆之丞は洗濯、甲板掃除など軽い作業のあいまに、感じいったようにいう。

「ほんにのう、島で助けにきてもろうたときゃ、異人をはじめて見たもんじゃきん、てっきり鬼が出てきようたと思うて、生きた空もせなんだが、こうやって幾日か経《た》ってみりゃ、万事ゆきとどいて親切じゃ。体のにおいのきついがちと難儀やが、仏さんのように親切じゃ。何ゆういいよるやら分らんわえらに、仕方話で気長に何でも教《お》せせくれゆう。それにこの船じゃ。島影ひとつない大海をば、恐れげもなしに走っていきゆう」

筆之丞は、日本の船舶が海岸線に沿っての山見航海しかできないのに、異人の船は陸岸から遠く離れた洋上を帆走して迷わないことを、ふしぎに思っていた。

船尾に見晴らし台があり、窓にギヤマンの板を張りめぐらした部屋に船長をはじめ、主だった船員が常時いて、遠眼鏡で海上をしきりに眺めわたしていた。

「舵取《かじと》りは大けな輪をまわしてやっちゆう。日本の船じゃあ、こげな遠方へ出てくりゃ、去ぬ方便も思いつかんのに、えらいもんじゃねや」

日本では、江戸と大坂をむすぶ檜垣廻船《ひがきかいせん》、樽廻船や、諸藩の年貢米を運送する米廻船などの千石船でさえ、天測航海ができない。

幕府の禁令によって、沿岸の山容をたよりに航行する山見航海をするのみである。

そのため大嵐《おおあらし》で吹き流され、陸地が見えなくなると、おみくじをひいて方角をきめなければならない。磁石をそなえている船は稀れであった。

万次郎たちの食事は体力の回復につれ、他の船員たちと同様のものをあてがわれるようになった。

朝晩はアレーテという餅《もち》のようなものが、菜汁、茶とともに出される。アレーテとは、麦の粉に鶏卵と油、塩をいれ蒸したものであった。

「ほかの料理ものは、郷里《くに》の者に食わしちゃりたいほど旨いが、アレーテばっかりはのう」

筆之丞はこぼした。

数日を経たのち、昼食のとき万次郎たちが「足の阿呆《あほ》げに長い膳《ぜん》」と呼ぶテーブルにむかうと、皿に飯が盛られている。

「おっ、これ見よ。白飯じゃ」

「ほんにまちがいないがじゃ。白飯じよ。こげなもの食わせてくれゆうか」

五人は手をあわせて飯を拝む。

船員たちは万次郎たちが合掌するのを見て笑顔をみせ、「グー、グー」といいつつたがいにうなずきあう。

五人は山盛りの飯を肉と野菜の煮付けとともに一粒もあまさず食べおえ、空の食器を頭上に捧《ささ》げ、炊夫に幾度も低頭し謝意を述べた。

「おおきによ、ひさしぶりに飯食えて、嬉《うれ》しゅうてたまあるか」

彼らは飽食したあと、甲板で語りあう。

「旦那らは、わえらが日本の者じゃと分ったきん、飯炊《た》いてくれたがじゃろ」

「うん、中ノ浜じゃ年寄役さえ祭でなけりゃ食わん白飯を、毎日食えるかねや」

寅右衛門は船員からもらった古パイプで煙草《たばこ》をくゆらせつついう。

「この船は底まで五間もあるが、いっち下棚にゃ数も分らんほどの油樽を並べちょる。鯨の油しぼって入れるちゅうが、一遍沖出すりゃ、何百たらゆう鯨をば取りよるんかのう」

五右衛門がうなずく。

「毎日、夜お明けりゃ、あの目ぇくらむほど高い帆柱のてっぺんへ一人登って、遠眼鏡であちこち見てるろう」

「異人が鯨取るとこをば、見たいのう」

筆之丞が船上に置かれている轆轤《ろくろ》や大鍋《おおなべ》を顎《あご》で示す。

「あげな物を使うんじゃろうが、よっぽど大けな庖丁《ほうちょう》をつかいよるんやろ」

ジョン・ハウランド号は涯《はて》も見分けられない洋上を北上しては東に向きを変え、行きつ戻りつしている。

船長、幹部はいずれも筋骨たくましく、大柄《おおがら》で動作がのびやかである。

彼らは部下を罵《のの》り殴るなど手荒なふるまいは見せないが、作業を怠ける者、鉦《かね》を鳴らしての起床就寝、食事などに規律を乱す者がいると、即座に罰を科し、作業量をふやす。

衆にすぐれてはたらく者には、全員が朝夕甲板で整列して挨拶《あいさつ》を交すとき、人前で褒《ほ》めたたえ、スダラ（ハーフドル）銭《シエン》などを与える。

すべて能率本位で人の能力を公平に評価することは、傍《そば》で見ていても胸のすく思いであった。

土佐の漁村では、村の庄屋《しょうや》、年寄役たちが威勢で他人を圧迫し、強引に黒を白といい通す我意に任せ、弱者をこきつかっていた。

「異人は見た目にゃ鬼みたいじゃけん、はじめはおとろしかったが、こうやって暮らしてみりゃだんだんと分ってくらあ」

寅右衛門がいうと、五右衛門が聞く。

「何が分るんぜよ」

「ほんに賢い人らじゃ。ひちら賢うて腹黒いのとはちがう。えらいもんじゃ」

異人たちは自分のことをメリケ（アメリカン）という。

万次郎たちが救われてから七日めは、ションレイ（サンデー）という日であった。

その日は船長以下全員が上等の衣服をつけ、帽子をかぶり、数珠《じゅず》を手にして食堂に集まり、口々に経文のようなものを唱え、妙な手つきで祈りを捧げる。

日曜日には麦粉を油で練ってこしらえたダースという餅のようなものを、皆で食べる。万次郎たちにもそれが分け与えられた。

翌日は雨が横なぐりに甲板を洗い、南東の風が吹き荒れた。ジョン・ハウランド号は船体を軋《きし》ませ、帆をなかば下して航行する。

筆之丞は船室の舷窓《げんそう》から波濤《はとう》のかさなりあうさまを眺《なが》め、感嘆する。

「こげなお城みたいな船じゃき、風が吹こうと波が出ようと、鼻唄じゃが。金比羅《こんぴら》丸なら櫓《ろ》を折られて、命の瀬戸際《せとぎわ》で泣き声あげちょらあ」

波に洗われる甲板で、合羽《かっぱ》を着た船員たちが身軽に作業をしていた。

「土州にもこれほどの船がありゃ、鯨でもシャチでも取れゆうにのう」

重助が寝間から筆之丞にいう。

彼の足の怪我《けが》は懇切な手当てをうけ、日ごとに恢復《かいふく》しつつあった。

風雨は終日つづいたが、翌朝には快晴となった。

「あれ見よ、また帆柱へあがりゆう」

筆之丞が指さす帆柱の天辺《てっぺん》に船員が登ってゆき、帆桁《ほげた》にまたがって遠眼鏡で遠方を眺めている。

「今日あたりはきようらあ」

万次郎たちが眺めるうち、見張りの船員の声が波上にひびきわたった。

「鯨は出よるがか」

「ゼア・シー・ブロー ズ。ブロオーズ」

万次郎は眼《め》を見張った。

甲板ではたらいていた船員たちが一瞬足をとめ、やがてするどい声を投げあい、伝馬船《てんません》の鎖をほどき、海面へおろす。

大勢の男たちが、銛《もり》、綱などを担《かつ》いで四艘《そう》の伝馬船に乗った。

四艘の伝馬船に銛打ち一人、舵手《だしゅ》一人、漕《こ》ぎ手が四人ずつ乗った。

銛打ち役の船員が、たずさえた銛の束を傍へ走り寄った万次郎に見せ、剣のような銛を「ランシ」、綱のついた銛を「アヤチ」と教えた。

船員たちは頭のうしろから潮を噴くまねをしてみせ、舷側で見送る万次郎たちに手を振る。

四人の漕ぎ手が掛け声をあわせ櫂《かい》で漕ぎたてる伝馬船は、弦《つる》を放れた矢のように遠ざかってゆく。

「金比羅丸より大っきいのに、船脚ゃ軽いぜよ」

筆之丞が感心する。

四艘は本船の左方をめざしていた。

「鯨は仰山《ぎょうさん》いてるろう。あの鳥山を見よし」

左方の海上数カ所に鷗《かもめ》の群れが舞っている。万次郎は息をのみ、見守る。

甲板に出ている船員たちが、歓声をあげた。

鳥山の下に五頭の鯨があらわれた。いずれも頭を海面に出すと潮を噴きあげ、背を見せ、銀杏《いちょう》の葉の形の巨大な尾鰭《おひれ》を逆立て沈んでゆく。

鯨のあらわれた場所は、本船から五町ほども離れているのに、溜息《ためいき》のような潮を噴く音が、海面に響く。

「尾についてる紋付きの白丸みたいなのは何ぜよ。兄やん」

五右衛門に聞かれ、筆之丞は首を傾《かし》げる。

「分らんのう」

甲板の男たちがどよめいた。牝牡であろうか、小山のような鯨が二頭浮きあがり、船のほうへ向ってくる。

「大《お》けな鯨じゃ、抹香《まっこう》か」

万次郎は鴎の群れが輪をかいて飛ぶ下で、潮を噴きあげ尾鰭をまっすぐ立てて沈む巨鯨を見つめる。

「こっちへくるろう」

筆之丞のいう通り、鳥山が近づいてくる。

「出たあ」

万次郎が叫んだ。

舷側から二町も離れていない海面に、白波を湧かせ漆黒の頭があらわれた。

真近を漕ぐ伝馬船の五、六倍もあろうかと思える鯨の頭部には、縦横に白い傷痕《きずあと》が走っている。

二頭は万次郎たちのみぞおちにひびきを伝え、轟然《ごうぜん》と潮を噴く。突然一頭が宙にはねあがって落ち、水柱に包まれる。

尾鰭の紋はあざやかに白い。あれは何かと万次郎は眼をみはる。伝馬船の男たちは銛を投げる機をうかがっていた。

「こっちへくるぜよ。船に当りよらあ」

万次郎が舷《ふなべり》をつかんだ手に力をこめた。

あれほどの巨鯨に頭突きをくわされては、頑丈《がんじょう》な船体も砕かれようと身をこわばらせる。

二頭の鯨は潮を噴きつつまっすぐ迫ってきて、万次郎の眼前で身を逆立て波間に沈む。

海上に直立した尾鰭に左右対称についている白い紋のようなものが、むらがりついた牡蠣《かき》だと万次郎は瞬間に見分けた。

「船の下へ潜ったぜよ。こっちへ出るろう」

筆之丞が右舷へ走り、万次郎もあとを追う。

鷗の群れが、右舷前方の海面で啼《な》きかわしつつ旋回しはじめた。

「見てよ、あそこへ出るけん」

筆之丞が指さす辺りは、碧波が上下するばかりである。

しばらく見守るうち、躍りあがるように漆黒の頭部がふたつあらわれる。周囲の海面に白《しら》泡《あわ》がひろがる。

鯨はゆるやかに泳ぎ、潮を噴く。四艘の伝馬船は、あまりに巨大な鯨に近づかなかった。

「水主《かこ》も命が惜しいけん、寄らんがか。あの尾羽ではたかれりゃ、船は木《こ》っ端微塵《ぱみじん》じゃねや」

筆之丞が吐息をついた。

鯨の群れは続々とあらわれてくる。異人たちは頭部の発達した抹香鯨を狙《ねら》っていた。彼らの使う銛には火薬を仕込んでおり、命中すると鯨の体内で尖端《せんたん》がはじけ、容易に致命傷を負わすことができる。

伝馬船は飛ぶように走り、めざす鯨に銛を打ちこむ。銛を受けた鯨はいったん海中に沈むが、まもなく浮きあがってくる。

銛打ちは二の銛を打ちこむ。鯨は血の色をした潮を噴き、また沈む。伝馬船は巧みに櫂をあやつり、鯨を追跡して見失わない。

鯨は弱ってくると、わが身の丈だけの深さに潜っては、数回呼吸するあいだに浮きあがってくる。

断末魔のときは尾鰭と手羽《てば》で海面を叩き水煙をたて、最期《さいご》の咆哮《ほうこう》をくりかえす。銛打ちは喉笛《のどぶえ》の急所にランシを刺し通し、息の根をとめる。

伝馬船は日暮れまえまでに三頭の抹香鯨を捕獲した。いずれも全長十間から十二、三間はあろうと思われる大鯨である。息絶えた鯨を曳《ひ》き、伝馬船が漕ぎ寄せてくると、解体作業がはじまる。

船員たちは呼子笛で騒がしく合図をかわしつつ、鯨の尾鰭を鎖で舷側につなぎ、薙刀《なぎなた》のような刃物をふるい、頭から四つに切り、それぞれに鉤《かぎ》を打ちこみ舷側に吊《つる》す。

鯨の黒皮へ打ちこんだ鉤についたロープは、中の帆柱にとりつけられた滑車を通し、舳の轆轤につながっている。

船員のひとりが舷側にひき寄せられている鯨のうえに立ち、刃物で横に切れ目をいれ、大声で合図をする。

ギリギリと滑車がきしみ、鯨の黒皮が引きはがされ、捲《ま》きあげられてゆく。

皮をはがれた肉は、そのまま海中に水煙をあげて落ちる。

青臭いにおいをはなち、轆轤で捲きとられてゆく分厚い黒皮に触れ、作業を熱心に見守っていた万次郎は、声をあげる。

「あっ、肉が落ちゆう。もったいないじゃねや。あれを拾わんと、どうすりゃ」

筆之丞、寅右衛門も叫ぶ。

「肉が落つるがや。拾うておうせ」

土佐では鯨を一頭獲《と》れば、七浦がうるおうといわれている。鯨の黒皮からは油を採り、肉、臓物は食用とし、骨、髭《ひげ》に至るまで加工品として利用する。

異人たちはわずか三十四人の乗組員で一日に三頭の大鯨を捕獲しても、さほど喜悦をあらわすこともなく、皮のみを採って、他は惜しげもなく海中に投棄する。

「もったいないことをするがか。罰あたるぜよ」

万次郎は船員に肉を捨てずにおくよう頼んだ。

「わえらが食うきに、拾うといておうせ」

だが船員たちは笑って応じない。彼らは手まねで鯨肉には毒があり、腹痛をおこすから食うのはやめよという。

「ほんにもったいないぜよ。こげなことしちょるきに、土州の浜に寄り鯨がきよらんようになったがか」

万次郎たちは、透明な海水のなかへ沈んでゆく巨大な赤黒い肉塊を見送り、溜息をついた。

甲板には大釜《おおがま》が据《す》えられ、鯨の黒皮を熱湯に入れて油を採る作業がはじめられる。

息もつまらんばかりの脂肪のにおいが甲板に充満するなか、船員たちは笑声をひびかせ機敏に立ちはたらく。

油を煮る燃料は薪《まき》ではなく、まえに捕獲した鯨の脂肪を採取したあとの油糟《かす》を燃やすのである。

煮たてて沸きかえる油は、大きな桶《おけ》に満たして冷やす。しばらく冷やせば、油分と蠟分《ろうぶん》とに分れ、船員たちはそれぞれを取り分け、別の樽《たる》に詰めてゆく。一頭に百石の油が採れるのである。

万次郎たちがジョン・ハウランド号に救われて、およそ二十日ほどの月日が過ぎた。島で飢渇《きかつ》にさいなまれ、眼前に迫った死の影に脅《おび》やかされていた彼らの精神は、ようやく平静にもどり、体力も回復してきた。

「この船に助けてもろうてからは、朝《あさり》になって眼のさめるたんびに、夢なら醒《さ》めてくれんなと思うちょったが、どうやらほんまのようじゃねや」

昼食後、甲板で帆を支える綱のきしむ音を聞きつつ休息するとき、筆之丞がつぶやく。万次郎もおなじ思いであった。

「思うてみたら夢みたいなあつかいじゃきに、なんぼ礼をいうても足らんぐらいじゃが、ひとつ気になりゆうは、土州へ去《い》ねるかじゃ。いずれは連れて戻してくれゆうじゃろうがのう」

筆之丞は口をつぐみ、考えこむ様子であった。

失うべき命をとりとめ、思いがけないほどの厚遇を受けている彼らは、この船の船頭ウリエンエイチライツフィールの指図に服従しつつ日を送ることを、よろこばねばならない。親切な船頭は、五人が差し障りなく日本へ帰れるよう、取りはからってくれるにちがいない。

万次郎は年末に中ノ浜を出てのち、激しく変る環境のなかで異人たちに接し、彼らとともにすごす日常に鋭敏に感応していた。

彼は寺子屋に通う余裕もない生活をつづけてきたので、文字をわずかしか知らなかった。知能にめぐまれていたので、今津太平の納屋《なや》ではたらくとき、ハンギリと呼ぶ木箱など諸道具に記された文字の意味などは理解できたが、浦方役人が持ってきて、村人に読み聞かせる達示《たつじ》の文章などの、ミミズがのたくったような文字はまったく読めない。

太平もほとんど字を読めなかった。彼は文字を知りたがる万次郎をあざ笑っていった。

「老役《おいやく》をしゅう儂《わし》じゃとて、字みたいな面倒なもんは知らんがじゃ。おんしがようなヤッコが、なんで字を読まんならんぞ」

村人たちは達示の通り動かねばならない。彼らは内心でひそかに文字を忌《い》み嫌《きら》っていた。文字には彼らを酷使するお上の悪意がこもっていた。

中ノ浜では役人、庄屋《しょうや》、村年寄などの有力者たちが、万次郎のような弱者を見くだし、嘲《ちょう》弄《ろう》した。

彼らは使用人のはたらきぶりに難癖をつけ、殴りつけ、蹴《け》飛《と》ばして威《い》嚇《かく》しつつこきつかおうとする。

異人は助けてやったみすぼらしい無一文の漂流者を、見さげない。体力を回復するよう食事に気を配ってくれ、万次郎たちから頼んでも、軽い作業をさせるのみである。

彼らは十五間（約二十七メートル）もあるような鯨を、わずか六人が乗った伝馬船四艘で追い捕獲することを当然と考えているようであった。

日本では数百人で海上におびただしい鯨船を配置し、一枚一反歩（三百坪）の大きさの麻《あさ》苧《お》網を逃げまわる鯨にかけ、それを銛で縫いつけて動きをとめる大がかりな巻狩をして、おおかたは取り逃がし、たまに運よく一頭を捕獲すれば、港は祭礼のようなにぎわいとなる。

万次郎たちは、メリケの異人が用いる銛を見せてもらった。

異人たちは、銛が鯨体に命中すると、バーンと破裂するのだと手まねで教えた。彼らが用いていたのは、ボンブランス破裂銛という、爆裂矢を仕込んだ銛であった。

鯨がなぜ一本か二本の銛を受けただけで死ぬのかと、万次郎はふしぎであったが、説明されてようやく納得した。

「メリケの頭は、鋭《すす》どいもんぜよ。わえらとは何から何まで違うきに」

万次郎は感嘆する。

ジョン・ハウランド号は、一日に十頭の大鯨を捕獲したこともあると、船員のひとりが両手の指をひろげつつ、教えてくれた。

「わえはメリケのエンケレセを習うて、読み書きできるよになりたいぜよ」

万次郎は異人たちの日常に刺戟《しげき》をうける。メリケの社会では、実力を正当に評価してくれるようだと万次郎は覚《さと》る。

彼は自らすすんで異人たちの作業を手伝うようになった。

彼は帆柱の頂上に登り見張り籠《かご》に入って、鯨のあらわれるのを待つ。帆柱が揺れるとき、体が碧波《へきは》のうえへ放りだされるような気味わるさを味わうが、万次郎は堪える。

彼は異人の遠眼鏡を目にあて、水平線を見守る。はるか遠方に陸地の影がかすかにつらなっていた。

「あれは日本の山かよ」

万次郎は母親の志おときょうだいたちの顔を思いうかべ、郷愁に胸を刺された。

万次郎は見張り籠のうちで長い時間を揺られつづけ、やがてはるか遠方の海上にかすかな黒影を発見すると遠眼鏡をむけ、鯨だと確認するなり、よく透《とお》る高声で叫ぶ。

「ゼア・シー・ブローズ。ブロオオーズ」

鯨が潮を噴いているという、見張りの者が使う言葉を、万次郎は巧みにまねていう。

船上には歓声が湧《わ》き、ジョン・ハウランド号は鯨のいる方向へ舳《へさき》をむける。船員たちは色めきたってボートを下し、乗りこんで漕《こ》ぎだしてゆく。

万次郎は船頭に気にいられたようであった。彼は遠い波間に出没する鯨を発見する、鋭敏な視力と感覚をそなえていた。

「マンはよくはたらく。ほうびにこれをやろう」

船頭は万次郎に船員がかぶるハットという布製の笠《かさ》のようなものをくれた。

船内での船員たちの生活は、帆柱に吊された鉦《かね》の音によって、規律正しくすすめられていた。

彼らは作業のあいだは骨やすめをしたり手を抜くことがない。すべてが能率本位で流れるようにすすめられてゆく。

鯨油の採取が終ったあと、異人たちは大きなブラッシュというもので甲板をこすり、洗いきよめるので、油や血のにおいは残らない。見た眼《め》にもこころよいはたらきぶりを見せた男たちは、休息するときさまざまな楽器を搔《か》き鳴らし、手拍子を打って踊りだす。

「ほんによう笑うぜよ。旦那《だんな》らは苦がないんじゃねや」

筆之丞が、湧きあがり空に吸われるはずんだ異人たちの笑声に、つられるように頰《ほお》を崩しながらいう。

「鯨取りは危ない仕事じゃきに、命を張っちょるがじゃゆ。それでも辛《つら》そうな顔を見せんのは、えらいもんぜよ」

ジョン・ハウランド号がフェアヘブンの港を出港したのは、一八三九年十月三十日であったので、万次郎たちを救出したときまでに、海上生活を一年十カ月もつづけていたことになる。

この船が日本近海で捕鯨をおこなっているのは、鯨の好漁場が多いためであった。

当時アメリカのフェアヘブンに近いナンテカット島を根拠地とする捕鯨船は、大西洋の鯨を取りつくしていた。

彼らは赤道を越えてブラジル海、西印度諸島、メキシコの海域に鯨を追い、北極海にまで遠征したのち、太平洋に進出した。

ナンテカットの捕鯨船が、金華山沖を埋める無数の抹香鯨を発見したのは、文政三年（一八二〇）であった。

噂《うわさ》がひろまると、たちまち諸国の捕鯨船団が金華山に押し寄せてきた。

何百頭という鯨群のなかにボートを漕ぎいれるとき、普通のオールでは鯨に当って漕げないので、特に短いオールを用いたといわれるほど、密集していたという。

明治期に金華山沖で抹香鯨の捕獲にあたっていた日本の捕鯨業者志野徳助氏は、つぎのように語っている。

「金華山沖で波の静かなとき、抹香鯨は数頭が頭を中心にむけ、菊の花のようなぐあいに静かにジッと海上に浮かんでいることがある。ときどききわめてかすかな潮噴きを上げる。このような群れのなかへ捕鯨船を乗り入れると、急にあわてて逃げだしたところから、これは彼らが睡眠中であったのではないか」

明治期に至ってもいくらか残存していたようであるが、密集した世界的な鯨の大群は、文政期にほとんど捕獲され滅亡したといわれる。

その後も日本近海で米、英、露の三国の捕鯨船が操業をつづけたのは、一帯の海域に棲息《せいそく》する鯨が多かったためである。

背美《せみ》、抹香の二種の鯨は、死後も海中に沈没せず捕獲しやすい。日本の海にはその二種が多い。

鯨油は、欧米で蠟燭《ろうそく》、軟膏《なんこう》、石鹼《せっけん》、脂肪粉の製造に用いるほか、灯油、工業用に供される。多方面に需要が多く、高値で取引されていた。

そのような事情を知らない万次郎たちは、日本では想像もできない能率のよい捕鯨の現状を見て、ただおどろくばかりである。

船頭ウリェンエイチライツフィールは、キャプテンと呼ばれていた。

キャプテンはすべての船員から非常な尊敬をうけている。

彼は万次郎たち五人の健康が回復してくると、船内の雑用を分担させるようになった。

厨子《ずし》の内部のように華麗で荘重な部屋にいるキャプテンは、万次郎たちとはまったく違った高貴な階級に属する人であるように見える。

彼は仕事を怠けた者を激しく叱責《しっせき》するが、殴打したり鞭打《むちう》ちをすることはない。怠慢であった者が勤勉になると態度を変え、にこやかに接した。

ジョン・ハウランド号は半年ほどのあいだに二十頭の鯨を捕獲した。

万次郎は優秀な見張り役を果すようになり、片言で船員たちと意思を通じあえるようになっていた。キャプテンは彼に船具の扱いかたなどを教え、どれほど理解できるかを試した。

ハナロロ

ジョン・ハウランド号は夏から秋へかけて航海をつづけ、鯨漁をおこなった。

万次郎たちはメリケン人のほか、オアホ人、エフリカ人もまじった船員たちとともに作業をするうち、彼らの言葉をしだいに覚えていった。

五人の日本人は小柄《こがら》であるが頑健《がんけん》で器用なすぐれた働き手であった。

万次郎は甲板掃除などの作業のあいまに、キャプテンから話しかけられた。彼の名前の発音がウリェンエイチライツフィールではなく、ウィルユレムエーチフヒットフィルトであると訂正され、幾度もいわされる。

天はヘブン、地はグラオン、日はシャン、海はオセアン、東はイシツ、西はウエシツ、南はシャウス、北はノウス、夜はナイ、風はウイン、島はアイラン、雨はロエン、木はウウリである。

万次郎はＡＢＣ二十六文字の手習いをすすめられた。

キャプテンは万次郎に教えたことを翌日に聞いてみて、確実に記憶していると褒《ほ》めてくれる。万次郎はキャプテンの部屋にたびたびともなわれ、コフィという醤油《しょうゆ》の色をした甘い飲みものと菓子をふるまわれた。

　万次郎はキャプテンが部屋の壁にかけた美麗な服装の女性の絵姿を眺《なが》めているとき、涙を頰《ほお》に伝わせるのを見たことがあった。

　――ながいこと海にでちょるきに、ご新造《しんぞ》に会いたいんじゃねや――

　万次郎も熱い塊がみぞおちに押しあげてくる。中ノ浜の肉親への思いがこみあげてきて、瞼《まぶた》が濡《ぬ》れた。

　一番星が頭上に光るたそがれどき、キャプテンは万次郎の肩を抱き、甲板を歩みつつ、まもなくサントウィス（サンドイッチ）の八つの島のうち、オアホという島の港ハナロロへ入港すると教えた。

　ハナロロはキャプテンの故郷ヌーインギラン（ニューイングランド）、ハヤヘブン（フェアヘブン）とおなじ、美しい港という意味であるという。

「万よ、お前は私とハヤヘブンへいくか」

　キャプテンに幾度かたずねられるたび、万次郎はついてゆくと答えた。

　ハナロロは、いま世界第一の捕鯨船の寄港地になっていると、キャプテンはいう。

　二人は手ぶり身ぶりをまじえ、さまざまのことを話しあった。万次郎はキャプテンを頼り、捕鯨、操船の技術を学びたいと思うようになった。

いつかは日本へ帰れるだろうが、立派な男になって帰りたいという願望がいつか芽生えていた。

十一月二十日、ジョン・ハウランド号はオアフ島ホノルル沖に投錨《とうびょう》した。向い風が吹いていたので港内には入れず、水先案内人が潮時をはかって誘導しようと努めたが、入港に二日を要した。

数百人の屈強な島の男たちが船の舳《へさき》に綱をかけ、ゆるやかな節まわしの歌声にあわせ港へ曳《ひ》いていった。

港口はいたって狭く、港の縦深は半里ほどである。

手前には小型の船が舳をつらね、左手の海面には帆柱に旗をひるがえす大船が五十艘《そう》ほども碇泊《ていはく》していた。

島はおよそ南北に五十里、東西には平地が二十里ほどもあると、万次郎たちは聞く。

「ハナロロにゃ家が二千軒もあるそうな。えらいにぎやかなナダじゃがよ」

正面の山は高く、人家は土佐で見なれた茅葺《かやぶ》きのようである。

舷側《げんそく》から雑踏する港を見下すと、島の住人は男は髪をザン切りにし、女は長く伸ばしうしろでたばねて巻き、櫛《くし》でとめている。

腰巻きをつけただけの半裸の男がいた。女性はハロン、ハツェロンと呼ぶゆるやかな衣類をつけ、頭にボンネットという茶台のようなものをかぶっている。

十一月も末というのに日本の晩春のような暖かさで、さまざまの草木が色彩のあざやかな花弁をつけていた。

港にはさまざまの店屋が軒をつらね、売り買いの声もにぎわい繁昌《はんじょう》している。

万次郎たちは船長に連れられ下船した。島の住人は髪と眼が黒く、肌《はだ》は褐色《かっしょく》であるが、肥満して大柄である。見あげるような巨人もいた。

「これはやっぱり異人じゃねや。わえらとは違うがか」

人なつこく笑いかけ、肩を軽く叩《たた》いて歓迎するかのような男女の人垣《ひとがき》のあいだを、小柄な五人はキャプテンの衝立《ついたて》のような背中を見失うまいと、あわてて追う。

日本のように両刀を帯びた横柄《おうへい》な役人はあらわれない。島の娘たちがキャプテンの首に幾つもの花輪をかける。キャプテンは無礼を咎《とが》める様子もなく、娘を抱き、頬ずりをしてやる。

「わえらも、役人と会《お》うても土下座せいでもええんじゃろうか」

キャプテンは、彼と似た服装のメリケたちと抱きあい手を握りあったのち、村のほうへゆく。

万次郎たちは風が吹くと、濛々《もうもう》と舞いあがる砂埃《すなぼこり》のなかを、歩いていった。

茅葺きの民家は間口六、七間もあるものが多く、ほのぐらい家内の床には網代《あじろ》のようなものを敷きつめている。

上段の間には羅紗《らしゃ》を敷いていた。

「なんとこの辺りの人は体も大っきいが、寛闊《かんかつ》なもんじゃねや。羅紗のうえに床几《しょうぎ》を置いて坐《すわ》りゆうがか」

万次郎たちは人波をかきわけ、大路《おうじ》を山手へむかう。

乾燥した砂に靴《くつ》が沈む。砂は歩くたびにくるぶしのあたりまで達する。

路傍に芭蕉《ばしょう》の大樹があり、実が五、六個ずつかたまって黄色に熟れている。

「あれは何じゃねや。銀杏《ぎんなん》の実に似ちょるが、大っきいのう」

足をとめ、重量のある実に触れていると、キャプテンが教えた。

「ムナナ（バナナ）、マイヤー」

実はムナナといい、花をマイヤーというようである。

見あげるように背の高いオアホ人がどこからかあらわれ、万次郎たちの様子を見ていたが、うなずいて庖丁《ほうちょう》をとりだし、一房を切りとってくれた。

外皮を剝《は》ぐと、熟れたムナナの実があらわれる。

「色は蜜柑《みかん》より紅《あか》いのう。食うてみるか」

万次郎たちはやわらかい実を頬張り、目を見はった。

完全に熟した実のとろけるような甘さは、生れてこのかた味わったことのないものであった。

万次郎が夢中で異国の果物を味わっているとき、大勢のメリケらしい男たちが通りかかり、キャプテンに話しかけた。

いずれも立派な風采《ふうさい》で、身につけた衣服もキャプテンに劣らない。

キャプテンは彼らとしきりに話しあっていたが、やがてふりかえって万次郎を招いた。

メリケたちの一人が万次郎の姿をスケッチしたいと頼んでいるので、モデルになってやってほしいとキャプテンはいう。

手まねを交えて伝える用件を万次郎は了解した。

万次郎の肖像をスケッチしたのは、アメリカ海軍のチャールス・ウィルクス科学遠征隊の隊員、ミスター・アゲイトであった。

遠征隊は一八三八年から四年間にわたり大船団を編成し、南極から太平洋に散財する数多い島嶼《とうしょ》をめぐり探検していた。

このときはサンフランシスコ沖で暴風に遭遇し、ホノルルに退避していたのである。

遠征隊旗艦ヴィンセント号は、ジョン・ハウランド号より三日はやく、ホノルル沖に到着していた。

同艦の記録には、ハワイに再度立ち寄らざるをえなくなったため、日本近海の島々探検を放棄した。未知の国の住民と会う機会を失ったが、時間的にやむをえないと述べられている。

万次郎たち五人と道端で出会ったことも記録していた。

「今回のホノルル訪問のあいだに、捕鯨船が一隻《せき》入港した。日本沿岸を航海中に、孤島で五人の日本人を救いだしてきていた。彼らは船が難破し、生命を支えることもできなくなっていたところを、発見されたのである。

大人も子供も身長が低く、非常に小さく見えた。たぶん漁師であろう。ミスター・アゲイトがその一人をスケッチした」

永国淳哉氏著『雄飛の海』に、アゲイトのスケッチした少年の肖像が掲載されている。ちいさい髷《まげ》を結った少年は眉《まゆ》が濃く、両眼に沈んだ表情をたたえている。衣服は開襟《かいきん》シャツらしいものを着ている。

万次郎たちは遠征隊と会ったあと、キャプテンに伴われ、杭垣《くいがき》で囲まれた板張りの建物、藁葺《わらぶ》き石壁の建物のつらなる道をしばらく歩き、尖《とが》った矢倉のようなものを屋根のうえに屹《きっ》立《りっ》させている石造の大きな建築のまえで足をとめる。

万次郎は矢倉の頂きにクルスの形をした木が立っているのを見て、ここは寺であろうと察した。

建物は屋根を葺いている最中で、棟木《むなぎ》にまたがっていたメリケらしい異人が、キャプテンに呼びかけられると下りてきた。

キャプテンは万次郎たちに彼を紹介した。男の名前は「ダッタジョージ」だという。

キャプテンが紹介したのは、アメリカから派遣されていた医師で宣教師のドクター・ジャッドであった。

ジャッドは国王に信頼されている人物で、彼が建てている建築は、のちにカワイアハオ教会として世に知られるようになる。

キャプテンは五人を救った経緯をしきりに説明している様子であった。

ダッタジョージは筆之丞《ふでのじょう》に手をあわせ、神仏を礼拝する様子をしてみせる。

筆之丞はうなずき、合掌した。

「われらの土地では神仏をこうやって拝みまするでのーし」

ジョージは屋敷のうちへ五人を招きいれ、机のうえに日本の通貨らしいものと煙管《きせる》をとりだし並べた。

万次郎たちは息を呑《の》んで、ジョージが机に置いたものを見る。

ジョージにこれらの物を知っているかと聞かれ、筆之丞はうなずく。

「これは日本の貨幣《かね》じゃいか。これは一朱金、こっちは二朱銀。煙管、煙草《たばこ》入れも日本のものじゃのーし」

ジョージはうなずいて、黒い衣服をとりだしひろげる。

「こりゃあ、ご出家の衣《ころも》じゃいか。こげな物をばどこでみつけなはったか、教《お》せてつかあれ」

万次郎が片言をあやつりキャプテンに事情を聞くが、説明を受けてもこみいった語句が理解できない。

ジョージは筆之丞たちが貨幣を手にとり見入っている様子をうかがい、彼らが日本人であると判断した。

万次郎は汚れた数十個の貨幣、煙管などを見て、郷愁に胸をかきむしられるようであった。

――お母《か》はん、わえはどことも分らん島へ着きようたが、達者で生きちょるきに、いつかはきっと逢《あ》えるぜよ。それまで生きていておうせ――

煙管入れに触れ、法衣をひろげてみる万次郎の指先がふるえ、眼がうるむのをキャプテンはいたましげに見つめる。

ダッタジョージは太平洋の地図をとりだし、五人に見せる。彼らがどこからきたかを知ろうとしたが無駄《むだ》であった。万次郎たちはジョン・ハウランド号で海図を見せられたときも、それが何を意味する図形であるか理解できなかったが、こんども同様であった。

ジョージはもう一度合掌をしてみせた。五人はうなずきあい、「大日本」と口々にいいつつ砂上に坐り、額を地面にすりつける礼をした。

ダッタジョージが見せた貨幣などは、前年に太平洋で漂流しているところを捕鯨船ジェイムス・ロウパー号に救助された大坂の帆船に乗っていた十三人の男たちが、所持していたものであった。ジョージはそれらを彼らから贈られた。

漂流者たちは住居を与えられ、マウイ島とホノルルでしばらく暮らしていたが、やがて便船がきたのでカムチャツカへ向った。その後の消息は伝わっていない。

ダッタジョージは、万次郎たちを自宅にともないもてなす。彼らはジョージの妻と娘キイナウに会い、挨拶《あいさつ》をする。

庭先には絵具で色付けしたばかりのような、あざやかな極彩色の鳥が飛びかい、聞きなれない声で啼《な》きかわしていた。

ダッタジョージと万次郎たちが名を聞きおぼえたドクター・ジャッドの妻の名は、オヒネといった。

オヒネとは女性を意味するワヒネを聞きちがえたものである。

ジャッド医師はボストン出身で、二十四歳のとき宣教師としてハワイにきて、カメハメハ三世に重用され、ハワイ王朝の顧問としてハワイ独立に貢献した人で、ホイットフィールド船長とは旧知の間柄であった。

キャプテンはジャッドのもとを辞したのち万次郎たちを海岸に聳《そび》える城塞《じょうさい》へ連れていった。騒がしく人声の湧《わ》きたつ大通りを過ぎ、珊瑚《さんご》のブロックを積みかさねた砦《とりで》に着く。砦の窓には透きとおったギヤマンがはめこまれていた。

「なんと仰山《ぎょうさん》ギヤマンを使いゆうが」

筆之丞が怯《おび》えたように辺りを見まわす。

ジョン・ハウランド号では、はじめて窓にはめこまれているギヤマンを見たとき、そこに外気をさえぎるものがあるとは信じられなかった。

蜜柑をもらい、皮を窓の外へ投げようとしてはねかえり、愕然《がくぜん》としてそのような文明の所産があることを知ったのである。

城壁には大砲が多数据《す》え置かれ、砲口を港にむけている。

「これはお浦方の役所のようなのう。お役人に会うたなら、土下座せにゃいかんろう」

五人はキャプテンに伴われ、広い廊下を通り、一室に入る。

室内にはこれまで見たこともないほどの山のような巨人が、大机にむかっていた。

彼はハワイ王国オアフ島の知事、マタイオ・ケクアナオアであった。カメハメハ大王の娘《むすめ》婿《むこ》で、行政、司法の権限を掌握している。王国の財務長官をつとめていた当時、イギリスに赴いたこともある。

――牛のような体じゃなあ。こげな男に殴《は》りまわされりゃ、死ぬがか――

万次郎は筆之丞が床に坐り手をつくのを見ると、すばやくおなじ姿勢をとる。

キャプテンが慌《あわ》てたように彼らを立たせた。巨人は眼尻《めじり》の垂れた両眼をほそめ、幾度もくりかえしつぶやくようにいう。

「アロハ、アロハ」

巨人の声は洞穴《ほらあな》のなかから聞えてくるように室内に残響をたゆたわせる。

「ア、アロハ」

筆之丞がいうと、巨人はうなずきほほえみ、くりかえす。

「アロハ、アロハ」

キャプテンが巨人の家来らしい男に、万次郎たちの身のうえを縷々《るる》申し述べているようであった。書類はできあがった。

知事のもとで五人の漂流民の記録が作製されると、キャプテンは費用を支払ったのち筆之丞の手にハスダラ（ハーフダラー）銀貨五枚を渡した。

「ながいことご厄介《やっかい》をかけたうえに、鳥目《ちょうもく》までいたあいて、ほんにお礼のいいようもないわの－」

筆之丞は手をあわせキャプテンを拝む。

キャプテンは笑いながら筆之丞の背を撫《な》でる。彼は知事の部下のひとりについてゆくよう五人に指示し、手を振りながら役所を出ていった。

万次郎はキャプテンが白い外套《パルレ》の裾《すそ》を海風にひるがえし去ってゆく後姿を見ると、胸を絞られるような寂寥《せきりょう》を覚えた。

ジョン・ハウランド号ではキャプテンの庇護《ひご》のもとで、鯨を追う日々を送ってきた。陰画のように単調な土佐での生活のあと、突然あらわれた異国人たちとの明け暮れは、するどい刺戟《しげき》に満ちていた。

キャプテンは万次郎に慈愛の眼差《まなざ》しをむけ、フェアヘブンへともにいこうと幾度もくりかえした。

――わえはこげなオアホたらいう島で、なんとか生きていかにゃならんがか。土佐へ去《い》にとうても、役人に詮議《せんぎ》されたら首斬《き》られることになっちょる。そうなりゃわえは、こげな島から外へ出られんよのう――

万次郎は晴れわたった碧瑠璃《へきるり》の空のもと、頭や肩に紅のはなびらをつけ、ゆるやかな衣服を風にふくらませて行きかう島人たちに眼をやりつつ、眼に見えない壁のように周囲から迫ってきて彼を身動きできなくしようとする運命の悪意を感じた。

――しかたない、生きてるだけでも、ありがたいけん。なんぼ気張ったち、中ノ浜へは去ねんきに――

気落ちした彼は、肩をおとし筆之丞のあとにつづく。重助、寅右衛門《とらえもん》、五右衛門も憂《うれ》わしげなかげりを顔にただよわせている。

知事の部下は三十歳ぐらいであろうか、眉の濃い肥大漢であった。剽軽《ひょうきん》なたちで、わが顔を指さし、眼を見張ってくりかえしいう。

「カウカハワ、カウカハワ」

彼の名がカウカハワであろうと、万次郎たちは理解した。

カウカハワは砦に近い場所にある小ぶりな草葺《くさぶ》きの家に五人を案内した。そこに住んでいた人たちは愛想よく家を明けわたし、出ていったが、まもなく鉄椀《てつわん》に灰色のトロロ芋のようなものをなみなみと注《つ》いで持ってくると、食べるようすすめる。

万次郎たちは満腹するほど淡い塩味のそれをふるまわれた。

万次郎たちがふるまわれたのは、ポイという食べものであった。ポイとはタロ芋をすりつぶし、発酵させたものである。

ポイをつくるにはまず地面を掘って、穴のなかで火を焚《た》き、石を置く。石がよく焼けた頃《ころ》、タロ芋をそのうえに重ねてならべ、濡《ぬ》れ莚《むしろ》をかぶせ、土をのせ、水をかける。

煙が濛々《もうもう》と立ち、しばらくするうちに芋が蒸し焼きになる。それを取りだして皮を剝《む》き、棒で叩《たた》いて糊《のり》のようになったものを、三斗ほどもはいる瓢簞《ひょうたん》に入れ、二日ほど置いて発酵させるのである。

五人が借り受けた家は、長さ六間の茅葺《かやぶ》きであった。眼が慣れてくると、屋内には網代《あじろ》のようなものと羅紗《らしゃ》が敷きつめられていた。

家の持主はカウカハワであった。彼は老母と妻、弟夫婦とともに暮らしていた。

弟のチョチョは兄と同様の好人物で、子供がひとりいた。チョチョ夫婦はにこやかに万次郎たちをもてなしてくれる。

夕食はポイと皿に山盛りの果物、皿鉢《さわち》ほどの大きさの二つ割りにした瓢簞のなかにいれた生魚の刺身である。

カウカハワは、右手の人さし指と中指でポイをすくって食べ、刺身を食ってみせる。

夕食を終えても、まだ辺りは明るかった。表通りは、散歩をする人が大勢ざわめき通っている。

万次郎たちも浜へ出てみた。

雷がはるかな海上でどろどろと鳴っていた。丑寅《うしとら》（北東）の微風が吹き、港内にはゆるやかなうねりが上下している。

「あれ見よ、ここらの漁師も海見ちょるのう」

五右衛門がいう。

腰巻きをつけ、逞《たくま》しい上半身をあらわにした男たちが、波止《はと》の石積みや浜にあげた漁船のうえに腰をかけ、低い声で話しあいながら沖を見ていた。

「宇佐へ去《い》にたいのう」

五右衛門が溜息《ためいき》をつく。

万次郎も中ノ浜のあばら家で暮らしている志おときょうだいたちの姿を宙にえがく。

島人が琴のような楽器の爪弾《つまび》きにあわせ、長く尾をひく唄《うた》をうたいはじめる。

万次郎は茫然《ぼうぜん》と沖を見ていた。空には雲がかかり、水平線の辺りは朱を流したような夕映えである。

――去にたやのう――

万次郎も胸のうちで嘆く。ふだんはおさえつけている郷愁が、日暮れどきの港の潮騒《しおさい》にかきたてられた。

万次郎たちが仮住いで迎えた最初の朝、腹にひびく砲声が空を走った。

中ノ浜の家から今津太平の仕事場へ出向くのが遅れ、曲りくねった路地を息をきらせて走ってゆく夢を見ていた万次郎は、眼ざめて何の音であろうと耳を澄まし、ここはハナロロだと気づく。

ハナロロは土州からどれほど離れた土地であろうかと万次郎は考えてみるが、見当もつかない。

薄い布団《ふとん》を胸までかけ、戸外の物音を聞いていると、人声が聞えてくる。土佐の言葉を喋《しゃべ》っているように思え、思わず身をおこすと、話し声は島民のものであると分ってがっかりする。

カウカハワの家族とにぎやかな朝食をおえると、五人は何もすることがないので見物にでかける。

ハナロロの市街には自身番や木戸がなく、横柄《おうへい》な町方役人や目つきのよくない下っ引がうろついていない。

どこへでも自由にゆくことができ、誰にも咎《とが》められない。数百人の兵士が宿営している砦に歩みいっても、どこからも叱咤《しった》の声が飛んでこなかった。

寺の近所には、キャプテンの友人たちの家があった。「ダッタジョージのお屋敷へのぞきにいくか」

五人は砂埃《すなぼこり》のたつ辻《つじ》を幾度か折れ、ダッタジョージの屋敷の前に出た。

「こんにちは、オヒネさま。いてなはるかのーし」

筆之丞が門口で遠慮がちに声をかける。

女中が出てきて笑顔でうなずき、奥へ入る。まもなくオヒネが出てきて、にこやかに迎えいれる。

コフィと菓子が出され、オヒネは五人をもてなそうとさかんに話しかけてくる。

まもなく普請場《ふしんば》から戻ってきたのであろう、ダッタジョージがあらわれた。

彼はよくきてくれたと、五人を歓迎した。ジョージが何をいっているのか、万次郎は理解しようとつとめる。

いうことのなかで、知っている言葉がでてくると、万次郎は敏感に反応して、乏しいメリケの言葉を駆使して答える。

ジョージはおおいによろこび、万次郎に分るよう、ゆっくりと話しかける。

「お前たちはどこで生れたか」

「トシュウ」

ジョージは首をかしげる。

「土佐の宇佐でのーし」

万次郎がいうと、ジョージは見当をつけかねるのであろう。苦笑いをみせた。

ジョージは妻のオヒネとともに屋敷のなかをすべて見せてくれた。

玄関、客座敷、台所、納戸《なんど》から寝部屋まで案内してくれたので、万次郎たちは恐れいった。

「このお屋敷にゃ女中が五人もいゆうがか。えらいお侍じゃきに、わえらに言葉もかけてくれんのがほんまじゃ。それをば親戚《しんせき》みたいに扱うてくれるねや。わえらは漁師じゃき、どげに言うちゃっても構わんのに、大事にしてくれるがか」

土佐では見たこともない、清潔で整った設備に、万次郎たちはおどろくばかりである。ジョージたちは垂れ幕のついた寝台で寝るのであるが、寝部屋の豪華な飾りつけは、土佐の殿様も及ばないのではなかろうかと思えるほどであった。

ハナロロでも七日めごとにションレイ（サンデー）がめぐってくる。ションレイの日は、メリケたちをはじめ島民たちが寺の裏手の草葺きの建物に集まり、経をとなえ、世界を七日間でこしらえたという神を拝む。

その日は店屋はすべて表戸を締め、街路はひっそりとしていた。

「ションレイの日は、日本の正月みたいじゃねや」

寅右衛門が憂わしげな眼差しを空にむける。彼は万次郎とちがい、ジョン・ハウランド号で暮らしているあいだ、キャプテンを敬遠し、メリケたちに親しみを見せなかった。

「キャプテンは命の恩人じゃきに、もっと愛想ようせんか」

筆之丞がたしなめると、寅右衛門は抗弁した。

「わえは、メリケらが何ぞものいうたり、笑うたりするのが気になってならんじゃき。わえを、こけにして笑うちょるがか」

「あほうなことをいうな。お前がひがみ根性じゃきん、メリケと仲良うなれんじゃねや」

寅右衛門はどのようにいわれても、かたくなに自分の内部に閉じこもる態度を変えなかった。

彼は仲間たちともあまり話しあわない無口な性《たち》であったが、家主の弟チョチョにはうちとけて手まねで話しあっていた。

ある日、五人はダッタジョージに豪華な昼食をふるまわれた。酒も飲ませてくれたので、気分が晴れやかになり、遠方まで散歩にでかけた。港の奥にある山の頂きには、大砲が置かれていた。山道を歩き見知らぬ村へ出ると、十字の印を屋根のうえに立てた寺があった。

「あのギヤマンを見ておうせ」

万次郎が指さし、息を呑《の》む。宝石のように輝くそれは、破風《はふ》を飾るステンド・グラスであった。

万次郎たちは山道を散歩するとき、甘い芳香をはなつ木の束を担《かつ》いでくる人とすれちがう。

「ええ匂《にお》いじゃねや。あれは何の木かのう」

筆之丞たちは芳香を吸いこむようにする。それは高価な白檀《びゃくだん》の木であったが、五人は知らない。

島民は酒をほとんどたしなまなかった。彼らが口にするのはカヴァ酒のみである。

カヴァとは、高さ一間半ほどの灌木《かんぼく》で、その皮や根を少女が嚙《か》みくだき、唾《つば》とともに吐きださせたものを発酵させて酒をつくる。

島の男女は節義ただしく、温和な性格の者が多かった。

島内で通用する金銭は、メリケの金、銀、銅で、常食は牛、豚、ポイ、魚類である。

港には売女のいる酒店があり、諸国の船乗りが終夜騒がしく出入りしている。ときたま乱酔した水主《かこ》が馬に乗り、かけ声をあげて狂ったように疾走させてゆくのを見ることもある。

「あげな酔うたん坊《ぼ》が馬を気狂《きちが》いの様《よ》に走らせりゃ、土州ならいっぺんに横目役にひっ捕えられらあ。牢屋《ろうや》入りか、打ち首ぜよ」

重助があきれたようにいう。

町なかを夜歩きが自由にできることも、五人にはおどろくべきことであった。路上では砦の侍が店屋の主人と朋輩《ほうばい》のようにふざけあっている。

「こげな暮らしよい島でも、科人《とがにん》が出ゆうがか」

万次郎たちは、後ろ手に縛られ、砦へ引きたてられてゆく男を、幾度か見た。

幾日かが風のように過ぎていった。

――キャプテンはわえをハヤへブンたらいうところへ連れちゃるというたが、ほんまじゃろか。もう忘れゆうたがか――

万次郎はもういちどキャプテンのもとへ帰りたい。

彼はキャプテンを父のように慕っている。ジョン・ハウランド号で過ごした日々の記憶が、脳裡《のうり》でしだいに鮮明になりまさってくる。

借りうけた家の裏庭へ出ると、芭蕉《ばしょう》の木が枝葉を茂らせ、ムナナの実が重たげに垂れさがっている。

チョチョは欲しければいくらでもムナナを食えばいいとすすめてくれた。

気心の優しい島人との生活は、中ノ浜での苦役の明け暮れにくらべれば極楽のようである。

だが、万次郎はメリケの船に乗り、彼らの捕鯨法を学びたい。船での生活には、躍動するような文明の刺戟があった。

時雨《しぐれ》が芭蕉の葉をたたいて去ったあとに虹《にじ》がかかった、静かな朝であった。

筆之丞たちは仮住居の軒下にしゃがんで話しあっていた。

「わえらはこれからどうするかのう。銘々《めんめ》に手に合うた仕事をしたいが、カウカハワはお前らは客じゃけん、遊んじょきというてくれる。そうもいくまいがのう」

「ほんに、こげに遊びゆうて食うちょるのは、もったいないぜよ。兄やんがような、宇佐で指折りの釣《つ》り師なら、沖出すりゃなんぼでも鰹《かつお》が釣れゆうが」

重助がいう。

彼はジョン・ハウランド号に乗っているあいだに足の疵《きず》が癒《い》えていたが、ハナロロへきて食物が体にあわないのか痢病をわずらい、元気がない。

筆之丞は熟練した漁師である。

彼はハナロロで日を送るうち、夕方に浜へ散歩に出て、沖から戻ってきた漁船から島の漁師たちがウペナ（網）をおろし、おおきく引き裂けた箇所をひろげ、騒がしく話しあっているのを見かけた。

しばらく立ちどまって眺《なが》めていると、彼らは無器用な手つきで、網をつくろいはじめた。

「そげんことをやっちょったら、夜があけても破れはふさがらんぜよ」

筆之丞は困りはてている大男たちの背をたたき、手まねでいった。

「あしに任せちょき」

彼は地面に足を投げだして坐《すわ》り、足指に網をひっかけてひろげ、破れた部分を器用につくろいはじめた。

彼は小刀で網を切っては手早く目をこしらえてゆく。

島人たちは筆之丞の指先の動きに見入って感嘆の吐息をもらす。

浜辺に出ている男女がしだいに周囲に集まり、筆之丞は黒山の人垣《ひとがき》にとりかこまれた。

「えらい大勢寄ってきよる。こげなことがなんでめずらしいかよ」

筆之丞は照れつつも得意になり、しばらくのあいだに完全につくろいを終えた。

漁師たちは口々にいう。

「スイフロウゴケアイ。スイフロウゴケアイ」

「スイロービキ、スイロービキ」

スイフロウとは大きな破れのことである。ゴケアイとは日暮れ、スイロービキは思いのほかに早く仕上がったとの意である。

大きな破れは日が暮れてもつくろえず困っていたのに、筆之丞に意外に早く仕上げてもらったとよろこんだのである。

朝食後のひととき、五人はしゃがんで鰹釣りにでかける相談をする。

「釣竿《つりざお》は汐《しお》ノカイがよかろうがか。餌《えさ》は小鰯《こいわし》の生餌《いきえ》か、角シャビキでやりゃええぜよ。とろ凪《な》ぎのときゃ、生餌がええらあ」

汐ノカイとは土佐の漁師たちが鰹の一本釣りに用いる長竿であった。

角シャビキとは、水牛の角でこしらえた疑似餌である。角がないときは、錫《すず》をかわりに用いる。

筆之丞が鰹釣りの仕掛けをさまざま工夫するのに、四人はあいづちをうってひととき憂《う》さを忘れる。

皆が胸中に故郷、肉親への思いを重石《おもし》のように抱きながら、なにげない顔つきをしようとつとめていた。

彼らは突然呼びかけられ、おどろいて顔をあげる。

キャプテンが二人の船員を連れ庭先に立っている。船員たちは担いできた紙箱を地面に下し、蓋《ふた》をあけた。

箱の中身は、五人への贈りものである新品のパルレとワワエロ（ズボン）であった。

キャプテンは万次郎に通訳をさせ、筆之丞たちに告げる。

「お前らの身のうえもおちついてきたようじゃき、心安く暮らすがえーぞ」

万次郎はいいつつ、膝頭《ひざがしら》の力が抜けてゆくような落胆をあじわう。

――キャプテンは、わえをここへ置いていくんがか。やっぱり船にゃ戻れん――

頭を垂れていた万次郎は、キャプテンに肩を抱かれた。

キャプテンはよくひびく声音で話しかける。

「儂《わし》は万次郎をメリケへ連れていきたいけにのう。かわいがって、不仕合せにゃせんけに、頼むぜよ」

万次郎の通訳をする声がふるえた。

筆之丞はおどろいて万次郎を見る。彼はしばらく考えたのち、答えた。

「わえは万やんのお母《か》はんに身柄《みがら》を頼まれちょるきに、別れるわけにゃいかんがのう。なんせ命の親で親切なキャプテンのいいなはることじゃき、このうえは万やんの心しだいにしておうせ」

万次郎が筆之丞の言葉を伝えると、キャプテンはうなずき、彼の眼《め》をのぞきこむ。

「お前や、どうすりゃ」

「わえはキャプテンといっしょにいきたい」

船員たちが手を叩《たた》き、奇声をあげ万次郎と肩を組み、踊りだそうとした。

万次郎は四人との別離の心細さと、メリケへゆけるよろこびがないまぜになり、泣き顔になった。

一八四二年一月中旬の丑寅《うしとら》（北東）の風が頬《ほお》をなぶる朝、ジョン・ハウランド号は舳《へさき》にかけた綱を多数の小舟に曳《ひ》かれ沖合いに出ると、帆をあげた。アロハの呼び声が湧《わ》きたつ。

万次郎は港の波止に立ち、手を振って送る筆之丞たちが顔を涙に濡《ぬ》らしているのを見ると、こらえきれず両瞼《まぶた》から熱いしずくをふりおとした。

キャプテンが傍《そば》にいて、彼をなぐさめるように背を撫《な》でる。

すべての帆が風をはらむと、船は弦《つる》をはなれた矢のように沖をめざす。万次郎が筆之丞たちと散歩した凹凸《おうとつ》の形のめだつ山形がたちまち霞《かす》んでゆく。

ジョン・ハウランド号の乗組員となった万次郎の仲間たちは、彼をジョン・マンと呼ぶようになった。船名からとった名を、万次郎は気にいった。船員のうちにジョンの名を持つ者が、幾人かいる。

荒くれ男たちは外見に似あわずこまかく気がつき、優しかった。万次郎がハナロロを離れてゆく船の船尾にたたずみ、港のほうを眺めているとき、遠眼鏡を渡してくれる者がいた。

夜になって瀝青《チャン》のにおいのこもった寝室の戸《と》棚《だな》のような寝床で、船体のきしみに身をかたむけながら、筆之丞たちと暮らした家のたたずまいを思いだしているとき、おやすみとつぶやきながら、飴玉《あめだま》を枕《まくら》もとに置き、ほほえみかけてくれる者もいた。

彼らは果てもない大洋のなかでは芥子《けし》粒《つぶ》のように頼りない存在であるジョン・ハウランド号に命を託し、幾月も陸地を踏むことのない航海をつづけるうち、心を鍛えられていた。

中ノ浜では胆《きも》のふといヤッコとして知られた万次郎が、悲鳴をあげたくなるほどの嵐《あらし》に襲われることもある。

船体がいまにも横倒しになるかと危《あや》ぶむほど傾き、舷窓《げんそう》からのぞくと思わず眼をそらせたくなるほどの、山のような波濤《はとう》が頭上から押し寄せてくる。

ジョン・ハウランド号は波の下敷きになっても、船体を震動させつつ起きあがる。

大時化《しけ》のときは、火災を警戒してランプをすべて消し、辺りはまっくらであるため、船体を揺りおろし捲《ま》きこもうとする波が途方もなく巨大に見え、みぞおちが恐怖でかたくなる。

「もうあかん。こげな時化はご免じゃねや」

万次郎がうろたえているとき、傍の寝床では、手すりにかけたロープで体をおさえたメリケが、ふとい声で歌をくちずさんでいた。

中ノ浜で暮らしていた頃《ころ》、万次郎は窮乏と周囲の蔑視《べっし》に耐え、虫のように地面を這《は》いずりまわるような生活のなかで、闘争心を燃えあがらせる小さな野獣であった。

――いつかは浦方の年寄りどもを、へいつくばらせてやるぜよ――

彼はヤッコの勤めに出て、雇い主にこきつかわれるとき、胸のうちでおなじ言葉をくりかえしていた。

腐りかけた藁《わら》屋根の住いには、蚤《のみ》、しらみがいる。食事は煮た雑魚《ざこ》と甘藷《かんしょ》まじりの麦飯であった。

なんの楽しみもない明け暮れであったが、家族のあいだに心の絆《きずな》がかたくかわされていた。

万次郎は不快に満ちた日常に耐え、夜になると搔《か》い巻き布団《ふとん》を胸にひきよせ、眠りにおちるまえのひととき。母やきょうだいのためならいつでも死んでやると心をたかぶらせつつ、裏山の樹々《きぎ》のざわめきを聞いていた。

中ノ浜の浦人たちは、父のいない万次郎を軽んじた。彼らは兄の時蔵をノータレと呼び、道でゆきあうとき嘲弄《ちようろう》の言葉を投げる。

それでも集落のうちで暮らしているかぎり、飢え死ぬことはなかった。

無宿者の物売りや乞食《こじき》が、寒風の吹き荒れる冬の道端で行き倒れになり、蠅《はえ》がたかっているのを万次郎は幾度も見たことがあった。

彼は中ノ浜をいつかは出て、分限《ぶげん》とか長者と呼ばれるような身代《しんだい》を築きあげたいと夢想をひそかにあたためる。

もし失敗して行き倒れになってもかまわない。死ぬ覚悟さえしておればおそろしいものはないと考えていた。

いま、ジョン・ハウランド号の乗組員となって、万次郎は異国の男たちの人情にふれ、古疵に覆《おお》われた心に彼らのやさしさが沁《し》みわたる。

船員たちは海の男の典型ともいえるキャプテンのもとで、いさぎよい行動をとった。

万次郎は一度、甲板をとりしきるボスが部下の船員と、索具の扱いかたについて激しく口論をはじめ、喧嘩《けんか》になろうとしたのを見たことがある。

ボスはキャプテンに事情を告げた。

キャプテンはくわしく聞き彼をなだめたが、やがてうなずく。

「いいだろう、あとに憎しみを残さないために、一度だけやってみろ」

甲板でボスと船員はむかいあう。

他の船員たちは周囲に円陣をつくり、とりかこんだ。船員が拳《こぶし》をかため、打ちかかった。

船員は逞《たくま》しい巨漢であった。彼が丸太のような腕をふるって打ちすえれば、万次郎のような少年の頸《くび》はひとたまりもなく折れるであろう。

肉を打つ鈍い響きがおこった。ボスは船員の鉄拳《てっけん》をかわしもせず、左の頬にうける。二度めに拳が飛ぼうとしたとき、ボスの右肩がわずかに引かれ、瞬間にまえへ動いた。

船員の体はのけぞり、棒を倒すようにまっすぐな姿勢で甲板へ背を打ちつけた。

万次郎は船員が熟睡しているときのように高いびきをかいているのにおどろく。キャプテンをはじめ、殴りあいを見守っていた男たちは声もなく倒れた船員を見おろしている。

ボスものぞきこんでいる。いびきをかいているのは、失神したためだと万次郎は気づく。

中背だが胸板の厚いボスの右手の一撃が相手の左頰をとらえ、眠らせたのだ。

気楽そうないびきは二十回ほどでとまった。船員は瞼を幾度かあけてはとじ、また静かになり、顔を撫でる。誰も声をかけない。

やがて船員は起きあがり、顎《あご》を手でさわる。ボスが彼の肩を抱き、背を撫でた。

「それでよし。皆、仕事にかかれ。お前は一時間ほど休め」

キャプテンは覚醒《かくせい》した船員をいたわってやった。

――メリケは何ちかんちいうても、めっそうやさしいぞよ。中ノ浜の男衆らとは、えらいちがいじゃ――

万次郎は彼につらくあたった故郷の男たちを思いだす。

メリケたちは万次郎の面倒を見たがり、弟のようにかわいがる。ポールという船員が万次郎に読み書きを教えてくれるようになった。

ポールの兄貴はメリケで小学校の校長をつとめているという。

キャプテンは、万次郎がポールに文字を学ぶのをよろこび、夕食後に食堂のテーブルを使うのを許可した。

万次郎はアルファベット二十六文字を習い、じきに覚えた。

彼はメリケの言葉をひとつずつ頭に刻みこんでゆく。

「親はペエラン、子はチルレン」

「唐はチャイニ、天竺《てんじく》はインテヤ」

「借るをバアロ、返すをショイ」

そのうち、キャプテンが万次郎を自室へ呼んだ。

「マンよ、これからは私が読み書きを教えてやろう」

ジョン・ハウランド号は南にとっていた針路を西南へむけ、太平洋のただなかへ鯨を求めてゆく。

万次郎は一日の作業を終え、夕食をすませたあと、キャプテンに読み書きを教わる。キャプテンに用があるときは、ポールがかわって教えた。

ポールは気軽な若者で、さまざま工夫をこらし、万次郎に英語を理解させようとした。

彼は陽気な声をあげ、ＡＢＣの歌をくりかえしうたい、万次郎に覚えさせる。

つぎに室内のあらゆる部分と器具の名称を教え、その綴《つづ》り字を書かせる。室内のすべての物についての読み書きができるようになると外へ出て、船内の各部分についての名称を教えこむ。

「字ちゅうもんは、こげに書くんがか」

万次郎は持ったこともなかったペンの扱いに難儀しつつスペリングを覚えこんでゆく。夜、寝ているときも指先で文字をつづり、忘れないよう努めた。

ポールは昼間は朝食まえの礼拝、キャプテンの訓辞からはじまり、日暮れの鐘で終る乗組員の日課について、英語で教える。

何をどうする、こうするといういいまわしにも幾通りかがあり、相手によって丁重な表現もかぎりなくある。

万次郎はそれまでに、船員たちが交す会話をかなり理解できるようになっていた。彼らが迅速に話す言葉を聞きとる力ができていたので、ポールの教えるところがよく分った。

おおよそを推測し、自分なりに理解していた言葉の意味がたしかにつかめるようになると、万次郎は嬉《うれ》しさに動悸《どうき》をたかめた。

キャプテンは、万次郎を自室へ呼ぶと、書棚から絵本をとりだし、絵にえがかれている様子について、ゆっくりと説明をしてくれた。

万次郎はキャプテンがふとい声で話す言葉を、ノートに書きしるし、意味を理解し、そらんじる。

万次郎は容易に納得できない難解な説明を受けてもひるまず、キャプテンにくりかえしたずねる。

キャプテンは飽きることなく、説明をしてやまなかった。彼は漫画を巧みに書き、万次郎が判断しかねている疑問を、しばしば氷解させてくれた。

万次郎はキャプテンの部屋ではじめて地球儀を見たとき、何であるのか分らなかった。

「こりゃ何ぜよ。きれいな球じゃねや。何ぞの飾りか」

キャプテンは羊皮紙の地図を地球儀に巻きつけて見せた。

「いまこの船は、この辺りをこの方角へ向っている」

万次郎は眼を見張るばかりである。

「マンの母がいるトサはどこか分らないが、日本はここだ」

キャプテンが、青く塗られた海のなかにあるちいさな島を指さす。

「ほんまか、ここが日本か。ここが海かのーし」

「そうだ。海だ。パシフィック・オーシャンだ」

「ここが海なら、こげな球のようになっちょらんきに。こげに丸けりゃ、潮が落ちて流れゆうが」

「どこへ落ちる。空へか」

キャプテンにいわれ、万次郎は意表をつかれる。

「海はこうして見れば、円形に見えるだろう。われわれには、海と空の境いまでしか見えないのだ。それは海が丸いからだ。遠方から船がやってくれば、ある距離まで近づいてきてこちらの眼に見えてくる」

万次郎は地球儀の下方に手をやる。

「ここは下じゃのーし。水は下に落ちんかのう」

「下ではない。空だ。われわれは地球《グローブ》という星に住んでいる。星は空に浮いている。地球は他の星から見れば、空のなかで光っているにちがいない」

万次郎はキャプテンのいうことが理解できない。

彼は寝部屋の棚に身をよこたえてのちも、キャプテンのいうことを反芻《はんすう》しつづける。

──中ノ浜で暮らしようたときにゃ、わえは土州だけでもめっそうな広い国じゃと思うちょったが、大日本もメリケにくらべりゃほんに小っさいとキャプテンはいいなんす。それに海も陸《たか》も丸い球じゃとは、なんちゃー分らん。参ったぜよ──

万次郎は自分がグローブという星に住む、得体の知れない生きものであると考えるうち、疑問はひろがるばかりであった。

──わえは人じゃが、人とは何がか。虫や魚《いお》やらと、どこが違うがか。お母《か》はんの腹から生れたちゅうが、そこへ宿るまえはどこにおったか。なんとも知れん。分らんちゃあ──

ジョン・ハウランド号は嵐に遭《あ》うこともなく、平穏な航海をかさねていた。

万次郎はしだいに英語のスペリングを数多く脳裡《のうり》に蓄積してゆき、やがてキャプテンの本棚から借りだした書物を拾い読みできるようになった。

キャプテンは万次郎が地球儀につよい関心を示すのを知ると、平らに見える地面と海が球の形をしていることが分るまでに、世界を縦横に旅行し冒険をかさねた男たちの話を聞かせる。

「いまから五百四十年ほど昔、イタリアのマルコ・ポーロという人が、東方へ旅して元という国までゆき、帰国すると元よりももっと東にジパングという黄金に埋まった国があるといった。それがほら、マンの国だ。

またいまから三百五十年ほどまえ、ポルトガルのクリストファー・コロンブスという人は、リスボンという港を船出して、インドへ行きつくため、西へむけて航海して、この辺りへ着いた」

キャプテンは地球儀の西インド諸島を指さす。

「コロンブスはそのあと三度も航海に出て、とうとうここに着いたが、自分があたらしい大きな陸地を見つけたのに気づかないまま死んだよ」

キャプテンはコロンブスの上陸地点であった中央アメリカ沿岸を示す。

「それから間もなく、イタリアのフローレンスからアメリゴ・ベスプッチという人が船出して、コロンブスが発見した土地に着き、そこが果ても分らない大きな陸地と分ったので、アメリカと名をつけた」

万次郎はキャプテンの話を聞き、地球儀を見ながら、中ノ浜にいた頃の彼の人生への認識が、いかに貧弱であったかをふりかえり、感慨にうたれるばかりである。

「おなじ頃、やはりポルトガルのヴァスコ・ダ・ガマという人がリスボンの港を出て、アフリカ南端。ほら、ここだ。このケープ・オブ・グッドホープ（喜望峰）をまわってはじめてインドのカリカットに着き、ヨーロピアンがながいあいだ願っていたインドへの航路をひらいたのだ。

それから三十年ほど遅れ、ポルトガルのマジェランが大西洋を横切って、サウス・アメリカの南の端。ほら、ここからパシフィック・オーシャンへ出て、フィリピンに着いた。マジェランはここで死んだが、部下たちが西へ進み、ケープ・オブ・グッドホープを回ってとうとう本国へ戻ったんだ。それで地球は丸いことが分ったのさ」

昔は異人たちも、海の果ては大きな滝となっていて、航海する船はすべて底も知れない海底へ引きこまれると思っていたという。

「えらいもんじゃねや。わえらは山の見えん海へは出られんちゅうに、異人らは死ぬのも覚悟しようて、先も分らん沖へ出ていきゆう。見あげた根性ぜよ」

小雨が南風に乗ってしぶいていた朝であった。万次郎が眼醒《めざ》めて甲板へ出ると、濃い藍碧《らんぺき》の海がおおきくうねっていた。

船員たちが舷側にむらがり、麻ロープを海に投げいれていた。ロープの先端に、万次郎が見たこともないほど大きい鈎《はり》が結びつけられている。

鈎には鯨の皮がぶらさがっている。

「何しちょるんぜよ」

万次郎が聞くと、船員の一人が丘のようなうねりの斜面を指さした。

「シャーク」

万次郎は海に眼をこらす。

なめらかな海面に黒ずんだ三角の背びれが、点々と動いている。

「鱶《ふか》ぜよ、釣《つ》るんか」

ロープを持つ船員たちの眼差《まなざ》しに、異様な光りが宿っていた。

船乗りは鱶を憎んでいる。彼らが生命を托《たく》す船が沈没すると、鱶の餌食《えじき》になるからである。

船員たちは巻き舌で言葉を投げあい、ロープをゆっくりと手もとに引き寄せては延ばす。

喚声があがった。

「釣れたぞ。引きあげろ」

轆轤《ろくろ》がきしみながら動きはじめる。

ロープがまっすぐ延び、いまにもちぎれんばかりに鳴る。

「巻け、もっと巻け」

ロープが巻きあげられ、海中に白い巨大な影があらわれてきた。

五間（九・一メートル）もあろうと思われる大鱶が、海面に白波をたて、のたうちまわりながら引き寄せられてくる。

轆轤が動きつづけ、鱶はあばれながら宙吊《づ》りになり、万次郎たちの頭上へ落ちてきた。

甲板に横倒しになった鱶の腹は、馬の腹ほどの太さである。船員のひとりが小銃を持ちだしてきて頭をめがけ、何発も撃ちこむと、牙《きば》をむきだし狂いまわっていた鱶は動きをとめた。

死んだ鱶は鯨を切るカッターで刻まれ、海へ放りこまれる。血まみれの鱶にたちまち他の鱶が集まってきて食いつく。

「また釣れたぞ」

麻ロープがギリギリと音をたてて延び、船員たちが喚声をあげる。

彼らは殺気立っていた。

捕鯨は男として誇るべき勇壮な仕事であったが、キャッチャー・ボートで巨鯨に近づく船員たちは、常に死の危険にさらされている。航海をつづけるうちに、幾人もの死者や怪我人《けがにん》が出た。

オアホを出帆して一カ月のち、貿易風を背に航海をつづけたジョン・ハウランド号は、キンシメル・グループという群島に達した。

キンシメルとはキングスミル。ギルバート諸島である。

空には白熱の陽光がみなぎり、息もつまらんばかりの熱気がたちこめている。

二十あまりの島は、長さ十里ほどから一里ほどのものまで、大小さまざまであった。澄んだ海の浅瀬は底が白く映える珊瑚《さんご》で、海中には紅や青、黄、黒、白などの色もあざやかな小魚が群れ泳いでいる。

島は平坦《へいたん》な砂地で、高地がない。

キャプテンは万次郎に教えた。

「この島では穀物、野菜などはつくれない。だから島の人々は椰子《やし》を拾い、魚や海老《えび》を取って命をつないでいる。非常に暑いので、住民は怠惰である。彼らは粗末な家に住み、満足している。あれを見ろ。椰子の木の柱を四隅《よすみ》に立て、うえに椰子の葉をかけ、下に椰子の葉を敷いてそこで寝ているのだ」

万次郎は船員たちとともに上陸した。

灼《や》けるような暑熱のなか、島民は黒い肌《はだ》をあらわにしていた。

椰子の葉を編み、それを蓑《みの》のように垂らしたもので、わずかに股間《こかん》を覆《おお》うのみである。頭髪は肩のあたりで切っている者、束ねている者などさまざまであった。

島民たちは、鉄を欲しがる。折れ釘《くぎ》とか、こわれた金槌《かなづち》でもよろこび、物々交換に応じる。

万次郎はこわれた錠前と弓矢を交換した。

ジョン・ハウランド号は、島の附近にしばらく碇泊《ていはく》していた。鯨が寄ってくるからである。数頭の鯨を捕ったのち、ジョン・ハウランド号は、ギューアンという島の沖に移動した。ギューアンとはグアム島である。

附近一帯はスペイン領マリアナ諸島である。船員たちは島影を指さし、顔をしかめていう。

「ここは盗賊の島さ」

ギューアンには諸国の捕鯨船が多数寄港していた。

アメリカ国ニューイングランドからきたメリケの捕鯨船も数隻《すうせき》碇泊しており、乗務員たちはボートでジョン・ハウランド号に漕《こ》ぎつけてきて、キャプテンと握手抱擁し、捕鯨の情報を交換した。

彼らのひとりが万次郎を見かけ、キャプテンに聞く。

「こいつは日本人かね」

キャプテンはうなずいた。

メリケは顔をしかめた。

「日本という国の住人たちは、いったい何を考えているんだ。俺《おれ》たちが水や野菜、牛などを買おうと思って船を近づけてゆくと、大砲や鉄砲を撃ちかけてくる。いやな国だ。君はどうして日本人の子供を船に乗せてやっているんだ」

キャプテンはかたい表情で答えた。

「この少年はジョン・マンという。私たちの仲間だ。漂流して日本に近いハレケン島にいたのを助けたのだが、いまでは息子も同様に思っている。ジョン・マンのまえで日本人を罵《ののし》るのはつつしんでもらいたい」

メリケはキャプテンに詫《わ》びた。

「そんなこととは知らず、失礼なことをいってしまった。どうか許してくれたまえ」

万次郎はメリケが語った内容を、ほぼ理解していた。

キャプテンは客たちが帰っていったあと、万次郎の背を抱き、なぐさめた。

「あの連中が日本人に悪意を持っているのはしかたがない。日本の役人は、外国の船を見ると追い払おうとするからだ。でもマンはちがう。この船の仲間のひとりだから、誰も悪意は持っていない。家族のひとりだと思っているよ」

万次郎は眼頭に涙をにじませ、キャプテンの厚意を感謝する。

――おおきに、こげに面倒見てくれゆうて、身内じゃとまでいうてくれる。うれしゅうて、たまあるか――

ジョン、ハウランド号は、ギューアンに一カ月ほど碇泊していた。船員たちはそのあいだ島内で暮らし、長い船旅の疲れを癒《いや》した。

　ギューアンは、周囲三十里ほどの島で、船が碇《いかり》をおろしているアプラという港は、捕鯨業者のあいだでランデブーと呼ばれていた。アメリカだけではなく、各国の捕鯨船がそこに集まり、漁場の変化や鯨油相場についてのニュースを得るのである。

　アプラ港には、粗末な萱葺《かやぶ》きの家が千軒ほども軒をつらねている。そのなかに瓦葺《かわらぶ》きの豪壮な屋敷があった。

　ポールが教えてくれた。

「これはインバニシの役所だよ。ここに奉行がいるんだ」

　ギューアンは一五二一年にマゼランが発見してのち、イスパニアの植民地となっていた。

万次郎は役人がいると聞くだけで、身内に怯《おび》えが湧《わ》く。

　ギューアンには緑濃い山が聳《そび》えている。道を歩む島人も頭髪は黒く、顔色は日本人に似ていた。

　アプラの町はずれでは、島民たちが畑の手入れをしていた。唐黍《とうきび》、里芋、薩摩芋《さつまいも》などが、オアホと同様栽培されている。

　キンシメル・グループの島々には、山といえるほどの高地がなかった。

　平坦な地面に帆柱を立てたように椰子の木が立っているのみで、水もすくなく、不便このうえもない環境であった。

男女はすべて黒い肌に気味わるく刺青《いれずみ》をほどこし、阿片《アヘン》、煙草《たばこ》をしきりに欲しがった。やらないでいると、男は女を前に押しだす。船員たちは煙草とひきかえに女を抱く。キンシメルの住人たちは獣のように荒々しい。

サモアからソロモン群島の住民たちは、人を喰《く》う習慣があるという。上陸するときは数十人が集まっていないと危険であると万次郎は聞いた。

ギューアンの住民は、彼らにくらべると穏和で生活も豊かである。

万次郎は港の波止際《はとぎわ》で、海苔《のり》のついた大小の岩が転がっている辺りを散歩し、磯《いそ》の香を吸いこむ。

砂地をかすかな影のように走りまわる、大きな蟻《あり》ほどの小蟹《こがに》を見て、彼は郷愁に胸をしぼられる。

中ノ浜でもおなじ光景を幾度も見た。

――わえはいつ戻れるんかのう。こげな島にいちょるとは、お母《か》はんも思いも及ばんわのう――

万次郎はアプラ港の、メリケたちが宿とする瓦葺きのホテルで毎朝めざめるとき、ゆるやかな波音に故郷をしのぶ。

森閑と静まりかえった明けがた、遠近《おちこち》で鶏が啼《な》いた。

――まあええわい。生きてりゃ、いつかは去《い》ねるきに――

彼は自分にいい聞かせた。

一カ月後、アプラ港を出帆したジョン・ハウランド号は、針路を北へ向けた。

ポールが教えてくれた。

「これからフェロモサ（台湾）の沖を通り、日本へゆくよ。マンの故郷だ」

「ほんに日本へゆくがか」

万次郎は胸を高鳴らせた。

「でもマンは家へは戻れないと思うよ。俺たちの船が近づけば、日本の役人は大砲を撃つんだ」

万次郎はキャプテンに、日本へ帰国の可能性があるかをたしかめたかったが、いいそびれていた。

船が台湾海峡へさしかかったとき、キャプテンが万次郎を呼んだ。彼は口ごもりながら話しはじめた。

キャプテンは海図を指さし、万次郎に教えた。

「いま、船はこの方向へ進んでいる。ここが日本だ。マンを故郷へ帰してやるのはやさしいことだが、いまそうするのは危険だ。首を斬《き》られるかもしれない。しばらくは好機を待たねばならないよ。いつか帰れる日がかならずくる」

万次郎は母ときょうだいに会い、自分が健在であると知らせたかったが、キャプテンの言葉に従うほかはなかった。

季節は五月はじめの陽春である。

ジョン・ハウランド号はおだやかに上下する海上を、順風を帆に受け北上してゆく。

キャプテンは日本の沿岸になるべく接近しないよう、五十里から百里の距離を置き航行した。

ジョン・ハウランド号は黒瀬川と日本の漁師たちが呼ぶ黒潮のなかに乗りいれ、獲物を追う。この季節には、もっとも良質の油がとれる抹香鯨《まっこうくじら》が日本近海に集まってくるのである。

鯨は遠近の海面に出没していた。船員たちは勇みたってボートを下し、鯨を捕えてくる。

早朝から深夜まで、万次郎は休む暇もなくはたらき、疲労しきって床に就く。

スパーム・オイルと呼ばれる抹香鯨の脳油のにおいがたちこめる甲板で、体を動かしているあいだも、激しい郷愁が胸を嚙《か》んだ。

小雨の降っていた静かな朝、万次郎は甲板へ出てマストをかすめ飛び交う白い鳥の群れを見た。

「藤九郎じゃ、どこから来ようたぜよ」

船員たちが万次郎に笑いかけた。

「ジョン・マンの命を助けてくれた鳥が飛んでいるよ」

「まもなくハレケン・アイランドに着くんだ。あの島で海亀《うみがめ》の卵を採るんだよ」

万次郎は言葉を忘れた。

――あの島へ行くがか――

一年前、生死の瀬戸際に立たされていた自分の姿が思いだされる。海面に映して見た、蓬《ほう》髪《はつ》の万次郎の顔は痩《や》せおとろえ、生きながらの亡者《もうじゃ》のようであった。

「ほんまか、あの島がもうじき見えゆうか」

彼は檣《ほばしら》へ登り、見張り籠《かご》に入って遠眼鏡で行手を眺《なが》める。

ジョン・ハウランド号は舳《へさき》に潮を湧きたたせ快調な帆走をつづけた。

万次郎の頭上で、鳥が啼きかわしている。

「見えた、あそこじゃ。ハレケン・アイランドが見えたぞ」

万次郎は行手の薄墨を刷《は》いたような島影を見つけ、叫んだ。

ジョン・ハウランド号は午後になってハレケン・アイランドの沖に着き、碇をおろした。

万次郎たちが五カ月のあいだ暮らした洞穴《ほらあな》のある海岸から、ちいさな岬《みさき》を西南へまわった前年とおなじ位置の辺りに碇泊し、ゆるやかな潮流に揺られている。

岩山の険しい山腹には、雪を置いたように藤九郎が群れているのが見える。

——去年と変らん眺めじゃ。鳥も舞いよらあ——

三本のマストに二個ずつ取りつけられている見張り籠には、万次郎のほかに人影がなかった。

——わえはこの船のボートを見たとき、あそこの崖《がけ》から着物を尻《しり》に敷いてスザレ落ちたがじゃゆ——

万次郎の胸に熱い塊がこみあげてきておさえきれず、湧きあがる涙があふれおちた。

「ハーイ、ジョン・マン」

仁王のような体軀《たいく》の陽気なアフリカ人が呼びかけてくる。

「マンははじめて見たとき、竹のように痩せこけていたぜ」

彼はおなじことを幾度もくりかえし、乾いた笑声をあげる。

海面の下には暗礁《あんしょう》が黒くひろがり、いたるところでしぶきがあがっている。巨大な鱶《ふか》の群れが船のまわりをゆっくり通過してゆく。

夕食の席で、万次郎はキャプテンに声をかけられた。

「マンよ、明日は亀を探しにゆくボートに乗って、島へあがってみろ。ポールがついていってやれ」

島の附近は流れがいりくんでいて、思いがけないときに大波が立ちあがってくるが、ジョン・ハウランド号はゆるやかに揺れるのみである。

万次郎は両舷《りょうげん》に点じられた赤と青の舷灯《ブーフランプ》の明りが光芒《こうぼう》を放っているだけの、漆黒の闇《やみ》に立ちつくし、船腹に打ち寄せる波が、夜光虫の銀の縁飾りをきらめかせては崩れるのを夜更《よふ》けまで眺めていた。

翌朝、万次郎は大勢の船員たちと四艘《そう》のボートに分乗し、島へむかった。

「気をつけろ。暗礁に衝突すれば舳を砕かれるぞ」

熟練した船員たちは声をかわしあいつつ、剃刀《かみそり》のような岩礁のあいだを通り抜け、渚《なぎさ》に接近して錨《いかり》を投げた。

「さあいこう、ジョン・マン」

ポールが万次郎の背を叩《たた》く。

――ここじゃ、この岩も見覚えがあらあ――

万次郎は辺りを注意ぶかく見渡した。

一年前より三センチも背丈が伸び、胸板の厚くなった万次郎は、ブーツをはいたまま浅瀬に下り立つ。

「わえの住んでいた洞穴へいくきに」

ポールはうなずいて、万次郎についてきた。

高処《たかみ》へよじ登り、岬の裏手へ下りると、洞穴は波打ち際に向い、陽《ひ》を受けていた。

「変らんのう。皆の衆がなかで寝ていゆうがに思えてならんぜよ」

万次郎は風をはらみ、かすかな笛の音のようなひびきが聞える寂寞《せきばく》とした穴のなかへ歩み入る。

彼と四人の仲間が臥《ふ》しどとしていた舟板が、奥手に並んでいた。万次郎は体の汗や脂《あぶら》のしみついたなめらかな板を手で撫《な》でてみる。

水を呑《の》むのに用いた牡蠣《かき》殻《がら》も、転がっている。岩壁には日付けを刻んだ線が、あざやかに残っていた。

万次郎はほほえんでポールにいう。

「去年の夏、ここにいてりゃあ死んじょるきに。キャプテンは命の恩人じゃねや」

万次郎はポールをうながし、西南の山手へ登ってみた。

険しい岩根を伝い、萱原を押し分け山頂に着くと、ポールが歓声をあげた。

「これは広い野原だ。海を見下せばいい眺めじゃないか」

万次郎はポールに古びた墳墓らしいものを示した。

「これは墓《ツーム》じゃねや。この島へ流れついた人を埋めちょるんじゃいか」

彼は古井戸をもポールに見せる。

草の生い茂った井戸の底に、泥水《どろみず》が光っていた。

「ここで水を汲《く》んだぜよ」

「これはきたなそうな水だね」

「きたない水でも、呑んで生きてるほうが、死ぬよりゃましぜよ」

万次郎は、ここへくるのに体力が衰えていたので、幾度も崖からすべり落ちたのを思いだす。

三斗桶《おけ》をかつぎ、息をきらせてきた自分の姿が、古井戸の水面を見おろすうちに鮮明に眼前にうかんできて、熱いかたまりがみぞおちからこみあげ、涙を水面におとした。

ポールが呼ぶ。

「マン、どうした。何を考えている」

万次郎は心の制御を失った。

彼ははじらいも忘れ、こみあげてくるさまざまの思いに身を任せ、背をふるわせ号泣した。

「わえは中ノ浜へ去《い》にたや。お母《か》はんに会いたや」

ジョン・ハウランド号はハレケン・アイランド沖に数日碇泊《ていはく》したのち、黒潮に乗って北へむかい、捕鯨をおこなう。

仙台《せんだい》から金華山沖で抹香鯨漁をするとき、万次郎はしばしば日本の漁船が群れているのを見た。

彼らは異国の大船が近づいてゆくと、あわただしくハエ縄をひきあげ、漕ぎ戻ってゆく。

キャプテンが万次郎をなぐさめた。

「あの男たちと話をしたかろうが、相手は逃げ足がはやい。追いかけてゆけば、陸地から大砲を撃ちかけてくる。どうにもならない。日本の役人たちの考えがいまに変ってくるよ。そのときを待つしかない」

万次郎はメリケたちより遠眼がきくので、見張り役をつづけていた。

マストに登っている六人の見張り役のうち、彼がもっとも多く鯨を発見した。

万次郎はしばしばキャプテンに頼んだ。

「わえは見張りだけでなく、ボート漕《こ》ぎとか銛《もり》打ちをしたいきに、連れていってやんなせ」

キャプテンはかぶりをふった。

「マンはまだ子供だ。体がかたまっていない。鯨捕りは危険にみちた漁だよ。力のつよい大人でも怪我《けが》したり、死ぬこともある。いまはせいぜい、甲板で脂絞りを手伝うぐらいで、徐々に作業の順序を覚えてゆくようにするがいい。いまはエンケレセの勉強をすることが大切だよ」

万次郎は船中での余暇を、読み書きの稽古《けいこ》にあてていた。

彼は乾いた紙が水を吸うように、英語を覚えてゆく。つぎのような文章を提示され、幾夜かを考えこんだこともあった。

There has to be iron in a man before there is iron in a whale.

これは船乗りの諺《ことわざ》であった。

万次郎は疑問点をくりかえしキャプテンに聞く。キャプテンは根気よく、いいまわしを変え、漫画を書いて説明する。

「鯨に鉄銛を打ち込むまえに、鉄のように強靭《きょうじん》な男であるべきだ」

という意味を万次郎は理解し、キャプテンにいった。

「わえは、わが体のなかのアイアンを大事にするでのーし」

万次郎の読解力とスペリングは、急速に進歩していった。

万次郎が太平洋で航海をつづけていた一八四二年は、天保《てんぽう》十三年である。

この年に全世界の海域で操業していた捕鯨船は八八二隻《せき》で、そのうちアメリカ捕鯨船は六五二隻であったと記録されている。

捕鯨にたずさわる者は約七万人。捕鯨船の一航海の期間は二年から四年に及んだ。

アメリカ捕鯨船の捕獲する鯨は、最盛期には年間一万頭に及んでいた。

アメリカ捕鯨発祥の地は、キャプテンの故郷フェアヘブンの沖合にあるナンテカット島である。

マサチューセッツ州沖の小島の附近は、暖流と寒流の接点で、鯨の餌《えさ》が豊富であったため、一六九〇年（元禄《げんろく》三年）頃《ごろ》から捕鯨がおこなわれていた。

ナンテカットの捕鯨業者は太平洋に進出してのち、一八二〇年（文政三年）に、金華山沖で抹香鯨の大群を発見した。

そこには抹香鯨が何百頭も群れをなしていた。

万次郎はジョン・ハウランド号で起居するうち、捕鯨の要領を詳しく知るようになった。

乗組員はキャプテンのもとに、航海長ら幹部四人がいる。幹部は捕鯨の際に破裂銛をあつかう銃手であった。

四艘のボートの舵手《だしゅ》は、銛打ちを兼任する。ほかに水夫（漕手）二十三人、大工一人、桶工一人、コック一人、給仕一人がいた。

捕鯨船の乗組員は長期間の帆船航海の困苦欠乏を堪え忍ばねばならない。

捕鯨船員になるのは、もっとも危険な職業をえらぶことであるといわれていた。

世界最大の動物に手が届くほど間近に寄り、手銛を打ち、破裂銛をうちこむのである。

巨鯨の尾や鰭《ひれ》の一撃で、ボートは木《こ》っ端《ぱ》微塵《みじん》になり、乗員は全身の骨が砕ける。銛を打たれた鯨が狂いまわっておこす大波で、ボートはいつ転覆するかも知れない。

「もっとも熟練した船乗りでなければ、鯨捕りにいってはならない」

とのいましめがあるほどの危険にみちた漁である。

鯨を発見したときは、ただちに本船を近寄せボートを下ろす。

ボートは進退が自由にできるよう首尾同形で、長さ九メートル、幅二メートル、深さ八十センチであった。

一隻に銃手一人、銛打ち一人、漕手五人が乗り、鯨にむかい漕ぎ寄せる。

本船ではキャプテン以下の居残った船員が舵《かじ》をあやつり、船を移動させないようにしつつボートの様子を注視し、鯨をつきとめ、あるいはボートが砕かれたとき、ただちにその方向へむかう。

キャプテンは万次郎に鯨についてのめずらしいエピソードを教えてくれた。

「いまから二十年あまり前、マンがまだ生れていなかった一八一九年（文政二年）のことだ。八月にナンテカットを出帆して太平洋へむかったエセックス号という捕鯨船があった。十一月十八日には南太平洋にいたが、スパーム・ホエール（抹香鯨）の群れを発見して三隻のボートを下した。

だがこの鯨たちは意外なほど荒々しく抵抗して、ボートはすべてこわされ本船へ引き返した。急いで修繕しているとき、長さ二十五メートルほどの大鯨があらわれた。鯨は船の風上九十メートルほどのところを、船と並行してゆっくりと泳いでいたが、突然向きを変えて、本船の船首へ突進してきた。

ものすごい速力で激突したので、本船は暗礁に乗りあげたようなショックを受けた。鯨は船底を潜って風下の船の真近へ浮きあがり、尾鰭ではげしく海面を叩き、水柱をあげて荒れ狂ったんだよ。

その様子は怒りに堪えられないというように見えたというが、衝突して大怪我をしていただろうに、すごいスピードで本船の船首のまえを横切って風上のほうへ向い、見えなくなってしまった」

「ふうん、鯨が怒ったんかのーし」

「そうだ、何もしなければおとなしいものだが、なかには凶暴なのもいるんだ。その鯨はいったんはどこかへいってしまったが、また戻ってきたんだよ」

本船は船首に損傷を受け、浸水しはじめていた。

船員たちが懸命に排水作業をつづけていたとき、ひとりが金切り声をあげた。

「たいへんだ、あれを見ろ。鯨が戻ってきたぞ」

さきほどの巨鯨がふたたびあらわれ、風上三百メートルほどのところから白波を湧きたたせ猛進してきた。

「当るぞ、舳をかわせ」

舵手が船の方向を変えようとしたが、余裕がなかった。

船体は激しく揺れきしんだ。船首に衝突した鯨はどこかへ去っていった。

「エセックス号は、二度めの衝突で浸水部を塞《ふさ》げなくなり、十分後に沈没した。船員たちはボートで脱出し、一カ月のあいだ漂流して十二月二十日に、南緯二十四度四十七分、西経百二十四度五十分のデュシスという島にたどりついたんだ。そこはハレケン・アイランドとおなじ、無人島だった。船員たちは海鳥を食料として一週間ほど滞在した」

エセックス号の乗員たちは、デュシス島で飲料水と海鳥の肉をボートに積みこみ、三千浬《カイリ》の海上を航行してジャン・フェルナンディス島（南緯三十三度三十分、西経八十度五十分）をめざすこととなった。

乗員のうち三人はデュシス島にとどまり、他は十二月二十七日三隻のボートで出発した。

翌年二月十九日、運転士の乗ったボートがイギリス船インディアン号に救助されたが、生存者はわずかに三人であった。

ついで船長の乗ったボートが二月二十三日、アメリカ船ドルフィン号に発見された。生存者は飢餓のため身動きもできない二人であった。

キャプテンは万次郎にいう。

「考えてみれば、われわれもいつ大鯨に衝突されボートで海をさまよわなければならないかも知れないんだ。すべては神の思《おぼ》し召しだがね」

ジョン・ハウランド号は日本の東方海上を捕鯨をおこないつつ北上していった。

抹香鯨《まっこうくじら》の大群は夏季には千島附近に数千頭の大群であらわれることがあった。

北方の海は霧がふかく、濃霧のなかでしきりに鯨の潮噴きの音が聞える。

霧の晴れた朝、万次郎がマストの見張り籠《かご》に登ると、五、六頭の鯨が森閑と静まりかえった入江の砂洲《さす》に身を横たえているのが見えた。

万次郎が大声をあげると、乗組員たちは甲板に出て舷《ふなべり》から鯨を眺《なが》めた。キャプテンが万次郎に教えた。

「あれはグレイ・ホエールといって、わざと引き潮のときに浅瀬へ入りこみ寝ころぶんだよ。満潮になるまで、あのままじっとしている。そのあいだ鷗《かもめ》が体の掃除をしてくれるのさ」

遠眼鏡であらためると、鯨の体に多くの鷗がとまっていた。

鷗は鯨の頭部や肛門《こうもん》、生殖器のまわりにむらがりついたフジツボや鯨シラミをついばみ取り去る。

「干潟《ひがた》に寝ている鯨は獲《と》れない。船もボートも近寄れないからね。地元の漁夫たちは毒矢で仕留めるらしいが、われわれは見逃さないわけにはゆかないんだ」

鯨は体に寄生するフジツボなどに、常時悩まされていた。

座頭鯨を追っているとき、突然沈んでゆくことがある。浮きあがるのを待っていると、鯨捕りの男たちの耳にピアノを弾奏するような音響が海中から聞えてくる。

それは鯨が海底の岩に体をすりつけ、フジツボを落す音であった。

ジョン・ハウランド号は八月に太平洋を横断し、オアホ島へむかった。

オアホには筆之丞《ふでのじょう》ら四人がいる。

——ひさしぶりに土州の言葉が聞けらあ——

万次郎は彼らに会う日を待ち望んだ。

だが期待は裏切られた。港口にむかった船は、激しい風波に妨げられ、入港できない。

山のような大波の打ちあう港外では、碇泊して風向きの変るのを待つわけにもゆかない。

荒天はこののち幾日つづくか見当もつかなかった。

キャプテンはオアホ入港を断念し、南西に針路をとり、赤道をこえてキンシメル（キングスミル）島附近にふたたび戻り、捕鯨をおこなった。

十一月になって、ジョン・ハウランド号はエミオに到着した。

エミオはサモア諸島のエヌエ島であるとする説が多いが、永国淳哉氏は著書『雄飛の海』のなかで、タヒチ沖モーレア島であると推定しておられる。

モーレア島の旧名はエイメオであった。

エミオ島は周囲二十里ほどで、島民は髪を短く切り、木綿ズボンに白木綿上衣《うわぎ》、更紗《さらさ》上衣をつけている。

女性は長い髪を巻き、裾《すそ》の長い衣服を着ていた。

町のたたずまいはオアホに似ている。万次郎たちは船中で賄《まかな》う食事をとり、地元の住民たちがどのようなものを食べているかを、知らずにすごした。

市街はオアホよりものさびしく、道沿いに軒をつらねる家屋は萱葺《かやぶ》きで、掘立て柱である。商家や茶店、酒店のようなものは見あたらず、入港した諸国の捕鯨船は薪《まき》や水の補給をするのみであった。

島内には高い山もあり、平坦地《へいたんち》も広い。椰子《やし》のほかに名も知らない樹木が繁茂し、極彩色の鳥が飛び交っている。

島内を散歩しているとき、ポールが桃のような実をこぼれんばかりにつけている大樹を示した。

「この実は焼けば食べられるよ。採ってみようか」

実の大きさは、椰子ほどもある。

万次郎たちは海辺で火をおこし、実の皮をむいて焼き、引き裂いて食う。

「これは旨《うま》いのう。餅《もち》のようじゃ」

万次郎は淡白な味わいをたのしんだ。

島内には牛、豚、鶏が飼われており、犬も道傍《みちばた》で寝そべっていた。船はエミオ島を基地として、附近の海上で二十日ほどのあいだ捕鯨をおこなった。

万次郎たちがエミオ島を離れたのは、一八四二年（天保《てんぽう》十三年）一月であった。

ジョン・ハウランド号がこんどの捕鯨航海で捕獲した鯨は、六百頭を超えていた。万次郎は熟練した見張り役をつとめていたが、ボートの乗り手になりたかった。

ポールは手銛打ちである。手銛と破裂銛を扱うには捕鯨の経験を重ねなければならないので、万次郎は漕《こ》ぎ手でもよいと願った。

彼はキャプテンに頼んでみた。

「一遍でええきに、ボートの漕ぎ手になとしてつかんせえ」

キャプテンは容易に許さなかった。

「鯨に近づけば、どのようなことがおこるか分らない。子供には無理だ」

エミオ島から東南へむかったジョン・ハウランド号は、フランス領ソシエテ諸島のタヒチ島に着く。

そこで牛、豚、野菜、果物などを積み、針路を西へ転じフィジー諸島に至り、さらにソロモン諸島にむかう。

ポールは万次郎に教えた。

「あとしばらくでギューアンのアプラへゆく。そこでひと月ほど鯨捕りをしたのち、いよいよヌーベッホー（ニューベッドフォード）へ帰るよ。ヌーベッホーはハヤヘブンの間近の港さ」

「いつ頃ヌーベッホーに着くんかのーし」

「いまから三カ月後だ。四月末になるだろう。ハヤヘブンは並木の緑と花がきれいだよ。町の仲間にマンを引きあわせてやろう」

二人は舷にもたれ、話しあう。

ハヤヘブンとはどんな町であろうかと、万次郎の想像はふくらむ。

「オアホより大きいんかのーし」

「オアホも大きいが、町の眺めがまったくちがうんだ。とても静かで、清潔で、誰もが信心深い」

万次郎は押しつぶされそうな藁葺《わらぶ》き屋根のつらなる中ノ浜の集落と、宇佐の港町のほかに知っている町は、オアホ、ギューアンなどである。

彼はオアホで城郭や兵営を見たとき、世のなかにこのような大建築があるのかと、息をのむばかりであった。

ポールがいうには、メリケにはそれよりもはるかに巨大な建築がいくらでもあるという。

「ハヤヘブンでは町なかの道は広く、どこまでもまっすぐで、石が敷きつめられていて、雨が降ってもぬかるみにならない。道沿いにガラスの提灯《ちょうちん》が置かれて、夜でもあかるいよ。チヨチ（チャーチ）の塔は、高さが九十メートルもあるんだ」

ソロモン諸島の沖合いにさしかかった明けがたであった。

ジョン・ハウランド号の行手に鯨群があらわれた。暗いうちから海上の遠近《おちこち》で潮噴きの音響が聞えていたので、乗組員はベッドから出て支度をととのえていた。

雲の片影もない蒼穹《そうきゅう》がしだいに白んできて、銀の微光をたたえた海面が闇《やみ》の奥から浮きあがってきたとき、三本のマストに登っていた六人の見張りが同時に叫んだ。

「ゼア、シー、ブローズ。ブロオオーズ」

船の前後、両舷《りょうげん》に鯨の群れが見えた。
四、五頭ずつ群れをつくり、頭から背をあらわし尾鰭を逆立てて沈んでゆくのは、まぎれもなくスパーム・ホエール（抹香鯨）であった。

どの群れにも逞《たくま》しい牡鯨《おす》がいた。それぞれがハーレムである数頭の牝鯨《めす》を連れている。

「これはおどろいた大盤振舞いだぜ」

船員たちはふるいたった。

鯨は大気を震わせて潮を噴き、深海の巨大な水烏賊《いか》と格闘した無数の白い傷痕《きずあと》を残す頭部を海中に沈め、黒光りする背をあらわしたかと見るうち、牡蠣殻《かきがら》を羽織の紋のようにつけた銀杏葉形《いちょう》の尾鰭を天に突きあげ沈んでゆく。

海上にはおびただしい鷗の群れが旋回していた。鷗は沈んだ鯨が浮きあがる海面を知っていて、騒がしく啼《な》きかわしつつその上空で待っている。

百頭をこえる数だと万次郎は見た。附近の海上に船影はなく、ジョン・ハウランド号だけが鯨に取りかこまれていた。

「ボートをおろせ」

キャプテンが叫び、号笛を吹く。

轆轤《ろくろ》がきしみ声をあげ、男たちの乗った四隻のボートが海面に下りはじめた。

キャプテンが不意に叫んだ。

「ジョン・マン、オールを持ってポールのボートに乗れ」

万次郎の身内に血が湧《わ》きたった。

「早くこい、ジョン・マン」

ボートからポールが呼ぶ。

万次郎はオールを担《かつ》いで飛び乗った。

漕ぎ手のメリケが叫ぶ。

「命綱で体をボートに縛りつけろ。放《ほう》りだされたら死ぬぞ」

藍碧《らんぺき》の海はゆるやかにうねっている。

ボートが海面に着くと、うねりは甲板から見おろしていたときより大きい。

「さあいくぞ」

舵取りが叫び、漕ぎ手たちはかけ声をあわせ漕ぎはじめ、万次郎も後尾でオールを操った。

六人の男が漕ぎたてるボートは、うねりの頂きにあがってはなだらかな斜面を下方に吸いこまれてゆき、左右に激しく揺れながら進んでゆく。

船足は速かった。万次郎は頭からしぶきに濡《ぬ》れ、全力をふりしぼってオールを使う。茶色の巨大なくらげが無数に浮いている海面を矢のように走るボートの船底に、棒で殴りつけるような音をたてて波が当る。

「いるぞ、左だ」

破裂銛《もり》を構えている銃手が喚《わめ》き、舵《かじ》を押してボートを左方へむける。

行手に鷗の群れが輪をえがいて飛んでいる。

「出てくるぞ。気をつけろ」

漕ぎ手はオールをとめた。

皆が息をひそめ見守るうち、半町ほどはなれた海面が波立ってきた。

突然ボートが転覆するかと思うほど傾きながら大波の頂きへ乗せられた。

行手の海面に漆黒の大岩のような鯨の頭がはねあがり、四、五メートルはあろうと思える角張った巨大な頭が空中に直立し、しぶきをあげ海面に落ち、ボートの数倍もの体が潮を割ってあらわれる。

「大っきいぜよ。寺の屋根じゃ」

万次郎は昂奮《こうふん》して叫ぶ。

鯨は万次郎の腹にひびきを伝えつつ、白濁した潮の円柱を噴きあげる。

二頭、三頭、四頭と鯨は海上に躍り出て潮を噴きあげた。

「それ、いまだ。漕げ」

ボートは狂ったように走り、黒光りのする丘のような牡鯨をめがけ漕ぎ寄せてゆく。

鯨体に煽《あお》られた大波が辺りに打ちあっているが、万次郎は恐怖を忘れていた。

ポールが舳《へさき》で手銛を構えた。銛には綱がついていて、いったん打ちこむと、鯨はどこへ逃げてもボートを引っ張ってゆくことになる。

牡鯨はまた潮を噴いた。ポールが中腰に立ちあがる。ボートは鯨体に沿うように接近する。三十メートルに近い鯨の泳ぐいきおいで波は逆巻き、滝壺《たきつぼ》のなかを漕ぐような有様であった。

ポールが叫び声とともに手銛を投げた。

「当ったぞ」

舵取りが喚く。

つづいて銃手が舷に身を乗りだし、浮沈しつつ進む鯨の背に、破裂銛を投げた。

空間を震撼《しんかん》させて牡鯨が咆哮《ほうこう》したとき、万次郎の体はボートに乗ったまま空中に飛びあがる。

つぎの瞬間、彼は白泡《しらあわ》を湧きたたせる海水のなかにいた。

万次郎はつめたい海水のなかへ沈んでゆく。底なしのふかみへ引きこまれそうな恐怖にかられ、懸命に手足で潮を掻《か》き、むせびつつ浮きあがる。

明るい空が見えた瞬間、万次郎は岩のように堅いものに当り、はじかれて頭から沈みこむ。頭上に丘陵のような波がのしかかってきて、万次郎は二、三度海中で横転し、ふたたびふかみへ沈んでゆく。

「もうあかん。息きれゆうが」

万次郎は必死にもがいて浮きあがろうとする。海中で眼《め》をあけると、気泡《きほう》がまっしろに湧きあがるなか、巨大な黒い影が動いてゆくのが見えた。

鯨だと万次郎は身を縮めた。

ボートはどこへいったのか。なぜ海中に投げだされたのか。どこで打ったのか、万次郎の脇腹《わきばら》に疼《うず》きが走る。

鯨に食われて死ぬんじゃと思いつつ、息が切れかけて浮きあがる。

「ジョン・マン。ジョン・マン」

誰かが呼んでいる。

声のほうを見ると、ボートの漕ぎ手のメリケがギヤマンの断面のようになめらかな波の斜面に首をだし、手を振っていた。

頑丈《がんじょう》なメリケは万次郎のそばへ流されてくると叫んだ。

「これにつかまれ」

彼はボートの破片らしい板にとりすがっている。

「どうなったんぜよ」

万次郎が聞くと、メリケは頭髪を貼《は》りつかせた顔をむけ、喚いた。

「鯨の野郎が、鰭《ひれ》でボートをぶっ叩《たた》きやがったんだ」

万次郎たちの間近の海上を、別のボートが矢のように走ってゆく。

鯨に打ち込んだ銛の綱に引かれているのである。万次郎たちのまわりで大波が打ちあい、空中で鷗《かもめ》が啼き騒いでいた。

「皆はどこへいった」

万次郎が聞くとメリケは「分らん」と首をふる。

「気をつけろ。いつ足もとから鯨が浮きあがってくるか知れんぞ」

二人は辺りに怯《おび》えた眼をむける。

「あれは何ぜよ」

万次郎は波の斜面に白いものがあらわれ、こちらへ流されてくるのを見た。

「人じゃ」

万次郎の鼻先に近づいてきたのは、灰色の頭髪をいそぎんちゃくの触手のようにゆらめかせたポールであった。

万次郎はポールのあとを追おうとした。

「離れるな。鯨に殺されるぞ」

船板につかまっているメリケが叫んだが、彼は構わず手を放し、水を搔く。

泳ぎの達者な万次郎が、必死に抜き手をきっても体が進まない。

「ポール、待ってくれ。ポール」

彼は叫んではからい潮を鼻と口に吸いこみ、せきこむ。

ポールの紺色のシャツが波間に見えた。万次郎は力をふりしぼって近づき、幾度か水をつかんだあと、ようやくシャツの背をつかむ。

「ポール、しっかりせえ。怪我《けが》しちゅうがか」

万次郎は声をからして叫び、両手で抱きつき、ポールの顔をあおむかせた。

ポールは両眼をひらいていた。灰色の眼が潮に濡れている。

――ポールは死にようたか――

万次郎は湯のような涙をわきあがらせ、ポールの首を抱く。

生色のないポールの鼻孔から薄い血が流れ出た。すこしあいた口のなかにも血が溜《たま》っている。

「ポール、起きんさい。しっかりせにゃあかんきに」

万次郎は反応のないポールの体をゆさぶる。鯨の潮噴きが万次郎のみぞおちをふるわせ間近で響きわたり、大波が背後から押し寄せてきて、彼は海中へ引きこまれた。

幾度も水を呑《の》み、もがきまわってようやく海面に顔をだすと、誰かが呼んだ。

「ジョン・マン。ここだ。ここだ」

声のほうを見ると、ボートが間近に迫っていた。

船員のひとりがロープを投げ、万次郎はそれをつかみ引き寄せられた。

ボートに這《は》いあがると、濡れねずみの男たちが乗っていた。万次郎とともに海に投げだされた連中である。

舳のほうに寝そべっている男がいる。万次郎は青いシャツを見てポールだと気づいた。

「ここにおったかよう、ポール」

彼は舳へゆこうとして、誰かに抱きとめられた。

「離せ、ポールを見ちゃるきに」

喚く万次郎を太い腕で抱えこんだメリケは、彼の耳にくりかえしいった。

「ポールは死んだ。そっとしておいてやれ。もう死んだんだ」

万次郎は声を放って泣く。

体を波うたせ、涙にむせぶ万次郎の背をメリケが撫《な》でた。

ポールの水葬は、サモア諸島の島影が見えなくなった海上でおこなわれた。

「この辺りなら陸地へ流れつくこともなく、海底へ沈んでゆくよ」

「そうだ。海の男の墓場だ」

船員たちはなめらかな光沢をたたえてうねる海面を、舷《ふなべり》から見おろす。

毛布に包まれたポールの屍《しかばね》が甲板の荷台に置かれていた。キャプテンが経をよみ、男たちは頭を垂れ、神に祈りを捧《ささ》げる。

ポールが舷側から海面へ滑車でおろされてゆくとき、十数挺《ちょう》の弔銃が発射された。

舷に身を寄せ、波間に浮かび遠ざかってゆく白い毛布を見送る男たちは、声もなく帽子を振る。

万次郎は胸のうちでくりかえす。

「ポール、ええとこへ行きやんせ。行きやんせよう」

彼はポールがフェアヘブンに婚約した娘がいるといいつつ、写真を見せてくれたことを思いだす。痩《や》せたおとなしげな娘であった。

「嫁さんにするんかえ」と聞くと、ポールは恥ずかしげにほほえみうなずいていた。

万次郎はポールの表情、動作を思いだすと眼頭があつくなり、熱いものがこみあげてきた。

ジョン・ハウランド号はまもなくギューアンのアプラ港に入った。キャプテンはアプラの船大工に鯨に打ち砕かれたボートとおなじものを、新造させる。

船はアプラで一カ月ほど碇泊《ていはく》した。そのあいだに船員たちは疲労を癒《いや》し、いよいよ南氷洋からケープホーンにむかうのである。

航海に馴《な》れている船員たちも、三年以上にわたる海上生活をつづけるうちに、体力を消耗していた。

寝ても醒《さ》めても揺れている船上での生活の疲れはきびしい。

船に積んでいる清水の量は限られており、入浴、洗濯《せんたく》もままならない。しばしばおとずれる夕立ちを利用し、全身を洗うのが唯一《ゆいいつ》の愉《たの》しみであった。

用便をするのもひと苦労であった。厠《かわや》の下には波が押しあっており、柱につかまりしぶきを避けて用を足さねばならない。

船員たちは港に碇泊しているあいだ、毎日上陸して散歩を楽しみ、夜はおだやかな動揺に睡《ねむ》りをさそわれ熟睡する。

キャプテンはポールが昇天したあと、万次郎を毎日自室へ呼び、エンケレセの勉学を指導した。

万次郎は捕鯨船の男たちの、命を賭《か》けた生活を体験しつつ、不屈の闘志を身につけていった。

アプラ港で数日を過ごすうち、万次郎はキャプテンに頼んだ。

「つぎの漁で、ポールのかわりに手銛を打たせてつかーされ」

キャプテンは首を傾《かし》げた。

「マンはまだ若過ぎるよ。無理をしないでも機会はある」

万次郎はひきさがらなかった。

「なんとしてもやりたいきに、させてつかんせえ」

キャプテンの眼差《まなざ》しがするどくなった。

「なにかわけがあるのか」

万次郎はうなずく。

「いってみるがいい。恥ずかしいことでもいうのだ」

「わえは鯨が恐ろしゅうなったぜよ。このままじゃあ、鯨をすこたんよう取らんようになるでのーし。わえはわえの体のなかへアイアンを持っていたいんじゃ」

キャプテンはうなずく。

「分った、やってみるがいい。ここに碇泊しているあいだに、稽古《けいこ》をしておけ」

キャプテンは、いま万次郎の身内にわだかまっている怯えをとりのぞかねば、彼が臆病者《おくびようもの》になってしまうと考えたのである。

「銛打ちになれば、給銀もたくさんやるから、しっかり稽古をすることだ」

キャプテンはボーイを呼び、甲板の隅《すみ》の物置から車輪のついた台に乗せられた標的を引きださせた。

標的は抹香鯨《まっこうくじら》の頭に似せてこしらえた、茅《かや》の束であった。万次郎は二メートル近い手銛を両手で構え、銛の長さほどはなれた位置から、標的をめがけ投げつける。

「毎日、急がないでもいい。まっすぐ深く刺さるように稽古をしろ」

万次郎は稽古をはじめた。

重い手銛は、茅のなかへ投げこむと柄《え》が抜け、鋼鉄の銛先だけが埋まる。銛先には綱がついており、鯨が逃げてもボートは離れることなく追っていける。

「そりゃあっ」

万次郎は気合いとともに手銛を投げ、飽きることがなかった。

全身からしぼるように汗が流れ、眦《まなじり》を吊《つ》りあげた万次郎は陽《ひ》にやけ、痩せた。

昼食をとるため休むと、両手がふるえフォークを握れない。

船員たちは万次郎をほめた。

「マン、しっかりやっているな。それだけ熱心なら、いまにジョン・ハウランド号きっての銛打ちになれるぞ」

万次郎は足腰のいたみに耐え、稽古をつづけた。

キャプテンは万次郎に銛打ちをするについて、必要な事柄《ことがら》を教えた。

「この船が捕獲する鯨は、スパーム・ホエール（抹香鯨）とライト・ホエール（背美《せみ》鯨）だ。他の鯨は死ねば沈むから獲《と》っても無駄《むだ》になるのは、マンも知っている通りだ。南の海には秋から冬にかけて、スパーム・ホエールが集まってくる。

俺《おれ》たちはこんどの三年ほどの航海で七百頭ちかい鯨を獲ったが、アプラ港で他の捕鯨船とランデブーして情報を交換したところ、この附近の海にスパーム・ホエールの大群がいるらしい。マンの最初の銛打ちのチャンスは近いよ。いまのうちにスパーム・ホエールの習性をあらまし教えておこう」

キャプテンは抹香鯨の図鑑をひらいた。

「この鯨の背が黒褐色《こっかっしょく》で、腹が灰色なのはマンもよく知っている。年老《としと》った鯨は鼻から頭にかけ、灰色になる。歯は円錐状《えんすいじょう》のものが下顎《したあご》に五十四枚ある。サモアの沖でマンのボートが砕かれたのは尾鰭で叩かれたためだが、スパーム・ホエールはあおむけになり、下顎を舷に置いて嚙《か》むことがある。ボートはたちまちこなごなさ」

抹香鯨の呼吸は正確に一定の時間を置いてくりかえされる。

鯨の潮噴きとは海水を肺から出すのではなく、呼気である。鼻孔の凹《くぼ》みに溜る海水をともに噴きあげるため、白濁した水柱のように見えると、キャプテンは教えた。

抹香鯨の潮噴きはいきおいがつよく、万次郎はマストの見張り籠《かご》のなかから四十五キロの遠方にあがるそれを、遠眼鏡でとらえることができた。

抹香鯨は他の鯨とちがい、まっすぐ潮噴きをせず、前方四十五度の角度で噴きあげる。

一呼吸をするのに十秒から十二秒をかけ、六十回から七十回の呼吸を十一、二分のあいだに終え、尾鰭を水上に高く揚げて潜水し、つぎに浮きあがるまでには二、三十分から一時間を要するのである。

「スパーム・ホエールは油断ならない鯨だよ。呼吸が充分にできないよう、ボートを全速力で漕《こ》いで近寄ってやれば、うろたえて逃げまわるばかりだが、一度銛《もり》を打ち損じておどろかせたら、手におえないよ。四、五メートルもある頭をまっすぐに海面につきだし、体を垂直にして辺りの様子をうかがうんだ。また海面に浮かんだまま尾鰭を使って、体をぐるぐる旋回させ、そのままの姿勢で潜水もできるのだ」

抹香鯨は泳ぎつつ尾鰭で激しく海面を打ち、海水を飛び散らせたり、海面から七、八メートル沈んでおいて空中に飛びあがり、落下して水柱を立てる癖があった。

抹香鯨の好む餌《えさ》は烏賊《いか》である。捕獲した鯨の胃に残る不消化の烏賊の顎骨は巨大で、胴長二メートル以上、全長五、六メートルに及ぶものを捕食していると推測できる。たまにはアザラシをも丸呑みにしていることもある。

キャプテンは万次郎に教える。

「スパーム・ホエールは捕獲の手順を誤れば狂ったように暴れ騒ぎ、危険きわまりないが、熟練した銛打ちの一撃で、眼のうしろのこの位置に銛を刺されると、全身が痲痺《まひ》したかのように動かず、海面に静かに浮いていることがある。このときを狙《ねら》って二番銛を打てば簡単に事がすむんだよ」

万次郎はキャプテンが鯨の絵に指さし示す部分を覚えこむ。

「銛を打ちこむとき、どれほど力をこめても横から水平に投げると抜け落ちやすい。ボートが鯨の胴に沿い漕ぎたて走っているとき、好機をとらえ、上からまっすぐ突きこむようにすれば、獲物がどれだけ暴れても抜けないものだ」

万次郎は鯨に肉迫して銛を投げるさまを頭にえがく。

動揺するボートから、急所をめがけ手銛を投げるのは、熟練と胆力を要する動作であった。鯨に迫り、追い越そうとする一瞬、浮きあがってくる眼《め》の辺りに狙いをつけて刺すには、タイミングにも恵まれねばならない。ポールは狙いを外したのである。

——わえはやっちゃるきに。ポールの仇《あだ》をうつぜよ——

万次郎は甲板での稽古に熱中する。出帆の日が近づいてくると、朝から日没まで標的に向かい手銛を投げつづけた。

稽古をはじめてしばらくの間は、全身が疼いた。肩、肘《ひじ》を動かすたびに腱《けん》がギリギリときしみ、太股《ふともも》が腫《は》れあがった。

船員たちがたわむれに万次郎の足を軽く打つと、彼は悲鳴をあげ飛びあがりそうになる。

だが日を重ねるにつれ、体の疼きはうすらいできた。いったん痩せた全身に筋肉がついてくると、銛を投げる手際《てぎわ》があざやかになってきた。

ジョン・ハウランド号がアプラ港を出帆する日がきた。

万次郎はマストの見張り籠に入った。

「ジョン・マン。でっかいスパーム・ホエールの群れを見つけろよ」

船員たちが彼をはげます。

港をはなれると、船はゆるやかに左右に揺れつつ沖へむかった。

ジョン・ハウランド号はマリアナ諸島のあいだを縫い、南々東へむかっていた。

海面はおだやかなうねりをえがき、両舷《りょうげん》の波上を飛魚がはるか遠方まで滑走している。

万次郎は烈日に照りつけられ、マストの見張り籠《かご》にあぐらを組み、遠眼鏡を眼に押しあてていた。

見張り役は疲れる任務であった。船の揺れにあわせ、マストは大きく前後左右に揺れる。

万次郎をふくめ六人の男たちは、縁のひろい陽よけ帽子の縁を風に吹きあげられつつ、塩の結晶をこびりつかせた顔で、飽きることなく水平線を眺《なが》めまわす。

アプラを出て三日めの夜明けがたであった。海面は薄い藤色の微光をたたえ、東方の水平線には白い棚《たな》のような雲が長く横たわっていた。四方の海面をなめるようにくりかえし見渡していた万次郎は、遠眼鏡の視野にレンズの傷のようなかすかな白い筋があらわれたのを発見した。

眼をこらすと毛先のような筋が消え、あらたな筋がいくつもあらわれる。

万次郎は東の水平線に近い海面に数十頭の鯨がいると判断した。スパーム・ホエールのななめの潮噴きである。

「シー、ブロオオーズ。スパームじゃけん、早う支度じゃ」

水夫長《ボースン》が聞く。

「大きな群れか」

「さあ、分らんが二十や三十は居ゆうがか」

船員たちがあわただしく駆け走り、四艘《そう》のボートへ乗り組む者が、得物を手に集まる。

万次郎はマストから下り、ポールの形見である手銛を船艙《せんそう》から担《かつ》ぎ出し、ボートに乗った。

舵取《かじと》りのメリケが万次郎に手を差しだし、痛いほど握りしめて振る。

「兄弟、やろうぜ」

「もちろんじゃ」

万次郎は船首に座を占め、命綱を腹に巻いた。綱はボートが木《こ》っ端《ぱ》微塵《みじん》になれば何の役にもたたないが、気やすめにはなる。

ジョン・ハウランド号は満帆に風をはらみ、抹香鯨の群れのいるほうへ舳《へさき》を向けた。ボートの男たちは漁のまえの昂揚《こうよう》に身をまかせ、声高に言葉を投げあい、奇声を発して笑いくずれる。

船の行手に、潮噴きが見えはじめた。

「あれを見ろ。あちこちに散らばっていやがる。全部で四十はいるぞ」

「いや、もっといゆう」

万次郎は汗ばむ手で銛を握りしめた。

四艘のボートは轆轤《ろくろ》をきしませ、海面に下り、一列になった。万次郎のボートは二番めである。

先頭のボートの舳にうずくまっているのは、逞《たくま》しい水夫長であった。

彼がまず狙いをさだめた鯨の急所に手銛を撃ちこみ、仮死状態にすれば、四艘のボートの舵手《だしゅ》がそれぞれ胸部に破裂銛を撃ちこみ捕獲する。

波上にうかんだ鯨は本船が近づいてきて、船腹に繋《つな》ぎとめる。そのつぎは二番手のボートが先頭になり、一列になってつぎの獲物に襲いかかってゆく。

手銛を撃ちそこねた鯨には近寄らず、別の獲物を狙う。危険を察知した抹香鯨は荒れ狂い、ボートを砕く。

「それ、いけ」

先頭のボートで上半身をあらわにした水夫長が叫び、漕ぎ手がかけ声をあわせオールを漕ぎだす。

万次郎は水夫長がやり損じたときは、ただちに四艘の先頭になって他の鯨にむかうのである。

ボートは飛ぶように走った。行手には数頭の牝を連れた巨大な牡鯨が潮を噴いては潜り、また体をあらわして噴気をななめ前方へ白濁した円柱のように延ばしている。

万次郎は緊張のあまり、周囲の物音が聞えなくなった。辺りがほの暗く、潮を噴く鯨の浮沈する姿だけが燐光《りんこう》を帯びたように視野のうちにあきらかであった。

彼は手銛を右手に握りしめ、左手で舷《ふなべり》をつかみ、気づかぬうちに野獣のように歯を剝《む》きだしていた。

先頭のボートが牡鯨にまっすぐ漕ぎ寄せてゆく。

「ジョン・マン。用意しろ」

うしろで舵手が喚《わめ》き、万次郎は両手で銛を斜めに構えた。

四艘は鯨の巨体が浮沈するのにつき添うように、潮をかぶりながら漕ぎすすむ。

抹香鯨の黒光りする体は近づくと無数の傷痕《きずあと》に覆《おお》われていた。牡蠣《かき》、フジツボ、昆布《こんぶ》がむらがりついている。

頭上で鷗《かもめ》が狂ったように啼《な》き叫んでいた。

万次郎は突然、全身から力が抜け落ちたかのような錯覚を覚え、自分を叱咤《しった》する。

「こげなことでどうすりゃ、へげたれ者《もん》が」

潮煙のなかで水夫長が上体をおこし、浮きあがってきた鯨の急所をめがけ、手銛を投げた。つづいて破裂銛の轟音《ごうおん》が聞えた。

「やったがよう」

万次郎は頭から潮に濡《ぬ》れて叫ぶ。

鯨は波上に横たわっていた。二番以下のボートがつづいて破裂銛を撃ちこんだ。

鯨はいまわの際に雷鳴のように吼《ほ》えたけり、万次郎の肺腑《はいふ》を震わせた。鼻と口から噴きだす血潮は海上にひろがり、紅を溶かしたようになる。

先頭のボートが破裂銛のとどめの一発を撃った。死んだように見えた鯨が本船に繋ぎとめられるとき、突然蘇生《そせい》して逸走することがあるためであった。

「さあ、つぎだ。いけ」

万次郎のボートが先頭になった。

「あわてることはない。おちついてやれ」

漕ぎ手のメリケが、オールを全力で漕ぎたてながら万次郎を力づける。

「ようし、やるけんのう。見ちょってくれよう」

万次郎は大声で喚いた。

さっきまでの怯《おび》えが身内から消え、激しい昂奮に頭のなかが燃えたつようである。

「さあ、矢でも鉄砲でも持ってこい。すっ飛ばしちゃるきに」

万次郎は熱にうかされたように悪態をつきながら、あらたな目標にむかってゆく。

「こんどのは大きいぞ」

誰かが叫ぶ。

多数の牝にとりかこまれた牡鯨は、海中に突出した岩塊のようであった。

万次郎は背をのばし、手銛をかまえた。

——ポール、見ちょってくれ——

彼は夢中になった。

ボートは沈んでは浮きあがり、辺りを震撼《しんかん》させて潮を噴く鯨に追いつき、寄り添ってゆく。

昆布の束を生やした鯨の体が、ボートの真際を進んでいる。鯨が浮きあがってきた。

「いまじゃ」

万次郎は銛を投げようとして、きわどく思いとどまる。

鯨がはじかれたように急速に浮きあがってきたため、狙いが狂った。

漕ぎ手は巧みに鯨に寄り添って漕ぐ。

鯨は潮を噴いたあと頭から潜りかけた。

「眼じゃっ」

万次郎は叫んで手銛を撃ち込む。

手もとから銛綱が飛ぶように延びてゆく。うしろで破裂銛の発射音が聞えた。

万次郎は潮煙のなかでふりかえる。あとにつづくボートが、波上に横たわる鯨に破裂銛を撃っていた。

「ジョン・マン。よくやった」

「いい度胸だ。大鯨をやっつけたぜ」

万次郎はボートの男たちがいっせいにほめたたえる声を聞きつつ、夢心地であった。彼はまだ銛の柄を握りしめていた。

一八四三年（天保《てんぽう》十四年）四月下旬、ジョン・ハウランド号はサウスメリク（サウスアメリカ）の南端ケープ・ホーンをめざして南下していた。

夜があけるごとに気温が急激に降下していた。吐く息が白く、船員たちが甲板で作業をするときには毛皮の外套《パルレ》と帽子、耳当てと手套《しゅとう》をつける。

それでも海上を渡ってくる風は、喉《のど》もとに氷片をあてたようにつめたく、体温を奪ってゆく。

万次郎は藍《あい》を溶かしたような海中に大小の氷塊が浮いている光景を、はじめて見た。

キャプテンがいう。

「この辺りを流れる氷はまだ小さい。ケープ・ホーンへ近づくにつれて、氷はしだいに大きくなってくるよ。そのうちに、衝突すれば沈没しかねないほどのものが押しあうようにあらわれてくる。いまこの辺りの気候は夏だから、流氷はふえるばかりだ」

「流氷で船が通れにゃ、どうするんかのーし」

「船首の下方に大鋸《のこぎり》をとりつけて、それで氷を割ってゆくんだ。この先には氷山もある。高さが五、六百メートル、もっと高いものもある。形のよくない氷山は不意に崩れ落ちることがあって、運わるくその下を通りかかる船は、たちまち下敷きとなり海の藻屑《もくず》になるんだ」

キャプテンはパイプをくゆらし、舷にもたれ平然と語る。

流氷はまだ小さなものばかりであったが、純白の一部分を海面にあらわし、青絵具に漬《つ》けたような色あいの重たげなひろがりを海中に沈めている。

ときたま船首が氷塊に衝突すると、無気味な衝撃が足もとに伝わる。

「この辺から南にいる鯨は水温が低いので動作が遅く、獲《と》りやすい。スパーム・ホエールはすくないが、いるのは牡《おす》ばかりだからいい獲物さ」

万次郎は流氷がしだいにふえてくる海で、白長須鯨《しろながすくじら》をはじめて見た。

船員たちは体長三十メートルを超える怪物のような巨体をゆるやかに浮沈させ潮を噴くさまを、甲板から見物する。

「あれは獲っても何にもならない。死ねば沈んでしまうからな」

南下してゆくにつれ、しだいに風がつよまり、うねりが高くなった。

ジョン・ハウランド号は涯《はて》もない荒海のなかでは、頼りない微小な点にすぎない。波に打たれ、流氷に当ってきしむ船体は陸地から百里はなれた海上を進んでいた。

ただ一隻《せき》の帆船で、巨鯨が咆哮《ほうこう》し流氷のただよう海を航行するのは、スリルに満ちた行為であった。

舷灯《げんとう》がおぼろに光っているだけの夜中には、危険が間近に迫ってきても察知できない。

船が椿事《ちんじ》に遭い沈没すれば、乗組員は四隻のボートで百里離れた陸岸をめざさねばならない。そうなれば、全員が助かるとはとても思えなかった。

全員が死ぬ可能性のほうが大きい。

キャプテン以下乗組員のすべてが起居のあいだ、死の恐怖を忘れてはいない。だが怯えを顔にあらわす者はいなかった。

彼らはわが運命をあざ笑うかのような、強靭《きょうじん》な諦念《ていねん》を胸に抱き、危険とたわむれる遊び心を失わない余裕を保っている。

そのようないさぎよさは、困難に満ちた捕鯨船での日常のうちに身につけたものであった。冷えこみの厳しい朝、万次郎がめざめると船室の外に吹雪が舞っていた。甲板に出てみると眼路《めじ》を覆って灰色の蛾《が》のような雪片が湧《わ》くように舞っている。

ジョン・ハウランド号は帆をなかば下し、吹雪のなかをゆるやかに進む。

船員が水夫長に聞いている。

「鋸はまだ船首に付けないんですか」

「そうだな。明日か明後日には付けるだろう」

船が流氷に衝突するたびに、鉄の球を床に落したような鈍い音響とともに、甲板に震動が伝わる。

「流氷が船腹に孔《あな》をあけるようなことはないでしょうね」

「さあ、そいつは分らんが、このくらいの揺れならまだ大きな氷はあらわれていないようだ。すべては運任せさ」

水夫長は口笛を吹いた。

吹雪は昼過ぎにやんだ。視界がひらけると、万次郎は息を呑《の》む。海上は一面の流氷に覆われていた。

氷上に胡麻《ごま》を撒《ま》いたように、見たこともない海獣がいた。背の毛が焦茶色《こげちゃいろ》で、尾のさきにふたつの肢《あし》がある。

子は人間の二、三歳の幼児ほどの体格であるが、大きいものは牛のようである。

「あれは何じゃろう」

万次郎は傍《そば》の船員に聞く。

「シヒル（シール）だ」

彼ははじめて見るアザラシの動きに、眼を奪われた。

「こげな寒い海で、氷に乗って、心地よげに遊んじゅう。いろいろの獣がおるもんじゃ」

万次郎は感心した。

ジョン・ハウランド号は、ケープ・ホーンの沖を南緯六十度まで下り、大西洋へむかってゆく。

その辺りはドレーク海峡と呼ばれ、南極大陸にも近い。深い紺色の海面には頂上に雲がかかってどれほどの高さとも分らない氷山が浮かんでいる。

陽《ひ》ざしのなかで眩《まぶ》しく照りかがやき、燃えているように見える氷の峰は、ときたま落雷のような大音響とともに海面に崩れ落ちた。

「氷というたら白いものじゃと思いようたが、青いもんじゃねや」

万次郎は氷山の斜面が青く染めあげられているように見えるのを、ふしぎがった。

船首には長さ三メートルあまりの頑丈《がんじょう》な大鋸がとりつけられた。それで前途を塞《ふさ》ぐ流氷を割って前進するのである。

キャプテン、運転士らは昼夜の別なく舵《かじ》の傍にいて、航行の指揮をとる。

万次郎は船員たちが平静をよそおっているが、眼差《まなざ》しがするどくなっているのに気づいた。

流氷のひしめきあう海では、危険を覚悟のうえで氷山の真近を通過しなければならないことがある。聳《そび》えたつ数百丈の氷壁が前傾して、いつ崩れ落ちてくるか分らないように見えるものもあった。

その下へ近づいてゆくときは、運を天に任せるよりほかはない。

船員のひとりが万次郎に教えた。

「この海で氷山に乗っかられて沈んじまった船がいくらもいるよ。俺《おれ》たちだって、氷の下敷きになれば、あっと思う間に底なしの海の底で氷漬《づ》けさ」

ケープ・ホーンの沖を過ぎると、針路が北西にかわった。

岬《みさき》の瀬戸は、風波が荒れていた。

水夫長が舷にもたれはるかな陸岸を眺《なが》めている万次郎の肩を叩《たた》いた。

「ジョン・マン、あれを見ろ。ケープ・ホーンではいつも動かない雲が三つあるんだ。白がひとつ、黒ふたつさ」

水夫長の指さす空に、彼のいう通りの雲塊が三つ、わだかまっていた。

「これで難所も通り過ぎたし、フェアヘブンへ帰って家族たちに会えるぞ。あとひと月ほど船に揺られておれば、なつかしい土地が踏めるんだ」

ふだんは感情を表情にあらわさず、荒天のときも顔色をかえたことのない水夫長が、よろこびを隠さなかった。

「ジョン・マン。船にいるあいだに、いいことを教えてやろう」

彼は笑顔をむけた。

水夫長は拳闘《けんとう》技と短銃射撃を教えてやろうといった。

「ジョン・マンも大人になれば、男としてどちらもこころえておいたほうがいい。フェアへブンに着けば、なにかといそがしくなるだろうから、あとひと月ほどのあいだに俺が教えてやるよ」

大西洋に入ると鯨を発見するのが稀《まれ》になった。

水夫長は暇を見て万次郎を甲板に呼び、ボクシングの身構えをさせる。

「俺のような体の大きな者はあまり動かなくてもいいが、マンのような小柄《こがら》な者は相手を殴るよりも、身をかわす技を覚えるのが大切さ。身をかわして、相手の拳《こぶし》を上手に避けられるようになってくると、打つチャンスも分ってくる。相手が打ってくるのを避けながら、ちょっと拳を突きだすだけで力を使わず相手を倒せる。前へ打って出るいきおいでマンの拳に当るから、つまり自分の力で倒れるんだよ」

水夫長は万次郎に身構えをさせ、肩に触れてみて首をふる。

「こんなに体をこわばらせていてはだめだ。鞭《むち》のような動きをするんだよ。つまり、全身の力を抜いてやわらかく構え、打つ瞬間に力をこめる。そうすればパンチが強く当るんだ」

水夫長は傍で見物している船員を呼び、構えさせてみる。

船員は柔軟な身ごなしで両拳を構え、背をまるめ猫《ねこ》のようにしなやかに進退する。

「こうすればいいんだ。まず足のつかいかたから教えよう」

水夫長は巨体に似あわない素早い動作で足を動かしてみせた。

万次郎は注意ぶかく水夫長の動きをまねる。彼はしばらく手足を動かすうちに、体重をなめらかに移動させる呼吸をおぼえる。

「これがクラウチング・スタイル。これがスウェイバック。これがダッキングだ」

水夫長は相手の拳を避ける方法を教えてゆく。

万次郎は熱心に飽きることなく、いくつかの動作をくりかえす。

「よし、それでいい。まずガラス窓の前に立って自分の姿を映して動いてみることだ」

万次郎は全身に汗をかいて前後に進退し、左右に身をかわすことをくりかえす。

「はじめはこれくらいでいい」

一時間ほどの稽古《けいこ》を終え、湯で体を拭《ふ》くと爽快《そうかい》であった。

その晩、ほうき星が空に懸《かか》った。

船室で夕食後の茶を喫《の》んでいた万次郎は、甲板の見張員の叫ぶ大声におどろき、朋輩《ほうばい》たちとともに外へ出た。

「カメッ（コメット）、カメッ」

と叫ぶ見張りは、西方の空に斜めに大きくかがやく光芒《こうぼう》を指さす。

「あれはほうき星じゃ」

万次郎は眼《め》を凝らした。

彼は八歳のとき父親を失ったが、その年もほうき星が空にあらわれた。

「ほうき星を見たら験《げん》がわるいと聞いちゅうが、中ノ浜のお母《か》はんらは息災でいゆうがか」

万次郎は暗い海上に斜めに長い銀の尾を引くほうき星を眺め、中ノ浜の湿《し》けたにおいのこもる藁葺《わらぶ》きの家を頭にえがく。

――わえはこれからノースメリクへいく。知らん土地で、ひとりで暮すんじゃ。どげな難儀に遭《お》うてもへこたれやせん。一人前の男になって去《い》ぬるときに――

彼はこのさき、異国人のあいだに立ちまじり、さまざまな困難に直面するであろうが、かならず克服すると胸のうちで覚悟をかためた。

翌日も水夫長は万次郎を甲板に呼び、拳闘の稽古をさせた。彼はいう。

「この船に乗り組む者は、生死をともにしてきた仲間さ。だからきょうだいのように心が通じあっている。だが、メリケへ着けばいろいろの男女がいて、なかにはジョン・マンが日本人だというので、めずらしがったり、意地のわるいことをしかけてくる者もいるかも知れない。ばかな奴《やつ》らの言葉は聞き流しておけばいいが、乱暴なふるまいをする者があらわれたときは、マンは男の誇りを守らねばならない。そのとき、拳闘が役に立つ。また、泥棒《どろぼう》と戦わねばならないときは、短銃を使うのさ。メリケは広い。役人がやってくるまで、自分で悪漢と戦わねばならないこともあるんだ」

万次郎は短銃の扱いかたも教わった。

「短銃はなかなか命中させにくいが、両手で構え、よく狙《ねら》って撃つことだ。あわてないでやればいい。十メートル以上もはなれた敵に一発撃って命中させられるのは、よほど熟練したあとのことだよ。音で敵をおどろかせ、追い払うつもりで稽古すればいい。弾丸《たま》はいくらでもあるから、標的を相手に思う存分に撃っているうち、自然に上達するさ」

ジョン・ハウランド号の船員たちは、短銃を自在に扱う。

彼らはオヒョウなど大型の魚を釣《つ》りあげたときは、腰から短銃を抜き、むぞうさに頭へ撃ちこんで動けなくした。

メリケ

一八四三年初夏の朝、ジョン・ハウランド号はノースメリク、ユナイッシテイト州マシッセ（マサチューセッツ）国の内、ヌーベッホー（ニューベッドフォード）の港口に到着した。キャプテンのフヒットフィルト（ホイットフィールド）は、三年七カ月の航海を無事に終え、船主への責任を果し、満足していた。

積荷は抹香鯨《まっこうくじら》油二千六百七十一樽《たる》と、多量の骨である。

このほかにも多量の鯨油と骨などをハワイでさきにヌーベッホーへ帰る僚船に積みこんでもらい、売却していた。鯨油はランプ用と蠟燭《ろうそく》製造に用いられる。街灯、灯台用の需要も多かった。

ヌーベッホーの町は、東西に流れているアクシュネット川を四・五キロほど遡《さかのぼ》ったところにある。

港の入口には周囲四十間ほどの小島があった。そのうえに石造の建物があり、船員のひとりが万次郎に教える。

「あれは灯台だよ。いちばん天辺《てっぺん》にあるガラスの火袋のなかで夜のあいだ火をともして、海からやってくる船の目印とするんだ」

船員は南手の陸地の先端の岩場を指さす。

「あそこに大きな蔵があるだろう。あのなかには幾門かの大砲と玉薬などを置いてある。敵の船が襲ってきたときにはくいとめるのさ」

さわやかな樹木の香りをはこぶ涼風が海面を皺《しわ》ばませ、タンポポの毛が雪のように飛んでいる。

川幅は遡るにつれて狭くなり、十五町ほどになった。

舷《ふなべり》から両岸を眺《なが》める万次郎の胸には、未知の社会への怯《おび》えがわだかまっている。

いつのまにかキャプテンが万次郎のうしろへきて、肩に手を置いた。

「ジョン・マン、川の右手がフェアヘブン、左手がヌーベッホーだ。フェアヘブンには家が千軒ほど、ヌーベッホーには三千軒ほどある。この辺りには捕鯨船が二百艘《そう》ほども碇泊《ていはく》しているんだ」

行きかう船から、キャプテンを見て手を振り声をかけてくる男女がいる。

「無事で帰ってなによりだ。キャプテン、フヒットフィルト」

「今夜は夜通し祝うがいいさ」

港に面した堤のうえには、煉瓦《れんが》造りの建築が並んでいる。

「あれを見ろ。橋が動くんだ」

港の幅がもっとも狭まったところは、南北十五町ほどで、中央に小島があり、両岸からそこへ板橋がかかっていた。

曳《ひ》き船に曳航《えいこう》されたジョン・ハウランド号は、碇泊する大小の船舶で混《こ》みあう水面を通過し、オープン・ゲート・ブリッジ（開門橋）にさしかかった。

橋の上手、ヌーベッホー側には倉庫がつらなっている。フェアヘブン側には造船工場があり、架台に乗せられ修繕なかばの捕鯨船が見える。

ジョン・ハウランド号は、ヌーベッホー側の岸壁で、鯨油四斗樽の陸揚げをするのである。

橋にむかい進むハウランド号の前檣《ぜんしょう》が橋桁《はしげた》に衝突するかと見えたとき、船員の一人が船首から橋へ飛び移った。

「あれを見ろ」

キャプテンがいう通り、船員は橋上に設けられた滑車のハンドルを手早く廻《まわ》す。

橋の一部分がたちまち後退し、四十尺ほどの空間ができた。ハウランド号は、そこを通り抜ける。

中央がひらいた橋の両側で、大勢の老若《ろうにゃく》と牛馬が橋の閉じるのを待っていた。

「こげな仕掛けがあるんかねや」

万次郎は眼を見張った。

船尾が橋を過ぎようとするとき、橋上の船員は滑車のハンドルをはなし、船に飛び乗る。

滑車は反対に動き、橋板を曳き寄せていた鉄ロープは伸びて、橋は元通りにつながり、人馬が渡りはじめた。

橋は橋脚が石積みの板橋であった。

キャプテン・ホイットフィールドはジョン・ハウランド号を倉庫まえの岸壁に繋留《けいりゆう》し、当直を一人残し、全員を下船させた。

「樽の陸揚げは明日だ。今日はここで解散しよう。皆、元気でいてくれ。売上金の分け前はできるだけ早く届けよう」

船員たちは歓声をあげ、キャプテンと抱きあい互いの無事をよろこんで別れてゆく。

ホイットフィールドは迎えにきていた船主と握手を交したあと、万次郎をうながし対岸のフェアヘブンへ向った。

万次郎は船員たちが解散し去ってゆくのを見送りつつ、心細い思いをおさえかねた。

「ジョン・マン。達者でな」

「また町で逢《あ》うこともあるだろうが、しっかりやれ」

口ぐちに万次郎をはげましてゆく彼らは、つぎの航海ではジョン・ハウランド号に乗るとはかぎらない。

「わえは淋《さび》しない。山んなかの一軒家じゃあるまいしよ」

万次郎は肩をそびやかし、キャプテンについて歩きはじめた。

万次郎はホイットフィールドの革鞄《かわかばん》をかつぎ、町筋をオープン・ゲート・ブリッジのほうへむかった。

道を往来する男たちは逞《たくま》しく、ホイットフィールドのような六尺一、二寸の背丈の壮者が眼につく。

女性は男より小柄《こがら》で万次郎とほぼ似た背丈である。

男のうちには顔色の浅黒い者もいる。道普請《ぶしん》をしている労働者が道端の石に腰かけ、パイプをくわえ一服している姿を見て、万次郎はおどろく。

中ノ浜に、その男と酷似した容貌《ようぼう》の漁師がいたからである。

黒髪を額に乱し、前歯の抜けた細面《ほそおもて》の労働者は、万次郎が思わず声をかけようとしたほど日本人に似た顔つきであったが、ゆらりと立ちあがると、六尺三、四寸はあろうと見える雲つくような背丈であった。

女性は色白である。艶《つや》やかな玉のような肌《はだ》の娘がすれちがってゆき、香油の残り香を万次郎の鼻さきに残してゆく。

町の男たちは白地か柄物の木綿のシャツをつけたうえに、羽織のような腰までの毛織の上衣《うわぎ》をつけ、木綿の股引《ももひき》に革靴《かわぐつ》をはいている。

百姓や漁師のような風体の男も木綿股引に更紗《さらさ》か木綿の上衣をつけている。

港の役人たちは、刀を帯びていない。武器は短銃を腰に下げているのみである。

男のなかには、頭髪の端をきりきりとちぢらせている伊達者《だてしゃ》がいた。万次郎はハウランド号にいるとき、船員たちが焼き金を使って、目立つように髪形をととのえているのを見たことがあった。

ニューベッドフォードでは、マネラという呂宋《ルソン》渡りの草を編んだ笠《かさ》をかぶるのが流行しているとのことで、男たちはそれをかぶり、広い庇《ひさし》を風にたわませていた。

女性の衣裳《いしょう》も筒袖《つつそで》で、下は袴《はかま》のようにひろがり、帯をしめている。外出の際には大きな風呂敷《ふろしき》のようなラシャ布の角を折り、うしろから肩にかけ、前でちがえ、針でとめていた。履物は革靴で、男のものとはちがう小ぶりの草でこしらえた笠をかぶっている。

髪の色は紅毛と黒、金とさまざまである。眼の色は黒、灰、浅黄である。

町なかは掃除がゆきとどき、景色の色あいが土佐とちがい、眼のさめるようにあざやかであった。

「ええ町のようじゃ」

万次郎は板橋を踏み鳴らして渡り、フェアヘブンの町並に入った。

ホイットフィールドの住居は町のなかほどにあった。

ホイットフィールドの家は門をとざし、庭面《にわも》には雑草が生い茂っていた。

板張りの家は、窓枠《まどわく》を白ペンキで塗っているが、うろこのようにひび割れそりかえり、玄関の敷石のあいだから黄の花をつけた草が伸びている。

万次郎はホイットフィールドとともに、風音だけが聞える寂寞《せきばく》とした庭に立っていた。

ホイットフィールドは上衣のポケットからハンカチをとりだし、眼をおさえる。

隣家から突然大きな鳥が飛びこんできて、足もとに下り立ったからである。

「これは隣りの家で飼っているターキーさ」

ホイットフィールドは鳥を見て、何事かを思いだしたかのように、涙をおさえかねる様子である。

彼の妻ルースは、一八三七年に世を去っていた。

――キャプテンは、六年前に死にようた御新造《ごしんぞ》はんを、思いだしていゆうがか――

万次郎は言葉もなく、辺りを見まわす。

ホイットフィールドは鍵《かぎ》をとりだし、玄関の戸をあける。屋内には湿《し》けたにおいがこもっていた。

居間、食堂、台所、寝室、風呂場、厠《かわや》など、屋内の様子をひと通りあらためたのち、二人は外へ出た。

「マンはしばらく私の友達の所で預ってもらうことにするよ。私は明後日にはヌーヨーカ(ニューヨーク)へ出かけ、兄と会わなくてはならないんだ。兄のジョージは私の鯨油などの収入について、財務決算をしてくれるからね。二カ月ほどすれば戻ってくるから、待っていてくれ」

万次郎はハウランド号の仲間と別れ、キャプテンのいないフェアヘブンで、どのように暮らせばいいかと、不安が胸のうちでうねった。

ヌーヨーカという都は、メリケ里法で東西六千九百三十余里、南北四千百余里のユナイッシテイト三十余州の政事をおこなうところで、テヘラ(アメリカ十代大統領テイラー)という役人がいるという。

午後の陽射《ひざ》しがかげり、蝙蝠《こうもり》が空に舞っている。ホイットフィールドは、万次郎を川沿いの船大工ジェムシアレン(ジェームス・アレン)の住居へ伴った。

ホイットフィールドと親密なアレンは、万次郎が養子であると聞いて、彼を預ることを即座に承知した。

アレンの家には二人の娘がいた。彼女たちは異国の少年をもてなすため湯を沸かし、入浴させた。

風呂の湯は、娘たちが井戸から汲《く》んだ水を鉄釜《てつがま》で沸かし、大きな木桶《きおけ》にいれてくれる。裏庭の井戸には鉄製の水鉄砲のようなものがあり、木の柄《え》を上下にあおって筒口から水を汲む。

万次郎は熱湯に水を加え、湯加減をしたあと桶のなかに身を沈める。

――えらいところへ来ようたがか。また土佐へ去《い》ねるかのう――

万次郎は小窓から聞える港の物音に耳をすます。人声、鶏犬の声、ホイッスルの音、滑車で動かす船舶の鎖がガラガラと伸縮する音。

陽が暮れかけ、地虫の声も聞えていた。

――メリケでも地虫が鳴きゆうか――

万次郎の鼻の奥が熱くなる。

彼はシャボンで体を洗いつつ、船上での暮らしを思いだす。体が揺れないのがふしぎな気がする。

彼は入浴を終えると湯を捨て、風呂場を洗い、あたらしい下着をつけた。服装をととのえたあと、娘たちに礼をいう。

「風呂をよばれて、おおきにご馳走《つっお》はんでのーし。何ぞ手伝わせてもらいますらあ。水でも汲むかのーし」

娘たちが笑いながらとめるのもかまわず、万次郎は井戸の水鉄砲を動かし水を汲み、鉄釜と台所の水溜《みずた》めに入れる。

アレン家は敷地が広く、川岸に向う裏手に捕鯨船を建造、修理するドックがあった。船大工として老練なジェームス・アレンは、鷹揚《おうよう》な物腰の男であった。

夕食はブレー（ブレッド）と呼ぶ餅《もち》のような食物と、牛肉と豆の煮物、平目の切身のはいった吸物であった。

食卓には熟した李《すもも》が大きな鉢《はち》に盛られていた。食事のあいだ、万次郎はジェームスと娘たちからいろいろ質問された。

日本とはどのような国か。土佐ではどのような仕事をしていたか。家族は幾人か。

万次郎は懸命に乏しい言葉を駆使して答えた。次女のジェーン・アレンは万次郎が語るのを注意ぶかく聞きうなずく。

「ジョン・マンはかなり英語を知っているけれど、もっと勉強したい気持があるんだって。ホイットフィールドさんに、英語、習字、数学を教えてやってほしいと頼まれているんだけど」

彼女がいい、万次郎は即座に応じた。

「よろしゅうお頼《た》の申しますらあ」

そのとき、腹にひびくすさまじい音がして、万次郎はおどろき息を呑《の》む。ジェームスが笑った。

「シチンボール（スチームボート）さ」

ジェームスは万次郎を手招いて裏庭に面した部屋へともない、窓をあける。

アクシュネット川の対岸には捕鯨船がマストをつらね、ニューベッドフォード市街の灯火が輝きあっている。

「ボーオォォ」

万次郎の腹にこたえる音が間近で聞えた。

「あれだよ、シチンボールを知らなかったのか」

「キャプテンから教えてもろうたが、見るのははじめてでのーし」

スチームボートが眼前にあらわれ、通過してゆく。

長さ十間、幅三、四間ほどの鉄船が、船腹にとりつけた巨大な鉄車輪で水を掻《か》き、進んでいった。

帆は用いず、船の中央に巨大な湯釜を置き、沸きかえる湯の蒸気の力で鉄車を動かし前進するのである。

　上甲板のひとところに立つ煙突から、黒煙と火の粉が噴き出ていた。

「なんと大きな船が、湯気で動くんじゃのーし」

　ジェームスが笑った。

「こんなボートで驚いてはいけないよ。ヌーベッホーには長さ九十メートル、幅十六メートルのシチンボールがあるさ」

　アクシュネット川を下り、沖合のナンテカット島までの定期巡航船が、二十五年も前から運航しているという。

「石炭を焚《た》いて湯を沸かし、蒸気で水車を動かすのだが、船を停《と》めるときには水車を逆回転させる仕掛けもあるんだよ」

「なんとえらいもんじゃなあ。メリケの人はほんに賢いぜよ」

　ジェームスは驚きを率直に口にする万次郎に好感を覚えたようであった。

　ジェーン・アレンは三十歳前後の年頃《としごろ》で、フェアヘブンの町に私塾《しじゅく》を経営しているという。彼女はマシタ（マスター）と呼ばれる校長であった。

　学校はストーン・ハウスという石造の建物で一八二八年に設けられたものである。生徒を六十四人収容できる規模であったが、ふだんは三十人ほどの子供たちが勉強に通っている。

このオクスフォード・スクールで、ジェーン・アレンは万次郎を教育するつもりでいた。

万次郎は食後しばらく話しあううち、窓外に見える、眼《め》のさめるような薄紅の葉をつけた樹木を指さして聞く。

「あれは何の木かのーし」

「ドッグ・ウッド（花水木）よ」

ジェーンが優しく教えた。

万次郎はジェーンに二階の寝部屋へ案内された。ジェーン姉妹は独身である。

白漆喰《しっくい》を塗った壁面に、ランプの焔《ほのお》が黄の光りをにじませている。

「ゆっくり寝なさい。疲れているだろうから、明日の朝は遅く起きるといいわ」

ジェーンはほほえみ、ドアを締めた。

寝床は幅三尺、長さ六尺あまりで、ハウランド号のそれよりもいくらか広い。

敷布団《しきぶとん》は藁《わら》布団をいちばん下に敷き、つぎに毛の布団を二枚敷き、上に白晒《さらし》の布を覆《おお》っている。その厚みは三枚で一尺五寸もある。

体にかける夜具は、ブランケット二枚を晒布で包んだもので、はなはだ薄い。

敷布団はやわらかく、体が落ちこむほどで寝心地がいい。

ジェームスは万次郎が寝部屋へゆくとき、手をあげていった。

「ゆっくりおやすみ。明日はレイロー（レイル・ロード）を見にいこう」

レイローはニューベッドフォードに、三年前から設けられているという。

三間四方の鉄函《てつばこ》で石炭を焚き、その熱気をパイプで車輪に送り、シチンボールと同様の仕掛けで動かして陸上を走るのである。

蒸気車は二十三、四個もの鉄函を繋《つな》ぎ牽引《けんいん》して疾風のように数百里の道をもゆくと、ジェームスはいった。

万次郎はランプの火を消し、寝床で眼をつむる。

部屋のうちに、かすかに香油のにおいがこもっていた。窓のそとで樹木の葉ずれの音がする。ボオー、と船の号笛が鳴る。

さわやかに乾いた空気のなかで万次郎は眼をとじる。

――いまごろ土佐じゃ暑いわよ。蚊ぁやら蚤《のみ》やらで寝苦しゅうて、潮浴びしようたあとが痒《かゆ》うてならんぜよ――

やぶれ穴をつぎはぎした蚊帳《かや》のなかで、海から吹いてくる風にわずかに涼を得る、梅雨入りまえの暑苦しいわが家での夜を万次郎は思いだす。

フェアヘブンは、潮風もあたらず住みやすい町である。

オープン・ゲート・ブリッジ。シチンボール。レイローなど、万次郎の眼をおどろかす便利な仕掛けのいくつもあるメリケは、土佐の漁村とは別世界であった。

　だが万次郎は母の志おにひたすら逢いたかった。メリケの男女は、知りあえばやさしいが、かかわりを持たない人々は万次郎に好奇の眼をむけ、おびやかすような太い声音で鷹揚に笑った。

　万次郎は夜明けとともに眼覚めた。

　騒がしい鳥の声に起されたのである。土佐で聞いたこともない、甲高いのやら低音やら、ひとをおどろかすきれぎれの叫び、長く尾を引く声が、それぞれの存在を主張するかのように啼《な》く。

　クエッ、クエッという剽軽《ひょうきん》な呼び声にせきたてられるように万次郎ははね起き、身支度をして忍び足で階下へ下りる。泊めてもらうからには、どんな用事でもして好意に酬《むく》いようと、万次郎は台所へゆく。ジェーンと姉のチャリティが朝食の支度をしていたが、万次郎を見てほほえみ、声をかける。

「グーリ・モーニン」万次郎も急いで挨拶《あいさつ》を返す。

「こんなに早く起きて。もっとゆっくり寝ていたらいいのに」ジェーンがいう。

「もう仰山寝《ぎょうさん》たでの一し。ちびっと働かせておーせ」

「気をつかわないで、散歩でもしていらっしゃい」

チャリティは戸外を指さす。

万次郎はかぶりをふった。

「井戸から水を汲んでくるきに。あとは薪《まき》でも割るかのーし」

彼は水桶をとり井戸端で水を汲み、台所の水溜めを満し、庭を掃き雑草を抜く。

「座敷の床も掃除しますらあ」

万次郎は家の内外をかたづけ、薪割りをはじめる。労働に慣れた彼は、生活習慣のわからない土地へきたが迅速に家事の要領を覚えて仕事をすすめる。

「ジョン・マンは手早く仕事を片づけるのね」

「ほんとに感心だわ」

姉妹はうなずきあう。

万次郎は庭へ出て澄んだ風に身をさらす。庭の隅《すみ》に鬼胡桃《くるみ》の大樹があり、栗鼠《りす》が枝を伝い走っている。

表通りには道の両側にドッグ・ウッドの並木が枝を揺らせていた。万次郎はさわやかな薄紅色の葉に眼をひきよせられる。道を通りすぎる老人が杖《つえ》をとめて、万次郎を見た。万次郎は笑顔で声をかける。

「グーリ・デイ・シャア」

老人はあわてたように返事をした。

「グーリ・デイ」

万次郎は気遅れを克服して、あらたな環境に早くなじまねばならないとつとめていた。

万次郎は数日をジェームス・アレンの家に寄宿したのち、隣家のエベン・エーキンのもとで養われることになった。

エベン・エーキンはキャプテンの旧友であった。彼の家族のひとりは、かつてジョン・ハウランド号の三等航海士をつとめていた。

万次郎はエーキンとジェームスの家を行き来して日を過ごした。

ジェーンは万次郎をオクスフォード学校で学ばせるまえに、毎晩自室で文字を教えた。

「このページを読んでごらん」

万次郎は差しだされた教科書を読む。

「ではスペリングを見せて」

ジェーンは万次郎がノートに記す文字を読み、誤りを訂正してやる。

「この本で字の読み書きを覚えれば、子供たちといっしょに勉強できるようになるわ」

ジェーンは万次郎に一から千までの数字の読みかたを教え、つぎに日常会話の単語の読みかたを学ばせる。

つづいてアメリカ三十四州のスペリングを覚えこませた。

マシッセ（マサチューセッツ）、メーン、ヌーヨーカ、ペンシライベネ（ペンシルベニア）、ヌーハンムシア（ニュー・ハンプシア）、ロラリアイラン（ロード・アイランド）、カンメケ（コネチカット）、メレラェン（メリーランド）など、州名のスペルを万次郎はすべて覚えこむ。

つぎに世界諸国の名、大陸、海洋の名、島嶼《とうしょ》の名を読み書きできるようにする。ジャパンも島である。

ジェーンは教えた。

「世界最大の島はオーシッレリア（オーストラリア）よ」

地名、島名などを覚えこみ、その意味を理解すれば、何の字と何の字をあわせてどのような名称になるかが分る。

書物により文章の解釈から学んでゆくよりは、地理の名称を覚えこんでゆくほうが、早く英語になじめるのである。

ジェーンは、万次郎の理解力が鋭敏であるのを知った。万次郎はエーキン、ジェームス両家の家事を手伝うかたわら、暇を見て自室で懸命に勉強する。

彼はジェーンの教えるところをすべて吸収し、反復暗誦《あんしょう》しスペルを覚え、倦《う》むことがなかった。

――わえはパシフィック・オセアンで拾われてきた土佐の貧乏漁師じゃきに、メリケの男らの三層倍もはげまにゃ、この国で生きていけなあ。ほんじゃきに、やっちゃるぜよ――

万次郎は机にむかっているときだけ、心がやすらいだ。

万次郎はエベン・エーキンの家に寄宿して半月ほど経《た》つと、オクスフォード校へ通いはじめた。

彼は子供たちとともに書物によって、センテンス（文章）を学ぶ。

「アー、オール、ユーア、チリレン（チルドレン）、ウワエル（ウェル）」

「あるか、みな、お前《ま》んの、子供衆は、たっしゃで」

「アイ、アム、ゲラーダ（グラッド）、ツ、シー、ユー、ウワエル」

「わえは、よろこぶ、ことを、見る、おまんが、たっしゃを」

「アイ、ハーブ、ズィ、ヘディキ（ヘッドエイク）、チース、エイキ」

「わえは、ある、あたまいたと、歯いたと」

「レッタ（レット）、アシ（アス）、ゴー、アン（アンド）、シー、ヒム」

「ゆるせ、わえに、でかけ、そうして、見るを、てき（彼）を」

「アイ、アム、バッタ（バット）、インデハランタ（インディファアレント）」

「わえは、そやけど、気にならんぜよ」

万次郎はともに学ぶ子供たちに好かれた。

彼は草の茎で紙鉄砲をこしらえ、板を削って竹とんぼの形にする。

それを与え、ともに遊ぶ。

教室のストーン・ハウスの屋根には、胡桃、樫《かし》の大木が枝をさしかけ、庭に落葉がつもる。

万次郎が落葉を掃くと、子供たちもわれさきにと手伝いをした。ミルクのにおいをただよわせる白磁の肌《はだ》の子供たちは、万次郎がベンチに腰をおろすと膝《ひざ》にまたがり、背にもたれかかる。

――いま時分、ウメは中ノ浜の波止《はと》あたりで遊びゆうがか――

万次郎ははるかな海の彼方《かなた》の故郷にいる妹を思いうかべる。

彼は日本の長崎がフェアヘブンから海路およそ五千里の彼方にあると、キャプテンから教わっていた。

万次郎は花水木と、土手や庭先に撒《ま》いたように生えている、バターカップと呼ぶ黄の小花が好きであった。

花水木をはじめて見たとき、葉と思ったのは花であった。ジェーンは教えた。

「はなびらには、赤と薄紅と白があるの。花が終ると葉がでてくるわ。秋には丸い実がなるのよ」

万次郎はタンポポの綿毛が雪のように飛ぶ昼間、子供たちと川の土手に出て小蟹《こがに》をとって遊ぶ。

さわやかな風のなかで、対岸の景色は絵のようであった。

エベン・エーキンの家の風呂桶《ふろおけ》は、寝てはいれるような形にできていた。

万次郎はそのような風呂に入ったことがなかったのでおどろく。

壁にふたつの管が突きだしており、一方のねじをひねると熱湯がほとばしり出る。いま一方のねじをひねればぬるま湯が出た。ふたつの管のうえに、蓮《はす》の実のような器具があり、そのねじをひねってみると、いくつもの孔《あな》から冷水が雨のように落ちる。

「これは気色ええがよ。土佐じゃ、殿さんとて、こげな風呂にゃはいれまいが」

中ノ浜でヤッコの勤めをしていた万次郎は、めったに風呂にもはいれない暮らしに馴《な》れていた。

しばしば風呂を沸かし、薪を燃やしておれば、「谷前の後家は栄耀《えよう》ばっかりしゆう」と悪評がたつ。

谷前の奥の、猫《ねこ》の額ほどのちいさな田を小作していた志おは、稲穂がまだ青いうちにしごいてきて焙烙《ほうろく》で煎《い》り、粉にして万次郎たちに食べさせた。

毎日の食物にもこと欠く、窮迫した生活であった。

土佐には「ごぎゃなき」という正体の知れない動物がいた。ごぎゃなきは夜だけゴギャー、ゴギャー、あるいはおぎゃー、おぎゃーと啼く。

子沢山で赤貧にあえぐ百姓、漁師が、生れたばかりの子を涙をのんで絞め殺し、野山へ捨てる。それを間引きといった。

捨てられた嬰児《えいじ》の魂は成仏《じょうぶつ》できないまま中有《ちゆうう》をさまよい、ゴギャー、ゴギャーと泣き声をあげるといわれ、それがごぎゃなきの正体であると、土佐の住民たちは信じていた。

土佐の風俗誌「皆山集」第六巻に、つぎの記述がある。

「ゴギャナキというものあり。形は赤子の如《ごと》く、色白くて赤子の泣く声して、夜陰はしなく来り行人の足にまといつきて離れず。

そのとき足に踏みたる草履を脱去すれば、すなわち去る」

役人に年貢《ねんぐ》をしぼりとられ、口を糊《のり》するさえままならない中ノ浜の村人たちの生活は、フエアヘブンの住民には想像できないであろうみじめなものであった。

メリケでは農作物、海産物が豊富であった。畑の作物には下肥を用いない。魚類を腐らせ、種蒔《たねま》き、植付けのときに肥料としてすきこむ。

雪隠《せっちん》は腰をかけ用を足す。銅の金具を引けば水が便器を洗い、排泄物《はいせつぶつ》を地中の大穴へそそぎこんだ。

万次郎は午前中、オクスフォード校でセンテンスを勉強し、午後はエーキン、アレン両家の手伝いをする。

両家の家族は万次郎が勤勉で利発であるとたかく評価していた。

「ホイットフィールドが養子にしたのは、眼が高かった。ジョン・マンはきっと立派な男になるよ」

「ジャパンというのはどんな島か知らないが、未開な生きかたをしているのだろう。しかしジョン・マンを見れば、ばかにはできない。あの眼の動きを見ろ。すくなくとも俺《おれ》よりは賢そうだね」

ジェーンも、万次郎の記憶と理解の力が非常にすぐれているのに、ひそかにおどろいていた。

彼女は姉のチャリティにいう。

「ジョン・マンは賢い子だわ。それに、気だてがいいの。優しくて、子供たちにもとても人気があるわ」

「そうね。遠い国からきているんだし、たいへん母親思いの子だから、さびしがらないよう

ってやる。

に面倒を見てあげなくちゃ」

チャリティは万次郎をたびたび夕食に招き、彼の下着、靴下《くつした》がほころびていないか気を配ってやる。

万次郎はオクスフォード校で、幼いクラスメートの人気をあつめていた。

彼は中ノ浜での子供の遊びを、いくつも校内で流行させた。

つなひき草での引き相撲。草の穂で犬や兎《うさぎ》のかたちをつくり、穂のはしを握りしめたりゆるめたりして、生きているように動かす草遊び。樹木を背にした子供の股《また》に、ひとりが首をつっこみ、その子の股につぎのひとりがまた首をつっこみ、その背に飛び乗る馬乗り合戦。二人でむかいあい、たがいのてのひらを押す手押し相撲。紙相撲。地面に土盛りをしてそのうえに棒を立て、幾人かで交替に土をすくいとってゆき、自分の番がめぐってきたとき棒が倒れないようにする棒倒し。

子供たちは、万次郎の教える遊びに夢中になった。

彼らを通じ、万次郎の噂《うわさ》は町にひろがっていった。万次郎は用事で外出しているとき、見知らぬ男女から声をかけられた。

「ハーイ、ジョン・マン。いいお天気だね」

「イエス、シャー。ラッヴレイ・スカイ」

万次郎はジェーンから教えられたいいまわしを用いて、返事をする。

毎月の七日ごとにこの世をひらいた仏を祀《まつ》るションレイ（サンデー）の祭は、ハウランド号のときと同様に、フェアヘブンでもおこなわれた。

チョチ（チャーチ）と呼ばれる寺は、町なかにあった。寺院の堂塔は、大建築を見なれない万次郎には山のように巨大に見える。百尺はあるという塔のうえには時鐘が設けられ、時を知らせる鐘を撞《つ》く。

万次郎は一度、ジェームスに連れられ、石造りの塔のてっぺんへ登ったことがあった。手《て》摺《す》りにもたれ、下を見ると足がすくむ。

マストの見張り籠《かご》で鯨を見張り、高所に慣れている万次郎であったが、塔が海風に揺れるのを知って驚いたのである。

「こげな揺れかたしゆうが、倒《こ》けんかのーし」

ジェームスは笑ってうなずく。

「大丈夫さ。大風に吹かれてもびくともしねえよ。揺れるほうが強いのさ」

そのうち、足もとで鐘が鳴りはじめた。

ゴオオーン、ゴオオーンと、間近で聞けば全身を震わす重々しい鐘の音に、万次郎は胆《きも》が縮んだ。

塔の揺れが、いっそう激しくなったからである。

――こげな気色悪《わ》り塔にゃ、二度と登らんぜよ――

万次郎はその後、塔に登る気がなくなった。

ションレイの日は、町の住民は残らず経典を持って寺へ出かける。

住職は日本のように頭を剃《そ》らず、法衣も着けていない。外見は他の人々と何ら変らないが、寺の高座へあがるときだけは衣をつける。

住職は高座から書物のうち、どのページをあけよと命じ、人々はその通りにする。住職はひとつのくだりを読んだのち、訳を皆に説教する。説教が終れば人々は帰宅する。

晴れ渡ったションレイの朝、エーキン、アレン両家の人々は寺に詣《もう》で、家内は森閑としていた。万次郎はひとりで散歩に出かけた。

道に出ると、夏の白光が心地よく照っていた。日向《ひなた》はいくらか汗ばむほどだが、木陰に入ると肌寒いほど涼しい風が動いている。

河岸では鷗《かもめ》が啼《な》き騒いでいた。

路上に犬が身をよこたえ、眠りこんでいる。フェアヘブンでは犬をいじめる者はいない。

万次郎は冴《さ》えわたる景色のなかを、ゆるやかに歩く。

彼はときどき、道ばたの茂みに熟しているブラック・ベリーの実をとって口にふくむ。

酸味とわずかな甘さが舌にひろがる。

ハウランド号で船員たちが口ずさんでいた唄《うた》を、小声でうたいつつ波止場へくると、ベンチに腰をおろした。

万次郎はアクシュネット川の対岸につらなる楓《かえで》並木のあたりに眼《め》を遊ばせつつ、故郷を思う。

彼は、ハウランド号に助けられた五人の噂が、土州へ伝わっていないだろうかと、日頃《ひごろ》悩んでいた。

――わえがメリケの船に拾うてもろうて、この国へきたと土州に知れたら、お母《か》はんにどげな迷惑がかかるか分らんねや。牢屋《ろうや》へ入れられたら、わずろうて死にゆうが――

彼は不吉な考えをうち消そうと、足もとに寄ってきた犬の頭を撫《な》でてやる。

「お前は親があるんか」

声をかけると、犬はゆるやかに尾を振る。

万次郎はプリマスのほうへ散歩してみようと思いたつ。フェアヘブンから十里ほどはなれたコッド岬《みさき》の湾に面しているプリマスは、清教徒であるキャプテンの先祖たちが、イギリス南西部の港町プリマスからはじめて移住してきた土地であった。

プリマスへむかう道筋には、六十数年前の独立戦争のとき、イギリス軍の侵入を防いだ要《よう》塞《さい》のあとも点在していた。

万次郎がベンチを立とうとしたとき、ひとりの男があらわれた。汚れたマネラハットをかぶり、無精髭《ぶしょうひげ》をのばした頑丈《がんじょう》そうな男である。年頃は三十前後であろうか。

身長は六尺ぐらいで、両肩の肉が瘤《こぶ》のように盛りあがっている。

――酒を呑《の》んじゅう。酔うたん坊か――

万次郎は警戒した。

フェアヘブンでは、紳士といわれる男たちはほとんど酒をたしなまず、たまに酒盃《しゅはい》を口にしても、ホットワインでわずかに唇《くちびる》をしめらせるほどで、醜態を見せることはない。

この世をひらいた仏を祭るションレイの日に酒を呑むのは、無頼の徒である。

男の上衣《うわぎ》、股引《ももひき》は垢《あか》でよごれ、皺《しわ》ばんでいる。彼は濁った声で話しかけてきた。

「お前がこの頃フェアヘブンへきたというジャパニーズか。ふうん、みすぼらしい小僧っ子だよな。お前の国は、俺たちに嫌《いや》がらせばかりやっている、意地のわるい国だ。だけど、俺はお前がどれだけ意地がわるくても、なんともないぜ。お前のような馬にたかった蚤《のみ》みたいにちっぽけな奴《やつ》は、一発で黙らせてやるよ。この一発でなあ」

男は節くれだった拳《こぶし》を、万次郎の鼻さきへつきつけた。

万次郎は黙っていた。返事をすると相手が激昂《げっこう》してくると思ったからである。

男は喚《わめ》いた。

「小僧っ子め、何とかいえ。いわねえなら、いわせてやろうか」

万次郎は立ちあがり、頭を下げた。

男はいきなり右手をふりあげ、殴りかかってきた。万次郎はとっさに身をかがめ、スウェイバックをして避けた。

男の腕は空をきった。

「この野郎、小癪《こしゃく》なまねしやがって」

男はつかみかかってきた。

万次郎は背をむけ、地を蹴《け》って飛ぶように逃げた。

一町ほど走ってふりかえると、男が道に立ちはだかり、拳をふりあげ威嚇《いかく》していた。

万次郎は家に戻り、自分の部屋で椅子《いす》にもたれ、窓外を眺《なが》め茫然《ぼうぜん》と時を過ごす。

——雲のかたちは、中ノ浜とおんなしぜよ——

万次郎の瞼《まぶた》から涙があふれた。

彼は戸棚《とだな》から志おの縫ってくれた胴着をとりだし、顔に押しあてる。

「お母《か》はん、わえは早う去《い》にたいぞな。去にたいぞな」

彼はしばらく声をあげて号泣する。

泣きやむと激情が去っていた。

その夜、万次郎はジェームス・アレンから夕食に招かれた。テーブルにつくと、ジェームスが笑顔をむけた。

「ジョン・マン。昼間は何をしていたんだね」

「家で寝ていようたでのーし」

「それはほんとうかね。波止場にいたんじゃなかったのか」

万次郎は力なくうなずく。

「ちっと行きようたぞね」

ジェーンが万次郎の顔をのぞきこむようにして聞く。

「ならず者がきて、あなたを脅したでしょう」

「そなげなことじゃったでのーし」

ジェーンはチャリティと顔をみあわせた。

「やっぱり、ひどい目にあわされたのね。こんなにおとなしいジョン・マンをいじめるなんて、許せないわ」

万次郎はかぶりをふった。

「そないにいうほどのことはないぞね。わえは殴られもせんじゃったきに」

ジェーンは父にいう。

「ジョン・マンを誰が脅したかは分っているのだから、もう二度とやらないようにいい聞かせてやってちょうだい」

「そうだな、明日保安官にいって、あの酔っぱらいに説教をしてもらおう」

アレン家の父娘は、万次郎が脅されたのをわがことのように憤慨していた。

万次郎は日をかさねるうち、フェアヘブンでの生活にしだいに馴れてきた。

ニューイングランド地方の清教徒たちは、アメリカ南部の奴隷《どれい》制度廃止の運動をすすめていたが、人種偏見を持っていないとはいえない。

大西洋北部のアゾレス諸島からきたポルトガル人は、商取引をするにもさまざまな策を用いるので警戒され、市中の特定の地域に居住していた。

黒人は一般住民とのつきあいをほとんどしていなかった。

万次郎の立場は微妙である。

「ジャパンというのは、どんな国だね」

「シナに近いというが、捕鯨船が寄港しようとすると、大砲を撃ちかけてくるそうだ」

「大砲を備えているのなら、立派に発達した国家じゃないか」

「しかし、あの少年は黒人ほどではないが、色が黒いね」

「もちろん異人種だが、いい奴さ」

万次郎を知る人々は、一様に彼に好意を持つ。

彼の素直で勤勉な性格と、すぐれた知能をたかく評価するためであった。万次郎が書物にむかうとき、深い集中力を文字にむける姿には、気迫があふれていた。

万次郎は、アメリカという国家がいままで想像したこともなかったほど、自由と平等の精神によっている現実をしだいに理解していった。

日本では、毛の抜けた馬にまたがった浦方役人にさえ、土下座しなければならないが、アメリカでは王は国中の賢人のなかから撰《えら》ばれた人物で、彼と会う国民は土下座することもなく、立ったまま握手ができるのである。

日本の地方《じかた》奉行などは雲のうえの人で、万次郎は姿を拝んだこともない。

土佐の殿様や、大名のうえに立つ公方《くぼう》さまなどは、おなじ人間とも思えない神仏のような縁遠い存在である。

アメリカの王は、四カ年の任期が満了すると引退する。国じゅうの賢人が相談のうえ、王に大徳あればさらに四カ年、都合八カ年政事を受け持たせる。

王は外出するのに行列をつくらず、家来をひとり連れるのみであるという。

隠居すれば隠居料をもらい、一生安楽であるため、権力の座にいるとき賄賂《わいろ》をとることはない。万次郎は民百姓でも学問しだいで王に登用されると聞いたとき、胸が痺《しび》れるような感動を味わった。百姓は畑を開墾すれば作物はわが物になり、年貢《ねんぐ》を取られないので裕福であった。

フェアヘブン、ニューベッドフォードは港町で、捕鯨船に乗り組む船乗りが往来していたが、乱暴者は稀《ま》れであった。

酒に酔い、放歌高吟する者はたまに見かけるが、町役人がやってきてたしなめるとおとなしくなった。

ただ、町から外へでかけるときは用心しなければならないと、ジェームスが万次郎に教えた。

「港の近所にはおよそ五、六千軒の家があるが、住民は皆身許《みもと》のたしかな者ばかりだ。しかし、メリケという国はいま開拓されている最中で、国じゅうにはまだひらけていない土地がいくらでもある。なにしろ海のように広い国だからね。もちろんヌーベッホーには遊女町もあり、いかがわしい男女もいるが、彼らは素人《しろうと》にはいたずらをしかけない。ただし町から外へ出るときは懐《ふところ》鉄砲を持ち、杖《つえ》をついてゆくことだ。私のを貸してあげるから、いつでもいえばいい」

ジェームスは時計と懐鉄砲を常時身につけていた。

町の外へ出かけるときは、紫檀《したん》、黒檀などの木でこしらえた杖をついてゆく。

「この杖は、いざというとき把手《とって》をまわすと剣が出る」

ジェームスが杖の先端の金具をはずし、把手を二、三度まわすと、磨《と》ぎすました細身の剣があらわれた。

万次郎は懐鉄砲を一挺《ちょう》キャプテンから渡されており、扱いかたも心得ていたが、戸棚に納めたまま取りだしたこともなかった。

懐鉄砲の長さは八寸ぐらいである。筒のなかに鉄の芯棒《しんぼう》があり、そのまわりに小豆ほどの弾丸を十二発込める輪胴がある。

一発撃てば引金は元の位置にもどり、輪胴がつぎつぎとまわるような仕掛けで連発できる。打ちかたは鉄砲を右手に持ち、まっすぐさしのべて、目尻《めじり》で筒の根元と先端にある目当が、標的にむかい一線にならぶよう見さだめる。

万次郎はフェアヘブンの町を出れば、そのような武器が必要なほど不用心であろうかと、信じられない思いであった。

夏の野山の風景は、したたる緑をよそおい、さわやかな風が吹きかよい、絵のように陰影が際立《きわだ》っている。

だが人を殺すのを虫を潰《つぶ》すほどにも思わない悪党がいると、ジェームスが教えた。

「ヌーヨーカの方角へ向う街道筋で、飛脚の馬車を襲った追剝《おいは》ぎが、つい先頃この町で吊《つる》し首にされたのさ」

追剝ぎは十数人を射殺した凶悪犯人であった。

ジェームスはいう。

「もっとひどい奴もいるよ。三十人も四十人も殺した経歴を自慢しているんだ。そんな悪漢は木に吊すか銃殺する。人を殺した者は死刑にすると決っていて、たまに判決を決めかねるときがあるが、そうなれば町の者が全員で意見を述べるんだよ」

「へえ、どげなことをいうんかのーし」

「まず保安官が町の幾カ所かに立札を出し、このような犯罪をはたらいた者を生かしておくか、死刑にするかと問いかけ、日をきめて住民に入札をさせる。殺したほうがいいという札が多いときは、死刑を執行するんだ。大勢の人の意見というものは、公平なのさ」

万次郎は物騒な話題を耳にしてのち、フェアヘブンの町からはなれるとき、からなず懐鉄砲を持つようにした。

彼はしだいに異郷の暮らしに慣れてきた。畑の作物は日本とたいして変らないが、稲は作らない。

米は国外から船で運んでくる。常食は麦粉と玉子、油、砂糖、牛乳を混ぜて蒸したパンであるが、病人にはかならず粥《かゆ》を炊《た》いて食べさせた。

病人に味の濃い食物を与えてはならないと、医師はいう。

住民の日常の食事は質素で、野菜と魚の料理とパンを食う。味噌《みそ》醬油《しょうゆ》はなく、煮物は塩で味をつける。

豚の頭を煮出した油を溜《た》めておき、どのような食物も油揚げにするので、美味である。

七月はじめにジェームスが熱病になった。さっそく医師がきて診察し、油薬、丸薬を置いてゆく。

医者は首を傾《かし》げていった。

「日本病ではないだろうがね。まず、心配はないだろう」

万次郎は傍《そば》で聞き、気になってジェーンに聞く。

「日本病とは何じゃろうかねや。気がかりじゃのーし」

彼は自分が病気を日本から運んできたのではないかと、不安になる。

「そんな病気は知らないわ」

ジェーンは知らぬふりをして、姉とともにジェームスの介抱をする。

熱が高くなると、ジェームスは蒸風《ぶ》呂《ろ》に入った。風呂桶《おけ》に熱湯をいれ、そのなかに焼石を沈めて湯気を風呂場に満ちわたらせるのである。

翌日、ジェーンとチャリティは抱きあってよろこぶ。

「早く癒《なお》ってよかったわね。やはり日本病ではなかったんだわ」

万次郎はあらためて聞いた。

「日本病を知っていゆうがか」

ジェーンはほほえむ。

「そんな名がついているけど、日本とは何の関係もない病気よ。高い熱が出て、蒸風呂ぐらいではさがらないわ。だから病人を水桶に入らせたり、土のなかに首まで埋め、冷やしたりするのよ。でも朝に熱が出て、夕方に死ぬ人も多いわ」

「それはよかったのーし。死に病いにかかったらおしまいぜよ」

万次郎は自分が死病に罹《かか》ってフェアヘブンで死ぬさまを想像する。

――わえは病いで死んでしもうて、谷前の家へ去《い》にたいぜよ。死んで魂になったら、どこへなりと飛んでいけると聞くが、ほんまに去ねたらよろこび倒《こ》けゆうが――

万次郎はオクスフォード校での勉強と、エーキン、アレン両家の手伝いを終えると、夏草の海風のなびくアクシュネット川沿いの土手道を歩き、河口へむかう。

河口の岩場には、大筒数挺と玉薬を納めた石造の倉庫があり、付近に人影はすくない。水際には蟹《かに》がうごめき、たまに貝拾いの子供たちが碧空《へきくう》に笑声を吸われている。万次郎は岩上に腰をおろし、膝頭《ひざがしら》をかかえて沖を見る。銀色の海面に、ときたま一尺ほどの魚が跳ねる。彼は磯《いそ》の香をふかく呼吸する。

海ははるかな彼方《かなた》の中ノ浜の入江までつながっている。万次郎は海面をながいあいだ見つめていた。

川を上下する船が通りすぎるたびに波が立ち、岸辺の杭《くい》を洗う。

――生きてりゃ、いつかは去ねるが――

万次郎は自分にいい聞かせ、焦《こ》げるようなせつなさをおさえた。

フェアヘブンの住民たちは、万次郎を見るとかならず声をかけてくる。

「ジョン・マン。元気でやってるかい」

マサチューセッツの天地は広漠《こうばく》としていた。町のたたずまいものびやかである。

民家は二階建てで間数が多く、隣家とのあいだにひろい草地があった。

――土佐とちごうて、どこへゆくにも遠うてかなわんが、こぜくりまわす狡《こす》ん坊《ぼ》がおらんきに、ええわ――

夏陽《ひ》が照っているときでも、北方の土地に特有の静寂が景色に宿っていた。

万次郎はオクスフォード校で勉強をするうち、多くの言葉を覚えた。

ニューイングランド地方の住民たちの発音には独特の癖がある。雨を「レーン」といわず「ロエン」という。

地面は「ガラアン」星は「シタア」春は「シブレン」夏は「シャマ」秋を「トン」東を「イイシッ」南を「シャウス」である。

万次郎は教わった言葉を、残らず覚えこむ。彼はいかなる困難をも克服し、アメリカの地で有能な人物にならねばならないと思い決めている。

キャプテン・ホイットフィールドは、ニューヨークへ旅立つ前に万次郎にいった。

「ジョン・マンは日本の故郷へ、帰れないかも知れないよ。日本の王は、メリケだけではなく異国人を嫌《きら》いだ。だから異国人に助けられたジョン・マンが帰ろうとしても受けいれないだろう。そうなれば、メリケで暮らしてゆく心積りをしておかねばなるまい」

万次郎はメリケの社会で生きてゆくには、自らの知識を武器とするよりほかはないと考えた。

――わえがメリケで口すぎしてゆくにゃ、メリケの役に立つよりほかはないけん、勉強せにゃあかんぜよ――

万次郎は必死で異国の社会に融《と》けいろうとした。

天保《てんぽう》十四年は暦数一八四三年である。メリケに年号はない。閏月《うるう》もなかった。一年は三百六十五日で、四年めに三百六十六日である。四年めに一日多いのは、太陽が動揺するためであるという。

一年のうち、四カ月は三十日、七カ月は三十一日、一カ月は二十八日である。四年に一度、二十八日の月が二十九日になる。昼夜は二十四時であった。

金貨はゴオルといい、一枚が銀銭十枚にあたる。銀貨はシルハタラ「シルバー・ダラー」といい、一枚が銅銭百枚にあたる。銅銭は「シェンツ」と呼ぶ。

「ぺパマネ」と呼ぶ銀札は白地の紙で、長さ五寸、幅二寸ほどである。

メリケの社会では、諸事カラクリ仕掛けを用いていた。シチンボール、レイローのほか、手紙を送るカラクリは、理解するのに時間がかかった。

「テリカラ（テレグラフ）」という仕掛けを用いるのである。道端へ一丁ごとに棒が立ち、針金を引っ張っている。

手紙は文箱《ふばこ》がそれを伝い往来するような仕掛けで遠方へ送られる。五十里遠方でもまばたきするうちに送れるのである。

フェアヘブン一帯は平野がひろがっている。山地までは三里ほどの距離があった。山といってもなだらかな丘陵である。

郊外へ出ると野生の鹿《しか》を見かけることが多い。牛馬を飼う家は多いが、日本のそれよりはやや大柄《おおがら》であった。鶏、豚、羊は戸毎《ここと》に飼っている。

万次郎はある朝、乗馬で道を通りかかった異様ないでたちの男を見た。牛皮らしい上衣《うわぎ》と股引《ももひき》をつけ、皮のブーツを穿《は》いている。

頭髪を編んで長くのばし、背中に網代笠《あじろがさ》をつけている。

――あれはどこの者じゃ。日本の人ではないがか――

万次郎は首を傾げる。

年齢は四十歳ぐらいか、茶渋で染めたような肌《はだ》に縦横に深い皺《しわ》が走っていた。眼《め》つきがするどく、腰に懐鉄砲をつけている。

万次郎は家に入り、エーキンを呼ぶ。

「旦那《だんな》はん、あそこへ行きゆう男はメリケかのーし」

エーキンは男をひと目見て答えた。

「あれはメリケに昔から住んでいた人さ。本地人だね」

万次郎はニューベッドフォードへしばしば出かけた。

石造、木造の建物が軒をつらねる街路を幾度か曲り、湊《みなと》の裏通りへゆくと、赤いガラス提灯《ちょうちん》のついた煉瓦《れんが》造りの二階家が並んでいた。その辺り一帯が遊女町である。

二階のテラスには十五、六歳から二十二、三歳までの年頃《としごろ》と見える娘が数人椅子《いす》に坐《すわ》り、なげやりな調子ではやり唄《うた》をうたっていた。

彼女たちは厚化粧で、派手な縁飾りのついた衣服を着ている。

万次郎はそこが遊女屋だと気づかず帰宅してエーキンに聞いた。

エーキンは笑っていう。

「その辺りに並んでいるのは、ホールハウスさ。ヌーベッホーには世界の漁船が集まるから、遊女も繁昌《はんじよう》するよ。値段の安い女を買えば病気を罹《うつ》される。ジェーンにそんな女たちを見たというんじゃないよ」

万次郎は遊女の厚化粧を好もしく思わない。

地元の女性は化粧をしない。入浴して体を清潔に保ち、頭髪を撫《な》でつけるのみである。だが、眉目《びもく》すぐれた女を見かけることが多かった。種痘《しゆとう》をしているので、あばたの痕《あと》を顔に残している者はいない。

メリケの女性は男たちに手厚く保護されている。数人で連れだって昼間に散歩している情景は、日本で見かけたことがなかった。

メリケの男たちは女性を尊重する。

座敷ではまず女が椅子に坐り、男は傍に佇《たたず》んでいる。女性が水を欲するときは、男が湯呑《ゆのみ》に水を満たし手渡す。

そのような情景は、日本では見ることがなかった。

妻を迎えるにはまず男が嫁に迎えたいと志す女に相談し、双方納得したうえでたがいの両親にその旨《むね》を告げ、寺へゆく。

嫁取りの式は寺の住職に頼む。住職はまず婿《むこ》にむかい、「そのほうは何某が娘を嫁にいたすおもむき、その通りか」と聞く。

「相違ありませぬ」と答えると、嫁にむかい「何某の妻となること相違ないか」と問う。

「さようにござります」と答えを得たのち、住職は双方へその旨《むね》を申し聞かせ菓子を与え、契約を交させ家に帰す。婚礼の祝盃《しゅくはい》をあげるなどの儀式はなかった。

また、いかに金銀をたくわえ富裕な男でも妾《めかけ》を養うことはない。夫婦の契《ちぎ》りは厳重に守られていた。

ニューイングランドの風習として、未婚の男女の交りは厳重な規律のもとに行われている。相愛の間柄であっても、婚姻ののちでなければ肌身を許すことはない。一室でともに起居しても、宗旨の教える通り姦淫《かんいん》をなさないのである。

万次郎はそのような風習を受け入れ、女性に対する尊重の念はいちじるしい。ジェーン、チャリティ姉妹が親切に彼を扱ってくれるうち、当然思慕が生じるが、感情に溺《おぼ》れることがなかった。

――わえはこの国で生きていかにゃならんきに。それが大事ぜよ――

万次郎は自分にいい聞かせる。彼には色情に身を任せるほどの心の余裕はない。捕鯨船に乗っているとき、船員たちが南海の島々で現地の女性と交歓するさまを眼前にして万次郎の心は動揺したが、その記憶は、フェアヘブンでの月日をかさねるうち、淡くなっていった。

万次郎は異国の社会に融けこむための努力を日夜かさねるばかりであった。

八月三十一日、ホイットフィールドが前触れもなくフェアヘブンへ戻ってきた。彼はアルバタイネ（アルバティーナ）という女性を伴っていた。

彼女はホイットフィールドの新妻である。二人はニューヨークで知りあい、結婚していた。

万次郎はアルバティーナを、いままで見たこともないほど高貴な女性であると思い、日本の習慣によって土下座して迎えようとした。

ホイットフィールドはフェアヘブンへ帰ると、万次郎に新居へ移転する計画をうちあけた。

「私はこの町の東方五里のシカヌキネン（スコンチカットネック）で土地を買っている。およそ十四エーカーほどある」

十四エーカーというと、どれほどの広さであろうかと、万次郎はとまどう。

「そげな土地をいつ買うたんかのーし」

「フェアヘブンに戻って間もなくのことだよ」

「そこで何をしゅう」

「畑仕事さ。この町に住む人は昔から畑仕事と漁業で暮らしをたててきた。私も船乗りをいつかはやめて、シカヌキネンの農場で気楽に暮らすつもりだ。ジョン・マンも協力してくれ」

「分ったでのーし。わえははたらくのは好きじゃきに、いくらでも手伝いますらあ」

ホイットフィールドはスコンチカットネック半島の、潮のようにおだやかな海面を一望にできる草地を手に入れようと以前から考えており、夢を実現した。

彼はニューヨークへ出張し、兄の助力で鯨油を高値で売りさばくうち、アルバティーナ・ケイスという女性と知りあい結婚したのである。

万次郎はホイットフィールドが妻を迎えることも、以前から考えていたのであろうと想像する。

いずれにしても、彼はホイットフィールドが帰ってきたので、心身がのびやかになるような思いである。

——百姓をするのも、ええが——

アルバティーナは、万次郎をホイットフィールドの養子として待遇してくれた。

万次郎はホイットフィールド家の大掃除を手伝い、幾日かののちにようやく仮住いができるほどに片付けた。

「さあ、これからシカヌキネンの農場に家を建てよう」

晴れ渡った晩夏の一日、ホイットフィールド夫妻は万次郎をともない、農場を見に出かけた。

「馬車でいこう。お前はアルバタイネといっしょに乗りなさい」

ホイットフィールドは二人を馬車に乗せ、巧みに鞭《むち》を使って馬を走らせる。

半島の中央をまっすぐ突端のほうへ通じる砂利道には仔鹿《こじか》があらわれ、けげんそうに立ちどまりこちらを見る。

ホイットフィールドが陽気なかけ声をかけると長い後足で跳ねるように逃げ去った。

ホイットフィールドの土地は、ケープ・ヴィュードと呼ばれる通りに沿っていた。

馬車を草地へ乗りいれ馬をつなぎ、三人は小高い丘に登った。眼を洗われるようなあざやかな緑の草地に、秋草が紅のはなびらをいろどっている。

ホイットフィールドはアルバティーナと万次郎を草の上に坐らせた。三人はしばらく黙ったまま銀光をたたえる海面を見渡す。

魚が跳ね、しぶきをたてる音が静寂をきわだたせる。離れた場所で馬が鼻を鳴らすのも間近に聞える。

「静かだ」

ホイットフィールドがささやくようにいう。

「ほんとに、童話の本の挿画《そうが》のなかにいるようだわ」

アルバティーナが澄んだ声音で応じる。

「こんないい景色のなかで、私たち三人で暮らせるなんて、しあわせよ」

アルバティーナが万次郎の背を抱く。

ほのかな香料のかおりがただよい、万次郎は身内の痺《しび》れるような至福を味わう。

アルバティーナはまだ若く、ニューヨークの都会生活で洗練された女性であった。彼女はフェアヘブンの女性とはちがった、繊細なよそおいをこころえており、淡く化粧をしていた。

――ジェーン先生もええ女子《おなご》じゃが、アルバティーナさまは、人形のようじゃいか――

万次郎は異郷の文化に融けこむための緊張に満ちた日々を送るうち、心に溜《たま》った重い疲労がアルバティーナの声を聞くと消えうせるように思った。

三人は草のうえに布をひろげ、持参した朝食の籠《かご》を置き、茶を呑み、菓子をつまむ。

ホイットフィールドはポケットからとりだした紙片を、膝《ひざ》もとにひろげた。

「君たち、これをご覧。こんど建てる家の間取り図だよ。フェアヘブンではめずらしくないが、アルバティーナには目新しいかも知れない、ケープコッド・コテッジさ」

ホイットフィールドは、イングランド農家型式を守りながら、船室の構造をとりいれた建物をこしらえるつもりである。

「通りからドアをあけて入ると、ここがリテスーン（リビングルーム）で、床は板張りにする。その横手がベム（ベッドルーム）。一階の中央はタイネスーン（ダイニングルーム）をひろくとる。部屋の中央には炉を置くんだ」

「こっちが二階になっつろうがか」

「そうだ。ここがマンの部屋さ。まんなかにチムネ（チムニー）がある」

チムネは煙突であった。

万次郎はコテッジの屋根裏二階のわが部屋での生活を想像する。

彼はホイットフィールドのおだやかな声音を耳もとで聞きつつ、夢見心地になった。

彼の部屋の隣りが寝室である。

「ここはシタヤ（ステアー）さ。これはまっすぐな階段ではなく、チムネの横手をぐるぐる螺旋《らせん》のようにまわって一階に下りるようにする」

「それはいい考えね。趣きがあるし、室内が広く使えるわ」

アルバティーナは熱心に見取り図をのぞきこんで、要領を得たあいづちをうつ。

「台所と浴室はどこなの。ここなら陽射《ひざ》しもよくはいって明るいわ。居間から入江がよく見えるようにしたいわね」

三人は新居の構造について、さまざま話しあう。

「床は板敷にして、壁とおなじように赤と黒に塗りわけ、そのうえにカーペットを敷こうよ」

「いい色の取りあわせだわ。おちついた感じの家になるわ。きっと」

夢中で話しあううち、眼のまえの叢《くさむら》から灰色の野兎《のうさぎ》があらわれ、三人のまえに立ちどまり鼻をうごめかし様子をうかがっている。

「おや、お前はこの辺りに住んでいるんだね。これから仲良くしよう」

万次郎がケーキのかけらを投げてやると兎はにおいをかぎ首をかしげていたが、それをくわえて去った。

「ほんまにええ所じゃのーし。人気もないのに淋《さび》しゅうもない」

万次郎がいうと、アルバティーナは笑った。

「マンはうまいことをいうわ。ほんとにそうよ。静かだけど陰気な感じはしないわね」

ホイットフィールドがあいづちをうつ。

「たしかにその通りだ。ここは昔から平和な土地で、戦争もおこなわれなかった。だから、お伽話《とぎばなし》のなかのフェアリー・ランドのように明るいんだ。それに、もうひとついいことがある。こっちへきてごらん」

ホイットフィールドは万次郎を丘の西のほうへ連れていった。

「あれ、あげな所に大っきい家があらあ。あの家は何かのーし」

万次郎は黒ずんだ板葺《いたぶ》きの家が陽を浴びているのを見て、眼をこらす。

「シカヌキネン学校だよ。あそこではオクスフォード校より程度の高い教育をする。ちょうどマンとおなじくらいの年齢の子が勉強しているよ」

新居の建築がはじまった。

万次郎は毎日夜明けに起き、ホイットフィールド夫妻とともに農場へでかけた。

馬車を走らせるホイットフィールドの声は、はずんでいた。本職の大工を幾人か傭《やと》い、仕事ははかどってゆく。

家屋の構造は頑丈《がんじょう》な丸太で組みあげ、壁を煉瓦で築く。近所の住人たちも手伝いにきてくれた。

万次郎は懸命にはたらく。どれほど労働をかさねても疲労を覚えない。日が暮れての帰途には体力をつかいはたし馬車のうえで居睡《いねむ》りをするが、熟睡してめざめると全身に力がみなぎっていた。

「マン、そんなにはたらきすぎると体をいためる。ほどほどにして休むようにしたほうがいい」

ホイットフィールドが気遣うが、万次郎は意気さかんであった。

「これしきはたらいて、何の辛《つら》かろうかのーし。わえはほんまに嬉《うれ》しいんじゃねや」

万次郎の内心はかがやくような表情にあらわれている。

ホイットフィールドは感動して万次郎を抱きしめていう。

「わが息子よ。私はお前とめぐりあったことを神に感謝するのみだ」

アルバティーナも、万次郎をいたわる。

「マンはしっかり勉強しなきゃいけないのに、すまないわね。無理してはだめよ」

ホイットフィールドは万次郎をスコンチカットネック学校へ通わせることに決めていた。

「ここに住むようになれば、とてもオクスフォード校へは通えないから、転校すればいい。すぐ隣りに学校があるのだから、勉強もはかどるよ」

「おおきに、ほんまに親切にして貰《もろ》うて、嬉しゅうてたまあるか」

万次郎はホイットフィールドの養子としてはずかしくない男にきっとなってやると決心を新たにした。

十月になるまでに、新居は完成した。新築祝いの夜、万次郎は煙突のまわりを囲む螺旋階段を登り、自分に与えられた部屋の椅子《いす》に坐《すわ》り、沈思した。

彼は胸のうちで志おに話しかける。

「お母《か》はん、わえはキャプテンというお父はんができたけん、しあわせじゃ。ここで息災に生きゆうきに、安心しておくれ」

階下では大勢の人が集まり、ホットワインを呑み歓談していた。

万次郎は窓をあけ、空にきらめく星に眼《め》をやり、遠い土佐の海辺を思いうかべた。

農場での生活がはじまった。

「十月になれば寒くなる。雪も降ってくるから、いまのうちにいろいろ支度をととのえておこう」

ホイットフィールドは数人の農夫を雇い、畑の耕作をはじめた。

「麦、小黍《きび》、芋、葡萄《ぶどう》、大豆、瓜《うり》、蔬菜《そさい》、茶などを播《ま》いて収穫するんだ。秋蒔《ま》きの種は播いておこう」

牛馬それぞれ三頭ずつ、豚六匹、鶏百羽ほどを買いもとめ、飼育する。

万次郎は毎朝眼ざめると水汲《みずく》みをするのを日課とした。裏口を出てなだらかな斜面を下り、入江にのぞむ林のかげに設けた井戸で水を汲む。

石を築いた井戸枠《わく》のうえのポンプを動かし、筒口からほとばしり出る清水を桶に満たし一日の用を足すだけの量を家に運ぶ。

万次郎は簡単な仕懸けで小魚を獲《と》るのが巧みであった。釣鉤《つりばり》に餌《えさ》をつけ、テグスの一端を石に結びつけて海中に投げいれておく。

朝になってあらためると、魚がかかっていた。

また鰻《うなぎ》筒というものもこしらえる。長さが三尺ほど、径が五、六寸の藁《わら》でこしらえた筒で、これを海に沈めておくと、筒の奥に入れた餌につられた魚が入りこみ、後退を知らないので出られなくなった。

ホイットフィールド夫妻は、万次郎の手先の器用さに関心する。

「やはりマンは頭がいいね。賢くなければ、そんなに思うように指先を動かせないよ」

万次郎は終日はたらき、夜は自室で手習いをする。

彼は屋根裏部屋でランプの光芒《こうぼう》をノートに受け、勉強するときしあわせを味わう。農場の仕事がひと通り落ちつくと、彼は隣りのスコンチカットネック校へ通うことになっている。

骨身を惜しまずはたらき器用な万次郎は、近隣の人々にも愛されるようになった。彼らは万次郎を見かけると声をかけてきて、お茶に誘う。

ある日、万次郎はホイットフィールドに乗馬の稽古《けいこ》をするようすすめられ、おどろく。

「わえが馬に乗せてもろうても、ええんかのーし」

「もちろんだ。町も遠くなったことだし、雪の降る季節になれば、馬を使わなければ不便だからね」

万次郎の胸に嬉しさがこみあげてくる。

土佐では万次郎の雇い主であった村年寄の太平でさえ馬に乗る資格はなかった。

万次郎はおとなしい牝馬《ひんば》を乗りこなせるようになると、フェアヘブン、ニューベッドフォードの町へ農機具、牛馬の餌料《じりょう》を買いに出かける。

「ひとりでゆくときは、懐《ふところ》鉄砲を腰につけておいたほうがいい。乱暴者でもそれを見ると、遠慮するからね」

ホイットフィールドが弾丸をこめた懐鉄砲を貸してくれた。

農場の近隣に住み半農半漁で生計をたてる人々は万次郎に優しいが、町へゆけばわけもなく侮《あなど》りたがる者がいた。

万次郎の肌《はだ》の色が浅黒いだけで、眼差《まなざ》しがつめたくなる。そのような態度を示す男女のなかには、あからさまにからかいにくる者もいた。

――わえはこの辺りに住む人とは違うきに、あほうにされてもしかたないんじゃねや――

万次郎は眼を伏せ、気づかないふりをして通りすぎる。

ホイットフィールドは、万次郎とともに町に出るとき、そのような態度を示す者がいると立ちどまり、きびしい声音でたしなめた。

「あんたは私の息子に何か怨《うら》みでもあるのかね。あるのなら聞こうじゃないか」

逞《たくま》しい捕鯨船長に詰め寄られると、ふてぶてしい物腰の男でも遠慮して引きさがる。

ホイットフィールドは、万次郎にいう。

「町の住民は大勢いるから、なかには分らず屋もいるよ。マンはあんな連中に脅《おび》やかされてはいけない。胸を張って堂々と町へ出ていくんだ。そのうち、誰も分けへだてをしなくなる。これも人生の試練と思って萎縮《いしゆく》してはいけないよ」

万次郎は町の店屋へでかけるとき、道端で陽を浴び雑談している男たちの視線を感じるときがある。

眼があうと、おおかたは笑みをふくみうなずきかけてくるが、なかには睨《にら》みつける者もいた。

万次郎がフェアヘブンへきて間もない頃《ころ》、町の住民たちは彼に好意を示した。オクスフォード校の子供たちの親たちは、とりわけ優しかった。

だがホイットフィールドがニューヨークから戻り農場で暮らすようになると、万次郎につめたい眼を向ける者がふえてきた。

彼が農夫を連れ、買いものをする姿を見かけるとき、口もとに意地のわるい笑みをうかべる。

顔色の浅黒い万次郎が、彼らの社会で裕福に暮らすのが気に障るのである。

万次郎は農場へ帰ると緊張がゆるみ、鍬《くわ》をふるってはたらくのが楽しみであった。

農場の仕事は順調に進んでいた。

万次郎は渚《なぎさ》に寄せる静かな波の音と鷗《かもめ》の啼《な》き声を聞きながら鍬を手にしているとき、自分が中ノ浜にいるような錯覚におちいる。

――ここはシカヌキネンじゃきに。ちっとやそっとじゃ去《い》ねん――

彼は掘り起した土から雑草をつまみだす手をとめ、眩《まぶ》しく陽ざしの満ちわたる空に眼をむける。乾燥した空気に植物のにおいが流れていた。風は日中でも肌につめたくなっている。

畑仕事にやってくる農夫のひとり、ジョージという青年が万次郎になにかと話しかけてくる。彼は十八歳であるが、なみの大人よりはるかに長大な体であった。万次郎はジョージを見るたびに、仁王のようだと思った。

昼の仕事休みに万次郎が芝の甘根を嚙《か》みつつ算術の本を読んでいると、ジョージが傍《そば》へやってきて腰をおろす。

「マンはいつも本を読んでいるんだな。ちょっと見せておくれ」

ジョージは本を受けとると額にふとい皺《しわ》をきざみ、唇《くちびる》をつきだししばらく見ていて口笛をみじかく吹く。

「マンはえらいんだなあ。こんなことが分るのかい」

「これは子供の算術じゃが。見てりゃあじきに分らあよ」

「俺には分らんね。ここがよくないのさ」

ジョージは人さし指で頭を叩《たた》き、きれいな歯なみを見せる。

「俺は勉強したことがない。本を読んでいるとすぐ睡くなるよ。字もすこししか知らない」

「勉強すりゃええが」

「畑仕事に学問はいらないよ」

「ジョージはほんにようはたらきゆう」

ジョージは右腕をつきだし、力瘤《ちからこぶ》をこしらえてみせる。

万次郎は彼の腕に両手をかける。

「ほんに、丸太ン棒じゃが」

「マン、なにか日本の遊びを教えてくれ」

「どげな遊びかのう」

「頭をつかうものは苦手だよ。体をつかう遊びがいい」

「そうじゃなあ、何があるがか」

万次郎はしばらく考え、思いつく。

「相撲ちゅうもんがあるんぜよ」

彼はジョージを立たせ、むかいあう。

万次郎よりも一尺以上も背の高いジョージは、組みあってみておぼろげに理解した。

「ぶん投げりゃ、いいのかね」

万次郎はジョージの牛のように太い腰に双差《もろざ》しになると、股引《ももひき》の革帯を両手でつかむ。

「まあ、こげなことぜよ」

ジョージは小柄《こがら》な万次郎の帯をつかむと前へかがみこまねばならないので、両腋《りょうわき》をかかえた。

「いろいろ投げようがあるんじゃねや」

「技などいらないよ。投げればいいんだろ」

日向《ひなた》で休んでいた男たちが、笑顔で歩み寄ってきた。

「ジョージ、気をつけろ。ジョン・マンは頭がいい。投げられるぞ」

ひとりが陽気な笑声をたてる。

「俺がマンに持ちあげられるかな」

ジョージは軽く万次郎を持ちあげ、歩いてみせる。

「おろしてくれ。ジョージ」

ジョージは万次郎を、こわれものを扱うように静かに地面におろす。

ホイットフィールドがいつのまにか傍にきていた。

「ジョン・マン。本気でやってみろ」

「こげな大っきな相手は、投げられんがのーし」

「そんなことは、やってみなければ分らない。体が小さくても、技で補えるだろう」

ホイットフィールドは、いいだしたことは撤回しない。ハウランド号の荒々しい男たちを手足のように使った威厳が、眼差しにあらわれていた。

「ほや、やるでのーし」

万次郎は四股《しこ》を踏み、拳《こぶし》を地面につけ、上目づかいに相手をうかがう。

ジョージは中腰でむかいあい、「さあこい」と手招きをする。

万次郎は「やっ」とかけ声とともにジョージに飛びつき、双差しになった。とっさに内掛けに足をからみ、全力をふりしぼって左手へ引っ張る。

万次郎の二倍も体重のあるジョージがよろめき、激しいいきおいであおのけに倒れた。砂埃《すなぼこり》が舞いあがり、笑っていた農夫たちがおどろいた顔つきになった。地響きたてて転がったジョージが起きあがる。

ジョージのうえに乗った万次郎は、あわてて彼の手を引いて起こし、砂を払ってやった。

「魔法をかけられたみたいだったよ。いや、あまり吹っ飛ばされたので、びっくりしたなあ」

ホイットフィールドがいった。

万次郎は閉口した。

「ジョン・マンは足腰がつよいようだ。日本人は皆そうかも知れない。私とやってみよう」

ホイットフィールドは上衣《うわぎ》を脱ぎ、腰を引き身構える。万次郎はすばやく飛びつきたやすく双差しになった。

ホイットフィールドは仁王立ちになり、万次郎を吊《つ》りあげようとしたが、円柱のような両足を踏ん張ろうとしてよろめく。

万次郎が左足を相手の足にかけ、からみつくように身を寄せたからである。ホイットフィールドは踏みとどまれず、二、三歩よろめき後ろへさがって尻《しり》もちをついた。

「マンはなかなか曲者《くせもの》だぞ。組みつかれると扱いにくい」

ホイットフィールドは両手の土を払いながらうなずく。

万次郎は自信が湧《わ》いてきた。傍へ寄れないまま突きとばされると技の仕掛けようもないが、組めば意外に簡単に双差しになれ、足をからむと巨体の重みで転びやすいのである。

万次郎はメリケの熊《くま》のような男たちに体力ではとても太刀打ちできないと思っていた。だが、彼らにも足腰がさほど強靭《きょうじん》でない弱点があるのを知った。

ジョージの朋輩《ほうばい》の農夫が挑《いど》んでくると、万次郎は思いきって上手投げを試みた。相手は他愛《たわい》なく投げ飛ばされた。

――こりゃ面白いじゃねや。わえの相撲がこげんに通じよるがか――

万次郎の身内に自信が芽ばえた。

農場での楽しい日が過ぎてゆくうち、寒気がしだいにきびしくなってきた。

空は曇り、濃淡まだらの空がせわしく流れ、沖合いから吹いてくる風音が終日口笛のように鳴っている。

家内の居間の炉に朝から薪《まき》を燃やし、暖をとる。ときたましぶきをたてて、強い雨が窓に吹きつけてくる。

ホイットフィールドはガラス窓から鉛色の海面を眺《なが》め、万次郎にいった。

「もうじき雪が降る。この辺りはまっしろになるんだ」

万次郎はサウスメリク（サウスアメリカ）のケープ・ホーンを通過するときに眺めた銀世界を思いうかべる。

——中ノ浜じゃめったに降らなんだきに、雪はめずらしいぜよ——

中ノ浜では年に二、三回、西風のつよい朝などに粉雪のちらつくことがあった。万次郎が五、六歳の時分には三、四寸も積ったことがあり、子供たちは珍しがって雪達磨《だるま》をこしらえた。

風のつよい土佐の海辺は冬には寒気が思いのほかにつよく、子供たちはあかぎれをこしらえ、手足の甲をふくらませていた。

細雨の降りつづく数日が過ぎたあとの冷えこんだ朝、万次郎は異様な物音にめざめた。天井裏を数十四の猫《ねこ》が駆けまわっているような、騒々しい物音である。

誰かが階下の表戸を叩きつづけているような音も聞える。

——何ぞ、事が起ったか——

万次郎は机の引出しから懐鉄砲をとり、窓のカーテンをあける。彼は息を呑《の》んだ。

「こりゃあ、雪じゃねや」

農場は夜のうちに、青みばんだ雪に覆《おお》われていた。

万次郎は銀と黒に塗り分けられた景色に眼を見張る。彼をおどろかせた物音は、屋根や樹木の枝に積った雪が地面に滑り落ちるとき響きわたった。

眼路《めじ》の及ぶかぎりの空間に、こまかい蛾《が》の群れ飛ぶような雪片が満ちている。

万次郎はガラス窓に額を押しつけ、地面に吸われてゆく雪を茫然《ぼうぜん》と眺める。

——こげな雪は、サウスメリクで見ただけじゃ——

万次郎の胸の底に絶えることなくゆらめいている郷愁が、雪景色に眼をやるうちにみぞおちの辺りをつきあげてくる。

——こげなことはしておれん。早う水汲んで、炉に薪くべにゃいけん——

万次郎は身支度をととのえ、螺旋《らせん》階段を下りてゆく。

ブーツを穿《は》き戸外へ出ると、両頬《りょうほお》に早朝の寒気が貼《は》りついてくる。万次郎はかけ声をかけ浜辺への坂を小走りに下り、手桶《ておけ》に水を汲む。

水汲みをするうちにホイットフィールド夫妻も起きてくる。

「お早う、今日は今年はじめての雪だわ。寒いけど、とても空気が澄んでいて気持ちがいいわ。ヌーヨーカじゃ、雪はじきに石炭の煤《すす》で汚れるのよ」

アルバティーナが手套《しゅとう》をはめた両手を振りまわした。

「まもなく農場の連中がくるから、マンは早く朝食をすませて学校へゆくがいいよ」

ホイットフィールドが万次郎の頭に手を置き笑いかけると、大股《おおまた》に厩舎《きゅうしゃ》のほうへ歩いてゆく。

万次郎は十月なかばから、スコンチカットネック学校への通学をはじめていた。

「マンもはやく聖書を読めるようになって、信心しなければいけないよ」

ホイットフィールドは、キリスト教への入信をすすめていた。万次郎はキリストの教えを、中ノ浜の坊《ぼ》んさんが説く浄土の教えとおなじようなものであろうと思っていた。

万次郎は算術に非常な興味を示した。彼は吹雪が荒れ外出できない日は、終日二階の自室で書物をひらいて過ごす。

――こげなおもっしょい学問があったんじゃのう。やりかけたらやめられんがえ――

万次郎は問題を解く楽しさに、時間の経《た》つのを忘れた。

――わえはひとの十倍ははげむけん、じきに他の者に追いつきよらあ――

万次郎はスコンチカットネック校へ通ううち、自分の学力に自信を持つようになっていた。彼とおなじ年頃の少年少女たちは、はじめは小柄ではにかみ屋の万次郎にさほど注意を向けなかった。

「マンはインディアンかね」と聞き、日本人だと答えると、首を傾《かし》げる少年がいた。彼は日本国を知らない。

通学するようになって、万次郎は女友達ができた。おないどしのキャサリンという娘である。

キャサリンの家は、ホイットフィールド農場の近所にあった。両親は農漁業をいとなんでいる。

　キャサリンはメリケの女性のうちでは小柄なほうであったが、胸や腰は発達している。亜麻色の髪毛をのばし、瞳《ひとみ》が灰色で、顔色はさほど白くない。いつも沈んだ色の焦茶《こげちゃ》の上衣に袖《そで》なしチョッキをつけ、目立たない娘であった。

　万次郎とおなじような照れ屋の彼女は、ある日万次郎を誘った。

「今日、学校から帰ったあとで遊びにこない」

「いってもええがのう」

「じゃ、待っているわ。うちの庭に、底なしの雪の割れ目があるの。見せてあげるからね」

　万次郎はキャサリンから思いがけない好意をむけられとまどったが、よろこんで応じた。

　家に帰り、アルバティーナに告げる。

「ちょっとクラスメートの家へ遊びにいってきますけん、留守しますらあ。一時間ほどで帰るでのーし」

「お友達ができたのね。男の子なの」

「いえ、女子《おなご》でのーし」

「まあ、ガールフレンドなの。それはよかったわねえ。一時間といわず、ゆっくり遊んでいらっしゃい。女の子のところへゆくのなら、お洒落《しゃれ》をしなくては」

アルバティーナは、万次郎にホイットフィールドの上衣を着せ、クッキーをみやげに持たせた。

西風が曇り空の高みで切れ切れな喉声《のどごえ》をたてている午後であった。

万次郎はみやげの包みを抱え、キャサリンの家をたずねた。街道に沿う白い煉瓦《れんが》造りの家のドアをノックすると、キャサリンがあらわれた。

「いらっしゃい。待っていたわ」

ほの暗い室内で炉の火にむかい、父親のジムが椅子《いす》にもたれていた。彼は万次郎を見ると、手をあげ笑いかけた。

「やあ、ジョン・マン。君のところの動物たちは元気かね。寒くなると、農場の仕事もたいへんだな」

「まあ、ちっとは寒いがのーし。動《いの》きゃ温《ぬく》うなりますらあ」

「マンははたらき者だよ。学校では数学のむずかしい問題をひとりで解くそうだし、感心な子だ」

万次郎はキャサリンの部屋にゆく。

「この座敷は、わえの部屋とよう似とるのう」

「マンの部屋も二階なの」

「そうじゃ、屋根裏じゃねや」

二人は階下の暖炉で薪の燃えはじける音だけが耳につく、静寂のなかで向いあう。

万次郎がみやげを渡すと、キャサリンは礼をいい、部屋を出ていった。まもなく、アイスクリームを盛った皿を持ってくる。

「クッキーといっしょに食べるとおいしいのよ」

万次郎はスプーンを口にはこびつつ、わけもなく動悸《どうき》がたかまった。

彼には女友達と一室でむかいあった経験はなかったので、自然に緊張する。

「マンはよく勉強するわね」

「そうでもないじゃねや。わえはエンケレセがよう分らんきに、仲間の五倍も十倍もはげまにゃ、ついていけんのよ」

「マンの家族は日本にいるの」

「そうじゃ、お母《かか》はんと姉二人、兄一人、妹一人がいゆう」

「皆元気でいるかしら」

「さあ、そげなことは分らんぜよ。日本は遠国じゃけえ、去《い》ねるかどうかも知れんわのう」

万次郎の眼差《まなざ》しがかげりを帯びた。

「地球儀で見ると、日本は随分遠い国なのね」

「そうじゃ、船で去にようても一年がかりぜよ」

二人は口をつぐむ。

「マン、庭へ出て雪の割れ目を見ようか」

キャサリンが誘った。

万次郎は玄関を出たところで足を滑らせ、キャサリンに支えられた。

「これは済まんのう。ついよろけてしまいゆう」

万次郎は雪上に足を踏んばる。

「雪に慣れていないからよ。日本のトシュウ（土州）は雪が降らないんでしょう」

「そうじゃ、めったに降らんぜよ。冬に北が暗がったゆうて、降ってくるのは雨ばっかりじゃ」

キャサリンは万次郎の手をとった。

雲が切れ、眩《まぶ》しい陽射《ひざ》しが雪上に反射する。厩《うまや》で馬が鼻を鳴らし、床を踏み鳴らす。

「おう、キャサリンを待っていゆうがか」

キャサリンが馬に近寄り、湯気をあげる馬の鼻面《はなづら》を撫《な》でてやる。

——気のええ子じゃねや。顔もよう見たら別嬪《べっぴん》ぜよ——

万次郎はキャサリンの目鼻だちが凜々《りり》しい少年のようにととのっているのに気づいた。

「雪の割れ目はこっちよ」

彼女はなだらな斜面を登ってゆく。

インクのような沈んだ藍色《あいいろ》の海面が見える高処《たかみ》で、キャサリンは足をとめる。

「ほら、ここよ」

彼女が踏みだした足もとの雪面に、水をたたえた割れ目が見える。

万次郎はのぞいてみておどろく。

「こりゃ深いろう。落ちたら助からんぜよ」

割れ目はゆるやかに彎曲《わんきょく》していて底は見えないが淡い藍色の水を通し、人が充分入りこめるほどの穴が五間とも十間とも分らないほど深くまでつづいている。

「もっと覗《のぞ》いてみたい」

「見たいのう」

「じゃ、支えてあげるわ」

キャサリンが万次郎を後ろから抱きしめ、足を踏んばった。

万次郎は首をさしのべ底を見て、あらためて息を呑んだ。

「ほんに深いのう。人が縦に十人入っても底にゃ届かんようなのう」

万次郎は身を引きかけ、キャサリンの堅く張った胸乳《むなぢ》が彼の背を押しているのに気づいた。

「こりゃ済まんよう。手間かけて」

キャサリンは無言で首を振り、ほほえむ。

万次郎も言葉もなく、笑みを返す。

その日、彼がキャサリンの家にいたのは二時間ほどであった。

門口を出るとき、万次郎は軽く肩を叩《たた》かれふりかえる。キャサリンがちいさく手を振った。

その仕草が彼の心にいつまでも残っていた。

雪が降ってはやむ土曜日の昼さがりであった。ホイットフィールドが昼食のあとで万次郎にいった。

「明日はションレイ（サンデー）だから教会へ出かけるが、マンもいっしょにいこう。信仰は早く持つほうがいい」

「チョチ（教会）へいくんかのーし」

「そうだよ、家族席を借りて三人で説教を聞こう。マンは日曜学校へも入るといい。チョチの学校はいろいろためになることを教えてくれるし、言葉もたくさん覚えられるよ」

万次郎は町へはでかけたくないといいかけて、ためらう。

「どうしたんだ。何を考えている」

ホイットフィールドがたずねた。

「どこのチョチへいくんかのーし」

「もちろんオクスフォード通りのオーソドックス教会さ」

「わえが町の旦那《だんな》衆のいきなはるチョチへ行きゆうのは、遠慮せにゃいけんことですらあ」

「そんなことはない。人は神のまえにひざまずくとき、平等だよ。マンが遠慮する必要はまったくない」

アルバティーナもいう。

「主人のいう通りだわ。あなたは私たちの息子だから、いっしょにゆくのよ」

「ほや、いきますらあ」

万次郎はホイットフィールドのすすめに従うことにしたが、気が重かった。

ホイットフィールドはメリケが黒人を奴隷《どれい》として酷使していることに、激しく反対していた。

万次郎はハウランド号に乗っていたとき、白人の船員から聞かされた。

「キャプテンはいい人だ。自分の考える通りに行動する勇気も持っている。しかし、メリケの国民が全部そうだというわけにはいかない。ジョン・マンもフェアヘブンへいけば、わけもなく嫌《きら》われるようなことがあるかも知れないよ。だが、そんな分らず屋が冷たい仕打ちをしても負けてはいけない。キャプテンがついているんだから」

万次郎はホイットフィールドの家族として農場ではたらくかたわら、捕鯨船員となって暮らそうと考えるようになっていた。

彼は日本へ帰る日を待ちわびているが、もしかするとこのまま帰れなくなるおそれがある。鎖国をしている日本へどのような手段で帰れるだろうかと思うと、暗澹《あんたん》とした絶望にとらえられざるをえない。

万次郎はスコンチカットネックの優しい隣人のあいだで生きてゆく将来を、心にえがきはじめていた。

日曜日の朝、万次郎は早く起き身支度をした。ホイットフィールドが与えてくれたあたらしい服と外套《パルレ》を身につけ、ブーツをはく。

三人は乗馬ででかけた。

「いい日和《ひより》で、気持ちがいいわね」

雪の街道を並んで進むアルバティーナが万次郎に声をかける。

「ほんに風ものうて、ええわのーし」

万次郎はアルバティーナの香料のにおいをかぎつつ答えた。

――アルバティーナ様は、女子の神様のように神々《こうごう》しいほど別嬪《べっぴん》じゃねや――

万次郎は純白の毛織の外套の裾《すそ》をひるがえし、馬にまたがっている彼女を眺《なが》める。

──そやけど、キャサリンもええ女子じゃが──

彼はキャサリンの家の前を通りすぎるとき、二階の窓ガラスが陽光をはじいているのを見て、なつかしさが胸にこみあげる。

キャサリンとは学校から帰ったあと、たがいの部屋を訪ねあう仲であった。数学の得意な万次郎は彼女に教えてやる。

ノートに数字を書きつらね、熱心に説明しているとき、キャサリンが万次郎を見つめていることがあった。

「どこを見ておるんかや。帳面を見ておらにゃ分らんぜよ」

万次郎がいうと彼女はすなおにうなずき、彼の手の甲にわが手を重ねて笑う。

万次郎はキャサリンとともにいるとき、ふしぎなほどに満ち足りたやすらぎを覚えた。

──キャサリンを嫁に貰《もろ》うて暮らせたら仕合せになろうが──

万次郎は甘やかな思いにとらわれることがあったが、そのたびにあわてて打ち消す。

──キャサリンはメリケじゃ。わえの嫁になってくれるかどうか、分らんぜよ──

万次郎は馬を歩ませてゆくうち、前途にフェアヘブンの町並みが見えてくると緊張した。

ホイットフィールドは胸を張って先頭をゆく。

大通りで出会う男女が、声をかけてくる。

「キャプテン、奥さん。お早うございます」

彼らは万次郎にもお早うというが、二人に対するときと物腰がちがった。

ホイットフィールドはふだんより陽気にふるまっていた。

教会の入口には大勢の着飾った家族たちが群れていた。彼らは楽しげな笑い声を空に響かせていたが、万次郎が通りかかると声をひそめた。

ホイットフィールドはフェアヘブンでの有力者であった。航海から帰港するたびに教会へ多額の寄付をしており、町の住人たちからの信頼もあつい。

だが万次郎をともない教会へ入ろうとすると、信徒たちのあいだにささやきがひろがり、眼《め》があうと彼らは未知の人に対するようによそよそしい会釈《えしやく》をする。

ホイットフィールドは彼らの異様な反応を意に介さないかのようであった。

万次郎は周囲から向けられるつめたい眼差しに、射すくめられたように足をとめる。

「ジョン・マン。お祈りがはじまるまえに神父さまにお願いにいこう」

ホイットフィールドはアルバティーナと万次郎をともない、神父の部屋をおとずれた。

「これはキャプテン。よくいらっしゃいました」

神父がにこやかに迎えた。

背後で万次郎を脅《おび》やかすような、男たちのわざとらしい高笑いがつづいている。

「今日はお願いしたいことが二つあります。ひとつは教会で家族席をお借りしたいことです。私も家族ができましたのでね。いまひとつのお願いは、この子をこちらの日曜学校へ入れてやりたいのです。よろしくお取りはからい下さい」

神父はあかるい笑顔で応じた。

「そんなことならお安い御用です。キャプテンのおっしゃることなら、信徒の皆さまもきっとご同意なさると思います。どうか私に任せておいて下さい。お返事は明日にもさせていただきますよ」

ホイットフィールドは妻と万次郎を一般席にともない、神に祈りを捧《ささ》げ説教を聞く。

帰途には、粉雪がちらつきはじめていた。

三人は馬首をならべ、街道を進む。

「マンはつぎのションレイから教会の学校で、神についていろいろ学ぶことになる。しっかり勉強して、信仰深い人になってくれ」

ホイットフィールドがいうと、アルバティーナも万次郎を励ます。

「あなたは私たちの子供だから、立派なメリケになるのよ。マンは賢い子だから、こんなことをいわなくても心配いらないと思うけど、がんばってね」

万次郎は農場の家に戻ると、疲れが全身にひろがってゆくのを覚えた。フェアヘブンの町なかにいるあいだ、神経をすりへらす気苦労に堪えていたからである。

「ああ、寝たいがや」

彼は二階へあがると服をぬぎ、ベッドへ倒れこむ。

万次郎はランプもつけず、暗い天井を眺めながら教会での光景をあらためて眼前にうかべ、胸を棘《とげ》のように刺す苦い思いを反芻《はんすう》する。

――フェアヘブンの町の人らは、わえをかわいがってくれようたが、キャプテンに助けてもろうた日本国の子供じゃきに、そうしようたんじゃ。わえを仲間とは思うちょらなんだきに、キャプテンがわえをほんに息子のように扱うてくれるにつれて、嫌《いや》がりゆうが――

将来、自分はどうすればいいかと万次郎は考えこむ。

結論はひとつしかなかった。どんなに嫌がられても、メリケで生きてゆくしかない。そのためにはメリケの社会で役に立つ男になることである。

――わえは学問に精出して、メリケの男らがようせん難儀な仕事でもこなせるように励むぜよ。そうすりゃ、誰でもわえを阿呆《あほ》にようせんきに――

万次郎は瞼《まぶた》をとじる。

室内の闇《やみ》に階下の炉の火光がわずかにとどき、明暗の影が壁にゆらめいている。

明日か明後日には、オーソドックス教会から万次郎を日曜学校へうけいれるか否《いな》かの返事がくる。

彼はたぶん断られるだろうと想像していた。ホイットフィールド夫妻はいままでと同様に日曜には教会へ通えばいい。自分は農場で留守居をしているほうが、どれほど気楽か知れない。

人は神の前に平等だというが、ホイットフィールドのような善人ばかりがいる社会であれば、そのような考えも通用するであろうが、現実のメリケの社会では無理だと万次郎は判断する。

――まあええがよ。わえは異国の宗旨を知らいでも構わんのじゃ――

窓外に雪の降る気配がしていた。

――いま頃《ごろ》、キャサリンは何をしていゆうがか――

万次郎はキャサリンの姿を暗がりにえがきつつ、いつか睡《ねむ》りこんだ。

夢のなかで、彼は中ノ浜の波止際《はとぎわ》にいた。

キャサリンが傍《そば》に身を寄せていて、土佐言葉で漁に出ようとしきりに誘っていた。

万次郎は月曜日の午後、スコンチカットネック校での授業を終え帰宅するとき、重い荷のような憂鬱《ゆううつ》を胸に抱えていた。

――教会からの返事は、もう来ようたか。まだじゃろうか――

たぶん拒絶してくるであろうが、もしかすると日曜学校へ入れてくれるかも知れないと思うと、胸が高鳴ってくる。

——町のメリケはえぐいきに、ええ返事は持ってはきよらんぜよ——

万次郎ははかない期待を持ってはならないと、自分にいい聞かせつつ、道端の雪を力まかせに蹴飛《けと》ばす。

「マン、待ってよ」

キャサリンが追いかけてきた。

立ちどまった万次郎の腕に、彼女が手をかける。

「あとでいってもいい」

「ああ、ええわよ」

「数学を教えてほしいの。教科書を持ってゆくわ」

「今日の授業のところか。わえもよう分らんが、ええかげんにいうちゃるきに。それでもえかや」

「いいわ、マンといっしょにいるだけで楽しいもの」

「おおきに、そげんことをいうてくれて、うれしゅうてたまあるか」

二人は肩を押しあいながら歩く。

「じゃ、あとでね」

キャサリンは手を振りながら、家に帰る万次郎を見送る。

万次郎がドアをあけると、居間にはケーキを焼く甘いにおいがただよっていた。ホイットフィールドとアルバティーナは炉の前で揺り椅子《いす》に腰をおろしている。

「マン。いいところへ帰ってきたわね。いまお茶を飲んでいるところよ。ここへいらっしゃい」

アルバティーナが笑顔で迎えた。

ホイットフィールドがいう。

「うちのかみさんは料理が上手だから、近頃食べすぎて肥《ふと》ってしまったよ。もっとも揺れないベッドではよく眠れるから、船の生活での疲れが消えて体の調子がいいので、どうしても肥るんだがね。マンも、顔がまるくなったようだよ」

万次郎は頭を掻《か》いた。

「よう食うて、ほんに済まんわのーし」

「どうしてあやまるの。私はたくさん食べてくれれば嬉《うれ》しいのよ」

アルバティーナが、万次郎の肩に手を置いたとき、玄関の鈴が鳴った。

万次郎が立ってドアをあけると、数人の男女がポーチに立っていた。

「こんにちは、私たちはチョチからきました。ホイットフィールドさんにお目にかかりたいのですが」

万次郎は彼らを炉の傍へ案内する。

「これは雪のなかをわざわざお越しいただき、恐縮です」

ホイットフィールドが立って迎える。

黒ビロードの上衣をつけた男が、胸を張って告げた。

「私はチョチを代表する執事です。今日はキャプテンのお望みになっておられる二つの要件について、お返事に参りました」

「どうぞ、おっしゃって下さい」

ホイットフィールド夫妻は、長椅子に並んで坐《すわ》っていた。

「ではチョチの総意をまとめましたので、申しあげます。われわれはご夫妻とは今後もよろこんでおつきあいをしたいと望んでいます。しかし、チョチでの祈禱《きとう》の席にニグロと見まちがうような少年を同席させ、日曜学校でメリケの少年少女と教育するわけには参りません。ついてはチョチに黒人用の教室が用意されていますので、そちらへお入れになられてはいかがでしょう」

ホイットフィールドは立ちあがり部屋のドアを明け、会釈しながら訪問者たちを戸外へ送りだした。

彼は一言も語らなかった。万次郎はドアの傍に立ちつくし、追い出された男女の去ってゆく気配に耳を澄ましていた。

アルバティーナが彼の肩を抱いた。

「何も気にしないでいいのよ。主人は私たちがいっしょに通えるチョチを見つけてくれるわ」

「アルバティーナ様、わえのことでキャプテンに気いつかわすのが、もったいのうてしかたないんじゃきに。わえはチョチにはもう詣《まい》らんでのーし」

ホイットフィールドが炉に向ったまま声をかけた。

「ジョン・マン。お前が何も気をつかうことはない。あの連中はキリスト教徒でありながら、恥ずべき偏見にとらわれている。マンは心配せず、私に任せておきなさい」

万次郎はうなずき外へ出る。

細かい雪が波うつように農場のうえに降っていた。彼は家畜小屋へ出かけ、動物たちに餌《えさ》をやり、掃除をする。休みなく体を動かしても胸中の憂鬱はふかまるばかりであった。うしろでキャサリンの声がした。

「マン、精出しているね。お仕事手伝おうか」

　キャサリンは家畜小屋での作業を手伝ったあと、万次郎の部屋で机に教科書をひろげた。

「どこが分らんかのう。この問題がや」

　万次郎はペンを手に、ランプの下で数式を解きはじめる。

「マン、どうかしたの」

「なんじゃ、何を聞きゆう」

「マンはいつもとちがうわ。何を考えてるのよ」

「うん、ちとうっとしいことがあるんじゃねや」

「どんなことなの。私に打ちあけてよ」

　万次郎は胸のつかえをうちあけたくなった。

「わえはキャプテンといっしょにオーソドックス・チョチへいけんようになったんぜよ。日曜学校へもいけんのじゃ」

「まあ、誰がそんなことをいうのよ」

「チョチの代表じゃいうて、さっき何人も来ようたきに、町の人が皆そう願うとるんよ。ほいじゃけん、わえは先のことをいろいろ心配《しんぽう》しちゅうのよ。わえはニグロと見まちがえるような小僧じゃそうな」

　キャサリンは万次郎の肩に頭をもたせた。

「まあかわいそうなマン。そんなひどいことをいわれるなんて、考えられないわ。学校では皆、マンのことをすばらしく頭のいい子だと噂《うわさ》しているわ。皆はマンといっしょに勉強するのを誇りに思っても、嫌がるようなことはないわ。そんなチョチなら、通うことはないのよ。それに、私はマンを大好きよ。いつまでも変らないわ」

キャサリンは万次郎の頰《ほお》にやわらかい唇《くちびる》をつけ、音をたててキッスをした。

「おおきに、ほんにキャサリンがいゆうきに、気が晴れらあ」

万次郎は机のうえに、涙の玉をふりおとした。

ホイットフィールドはつぎの日曜日、万次郎を連れてフェアヘブンの別の教会をおとずれ、日曜学校の件について頼んだが、その場で断られた。

噂はひろまっており、どの教会を訪れても万次郎を受けいれない方針をとるにちがいないと判《わか》った。

「しかたがない。オーソドックス教会を脱会して、ユニテリアン教会へ籍を移そう」

ホイットフィールドはアルバティーナとともに、万次郎のために宗旨変えを決心した。

キリスト教信者にとって、宗旨を変えるのは人生の大問題であったが、万次郎のためにあえて踏みきったのである。

ユニテリアン教会は、キリスト教プロテスタントの一派であった。

ユニテリアン派では、キリスト教で創造主としての父なる神と、贖罪者《しょくざいしゃ》キリストとして世に生れ出た子なる神、さらに信仰経験に顕示される聖霊なる神が、唯一《ゆいいつ》の神の三つの位格（ペルソナ）としてあらわれるという、三位《さんみ》一体の説をとらなかった。

神は唯一の存在であるとし、キリストの神性を否定して宗教上の偉人と見るのである。教団は一七七四年ロンドンに成立し、その後アメリカで多くの信徒を獲得していた。

フェアヘブンには、キャプテン・ワレン・デラノという資産家がいた。彼は捕鯨船、貨物船を数多く所有し、ニューベッドフォードの捕鯨、海運業界の主導権を握っている。

キャプテン・デラノの先祖はイーフレイム・デラノである。彼はフェアヘブンの草創者のひとりで、インディアンから二十エーカーの土地を購入して入植し、現在の繁栄に導いた人物といわれていた。

キャプテン・デラノはユニテリアン派の信者で、ホイットフィールドの親友である。ジョン・ハウランド号の船主のひとりでもあった。

万次郎はホイットフィールドがユニテリアン派へ宗旨変えをしたのは、デラノの勧誘があったためかも知れないと思っていた。

ホイットフィールド夫妻と万次郎は、日曜日に教会への参詣《さんけい》を終えたあと、デラノの家に立ち寄ることがあった。

広い前庭を石塀《いしべい》で囲んだデラノ家は、万次郎には城郭のように豪壮に見えた。玄関のドアにはデラノ家の紋章が光っている。屋内には部屋ごとに分厚い絨緞《じゅうたん》が敷かれ、世界の珍奇な美術品が飾られていた。万次郎は農場の家とは比較にならない贅沢《ぜいたく》な室内の調度をはじめて見たとき、身動きするのさえつつしんだ。

のちに福沢諭吉が咸臨丸《かんりんまる》でアメリカへ渡ったとき、絨緞をはじめて見てつぎのように語っている。

「まず日本でいえばよほどの贅沢者が、一寸四方幾千という金を出して買うて、紙入れにするとか莨《たばこ》入れにするとかいうような、そんな珍しい品物を、八畳も十畳も恐ろしい広いところに敷きつめてあって、そのうえを靴《くつ》で歩くとはさてさて途方もないことだと、実におどろいた。

けれども亜米利加《アメリカ》人が往来を歩いた靴のままで颯々《さっさつ》と上るから、此方《こちら》も麻裏草履でそのうえへあがった」

デラノ家の家族は、礼儀ただしく利口な万次郎に好意を抱いた。キャプテン・デラノは中国を中心とする東洋美術に興味を抱いていた。

ワレン・デラノは堂々とした恰幅《かっぷく》の紳士であった。ととのった白皙《はくせき》の容貌《ようぼう》は万次郎に口をきくのをためらうほどの畏怖《いふ》を与えたが、獅子《しし》のような外見からは想像できないこまやかな気配りをする。

客間で歓談しているとき、絶えず万次郎の様子に気をくばり、彼を話題に誘いこもうとした。

「ジョン・マンの国では王さまがいるのかね」

「おりますらあ。土州の殿さんでのーし」

「殿さんというのは、日本国の王かね」

「違うでのーし。土州の殿さんのほかにも、伊予《いよ》やら讃岐《さぬき》やら阿波《あわ》やら、いろいろおりますらあ」

「ジョン・マンは殿さんを見たことがあるのかね」

「ないでのーし。浦方というてほんの下役人にでも、地べたに坐って平伏するけん、ろくに顔も見たことはないですらあ」

「ほう、そんなに威張っているのかね」

万次郎がうなずくと、内部の悲哀が表情ににじみ出た。

寒い西風の吹きつのる中ノ浜の家では、母の志おが竈《かまど》のまえにしゃがみ、火吹き竹を吹いて火をおこしているであろうと、彼女の水仕事に荒れた手を思いだす。

志おは底冷えのする日には子供たちに襤褸《ぼろ》をかきあつめては厚着をさせた。

「もうじきにお日いさんが温《ぬく》うなりゆう。椿《つばき》の蕾《つぼみ》がふくらみようううちに、春がくるけん」

万次郎は志おがそういいつつ、霜焼けにふくらんだ彼の手を撫《な》でてくれる情景を思いだす。

ワレン・デラノは万次郎の淋《さび》しげな眼差《まなざ》しを見ると、笑顔ではげました。

「いま日本の王たちは、私たちと商いをするのを拒んでいるが、そのうちに受けいれるようになるよ。世のなかは変ってきているからね。日本だけが国交を拒んでいられなくなってくるよ。ジョン・マンはいまのうちにしっかり勉強をして、将来日本にメリケの様子を知らせる役をうけもってほしいものだね」

葉巻をくゆらすワレン・デラノの言葉に、万次郎は明るさをとりもどす。

暖炉をまえにコーヒーカップを手にしている万次郎は、過ぎてゆく平穏で贅沢な時をたのしむ。

アルバティーナ、デラノ夫人と娘は、人形のように艶《つや》やかであった。

「わえは、キャプテンのおかげでほんにしあわせじゃ」

万次郎はホイットフィールドに実の父親にむけるような思慕を抱いていた。

万次郎はデラノ家を訪ねるようになってから、フェアヘブンの町へゆくのにことさらな気構えをしないでもよくなった。

ワレン・デラノが万次郎をかわいがっているという噂がひろまったので、町の住民たちが彼に冷たい眼差しをむけなくなったのである。

ワレン・デラノはホイットフィールド夫妻が他所《よそ》へでかけ、万次郎がひとりで教会へ詣るとき、自分の家族たちの指定席へ呼び寄せ坐らせた。

「ジョン・マンはいい子だ。あの眼配《めくば》りを見ただけで、彼が聡明《そうめい》であることがすぐ分るよ。私はあの子の力になれることなら、何でもしてやりたいね」

彼は万次郎の素直な性格が気にいっていた。

万次郎の孫にあたる中浜明氏の著書に、デラノ家についての記述がある。

万次郎がワレン・デラノに逢《あ》ってから八十数年後の昭和八年（一九三三）に、アメリカ大統領フランクリン・デラノ・ルーズベルトから、東京在住の万次郎の長男東一郎のもとへつぎの手紙が届いたのである。

「ホワイトハウス
　ワシントン
　　一九三三年六月八日
親愛なる中浜博士――

石井菊次郎子爵《ししやく》が当ワシントンへお見えのおり、貴下の東京に御健在を伺い、貴下の有名な御尊父について語りあった次第です。

貴下はご存じないかもしれませんが、ホイットフィールド船長がご尊父をフェアーヘブンへお連れした、あの捕鯨船の所有者の一人、ワレン・デラノの、私は孫であります。私の祖父の家から道路向うのトリップさんの家に、ご尊父は住まっておいでだったと聞いております。

フェアーヘブンの学校に通っていた小さな日本の少年について、祖父は幼い私にいろいろと話をしてくれたのを覚えています。いつもデラノ家の者といっしょに教会へいったとか、いろいろの事を。

私自身フェアーヘブンへは、よく行きました。昔からの家屋は、私の母方の者が今なお所有して居ります。

中浜という姓は、私の家族にいつまでも記憶されることでしょう。

貴下あるいはご家族のどなたか、ぜひ合衆国へおいで下さるよう、お目にかかりたく切望して居ります。

誠意をもって
フランクリン・D・ルーズベルト」
（訳文『中浜万次郎の生涯《しょうがい》』より）

万次郎はルーズベルトの書信にあるトリップ家には住んでいなかったようである。デラノ家と同様にフェアヘブンの開拓者であったトリップ家の息子のヤコブ・トリップは、万次郎がデラノ家に出入りするうちに知りあい、親しくなった。

万次郎はおなじ年頃《としごろ》のヤコブに会うと、日本についていろいろと尋ねられた。

「土州の子供たちはどんな遊びをしているの」

「そうじゃなあ、いろいろやりゆうが」

万次郎は異国の少年がめずらしがるであろう遊びを思いつく。

「凧《たこ》揚げちゅうもんがあるぜよ」

「へえ、どんなものなの」

「こしらえて見ちゃうきに、待っちょれよ」

万次郎は細い木の枝と紙を材料につかい、四角い和凧をこしらえた。

「これが凧か」

ヤコブは珍しげに手に持って眺《なが》める。

「河岸へ出りゃ風が吹いちゆう。この糸を引っ張りゃ、凧がいくらでも高う揚るんじゃねや。これに何ぞ絵でも書くか」

万次郎は朱の絵具で凧にへのへのもへじを書いた。

「これは人の顔だね。面白いなあ、早速揚げてみようよ」

二人はアクシュネット川の桟橋《さんばし》へゆく。

「凧を持っていておくれ」

ヤコブが凧を捧《ささ》げるように持つと、万次郎は糸を引く。

凧はたちまち風に煽《あお》られ、バタバタと音をたて舞いあがった。

「ひゃあ、凄《すご》いぞ。あんなに揚ってゆくよ」

ヤコブは手を叩《たた》き、辺りを駆けまわってよろこぶ。

波止場にいたメリケの老若《ろうにゃく》が、皆集まってきて、口をあいて見あげる。

「あれは何だ。なぜあんなに舞いあがってゆくのかね」

「日本の凧というものさ」

「へえ、面白いものだなあ」

見物人は歓声をあげて、空高く昇ってゆく凧を眺める。ヤコブは万次郎の器用さに感心した。

「ほかにも何かいい遊びがあるかい」

「そうじゃなあ」

万次郎は腕を組み、考える。

「五目《ごもく》ならべがあらあ」

「それはどんなものだい」

「ちと待っておうせ」

万次郎は黒白の碁石のかわりに、紙を丸く切り抜き、半数に墨を塗った。

万次郎は碁石の代用品を紙でこしらえると、平たい板に定規をつかい縦横の線を書く。

「縦横何本ずつであったがか。忘れようたがまあええか」

彼は三十本の線を直角に交叉《こうさ》させた。

ヤコブは万次郎の手もとを熱心に見守っている。

「さあ、これでええじゃねや。遊びかたを教《お》せちゃうきに、よう聞いておうせ」

万次郎は五目ならべの遊びかたを手ほどきした。

利発なヤコブはじきに要領をこころえる。

「やっちみゆうか」

二人は碁盤にむかい、石をならべはじめる。ヤコブは万次郎にわけもなくひねられ、嘆声をもらす。

「あっ、またやられたぞ」

ヤコブが顔をしかめると、万次郎は笑った。彼は陽当《ひあた》りのいいトリップ屋敷の二階座敷で机をはさんで向いあうヤコブの、金色の捲《ま》き毛の下のそばかすの浮いた顔を見ながら、自分が雪に覆《おお》われたフェアヘブンにいることを、ふしぎな運命だと思う。

万次郎は中ノ浜の小童《こわっぱ》どものあいだでは、五目ならべの勝負をして負けることがなかった。彼の雇い主であった中ノ浜の村年寄今津太平の二十歳になる息子とひと勝負に銭一文を賭《か》け、たてつづけに十度勝ち、銭は貰《もら》えず殴られたことがあった。

万次郎はヤコブに自分の奥の手をいくつも教えてやった。碁石をならべてゆくうちに巧妙に罠《わな》をこしらえ、相手が逃げられないよう追いこんでゆく手際《てぎわ》を、ヤコブは覚えこんでゆく。

「これはチェスよりも簡単に見えて、なかなかむずかしいよ。こんなにいろいろのやりかたがあるのか」

二人は時の経《た》つのを忘れ、デラノ家の使用人が万次郎を呼びにくるまで遊びに熱中した。

万次郎がホイットフィールド夫妻と馬に乗り農場へ帰ってゆくとき、ヤコブは門前の雪のうえに立ち、手を振って見送った。

「またおいでよ。つぎのションレイにも待っているから、いっしょに遊ぼうよ」

ホイットフィールドは、ヤコブが万次郎の友人になったのをよろこんでいた。

「ヤコブは賢い子でね。フェアヘブンのバートレット・アカデミーへこの春から入学して、測量とか航海法についての勉強をはじめるといっていた。マンもアカデミーへ入れてやろうかな」

ある日、朝食のテーブルでホイットフィールドは万次郎の思いがけないことを口にした。

バートレット・アカデミーは、ニューベッドフォードへの橋に近い、スプリング・ストリートにあった。

リュイス・バートレットという学者が夫妻で経営している私立校で、捕鯨業の中心地にあるため、操船に必要な専門学科である高等数学、測量術、航海術についても教授していた。

「バートレットは町の顧問をつとめていて、私とは懇意だよ。専門学科へ進むには選抜試験を受けねばならないが、マンはスコンチカットネック校で正課の学問をひと通りやっているから、きっと合格するよ。町までいくらか遠いが、通うといい。学費は私が出してあげるから」

「そりゃほんまかのーし。ほんに嬉《うれ》しゅうてたまあるか。測量やら航海やらの術を覚えたら、どうなるんかのーし」

「そうだな、まず航海士になれるさ」

「えっ、わえが航海士に」

「その通りだよ。マンのように賢い少年なら、そのうち一等航海士にもなれよう。船主の信用を得ることができれば、キャプテンになるのも夢ではない」

「そりゃ、嘘《うそ》ではないかのーし。ハウランド号のような船のキャプテンになれるがか」

「なれるとも、マンは荒くれ揃《ぞろ》いのシーマンどものあいだでも、信頼される男になるにちがいないからね」

万次郎はその夜、ベッドに入ったあとも、温かい湯のような昂奮《こうふん》が身内をかけめぐり、眠れなかった。

――キャプテンは、わえの神さんじゃなあ。ほんまに足向けて寝られんお人じゃ。キャプテンになれりゃ、仰山金儲《ぎょうさんかねもう》けしゅうきに、いつか土州へ帰りゃ、お母《か》はんやきょうだいを楽にさせちゃれらあ。わえは死んでもバートレット・アカデミーに入るろう――

万次郎は純白の外套《パルレ》の裾《すそ》をひるがえし、捕鯨船の船橋に立つわが姿を夢想しつつ睡《ねむ》りにおちた。

つぎの日曜日はすがすがしい晴天であった。地上を覆う雪は眩《まぶ》しくかがやき、日向《ひなた》では外套を脱がなければ汗をかくほど暖かである。

ホイットフィールド夫妻と万次郎はチョチへ参詣《さんけい》したあと、ワレン・デラノ家へ立ち寄る。

「ジョン・マン。遊ぼうよ」

ヤコブが呼びにきた。

「今日はフォート・プリマスへいってみようよ」

プリマス砦《とりで》は、フェアヘブンの町はずれの岬《みさき》にあった。

昔、イギリス人の襲撃にそなえ築いたフェニックスと呼ばれる岩場にある要塞《ようさい》は、万次郎が故郷を偲《しの》ぶため海を見にゆく場所であった。

「今日は砦で何ぞしよるがか」

万次郎はいつもは閑散として護岸の石積みに波のあたるかすかなつぶやきが聞えるばかりの砦へむかう堤の道に、人影が多いのをいぶかしんだ。

万次郎と馬首をならべているヤコブは、林檎《りんご》のように上気した顔をむける。

「ああそうだよ。今日は砲兵隊が砦の大砲を撃つのさ。ほら、沖合いに岩だらけの島があるだろう。あそこに白い的が立っているのが見えるかい」

万次郎は眩しく陽を弾《はじ》く海上はるかに、巨鯨が浮かんだような黒ずんだ岩塊を眺める。

「見えた。なんぞ白い物が見えゆう。あれを狙《ねら》うんかのう。かなり遠かろうが」

「そうだよ。七千メーターあるんだ。あの的をめがけて撃つんだよ」

「そりゃ見てみたいわのう」

砦はふだん門扉《もんぴ》を閉ざしていて入れない。多くの大砲と弾薬を納めているという石造の巨大な倉庫が、鷗《かもめ》の糞《ふん》に汚れた壁をそびえたたせているのみであった。

「沖合いの軍艦を狙って撃つ大型の大砲は、砦に十挺《ちょうす》据えてあるよ。倉庫のなかには、戦争がおこったときに使う小型の大砲が二百挺も置いているんだ」

「そがいに仰山あるがか」

万次郎はおどろく。

土州では大砲などどこにあると聞かされたこともなかった。

砦の前にはコーヒーや菓子を売る露店が並んでいた。

「今日はションレイだけど、特別に商いをしているんだ」

万次郎たちは馬繫《つな》ぎ場に馬を置き、砦の石段を昇る。

「ひやあ、広いじゃねや」

万次郎は砦のうえの石畳の広さにおどろく。海にむかう胸壁には大砲が黒光りする砲身をならべていた。

雪が融《と》けて水浸しになった石畳には見物人が群がっている。子供たちのよく透《とお》る声が、砦の壁に反響していた。

金モールの飾り紐《ひも》、ボタンを光らせた砲兵たちが射撃の支度をはじめている。

大砲は十門あった。砲身の長さは二間ほどもある。手押し車で運んでくる椎《しい》の実形の砲弾はさしわたし八寸もあった。砲兵たちは機敏に立ちはたらいた。

ヤコブが万次郎に教える。

「この砦もいまでは時代遅れになったんだよ」

「へえ、なんでじゃ」

「以前は大砲の性能がいまより劣っていたし、砲弾の破壊力もたかが知れていたから、軍艦から砲撃されても石の胸壁で防げたんだ。だけどいまではこんな砦は砲弾が命中したとき石の破片が飛び散って、とても危ないよ。近頃の砲台はまわりに土手をめぐらしているが、厚い鉄板に囲われているんだ」

「そがいなもんかのう」

万次郎はヤコブと話しつつ、砲兵の動作を見ていた。

彼らはみじかい号令を交しながら、砲弾装塡《そうてん》の作業をする。やがて指揮官が高声に命じた。

「射撃用意」

見物の群衆のざわめきが静まった。

「耳に指を差しこんでおこう」

ヤコブにいわれる通り、両耳にひとさし指で栓《せん》をして待っていた万次郎は、落雷のような腹にこたえる砲撃の轟音《ごうおん》に身をこわばらせつつ、砲口からあざやかなオレンジ色の火の舌が延び、空中へ発射される砲弾の黒い影が視野をかすめるのを見た。

十挺の大砲はかわるがわる咆哮《ほうこう》する。砲兵たちは機敏に動き、一発撃つとただちに弾薬を詰めかえ、号令に従い発射した。

――ほんにえらいもんじゃねや。こげな物で撃ちまくりゃ、土州の殿さんぐらいを御容赦下されませち言わすぐらいは、朝飯まえぜよ――

万次郎は砲弾が五発のうち三発は、的に当らないまでも岩塊に命中するのにおどろくばかりであった。

石畳のうえには硝煙が濃くたちこめてきた。

見物の老若は、砲弾が的を空中に飛散させ、海に落ちて水柱をあげるのを見ては拍手し、口笛を吹く。

万次郎たちは一時間ほど砦にいた。

帰る道すがら、万次郎はヤコブに告げた。

「わえは春になったら、バートレット・アカデミーの選抜試験を受けるんじゃ。キャプテンが入学せえというてくれるんよ」

「ほんとうか、それはよかったなあ。マンが入学すれば、毎日会えるじゃないか。学校では航海術を勉強するつもりかい」

「そうじゃねや」

「バートレット校長は、ナサニエル・バウディッチの『新アメリカ航海士便覧』を教科書に使ってくれるんだ」

万次郎ははじめて聞く書物の名称を、頭に刻みこむ。

「そのナサネというのは、えらい学者かよ」

「そうさ、ナサニエル・バウディッチは三十歳にならないうちに、メリケで一番の数学者といわれるようになったんだよ。しかも彼はマシッセで生れたんだ」

マサチューセッツ州出身のバウディッチのあらわした『新アメリカ航海士便覧』は、アメリカの船乗りの聖書といわれるほど価値のあるものだと、ヤコブはいった。

バウディッチは天文航法を主体とする、あらたな時代に即した航海術を説いた人であった。

「そげな本を見てみたいがえ」

「僕の叔父さんが持っているよ。農場へ帰るまでにまだ時間があるから、いまから見にいこう」

「あんまり遠けりりゃ、いけん」

「ヌーベッホーのジョニー・ケークさ。ほんのひと足だよ」

万次郎はジョニー・ケークという丘へ幾度か足をはこんだことがあった。

暗赤色の煉瓦《れんが》造りの教会のある丘の麓《ふもと》には、銀行や会計事務所、八百屋、肉屋、鯨油商、雑貨屋、服屋などの間口の広い建築が並んでおり、附近は捕鯨船から上陸したさまざまの国籍の船員で混《こ》みあっていた。

万次郎がジョニー・ケークへいったのは、丘上に土佐で見るのとおなじ松の林があったからである。

彼はそこで松の幹にもたれ、眼《め》をとじ松籟《しょうらい》を聞きつつ故郷の浜辺を思いだして時を過ごした。

ヤコブと万次郎は馬を急がせる。二人はオープン・ゲート・ブリッジを渡り、町なかの汚れた雪のうずたかい道をゆく。

午後の陽射《ひざ》しがかげりを帯び、つめたい風が吹きかよう街路には、蛤《はまぐり》と野菜を煮込んだクラム・チャウダーのにおいが濃く流れていた。

「ここだよ」

ヤコブの叔父の家は、見晴しのよい丘の中腹にあった。

玄関の鈴を鳴らすと叔父が顔をだした。まだ若い彼は二人を迎えいれ、書斎へ案内してくれる。

「これがその本だよ」

壁面の書棚《しょだな》を埋める皮表紙の書物の多さに眼をみはる万次郎は、ヤコブから『新アメリカ航海士便覧』を手渡された。

「なんと厚い本じゃのう」

万次郎はページをひらき、むずかしい数式がならんでいるのを見て、緊張した。

一八四四年（弘化《こうか》元年）一月、万次郎はバートレット・アカデミーの選抜試験を受け、ヤコブとともに合格した。

起きているあいだほとんどの時間を書物にむかう必死の受験勉強によって、苦手の写字のハンディキャップを克服したのである。

彼は試験結果の発表を見て、学校の玄関前でヤコブと手をとりあい、合格をよろこびあう。

「わえは昨夜《よんべ》ら、気になって夜も寝れらっとやったが、ほんに嬉しゅうてたまあるか」

万次郎はその朝ひとりでフェアヘブンへ馬を歩ませてくる途中、不合格をあらかじめ覚悟していた。

前日におこなわれた試験では問題はおおかた解けたが、すべて錯覚であったようにも思える。校長のバートレット氏はホイットフィールドと懇意で、試験場へ入るまえ彼の肩を叩《たた》き、おちついてやれと励ましてくれた。

だが、万次郎は悲観せざるをえない。

――メリケの子供衆が仰山落ちよる試験じゃきに、わえのような知っちょる言葉の数もすくない者が通るわけがあるか――

不合格になれば、せっかく進学をすすめてくれたキャプテンに申しわけがたたないと、不安にさいなまれる。

玄関に掲示された黒板にチョークで書かれた合格者のうちにわが名を見つけたとき、万次郎の身内で歓喜が爆発した。

——よかったぜよ。これでわえはメリケで生きていけるんじゃ。わえのような小柄《こびんちゃ》な者でも、メリケの男らとおんなしように仕事もできらあ——

「マン、うちへ寄ってお祝いをしよう。さあいこう」

ヤコブが誘ったが、万次郎は首をふった。

「すまんがのう、すぐに農場へ去《い》んでキャプテンとアルバティーナ様に知らせにゃならんにねえ。こらえとうせ」

万次郎はヤコブと別れ、農場へ馬を急がせる。

——キャサリンにも知らせにゃいけん——

彼はその朝農場を出がけに、街道でキャサリンと会った。彼女は寒風に吹かれながら、万次郎を待っていた。

「マン、合格すれば二人でお祝いをしようね。もし不合格でもがっかりすることはないわ。あの学校へ一度の試験で入れる子はすくないわ。みっちり勉強しておいて、つぎの機会に受験すればいいのよ。落ちたときは私がなぐさめてあげるから、まっすぐ帰ってくるのよ」

彼女はつよい力で万次郎を抱きしめ、頰《ほお》にキスをしてくれた。

万次郎はバートレット校に合格した日のいくつかの情景を、いつまでも鮮明に記憶にとどめていた。

ホイットフィールド夫妻は居間で待っていて、万次郎を気づかわしげな眼差《まなざ》しで迎えた。

「どうした、マン。合格したかね」

ホイットフィールドに聞かれると、万次郎は身内から湧《わ》き出るような笑みをたたえ、答える。

「おかげさんで、あかんながらに入れてもろうてのーし」

「えっ、合格したか。フレー、やったぞジョン・マン。それでこそ私の息子だ」

万次郎はホイットフィールドの厚い胸のうちに抱きかかえられた。

「おおきに、ほんにキャプテンのおかげじゃねや。うれしゅうてたまあるか」

万次郎の語尾がふるえ、思いがけず涙があふれとまらなくなり、背を波うたせ号泣した。

「いい子だ、よくやった」

ホイットフィールドは万次郎を抱きしめ、撫《な》でさする。

アルバティーナは前掛けを顔に押しあてた。

「おおきに、アルバティーナ様」

万次郎は上衣《うわぎ》の袖《そで》で涙を拭《ふ》き、向きなおる。アルバティーナも彼を抱き、頬にキスをする。

「よかったわジョン・マン。私たちはいままで心配していたのよ。さあ、今夜はお祝いをしましょう。ホットワインで乾盃《かんぱい》よ」

アルバティーナは香料のにおいをのこし、夕食のテーブルをととのえはじめた。

「ちょっと隣りへいってきますらあ」

万次郎はキャサリンに会いにでかけた。

戸外は身のひきしまる寒気がはりつめ、日暮れまえの蒼《あお》ざめた景色のなかで、裸木が北風に枝をたわめていた。

凍りついた道をブーツで踏みしめてゆく万次郎の身内に、湯のようなよろこびが満ちている。

キャサリンの農場へ足を踏みいれると、突然どこからか彼女の声がした。

「ジョン・マン。お帰りなさい。さっきから待っていたのよ」

キャサリンは頭巾《ずきん》のついた外套《がいとう》をつけ、家畜小屋の前に立っていた。

「キャサリン、合格したがえ」

頭巾のなかで万次郎をみつめていた灰色の眼から、涙の玉が盛りあがり流れ落ちた。

「マン、私のマン。よかったわ」

キャサリンは万次郎を抱き、彼の唇《くちびる》になめらかな生きもののような唇を押しつけ、ながいキスをした。はじめての経験に万次郎の膝《ひざ》がふるえ力をこめてもとまらなかった。

ドッグ・ウッド

厳しい寒気に天地が凍りつく、ニューイングランドの長い冬が過ぎていった。

万次郎は雪に埋もれた農場の家で、感謝祭につづくクリスマス、新年の祝儀《しゅうぎ》を経験した。

彼は二月からバートレット校へ通学をはじめていた。学課はスコンチカットネック校とちがい難解である。

——ええかげんに聞いちょりゃ、何もかも分らんようにならあよ。気い入れてやらにゃあついていかれんぞ——

万次郎は教室でバートレット先生の言葉を一言も聞きもらすまいと、神経をとぎすます。一時間の授業について、二、三時間もの自習をおこなわなければ完全に理解できない。

彼は夕食後、納得できない問題について、ホイットフィールドに聞く。

「キャプテン、一服していなはるにすまんがのーし。ちと教《お》せてもらえまへんろーか」

暖炉の炎をながめつつパイプをくゆらしていたホイットフィールドは、気軽に万次郎のさしだす教科書に眼《め》をむけてくれ、難問題を解いてくれる。

彼は万次郎が完全に理解するまで、飽きることなく説明をくりかえす。

「マンはよく勉強するよ。病気にならないよう体に気をつけろ。若いうちに、少々無理をしても知識を身につけておけば、生涯《しょうがい》その恩恵を受けられるからね」

万次郎は英語、文学、歴史、数学、測量術、航海術のそれぞれの学課に体当りをするように挑《いど》む。

彼は通学しはじめてひと月ほど経《た》った頃《ころ》、絶望しかけた。

――わえはあかん。ノータレじゃが。もうついていけん――

学課が理解できなければ退学するよりほかはないと思いつめたときが転換点であった。万次郎はいつからか、校長の教える内容をのみこめるようになってきた。級友たちははじめのうち、万次郎の能力を軽視していた。

ヤコブはクラスで万次郎の親友としての態度を変えなかったが、他の少年たちは日本の漁師が高度な数学などをつかいこなせるはずがないと思っていたようである。

だが、日が経つにつれ、彼らはしだいに頭角をあらわしてきた万次郎に一目置くようになった。

校長は授業中に、他の生徒にいった。

「このクラスで、いちばん学業の進歩がめざましいのはジョン・マンだよ。皆、彼を見習うがいい。彼はエンケレセを覚えてから三年経っていないんだ。君たちはまもなく彼に学問のうえで追いついていけなくなるよ」

万次郎がバートレット校に通うようになって間もなく、捕鯨船シェアロン号がフェアヘブンへ帰港した。

シェアロン号は南太平洋キングスミル諸島で、原住民に船を乗取られかける事件に遭遇し、船長を失ったが無事に戻ったのである。

事件がおこったのは、船長が人手が足りないのを補おうとして幾人かの原住民を臨時に傭《やと》ったためであった。

シェアロン号が鯨群を発見し、船員が総出でキャッチャー・ボートに乗り、漁をおこなっていたとき、船に残っていた原住民が突然船長を殺害し、船を奪おうとした。

だが三等航海士の十九歳の少年ベンジャミン・クラフは危険を覚悟でボートから本船に忍びこみ、単身で原住民と戦う。彼は重傷を負ったが三人の敵を倒し、船をとりもどしたのである。

船主はクラフ少年の勇気に感動し、捕鯨船を新造して彼を船長に任命すると発表したため、町じゅうが湧《わ》きかえるような騒ぎになった。

当分のあいだ、町のどこでもベンジャミン・クラフの噂《うわさ》で賑《にぎ》わった。

ヤコブ・トリップが万次郎に聞く。

「マンはキングスミル諸島を知ってるかい」

「キンシミンへは二度いったのう。ほんに暑うて、山はないし、帆柱を並べたがように見える木いは椰子《やし》ぜよ。食うもんは椰子しかないきん、島の人はそれで生きちょるのよ」

「島の男たちは気が荒いのかね」

「いや、そうも見えなんだがのう。男も女子《おなご》もみな裸で、椰子の葉を腰のまわりにつけちょった。ただあの辺の者は、葬式のときに死んだ者を食いゆうと聞いたのう。それで一人や二人じゃ陸《たか》にあがれん。十人ほどもかたまってあがらにゃいけんち、キャプテンがいうちょったぜよ」

「じゃ、何をしでかすか分らない連中だね」

「そうじゃけんど、ひとりで近寄らんように気いつけちょったらええわよ。鯨のほうがよっぽど恐ろしいでないろーか」

「鯨漁は危いと聞いてるけど、マンの経験を聞きたいね」

「そうじゃなあ、鯨の胴に手銛《てもり》を打ちこんだら、逃げようあ。こっちの眼えまわるほどあばれるきに、手銛につけた綱がボートの網掛け柱から飛びだしゆう。四方八方へ飛びはねるけえ、シュシュと煙あげてる綱にあたられて海へ飛ばされたり、腕をば引きちぎられたりする船員がめずらしゅうないぞね」

「そうか、ナンタケットの橇遊《そり》びというのはそれだね」

鯨に引かれ、波上を疾走するボートを橇にたとえたのである。

万次郎はジョン・ハウランド号での、危険に満ちた鯨漁の情景を思いだす。

「何というても、いっち恐《おと》ろしのは逃げゆう鯨が戻ってくるときじゃのう」

万次郎にメリケの文字を教えてくれたポールは、鯨の逆襲をうけたとき尾鰭《おびれ》の一撃で全身の骨を砕かれて命をおとした。

船員たちは鯨のうちでももっとも獰猛《どうもう》なのは抹香鯨《まっこうくじら》だという。

「スパーム・ホエールの牡は、八十トンから百トンもあるぜよ。風のあるときゃ本船が帆を使《つこ》うてきてくれるで運ぶに手間かからんが、風がないときゃ動けんで、漕《こ》いでいかにゃいけん。しんどい仕事ぜよ」

鯨の頭に孔《あな》をあけ、綱を通してボートに結びつけ、疲労しきっている船員たちが掛声とともにオールを動かす。

鯨の体から流れ出る血潮で辺りの波は赤い。ボートと変らない図体《ずうたい》の巨大な鱶《ふか》が群がってきて、背鰭を海面にあらわし泳ぎまわる。ボートは鱶の体と衝突するとき、軽々と揺れた。

本船の船体に鎖で縛りつけた鯨の解体作業も、危険きわまる状態でおこなわれる。

「スパーム・ホエールは、頭から切るんじゃ。長い板をば綱で舷側《げんそく》から吊《つ》り下げて、そのうえに長柄《ながえ》の庖丁《ほうちょう》持った船員が二、三人乗っちゅう。頭は二十トンもあらあよ。そのなかにゃ、いっち値の高いスパーム・オイルが入っちゅう。下手に切りゃ、スパーム・オイルはこぼれて大損じゃ。脂《あぶら》だらけの板のうえで足踏みすべらしゃ、下で大鱶がうようよしちゆううえへ落ちるんぜよ。鯨油をとるのも危ない仕事じゃ。皮へ穴あけて、そこへ大きな鉤《かぎ》をばひっかけるんよ。鉤にゃ鎖がついちょってのう、マストの轆轤《ろくろ》で引きあげるんよ。

板へ乗っちゆう者が庖丁で切りこみをいれるのと、鉤をば引きあげるのと、拍子がうまいこと合《お》うたら、鯨の皮は着物《きりもん》脱がすよに剝《む》けよらあ。剝いた皮は毛布というんぜよ。毛布は三十センチから四十五センチほどの厚さでのう、一トンぐらいの毛布がスパーム・ホエール一匹から十枚は取れらあ。この皮剝きできる船員は、撰《よ》りぬきの熟練者《どっきりもの》よ。下じゃ、鱶が体ぶっつけおうて鯨の身いを食いよるきにのう」

命知らずの男たちは、何年間にもわたる長期の航海のあいだに、生死をともにしてきた仲間と肉親よりも濃い心のつながりを持つものであった。

帆船は風の落ちた海は走れないので、常に低気圧を求め航海しなければならず、船員たちは船に命を託《たく》し荒天に挑んだ。

甲板に毛布と呼ばれる鯨皮を煮て脂肪を採取するかまどを設けた捕鯨船は、何千樽《たる》もの油樽を積む。

　基地を出漁すると三、四年の長期にわたり抹香鯨の捕獲をつづけるが、不漁のときは船主は破産の淵《ふち》に瀕《ひん》するほどの損害を負うことになる。

　船員たちは荒海での遭難、鯨との闘いにおいての命を落す事故を覚悟せねばならないかわりに、収益に恵まれたときは、莫大《ばくだい》な配当を得ることができた。

　船長はすべての収益の七分の一を報酬とする。配当のもっともすくないキャビンボーイでも二百二十五分の一をわがものとできる。

　ジョン・ハウランド号が得た鯨油は四斗樽で三千樽以上であったので、ホイットフィールドは四百三十樽の配当を受けた。一樽分の鯨油の価格は四十五ドルから四十八ドルで、船長の得た利益は二万ドル前後となる。当時の二万ドルは、生涯を安楽に生活しえて余りある巨富であった。

　万次郎の配当は、金三百五十枚であった。金一枚は日本の銭二貫五百文にあたるという。当時金一両は銭六貫五百文である。アメリカの金三百五十枚は、八百七十五貫文。百三十四・六両という、万次郎にとっては眼のくらむばかりの大金になる。

　日本では江戸における大工の手間賃が、月平均十貫文であった。その収入で妻子を養っていたのである。

捕鯨船の乗組員は巨利を得るために命を賭《か》けた。

万次郎がバートレット・アカデミーの勉学に死にもの狂いで挑んだのは、前途に輝やかしい生活が待っていたためであった。

ヤコブ・トリップはのちにフェアヘブンの教育委員になったが、万次郎についての記憶をつぎのように語っている。

「万次郎はおどろくほど読書を好み、授業においてめざましい進歩をみせ、常にクラスの首席を占め、優等の成績で卒業した」

万次郎の学校での日常についても回顧する。

「彼はクラスでもっとも利口で、教わることについてすべてを的確に吸収した。彼は内気でもの静かな態度で、優しく礼儀正しい少年であった。A・B・Cから高等数学に至るまで、勉強のすべてにつよい興味を抱いた」

万次郎は毎日農場からバートレット校へ馬に乗って通学し、帰宅すると畑仕事を手伝い、夕食後は学校での課業の自習に没頭し、寝る間を惜しむ。

日曜の午後のひととき、ヤコブ、キャサリンとともに過ごすのが、唯一《ゆいいつ》の娯《たの》しみであった。

日曜日の朝、万次郎はホイットフィールド夫妻とともに教会へ詣《もう》でた。

ほのぐらい堂内へ入ると、四方の壁のステンドグラスが外光を透《とお》しあざやかな色彩を浮きあがらせている。

　パイプオルガンが天井に反響し鳴りはじめると、子供四人が蠟燭《ろうそく》立てに火を点じ、やがて全員が讃美歌《さんびか》を合唱しはじめる。

　信者の供花《くげ》が堂内正面に飾られ、コーラスがつづく。歌詞のうちには、つぎのようなものがあった。

「ジーザス（キリスト）は子供を愛す。世界の子供、赤、黄、黒、白、すべて神の目に子供は宝と見え給《たま》う」

　ユニテリアン派では礼拝も牧師の説教もない。およそ四十分間でプログラムは終了する。万次郎は教会を出ると、デラノ家に立ち寄るホイットフィールド夫妻と別れ、夕方までヤコブとともに時を過ごす。

　二人は春先の肌寒《はださむ》い風に吹かれ、橋を渡ってニューベッドフォードの町へ出かける。そこはフェアヘブンとちがい、街頭に人声がざわめき馬車が絶え間なく往来していた。

　当時の人口は一万数千人。港に籍を置く捕鯨船はおよそ三百隻《せき》。世界最大の捕鯨基地として盛況をきわめている。

　捕鯨船の造船所、修理ドック、桶屋《おけや》、鍛冶屋《かじや》、ロープ屋なども町筋に軒をつらねていた。万次郎とヤコブは波止場にむらがる鳩《はと》にポケットからパン屑《くず》を取りだしてやり、機械油の銀の輪がひろがる海面に眼を遊ばせつつ歩く。

波止場の岸壁の片側には、くすんだ板葺《いたぶ》きの倉庫がつらなり、棟におびただしい烏《からす》がとまっている。

倉庫のまえには、使いふるした鯨油樽が丘陵のように積みかさねられ、真昼の陽射《ひざ》しの下で濃厚なにおいをただよわせていた。

日向《ひなた》では桶屋の男たちが逞《たくま》しい二の腕に力瘤《ちからこぶ》をつくり、桶の修繕に余念がない。捕鯨船の修理ドックでは、甲板の隙間《すきま》に詰めるピッチを溶かすふいごの喉声《のどごえ》が、睡気《ねむけ》をさそうようにつづいていた。

万次郎は町角の店屋の飾り窓になつかしい手芸品を見つけ、足をとめた。

「これはスクリムショーじゃ」

「なかなか上手な彫りぐあいだね」

ヤコブも立ちどまり、窓ガラスに額を押しつける。

スクリムショーとは、捕鯨船員が航海中の暇にまかせてこしらえた、抹香鯨の歯や骨、背《せ》美鯨《みくじら》の鬚《ひげ》などに微細な彫刻をほどこしたものであった。

捕鯨船の乗組員たちは、抹香鯨の歯の表面にナイフや鑿《のみ》、やすり、針などを用い、細かい彫刻をほどこすのを好んだ。

鯨群があらわれない昼間、風をはらむ千数百畳敷の帆の影がゆらめく甲板で、船員たちはスクリムショーをこしらえる。

毎日すこしずつ彫り、できあがるとインキ、煤《すす》などを擦《こす》りこみ色をつけ、鯨皮で磨《みが》き灰でこすってつややかな光沢をそえる。

「ここにあるのは、皆女の子の姿を彫ったものばかりだね」

「そうじゃ、船に乗りよう時にゃ、故郷《くに》におる女子のことを考えよるんよ。ほんじゃけえ、鯨の骨でナイフやら、裁縫箱、糸巻き、杖《つえ》、針のような女子の使いよる物もこしらえよるんぜよ。器用な者は鯨の骨やら鬚で女子の使うコルセットまで仕上げてしまいゆうが」

捕鯨船員たちの寝部屋は船首にある。三角形の部屋の寝棚《ねだな》は上下二段で、這《は》いこむと上体をおこすことさえできない。

荒天の日はハッチをあけられないので、男たちの体臭のこもる濁った空気のなかで寝る。

「船のなかじゃ、食い物もろくな物はないきにのう。毎日波に揺られ通しで暮らすうちにいや気さしてきてのう。港へ着いたらどこぞへいきようて、戻らん者もいようがじゃゆ」

捕鯨船員たちの苛酷《かこく》な労働については、ヤコブも知っていた。

ジョニー・ケークの丘の墓場には、捕鯨の際の事故で亡《な》くなった船員たちの大理石の墓がならんでいる。

鯨にはねとばされた男。マストから転落した男。仲間の投げた銛に頭蓋《ずがい》を削られた男。海に落ち、疾走するキャッチャー・ボートの下敷きになった男。鱶に喰《く》われた男。

ヤコブは聞く。

「マンは鯨捕りが辛《つら》い仕事と思うかね」

「そうじゃなあ、まあ辛かろうが」

「それじゃ、なぜキャプテンをめざすのかね」

万次郎は笑う。

「いわんでも分っつろうが。わえは日本の土州の小倅《こせがれ》じゃ。鯨船へ乗らにゃ、このメリケで喰うていけんぜよ。ヤコブのような金持ち衆の坊《ぼ》んとはちがうけんのう」

ヤコブはうなずく。

「僕の父さんは捕鯨船の船主で、船乗りではない。僕も船員にならないで生きてゆける。だけど僕の将来の望みはマンとおなじだ。捕鯨船のキャプテンになりたいよ。勇気ある男の典型だからね」

万次郎は週日にはバートレット校の授業を終えると馬を急がせ農場へ帰る。作業のあいまにキャサリンと逢《あ》う余暇を得たいためであった。

二人はキャサリンの家の裏手にある丘の日当りのいい窪《くぼ》みに腰をおろし、楽しいひとときを過ごす。そこには万次郎の好きな松の大木が海風に枝葉をそよがせていた。

万次郎はあるとき、太平洋の島で拾った大きな巻貝の殻《から》をポケットから取りだし、キャサリンに差しだした。

「これをこうやって、耳へ当てたらのう。波の音が聞えゆう」

キャサリンは貝殻を耳に当て、しばらく聞いていたが、眼《め》をとじる。

「ほんとだわ。海の波音が遠くでしているわ」

万次郎は白磁のような歯なみをあらわしほほえむ彼女の、ミルクに似た肌の香を嗅《か》ぎつつ、中ノ浜の海の見える高処《たかみ》にいるような錯覚に一瞬おちいる。

「わえはのう、松の木いにもたれて貝殻の音をば聞いてたら、土州へ帰ったような気がするんぜよ。それにキャサリンが」

万次郎はいいかけ、口をつぐむ。

「なによ、いってちょうだい。ねえ」

キャサリンは万次郎に身をすり寄せる。

万次郎はためらいつついう。

「キャサリンが土州の女子のように思えるんぜよ」

彼はまばたきもせずにいるキャサリンをながしめに見て、はじらい低い声でつけくわえた。

「キャサリンはわえの懸思《けんし》（恋人）じゃきに」

キャサリンの澄んだ眼がたちまちうるむ。

「マンはほんとにそう思っていてくれるのね。うれしいわ」

二人は抱きあい、ながいくちづけに時の経《た》つのを忘れた。

「さあ、もう去《い》なにゃいけんぜよ」

「今夜、いってもいい。一時間だけ。数学を教えてほしいんだけど」

「ええが、教《お》せちゃうきに」

キャサリンは農場のはずれまで万次郎を送ってくる。

二人は松の幹にもたれ、くちづけを交す。

キャサリンはささやく。

「もうすこし送っていくわ。あそこの川べりまでよ」

小川にかかる丸木橋までくると、彼女はいう。

「ついでだから、ドアの前までゆくわ」

キャサリンはホイットフィールド家の表までついてきた。

万次郎はバートレット校でフェアヘブンの町の歴史を学んだ。

バートレット先生は、フェアヘブンの市街を建設したのは、一六二〇年にメイフラワー号契約に署名した四十一人の開拓者のひとりであるフランシス・クックの子、ジョン・クックだと教えた。

「ジョン・クックは一六二五年、インディアン酋長《しゅうちょう》マサソイトから、ダートマス、ニューベッドフォード、フェアヘブンなどの広い土地を買ったんだ。土地の値段は三十ヤード（約二十七メートル）の布地と七頭の大鹿《おおじか》の毛皮、斧《おの》と鍬《くわ》を十五丁ずつ。ズボン十五本。毛布八枚。薬罐《やかん》二個。外套《がいとう》一着。一ポンドの貝殻玉。靴《くつ》と靴下八足ずつ。鍋《なべ》一個だったよ」

「そげな物で、この辺りが買えたんかのーし」

「そうだ。だが間もなく植民地の住民たちとインディアンの仲はわるくなった。一六六七年にマサソイト酋長の子のメタコム酋長と白人とがニューイングランドの各地で流血の騒動をはじめたんだ。メタコムは白人のあいだでフィリップ王という渾名《あだな》をつけられ、恐怖の的となった。この辺りでインディアンと戦うための砦《とりで》が最初につくられたのは、フェアヘブンのオクスフォードさ」

　植民地の男女は、メタコムが襲ってくるとオクスフォード砦へ避難した。

　メタコムの勢力は二年後に潰滅《かいめつ》した。インディアンが群れをなして襲撃してくるおそれはなくなったが、間もなくイギリスからの独立戦争がはじまった。

「独立戦争がはじまったのは一七七五年四月十九日、ボストン近郊のレキシントン・コンコードでの衝突だったよ。フェアヘブンの男たちは民兵に志願してボストンへ向ったんだ。レキシントンの戦いから二十四日を経て、スコンチカットネック半島の沖で、アメリカとイギリスの海戦がはじめておこった」

「わえの住んでいゆう辺りの沖じゃのーし」

「そうだよ。フェアヘブンのナサニエル・ポープという艦長の指揮する軍艦サクセス号が大活躍をして、イギリス軍艦二隻を捕獲したんだ」

一七七六年、七年とマサチューセッツ州からジョージア州まで戦火がひろがり、一七七八年にはイギリス軍がニューベッドフォード、フェアヘブンへ上陸した。

「イギリス兵は略奪、放火をして、町は焼きはらわれたんだ。捕鯨船も捕獲されたり、焼かれたり、散々の目に遭った。いまから六十数年前のことだよ」

イギリス兵はアクシュネット川両岸の町を破壊したあと、フェニックスの要塞《ようさい》へ押し寄せた。

要塞にはボストンや、コネチカット州ニューロンドンから運ばれた十一門の大砲があった。守備隊は数においてはるかに優勢なイギリス軍を、数度の激戦ののちに撃退したのである。

万次郎はバートレット校での授業を確実に理解するため、懸命の努力をかさねていた。彼は前途にそそりたつ岩のようにあらわれる難しい問題にとりくみ、測量学、数学の専門用語

について ホイットフィールドの助言を求め、わずかずつ前進した。

——わえは何事もメリケの十層倍は苦労せにゃ、一人前にならんきに、気い弛《ゆる》められん
——

彼は自分を叱咤《しった》する。

万次郎は頑健《がんけん》な体軀《たいく》に恵まれているので、毎日八時間ほど机にむかっても疲労を覚えなかった。

入学して間もないうちは教科書の説明を読みこなすのに苦労を重ね、先行きどうなることかと案じるばかりであったが、数カ月経つうちにしだいにバートレット先生の授業がのみこめるようになってきた。

彼は日曜日にヤコブ・トリップと余暇のひとときを過ごすとき、内心の安堵《あんど》をもらした。

「はじめは教科書の言葉がむつかしゅうて、どうにもならんと思うたが、ようよう分ってきたようじゃねや」

「それはよかったね。ジョン・マンは賢いから、バートレット先生もいつも褒《ほ》めてくれるじゃないか。僕などはとても敵《かな》わないよ」

二人は日毎《ひごと》に暖かくなってくる陽を浴び、波止場の辺りを散歩した。

万次郎は港に碇泊《ていはく》している捕鯨船を見ると、ヤコブを誘った。

「あの帆柱へ登ってみよらあよ」

万次郎は高い帆柱にとりつくと、巧みに足場を利用してよじ登ってゆく。

「待ってくれよ、マン。俺《おれ》は眼がくらんで、とても登れないよ」

ヤコブが弱音を吐いた。

帆柱のうえには、鯨群を見張るための籠《かご》がある。万次郎はそのなかへ身をいれ、遠景を見渡す。

「わえはジョン・ハウランド号で一番の見張り役といわれたんよ」

「マンは視力がいいのかい」

「そうじゃ。スパーム・ホエールが噴く潮は、輪をかくんぜよ。毛ほどに見える潮噴きでも見逃さなんだ」

万次郎は海へ放《ほう》り出されるかと危《あや》ぶむほどの船の動揺に、身をゆだねていた頃《ころ》を思いだした。

三月になってまもなく、ホイットフィールドの叔母アミリアが農場へきた。旅塵《りょじん》にまみれた幌《ほろ》馬車から黒人の馭者《ぎょしゃ》が多くの荷物をおろした。彼女はボストンに住んでいたが、離婚して甥《おい》を頼ってきたのである。

四十なかばの年頃のアミリアは、口数のすくない温和な女性であった。

放蕩者《ほうとうもの》の夫に苦しめられたというが暗いかげはなく、はたらき者である。料理が上手でアルバティーナとともに食事の支度をととのえ、洗濯《せんたく》や庭木の手入れまで器用にした。

万次郎は勉強と労働にあけ暮れる、忙しく充実した日を過ごしていた。

夕食後のひととき、家族がいきおいよく燃える暖炉の炎をみつめながら一日の出来事を話しあう。

ホイットフィールドは、万次郎の航海、測量の課業がどのあたりまで進んだかをたしかめ、いろいろと質問をする。万次郎が正確に理解しているのを知ると、彼は満足げに「グッド」とつぶやく。

――わえはしあわせ者じゃ。ヤッコや炊夫《かしき》のはたらきもせんと、ええものを食わせてもろうて、学問させてもらいゆう。中ノ浜のお母《か》はんらは、麦のお粥《かゆ》と雑魚《ざこ》で腹ごしらえしゆうがか――

万次郎は胸奥に母志おへの熱い思慕を抱いている。

フェアヘブンでの生活に慣れ、心の余裕ができると、思いはなおさらつのった。六歳から働きに出た万次郎は志おに甘えた記憶が乏しかったので、母子《おやこ》の情はかえってつよい。

オクスフォード校に通学していたとき、ジョン・ハウランド号の船主の息子が万次郎に聞いた。

「マン、土州の家へ帰ってマザーに会いたいだろう」

万次郎はしばらく黙っていたが、やがて年下の友人に答えた。

「去《い》にとうないわのう」

彼の眼に涙があふれ、こぼれ落ちた。

「土州の役人は根性が悪いけん、わえが去んだら殺されらあ」

この少年はのちにフェアヘブンの町長になったが、万次郎と交した言葉をいつまでも忘れなかった。

万次郎に異郷で暮らす淋《さび》しさを忘れさせてくれるのは、キャサリンであった。

彼女は夜になるのを待ちかねたようにたずねてきて、屋根裏部屋で万次郎と語りあった。

シチンボール（蒸気船）の号笛の吹鳴がアクシュネット川の川面《かわも》に尾をひいて消える春の宵《よい》であった。戸外には霧がたちこめていた。

万次郎とキャサリンは、暖炉の煙を送るチムニー（煙突）が、かすかにきしむ音をたてている屋根裏部屋の静寂のなかで、ランプの明りをまえに頭を寄せあい、たがいの背を撫《な》で口をつぐんでいた。

二人は胸のうちに感情が満ちあふれてくると言葉を失う。

耳鳴りがするほどの静寂のなかで、万次郎が頬《ほお》を寄せると、キャサリンは彼のうなじに腕をまわし、せきを切ったようにはげしく接吻《せっぷん》をする。

二人は息が苦しくなるまでくちづけしあい、顔をはなし荒い呼吸をする。キャサリンはかすれた声でつぶやく。

「マンの子供を産みたいわ」

「おおきに。誰がいうてくれるかよ」

万次郎はキャサリンの肩に乱れる髪へ顔をうずめる。

万次郎の身内に、キャサリンと離れがたい愛着が育っていた。彼女のためらうような低く遠慮深い声を身近に聞くと、万次郎は底の知れない愉悦の深井戸のなかへ降りてゆける。

キャサリンの立ち姿、笑顔、松林のなかで抱きあっているときなどのさまざまの影像が、数珠玉《じゅずだま》のように記憶の闇《やみ》のなかでつらなり光っていた。

彼女は万次郎の耳もとでささやいた。

「マンの子供を産ませてほしいの」

万次郎は何と答えていいか分らず、黙ってうなずく。

「アルバティーナが妊《みごも》っているのを知ってるかしら」

万次郎は眼をみはった。

「え、そりゃほんまかよ」

「そうよ、うちの母さんが彼女から聞いたのよ」

万次郎の口もとがゆるみ、ほほえみがひろがる。

「そりゃええが。キャプテンとアルバティーナ様の子なら、きっと市松《いちま》人形のようじゃねや」

キャサリンはうなずき、万次郎の頬に唇《くちびる》をつけた。

「ねえ、結婚の約束をしてちょうだい」

「お前《ま》んがそげなことというてくれりゃあ、うれしゅうてたまあるか。そやけどのう、お前んがなんぼそうゆうたち、お父はんやお母はんが許してくれんじゃろう」

「なぜなの」

「わえは日本人じゃけえ。メリケじゃないきにのう」

「そんな心配はいらないわ」

キャサリンは万次郎をみつめた。

万次郎はキャサリンの両親が、ふたりの結婚に賛成するわけがないと考えていた。

だがキャサリンはいう。

「メリケの娘は十八歳になればお嫁にゆくのもお聟《むこ》さんをもらうのも自由にできるのよ。結婚すれば両親から離れて二人だけで家庭を築いてゆくの」

「へえ、親の許しがのうても夫婦《めおと》になれるかよ」

「そうよ、町長のところへ二人でいって結婚の届けをすませてから、その書きつけを持ってチョチへいって、判をもらえば手続きは済むのよ。そうすれば皆が夫婦として祝福してくれるわ。うちの隣りのマーサも伯父さんに反対されたけど、そうやって好きな人と夫婦になったわ」

　キャサリンの農場の隣りにマーサという娘が伯父と住んでいた。

両親はすでに世を去っていて、伯父はマーサを溺愛《できあい》し、若者たちが彼女をたずねてくるのをきびしく拒み、二階へ追いあげてしまう。

　マーサは十八歳になったが、若い男女の集会にもまったく出たことがなかった。彼女には幼なじみの恋人がいた。

　彼はある夜梯子《はしご》を担《かつ》いできて二階の窓へかけ、マーサを誘いだし、ともに町長のもとをたずね事情をうちあけた。

　町長は同情して二人の結婚届を受けとった。二人はただちに教会へ出向き、判をもらってマーサの家へ帰った。

　キャサリンはマーサの伯父がやむなく家を出たといった。

「だって家はマーサのものだったのよ。横暴な伯父さんは出てゆくしかなかったんだわ」

「そげなことなら、わえらも夫婦になれるろーか」

「そうよ、私たちはいま十七歳だから、来年になれば結婚できるわ」

「ほんにキャサリンと家を持てるかのう。思うてみりゃ、夢のようじゃが。家を持つにゃしっかり学問して、ひとり立ちせにゃあかんぜよ」

「マン、がんばって」

「うん、やらいでか」

万次郎はキャサリンを力をこめ抱きしめる。清教徒の男女は愛しあっていても、結婚するまでは身を許しあうことはない。

それだけにたがいに交す思いはふかくなる。万次郎はキャサリンと結婚し、メリケの辺土に骨を埋《うず》めてもかまわないと、熱情を燃えたたせた。

フェアヘブンの町を埋める常磐木《ときわぎ》のしたたる緑のあいだに、葉脈を陽《ひ》ざしに浮きあがらせる若葉が、瞼《まぶた》をひきあけられるような明るいいろどりをよそおう五月がきた。

ホイットフィールドの農場にあるマグノリアの大樹が、芳香を放つ純白の花弁をよそおう。芍薬《しゃくやく》、チューリップ、アドニス、アネモネ、アイリス、ヒヤシンス、スノードロップと呼ぶ水仙《すいせん》などが花畑に咲きみだれる。

五月一日には、バートレット校で五月祭がおこなわれ、万次郎も仮装行列などの楽しい催しに参加した。

　その夜、万次郎はよく撓《しな》う小枝で籠をつくり、農場で摘んだキンポウゲを溢《あふ》れるほどに入れ、キャサリンの家の軒先に吊《つる》した。五月祭の夜、若者が恋人の住居の軒に詩句をしたためた紙片をそえて花籠を吊すのは、フェアヘブンの慣習である。

　万次郎はながい時間考えたあげく、鉛筆で数行の詩らしいものを書きつけ、キンポウゲのうえに置いた。

「花の籠を吊りようたのは　風の冷《ひ》やい晩じゃった　起きてランプに火をつけとうせ　逃げる姿を見られてん　まあええが　あとを追われりゃ　恥ずかしやのう」

　万次郎は翌朝はやく起き、フェアヘブンへ出かけた。下手な詩をキャサリンにおくったのを恥じていたためである。

　彼はその日放課後に、ヤコブたち学友と連れだってタウン・ホールへ出かける約束をしていた。

　フェアヘブンの中心にあるタウン・ホールに町の代表が出席して、一年間の町の予算、事業計画などを決定するタウン・ミーティングをひらくのを傍聴するのである。

　万次郎は夕刻に数人の級友とホールの傍聴席に入った。町内の代議員たち四十人ほどが定刻までに入場し、席につく。

「今日は傍聴席が満員だね。町の人が関心を持っている事柄《ことがら》が多く審議されるからさ」

ヤコブが万次郎に耳うちした。

やがてミーティングがひらかれた。議長が中央演壇に立ち、議事を進める。

演壇の左右の席には町長、行政委員が並んでいた。

代議員たちは町の財政方針、新規工事の実施についての自らの意見を遠慮なく述べあい、激しく討論したのち、挙手により全員の賛否をはかり案件を議決していった。

万次郎は代議員たちが検討した案件が、その場で議決されてゆくのを見て、おどろくばかりであった。

「メリケにゃ大名も役人もおらんことは分っちゅうが、店屋の旦那《だんな》や百姓の親方がお上《かみ》に、ああせえ、こうせえちいうて、それが通るとは知らなんだぜよ」

万次郎はヤコブにいう。

土佐で百姓町人が役人に思うがままの意見を吐けば、たちまち一揆《いっき》の煽動者《せんどうしゃ》と見なされ捕えられ首を斬《き》られるにちがいない。

万次郎は村年寄の今津太平が、二十石足らずの扶持米《ふちまい》取りの浦方役人にむかい土下座し、額を地面に擦りつけんばかりの卑屈な応対をしていたさまを思いだす。

ヤコブは答えた。

「メリケは自由と平等を望む人々が集まってこしらえた国だよ。だから身分、階級による差別はない。皆平等の立場で町政でも、国政でもその方針について発言しようと思えばできるんだ」

「ほんに、えらいもんじゃねや」

万次郎は日本の社会ではまったく縁のない言葉である自由、平等の実態を眼《ま》のあたりにして、衝撃を受けた。

――メリケと日本じゃ、世間がこれほど違うねや。日本もメリケのような国になれるかのう――

万次郎は常に胸のうちに重石《おもし》のようにわだかまっている憂鬱《ゆううつ》を、のぞきこむ思いである。

彼は尊敬するホイットフィールドのすすめに従い、聖書を熟読した。今後自分がどのように生きていけばよいかと迷い、聖書から方針を教えられたいと願ったためである。

現在、万次郎の曾孫《そうそん》中浜博氏が、万次郎の当時愛読した聖書を保存しておられる。

縦十七・五センチ、横十一センチ、厚さ五センチで九百ページ。コネチカット州ハートフォード市、ハドソン・アンド・スキナー社が一八三一年に出版したものである。

チョコレート色の牛皮で装丁されている聖書の表紙見返しに、グレン・S・ショーという人物の記したつぎのような贈呈文がかすかに判読できるという。

「一人の友よりジョン・マンに贈る。聖書の真理を学び、彼が神に祝福され、他の人々の幸いをも招く道をえらんでほしい」

六月がきた。

花水木《ドッグ・ウッド》の薄紅や白の花が、けざやかに浮き立ちフェアヘブンの町なみの眺《なが》めをにぎわす。

公園の草のうえで、若者が半裸で寝そべり、眩《まぶ》しい陽ざしを身にうけ甲羅干《こうらぼ》しをしている。アクシュネット川の堤に波うつ雑草のなかをゆくと、男女が抱きあい接吻しているのを見ることがある。

フェアヘブンへきて間もないうちは眼のやり場に困り、顔をそむけ足ばやに行きすぎたものだが、いまでは慣れて狼狽《ろうばい》することはなかった。馬に乗り、行きかう人は知りあいでなくとも、にこやかに挨拶《あいさつ》する。

「グッデイ。機嫌《きげん》はいいかね」

日暮れどきになるといくらか肌《はだ》つめたい風が吹くが、日中は湿気がないのでさわやかである。

景色は冴《さ》えわたり、子供の呼び声や犬の啼《な》き声が、蔓草《つるくさ》のまきついた板張りの民家の家並みの彼方《かなた》で空にひびいている。

――ほんに静かじゃ。風呂《ふろ》あがりのようなええ気色《きしょく》じゃねや――

万次郎はヤコブと人影もまばらな町筋を歩き、鷗《かもめ》の飛び交うのに眼をやるうち、やるせない郷愁を胸にうねらせる。

晩春初夏の休日に、万次郎は中ノ浜の家できょうだいとともに志おを手伝い、ふるびた鉄砲風呂を沸かし入浴した。

月はじめの六の日が休みであったが、月に一度の休日には辺りの景色の色あいが変ったかと思えるほど新鮮な愉《たの》しみを、味わうことができた。

入浴をおえ、腰に手拭《てぬぐ》いを巻いて庭に立ち、裏山に蝙蝠《こうもり》の舞う夕方の空を見あげるときの、いくらか淋しさのないまざった充足感を万次郎は花水木の並木の下を歩みつつよみがえらせる。

六月になってまもない晴れ渡った静かな午後であった。万次郎はバートレット校の前庭のベンチで、太陽の子午線緯度法、時辰《じしん》経度法による天文航法について、ヤコブに説明してやった。

陽がかげりはじめた頃《ころ》、彼はヤコブと別れ、馬をいそがせ農場へ帰ってゆく。夏になると畑仕事がふえるので、帰宅すると休む暇もなくはたらく。

家に帰ると居間にホイットフィールドとアルバティーナ、アミリアがいた。

「こりゃ、皆で休んでいなはるかのーし」

何事だろうと、万次郎はけげんに思った。

ふだんなら皆が忙しくはたらいている時刻である。ホイットフィールドが手招き、傍《そば》の椅《い》子《す》を示した。

万次郎が椅子に坐《すわ》るとホイットフィールドはいった。

「私がまた捕鯨に出かけるので、いま相談をしていたところだ」

万次郎は息を呑《の》む。

「えっ、いついきなはるかのーし」

「六月なかばさ。あと十日ほどで船に乗るよ」

「そげな足もとから鳥の立つよなことを聞かされりゃ、びっくらするがのーし」

「おどろかせてすまない。実は先月から誘われていたんだが、マンの勉強のさまたげになってはいけないと思って、黙っていたんだよ」

「アルバティーナさまに嬰児《やや》もできるちゅうに。船へ乗ったら、また三年ほどは帰れんがじゃゆ」

「そうだ。この仕事をのがせば、つぎにいつキャプテンとしてはたらけるか見当がつかない。あとに心は残るが、ゴー・アヘッド・エニハウ（とにかく行け）さ」

「どがいな船へ乗るんかのーし」

「ウィリアム・アンド・エリザ号だ。三百二十トンほどで、ジョン・ハウランド号よりいくらか小さいが、いい船だよ」

「その船ならヌーベッホーの波止場で見たことがありますらあ。丈夫げなこしらえじゃねや」

　ホイットフィールドはほほえむ。

「私が船に乗ったあとはマンが頼りだよ。女二人を守ってやってくれ」

　万次郎は力をこめ、うなずいた。

「分っちょりますらあ。命がけでお守りするでのーし」

「ありがとう。マンがいるから安心して留守にできるんだ。頼むぞ」

　ホイットフィールドは万次郎の手をにぎりしめた。

「わえはキャプテンのいなはるときとおんなしように、農場を耕しますけえ、気やすういってつかあされ。いままでは学問ばっかりさせてもろうちょったが、これからは畑仕事がいそがしけりゃ、休みますらあ。晩になりゃ戸締り火の用心をやってまわり、懐《ふところ》鉄砲と仕込み杖《づえ》をば枕《まくら》もとへ置いて寝るでのーし。誰ぞ悪者がきよりゃ、命がけで遣《や》っちゃりますらあ」

　万次郎はホイットフィールドが留守のあいだ、ただ一人の男手である。

「マンはいい息子だ。やはり私は運のいい男だった。安心して妻と叔母を残していけるからね」

ホイットフィールドは感動をかくさなかった。

ホイットフィールドがウィリアム・アンド・エリザ号で出帆する日、万次郎はアルバティーナ、アミリアと波止場へ見送りにいった。ジョニー・ケークの料理屋で、ジェームス、エーキン、ジェーン、チャリティ姉妹をまじえ昼食をとり、ホットワインの盃《さかずき》をあげ別れを惜しむ。

波止場はウィリアム・アンド・エリザ号の船出を送る男女で雑踏していた。

澄みわたる空の下で楽隊が騒がしく楽器を鳴らし、花火がつづけさまにはじける。純白の外套《パルレ》をつけたホイットフィールドと握手をかわした船主が甲板から波止場へ戻ると踏み板がはずされる。

曳《ひ》き船のシチンボールが号笛を鳴らし、捕鯨船の巨体がゆるやかに動きはじめた。

波止場を埋める群衆が帽子を振り、歓声をあげる。

「無事に帰れよ」

「多くの獲物を持ってくるんだぞ」

「ウィリアム・アンド・エリザ号に栄光と発展あれ」

万次郎たちは舷側《げんそく》に立ち手を振るホイットフィールドの姿が遠ざかると、馬を走らせて橋を渡り、農場のほうへ戻っていった。

アクシュネット川を下ってくる船を、農場に近い丘のうえでもう一度見送るのである。

万次郎はめざす丘に着くと、身重のアルバティーナの手を引き斜面を登る。

「マン、ここよ。よく見えるわ」

さきに丘に登っていたキャサリンが呼んだ。

「ほら、船はこの真下を通るから、キャプテンと話せるわ」

皆はバターカップの黄の小花が咲きちらばう丘のうえで、鳥のさえずりに囲まれしばらく待った。

海面はこまかい波を刻んでいる。

「追い風に乗っての船出日和《びより》じゃ」

万次郎は水平線に眼をやる。彼は胸のうちで念じる。

――キャプテン、達者で帰ってつかあされ。坊《ぼ》んが待っちょるきにのう――

シチンボールの号笛が聞え、皆が声をあげた。

万次郎が松の木に登った。

「船がきようたぜよ。あそこに見えらあ」

ウィリアム・アンド・エリザ号は航跡をひき、ゆるやかに近づく。

「フレー、私の大事なホイットフィールド。元気で戻ってちょうだい」

アルバティーナが叫ぶと、ホイットフィールドの声がはっきりと戻ってきた。

「きっと戻るよ。安心していろ」

ホイットフィールドが太平洋への航海に出たあと、万次郎は農場の運営とバートレット校での勉学で、睡眠時間をちぢめ努力した。アルバティーナ、アミリアとキャサリンは彼の健康を気づかう。

「農場の仕事はいままでのようにやらなくてもいいのよ。畑も減らしましょう。そうしないと、マンの体がもたないわ」

「そうよ、ホイットフィールドがお金をたくさん置いていってくれたから、生活には困らないわ」

万次郎は笑って答える。

「わえは小《こ》んまい時分からはたらきこんじょりますきに、これくらいじゃこたえませんろう。馬、牛、豚、鶏を減らしもできんし、畑の生《な》りものはこれからですらあ。なんとかやるきに、気遣うてもらうことはないでのーし」

キャサリンは万次郎が学校から帰ると農場でともにはたらく。

「お前《ま》んはわが家の仕事があるけん、そがいにきてくれんでもええぜよ」

万次郎が遠慮するが、キャサリンは日が暮れたあとまで彼とともにいた。

「お父さんやお母さんは、しっかりマンの手助けをしてあげろっていってるわ。うちは人手が多いから大丈夫よ。それより、私が傍にいるのが嫌《いや》かしら」

「そげなことがあるか。キャサリンが傍《はた》にいてくれりゃ、盆か正月みたいぜよ」

作業のあいまに、二人はトチの太い幹にもたれ足を投げだし休憩する。

キャサリンは瓶《びん》の新鮮なミルクを万次郎に飲ませ、手づくりのチーズを持たせる。彼女は万次郎の首や手足を撫《な》でさすり、揉《も》む。

「だるうはないきに、あんまりさわられりゃこそばゆいがや」

万次郎がいうと、キャサリンは手をとめ、黙って彼をみつめてつぶやく。

「ジョン・マン、愛しているわ。大好きよ。どうしてこんなに好きなのかしら」

陽ざしが雲にさえぎられてはまた明るく照りわたる盛夏の畑には、蝶《ちょう》が舞い、蜂《はち》が唸《うな》っていた。

「キャサリンにゃこげに尽してもろうて、わえはしあわせ者じゃねや」

万次郎がつぶやくと、キャサリンは彼に身を寄せ、くちづけをする。

彼女は万次郎とおなじほどの背丈で、姿勢がいい。細くくびれた、蜂のようにゆたかな腰を長い足が支えている。

――わえにゃ過ぎた女子《おなご》じょ――

　万次郎はキャサリンと結婚し、フェアヘブンに永住しようと本気で考えるようになっていた。

　万次郎はバートレット校でクラス首席の成績を得ていた。彼は放課後校内で飼っている雄鷲《わし》ランサムを肩にのせ、ヤコブたち友人とともに町なかを散歩した。

　ランサムは二歳になっているが、自分を人だと思っている。雛《ひな》の頃に巣から落ちたところを農夫に拾われ、半年ほど飼われたのち放たれた。

　だがランサムは餌《えさ》を捕食しようとしない。海沿いの自然林で大樹の梢《こずえ》にとまっている仲間に交わろうともせず、飼主が他の土地へ去ったのちは町の人々に慣れ親しみ、食べものをねだって生きてきた。

　やがてランサムはバートレット校内に小屋を設けてもらい住むようになった。

　万次郎は言葉を語れないランサムが、こまやかな感情を仕草によって豊かに表現できることにおどろいていた。

　――土州なら、こげな鳥は一遍に食われてしもうて、生きちゃおらんがか。メリケは情があるきに、かわいがってもらえるんじゃねや――

　フェアヘブンからオープン・ゲート・ブリッジを渡り、にぎやかなニューベッドフォードの町筋に入ると、往来する男女が鷲の頭を撫でてゆく。

「おう、ランサム。元気かね」

町角の商店の壁に、捕鯨船員募集のポスターが目につく。

「船員見習いを求む。体力旺盛《おうせい》な若者はふるって太平洋へゆけ。捕鯨船の船員になれば大金を手にするチャンスにめぐまれるのだ。たしかな身許《みもと》保証人のある、まじめな若者は歓迎する。

とくに桶《おけ》職人、大工、鍛冶屋《かじや》は優先採用する。昇進の道もひらけている。契約すれば多額の支度金も与えよう。見知らぬ新世界へ出かけて金を稼《かせ》ごうではないか」

当時、人口一万数千人のニューベッドフォードで、つぎのようなジョークがはやっていた。

「この町の総人口はつぎの三つのグループで成りたっている。航海をつづけている者。帰途についている者。つぎの航海の支度をしている者」

当時アメリカの捕鯨業は全盛期に達していた。

一八四六年（弘化《こうか》三年）のアメリカ捕鯨船は百五十トンから四百トンの帆船七百四十隻《せき》、総トン数二十三万三千余トン、船員総数は七万人。

彼らのあげる利益は八百万ドルというおどろくべき巨額に達していた。

みじかい夏のあいだ、農場の仕事は忙しくなる。万次郎はホイットフィールドの代理として農夫を雇い、畑の手入れをする。

やむをえないときは学校を休んだ。ある朝暗いうちに起き、食事をする間も惜しみはたらいたので作業は意外にはかどり、昼過ぎに終った。

「こげに早う済むんなら、学校を休まにゃよかったのう」

万次郎の手助けをしていたキャサリンが腰に拳《こぶし》をあて、身を反らせる。

「だめよ、そんなにはたらいちゃ疲れが溜《たま》ってくるわ。たまには一服しなければだめよ。さあ、これから海辺の森へ野苺《のいちご》摘みにいこうよ」

「そうじゃなあ、それもええのう」

万次郎は小川で手を洗い、キャサリンについていった。

二人はスコンチカットネック半島の突端へ馬を歩ませ、ウェスト・アイランドと呼ばれる小島と向いあう浜辺へゆく。

浜辺に砂はなく、大小の石ころが敷きつめられたようにひろがっている。

「この辺りは冬にゃ潮がきつう打ちあたるけん、砂も残らんのじゃなあ。誰ぞかついできて置いたように、木が流れついちょらあ」

万次郎は波打際《ぎわ》に並んでいる、ひと抱えもあるような流木に腰をおろす。

眼《め》のまえの海面で大きな鮭《さけ》が跳ね、しぶきをあげ沈んだ。

キャサリンが万次郎の膝《ひざ》のうえに腰をおろし、首を抱きしめ頬《ほお》ずりをする。彼女は呼吸を乱し、万次郎の唇《くちびる》にわが唇を押しつけ狂おしげに身もだえる。

万次郎は彼女の体の香につつまれ、われを忘れた。

「ねえ、マン。もっとつよく抱いてよ」

「来年じゃ、来年になりゃチョチへでかけて、許しをもらうきに、もうちっとの辛抱ぜよ」

「そうね。私はせっかちになりすぎるわ」

キャサリンは夢からさめたように身をはなす。

「野苺を取りにいこう」

二人は手をつなぎ、森のなかへ入った。

夏草の生い茂った小径《こみち》を辿《たど》ってゆくと、野苺が背丈ほどの灌木《かんぼく》の葉蔭《はかげ》にむらがりついていた。

万次郎は手早くちいさな実をもいで、キャサリンの手籠《てかご》へいれる。ひとつを口にいれると酸味のつよい味がした。

「ありゃ何ぜよ」

万次郎は森のなかの芝地に立つ妙な柱を見た。

船の帆柱よりいくらか太めの木の高さは、二階の屋根にとどくほどである。

柱には隙間《すきま》もなくさまざまの彫刻がほどこされており、風霜《ふうそう》に剝《は》げ落ちているが、赤、青、黄、黒、白など極彩色の胡粉《ごふん》塗料が塗られていた。

「どんぐりみたいな眼の男の顔やら、鮭やら熊《くま》の頭、鷲もあるが。にぎやかに彫っちゅうが、こりゃ何ぜよ」

「トーテム・ポールよ。インディアンのお祈りの木なの。この木にむかって願いごとをすれば、神さまが叶《かな》えて下さるの。マン、いっしょに祈りましょう」

二人はトーテム・ポールにむかい、瞑目《めいもく》してしあわせな将来を祈った。

万次郎が瞼《まぶた》をあけるとキャサリンがほほえみ、ささやくようにいう。

「私はジョン・マンの妻になってたくさん子供を産みます。どうか長くいっしょに暮らせるようにと祈ったのよ」

「おおきに、誰がいうてくれるか」

午後の陽《ひ》が、鏡のように皺《しわ》ばみひとつない海上に眩《まぶ》しく照っていた。

「わえはこの景色をいつまでも憶《おぼ》えちゅう。決して忘れん」

万次郎はキャサリンの灰色の瞳《ひとみ》をのぞきこんだ。

空は明るいままに徐々に輝きをひそめていった。二人は夏草のなかをゆっくりと馬を歩ませ、戻ってゆく。

農場に着くと、雇っている農夫が裏口から姿をあらわし、両手に水桶を一個ずつ提げ、海にむかう斜面を転がるように駆け下りてゆく。

「何じゃ、変ったことが起ったか」

万次郎は腰につけた懐鉄砲を手先でたしかめ、玄関の戸をあける。

屋内には湯気がたちこめていた。

アミリアが腕まくりをして、衣類を箪笥《たんす》から取りだし、机のうえにならべていたが、ふりかえっていう。

「マン、アルバティーナがもうじき赤ちゃんを産むわ」

「ほんまかのーし」

万次郎は走り寄る。

「何でも手伝いますらあ。もっと釜《かま》に湯をわかすかのーし」

「お願いするわ。いまお産婆《さんば》がきて、アルバティーナの面倒を見てくれているの」

「調子はええかのーし」

アミリアは額の汗をぬぐい、うなずく。

アルバティーナの寝室で、低い呻《うめ》き声がしていた。

万次郎は農夫とともに井戸端へ水を汲《く》みにゆき、全部の水桶に水を満したあと、洗いきよめた風呂桶《ふろおけ》に熱い湯をいれる。

「私も手伝うわ、何でもいってちょうだい」

キャサリンがアミリアにいう。

「ええ、お願いするわ」

寝室でアルバティーナの呻き声がきれぎれに聞えてくる。

——間なしに産れゆう——

万次郎は拳に汗をにぎりしめる。

「アミリア、入って」

産婆のするどい呼び声が聞え、アミリアがはじかれたように椅子《いす》から立ち、寝室に入った。

さしせまった呻きがつづき、まもなく高く冴《さ》えた産声《うぶごえ》がつづけさまに聞えた。

「嬰児《やや》じゃ、できたがか」

万次郎はキャサリンと手をとりあう。

「キャサリン、キャサリン」

アミリアの呼び声で、キャサリンもドアの内に入る。

万次郎はひとりで気を揉む。

——アルバティーナ様のぐあいがようないのとちがうがか。どうしようたんじゃ——

胸をとどろかせ待つうち、キャサリンがシーツや衣類をまるめて入れた大きな籠を抱えて出てきた。

万次郎は彼女の白い指先が血でよごれているのを見て、息を呑《の》む。

「アルバティーナ様の身按配《みあんばい》はええがか」

キャサリンはほほえみ、肩をすくめる。

「マン、そんなに心配しなくても大丈夫よ。アルバティーナは元気よ。いま睡《ねむ》っているわ。大きな男の赤ちゃんよ」

「え、ほんまかや。そら、よかったなあ」

「金髪で碧《あお》い眼の、かわいい子よ。マンの弟なのね」

万次郎は台所から裏庭に出た。

彼は夕映えにむかっていう。

「キャプテン、男の子じゃが。アルバティーナ様はお手柄《てがら》じゃけ、褒《ほ》めてやってつかあさいや」

キャサリンがいつのまにか後ろへきていた。彼女は万次郎の背によりそい肩越しに小声で聞く。

「マンはフェアヘブンで弟ができて、うれしいの」

「そりゃそうじゃ。キャプテンも知りようたらほんによろこぶぜよ」

「私もうれしいわ。ちいさな義理の弟になる子だもの」

「わえは明日から、もっと精だして働くぜよ」

万次郎は声をはずませた。

万次郎がフェアへブンにきて二度めの秋がきた。花水木と楓《かえで》があざやかに紅葉し景色をいろどり、落葉が路面を埋める。

彼は学校から帰ると忙しくはたらき、余暇にキャサリンとの逢瀬《おうせ》をたのしむ日をかさねていた。

「この国の秋はひっそりしちゅう。しーんとして勉強がはかどらあ。もうじき雨がざ降りに降りようたら、あとは雪じゃのう」

万次郎は陶器の肌《はだ》のように冴えわたってかがやく空のもと、枯れ葉の落ちる音も聞える静寂が地上を領している北国の秋景色のうちに身を置き、中ノ浜を思う。

彼はキャサリンに語った。

「わえは六つの年齢《とし》でヤッコにはたらきに出ようた。ヤッコいうたら下男のようなもんじゃ。十四まで、よう動《いの》いたぜよ。いま時分なら納屋《なや》でダイガラをば踏んで米搗《こめつ》きしゆうが」

「ちいさい頃《ころ》からよくはたらいたのね」

「うん、体がちんまいけえ米のはいった畚《ふご》かついで、ひょろけよったもんよ」

キャサリンはふかい眼差《まなざ》しになる。

「マン、土州へ帰りたいでしょう」

万次郎は黙りこむ。キャサリンは長い指で彼のうなじを撫《な》でる。

「おうそうじゃ、わえは昨日はじめてヘンリーを抱いたぜよ」

「まあ、私も抱いてみたいわ。アルバティーナに頼もう」

万次郎は磨《みが》きあげた玉のような肌のヘンリーがあまりに小さいので触れることもせず、寝台のうえにいるのを眺《なが》めるばかりであった。

彼はヘンリーが睡っているときも、起きて泣いているときも、常に楽しみを感じていた。ヘンリーが家にいると思うだけで、心がにぎわう。

万次郎はアルバティーナが授乳のとき、たまに牛乳を飲ませているのを見て、眼をみはった。

「そげなものを飲ませて、気遣いないんかのーし」

アルバティーナは笑って答えた。

「平気よ、牛乳だけで育つ赤ちゃんもいるのよ。ほら、マンはまだこの子を抱いたことがないでしょう。いちど抱いてごらん。ずいぶん重くなったわよ」

万次郎はヘンリーをうけとる。

落してはいけないと身をこわばらせつつヘンリーの顔を見ると、片頰にかすかな影のような笑みが浮かんだ。

——笑いゆうがか——

万次郎の胸が感動でしびれた。

冬を思わせる北風が唸《うな》っていた放課後、万次郎は同級生のヤコブ、ロバート、ビルとともにバートレット校から近い桟橋《さんばし》際の桶屋、ウィリアム・ハッシーをたずねた。

ハッシーはヤコブの家に出入りしていたことがある。桶造りの技術を身につけたいといいだしたのは、万次郎であった。

「来年の二月にゃ、測量、航海の学問も皆習うてしまうきに、卒業じゃや。あとにゃ金儲《かねもう》けする道はひとつぜよ。捕鯨船に乗らにゃいけんがじゃ。船に乗って一等航海士からキャプテンになりゆうが望みじゃが、ええ船に乗るにゃ手に職がありゃよろこばれゆう。卒業したら、さっそく桶屋へ奉公せんならんと思うちょる」

休憩時間の校内で、同級生たちは秀才の万次郎を取りかこんでいた。

「桶造りか。そんな仕事をやれば毎日手にささくれができて痛いぜ」

裕福な家庭の息子は笑いすてたが、熱心に耳をかたむける少年もいた。

「たしかにジョン・マンのいう通りだ。桶造りとか鍛冶屋の経験があれば、いい船に乗れるし給料も多く呉《く》れるよ」

「そうだ、大金をつかむには捕鯨船に乗るのがいちばんさ。捕鯨船員はシーマンのなかでも花形だからな」

　ロバートとビルが身を乗りだした。

　ヤコブもいう。

「僕も捕鯨船に乗ろうと決めているんだ。よし、いまから桶屋へいって、来年の徒弟奉公を予約してくるか」

　ロバートが首をかしげた。

「簡単に奉公できるところがあるのかね。この辺の桶屋は年中忙しいから腕のいい職人なら傭《やと》うが、徒弟を仕込むというような悠長《ゆうちょう》なことはやらないっていうぜ」

「大丈夫だ、僕が知っている桶屋がいるよ」

「へえ、誰だい」

「桟橋際のウィリアム・ハッシーだ」

「あ、あの吝《しわ》ん坊か」

「吝ん坊だから徒弟を使ってくれるんだ。そのかわり住み込みではたらかなければならないよ。食事は朝食と昼食に乾いた固いパン、夕食はナンテカット名物のダンプリングさ。それを我慢すれば桶造りを教えてもらえるよ」

「それはひどいなあ。でも、いってみるか」

ウィリアム・ハッシーは、吝ん坊であるが意地悪ではないという。

ハッシーの家は緑のペンキで塗った木造の二階家であった。呼鈴の紐《ひも》を引くと、団子鼻の大男があらわれた。

「やあ、ウリュンハジャ」

ヤコブは地元の訛《なまり》で呼びかける。

「やあ、どうした。今日は何の用かね。この辺りへ遊びにきたのかい」

ハッシーは眼もとを皺ばませる。

「そうじゃないんだ。僕たちはバートレット校の同級生だけど、今日はハジャの樽《たる》造りを見物にきたんだよ」

ハッシーは背をそらす。

「それはまた、どういうことだい。坊ちゃんがたは樽なんかめずらしくもないだろうに。うちの仕事場は騒々しくって埃《ほこり》っぽいだけさ」

ハッシーはうしろをふりむく。

煉瓦《れんが》を敷きつめた仕事場では、五、六人の職人が木を削り、型枠《かたわく》に板を詰めこんでいる。両端に柄《え》のついた鉋《かんな》をつかい板を削る音、ハンマーをつかい型枠に板を打ちこんでいる音が屋内に交錯している。万次郎は鉋屑《かんなくず》のにおいをかぎつつ辺りを見まわす。職人たちは手早く仕事をすすめていた。

「忙しそうだね」

「そうさ、年がかわれば出漁する船がたくさんあるから、いつも仕事に追われてるよ」

「いま造っているのは鯨油樽だね」

「うちは小型の水桶《バレロ》専門だ」

木材を樽の大きさにあわせて切りそろえ、鉋で丸みをつける作業を、万次郎たちはしばらく見学した。

樽にはめる箍《たが》は鉄製である。

――中ノ浜の桶屋は猿《さる》みたいに両足をば使《つこ》うて、桶を回しよったが――

手先の器用な万次郎は、このような作業であれば半年も修業すれば細工を覚えこめると思った。

ヤコブはしばらく仕事ぶりを見学したあと、ハッシーにいった。

「僕たちは来年三月になればバートレット校を卒業する。そのあとここで樽造りを見習いたいんだが、使ってくれるかね」

ハッシーは眼《め》を見はった。

「へえ、坊ちゃんがたが樽造りをするのか。本気かね」

「そうさ、僕たちは将来捕鯨船に乗ってセブン・シーズへ出かけるのさ。そのために樽造りは必要な技術だからね」

世界の七つの海とは、北大西洋、南大西洋、南極海、インド洋、南太平洋、北太平洋、北極海である。

ハッシーはうなずいた。

「給料は出せないが、住込みなら食事は出すよ。それでいいかい。じゃ来年の四月になったらおいで。待っているよ」

セブン・シーズ

万次郎は一八四五年（弘化《こうか》二年）十一月から翌年の五月まで、フェアヘブンでのもっとも楽しい記憶に満ちた日々を過ごした。

彼がキャサリンと婚約したのは、一八四五年一月であった。

「わえはお前《ま》んにええ暮らしをさせちゃうきに。世帯《しょたい》持つまでひと稼《かせ》ぎせにゃいけんがじゃ」

「私はいい暮らしなど望んでいないわ。マンといっしょにいれば、そのうえの仕合せはないのよ。でもマンは捕鯨船に乗って、立派なキャプテンになる夢を持っているもの、邪魔しないわ。フェアヘブンの女は皆、主人や家族を海へ送りだして留守居をしているんだわ。私ひとりが気儘《きまま》をいえないの」

万次郎はその年の三月にバートレット校を最優秀の成績で卒業した。

彼はアルバティーナに相談した。

「これから畑仕事のせわしゅうなるときに、勝手なことをばいいだして済まんがのーし。来月から半年ほどはフェアヘブンの桶屋《おけや》師匠のハジャの家へ住みこんで、修業したいのやがのーし。いかがなもんでございますろう」

キャサリンもともに頼んだ。

「ジョン・マンのかわりに私に農場のお手伝いをさせて下さい。日曜日《ションレイ》の午後には二人ではたらきますわ」

アルバティーナは万次郎の願いをうけいれた。

「ジョン・マンはうちの息子よ。捕鯨船で役に立つ技術を学ぶのに、どうして私が反対するの。農場の仕事は人を傭《やと》ってしてもらうから、しっかり修業するのよ」

「ヘナン（ヘンリー）にも逢《あ》いたいきに、ションレイの午後にゃ帰ってきますらあ」

万次郎はヘンリーをかわいがっていた。

ヘンリーは家のなかを涎《よだれ》を垂らしながら這《は》いまわっているので眼《め》がはなせない。万次郎が抱くとはじけるように笑声をたててよろこぶ。

万次郎が桶屋のハッシーの家に住みこんだのは四月はじめ、底冷えがするが陽射《ひざ》しに春めいた明るさの宿る午後であった。

ヤコブ、ロバート、ビルが、彼とともに住みこむ。

樽《たる》造りの仕事は労力を要する重労働であった。

「こんなにくたびれる仕事とは思わなかったよ」

「一日じゅうはたらいて、食えるのは石のようなパンとダンプリングだ。これじゃ病気になっちまうよ」

ヤコブたちは十日も経《た》たないうちに、弱音を吐いた。

五月祭がくるまでに、ヤコブ、ロバート、ビルは桶屋の徒弟奉公をやめた。

「ジョン・マンもやめろよ。こんな暮らしをしていると、とても身が保《も》たないぜ」

「そうさ、樽造りは吝《けち》のハジャにさせておけばいい。こんな仕事を覚えなくても捕鯨船に乗れるよ」

「食べものもろくに口にいれずに埃《ほこり》ばかり吸っていると、肺をやられるっていうね。命のあるうちにやめたほうがいい」

三人は誘うが、万次郎はためらった。

「わえはもうちっと気張ってみらあ。ハジャはたまがるほどの吝《しわ》い男じゃが、ええ腕しとるぜよ。わえはお前んらとちごうて日本人じゃきに、船へ乗るにもなにかとはげまにゃいけんのじゃねや」

ヤコブはうなずく。

「それなら、しばらくがんばってみるかい。僕たちが食べものを運んであげるよ。でも、無理だと思えばすぐやめることだ」

　三人が去ったあと、万次郎は悪条件に堪え樽造りを学ぶ。ハッシーはいった。

「マンはやめないのか。熱心だな。この仕事は辛《つら》いから、徒弟になってもやめる者が多いのさ。マンは感心な子だから、水桶や盥《たらい》の造りかたも教えてやるよ」

　日曜日の午後、万次郎が農場に戻ってくると、キャサリンは気づかわしげにいう。

「マン、随分痩《や》せて顔色も悪くなったわ。仕事がつらいの」

「うん、ハジャは仰山注文《ぎようさん》をとってのう。夜なべで稼ぎよるきん、寝る間ものうていかん」

「マンは給料《ペイ》をもらっていないんだから、そんなにはたらかなくてもいいのよ」

「そうもできんが」

　万次郎はやつれた頬《ほお》に笑みを見せる。

「安い魚油を使《つこ》うてランタンともすけえ、体に魚のにおいが染《し》みついちゅう。臭かろうが」

「いいえ、私はジョン・マンの全部が好きだから、体のにおいなんか気にならないわ」

　キャサリンは厩《うまや》の隅《すみ》、海際《うみぎわ》の木立で万次郎にしがみつき、むさぼるように接吻《せつぷん》をする。

　農場にいる時間が飛ぶような足取りでたっていった。

　彼女は夜遅くまで万次郎の部屋にいて、彼と将来の家庭設計について話しあう。

　ドッグ・ウッドの花が冴《さ》える六月のなかばの日曜日、キャサリンは万次郎を誘った。

「ジョン・マン。今夜は私の部屋に泊ってちょうだい」

万次郎は首をかしげた。

キャサリンは眼をかがやかしていう。

「物置きの横に梯子《はしご》を出しておくから、それを私の部屋の窓に立てかけて登ってくるのよ」

「そげなことやりゃ、親に意見されるぞ。夫婦《めおと》の許しを町長はんにもろうたが、まだ世帯を持ったわけじゃないけん、できなあ」

「マン、私の頼みが聞けないの。私はちょっとでも長くマンの傍《そば》にいたいだけよ。あなたの疲れた足や背中を揉《も》んであげたいわ」

「よっしゃ、分ったぜよ。あし（私）ん家《く》を出るときも梯子がいるけえ、宵《よい》に立てかけとかあ」

その夜、キャサリンは十時過ぎまで万次郎の部屋にいた。

彼女が帰ったあと、万次郎はしずかに窓をあけ、梯子をつかって地上に降りる。牝犬《めすいぬ》のサマンサが草箒《くさぼうき》のような尻尾《しっぽ》で地面を掃きながら坐《すわ》っていた。

万次郎が頭を撫《な》でてやると黙ってついてくる。彼はキャサリンの部屋の窓下までくると、担《かつ》いでいた梯子をかける。

「サマンサ、啼《な》くなよ」

サマンサはかすれた喉声《のどごえ》で答え、尾を振った。キャサリンが梯子をのぼってゆく万次郎の手を引いて迎え、頰ずりをする。

「これで明日の朝まで、マンといっしょにいられるわ」

彼女はちいさなテーブルに、クラム・チャウダー、チーズ、干し肉、ケーキ、コーヒー、杏《あんず》などを置きならべていた。

「ホットワインもデカンターに一杯分取っといたわ。さあ召しあがれ、私の旦那《だんな》さま」

「こりゃ、盆と正月が一遍にきたよなご馳走《つっお》じゃのう。こげに気い遣わんといてよう、キャサリン」

「いいのよ、しっかり食べて。チーズと干し肉を袋にいっぱい詰めておいたから、明日は持って帰ってね」

キャサリンは干し肉をひときれ、窓下でしゃがんでいるサマンサに投げてやる。

「きれいな月だわ」

「そうじゃ、風がのうて花のにおいがしゆう」

二人は中空に銀盆のようにはめこまれた月を眺《なが》める。

遠方でシチンボールの号笛が尾を引き鳴っていた。

「さあ、食べて。お夜食が済んだらお話をしましょう。でも眠いでしょう」

「いや、キャサリンといっしょにおりゃ、楽しゅうて眠れるか」

二人は抱きあい額を押しつけあって忍び笑いをもらした。

万次郎は夏から秋へかけて、フェアへブンのもっとも美しい季節を、桶屋のハッシーの仕事場で木屑《きくず》にまみれて過ごした。

彼は日曜日に農場へ帰り、キャサリンとともにはたらき、ヘンリーとたわむれる楽しみを頭にえがきつつ、週日の激しい労働と飢えに耐えた。

だが頑健《がんけん》な万次郎も、しばしば病気になった。彼は体が不調になると農場に帰り、自室のベッドに転げこみひたすら眠る。めざめるとアルバティーナとキャサリンがこしらえた料理をほおばる。
四、五日経つと身動きさえ辛かった体が回復し、またハッシーのもとへ戻ってゆく。キャサリンは彼の健康を気づかい、しばしば仕事場へたずねてきた。
「こんな薄暗くて、木屑の舞っている土間で朝から晩まではたらいているんだもの。しかも食べものは一週間もまえのパンとダンプリングでしょう。体が保たなくてあたりまえだわ。マンはどんな難儀なことでもやりぬく人だからしかたがないけれど、ぐあいがわるければ早めに帰ってきて休息するのよ」

キャサリンは干し肉や飴玉《あめだま》、チーズなどを置いてゆく。

万次郎は幾度か農場へ帰り、静養してはまたはたらく。ドッグ・ウッドが紅葉する秋になると、彼はようやく樽造りの要領をひと通り覚えこんだ。

「もうじき仕舞いじゃ。樽の水洩《みずも》れのとめかたが幾通りもあってのう。そのコツさえ分りゃ、わえも一人前の桶師よ」

農場へ帰りキャサリンに告げると、彼女は眼をかがやかす。

「そのあとは農場《ここ》にいるの」

「そうじゃ、捕鯨船にゃいつ乗れるか分らんが、それまでは畑仕事するけん、毎日キャサリンといっしょじゃ」

「ほんとう、うれしいわ」

キャサリンは万次郎にしがみつき、こおどりする。

「ヘナンとも遊んでやらにゃいけんしのう。あの子はキャプテンが留守じゃけえ、わえが遊び相手よ」

ヘンリーは陽気な子であった。

ブーツをはいて農場をたどたどしい足どりで歩きまわるので、眼がはなせない。気にいった遊びをはじめると長く涎を垂らし、熱中する。

大人たちのいう言葉はすべて理解しているようだが、まだ言葉は話せず、奇声を発して用を告げる。万次郎はヘンリーを撫でさするようにいつくしんでいた。

冬を迎えるまえの長雨が雪にかわり、フェアヘブンの街路の並木が銀細工の枝を鉛色の空にさしのべている十月末の昼さがり、万次郎は寝具を積んだ橇《そり》を馬に曳《ひ》かせ、ハッシーの仕事場を出た。

「達者でな、ジョン・マン。俺《おれ》はいっしょにはたらいた日本人のことを忘れないよ」

団子鼻のハッシーは、万次郎の肩を抱き笑顔で見送った。

吝ん坊の彼の長所は、ひと一倍愛嬌《あいきょう》をふりまくことである。

万次郎は馬の背に揺られつつ口笛を吹き、ヤコブたちから教わった民謡を口ずさむ。

――おうスザンナ　泣きやみんさい
　バンジョーを持ってきようたけえ
彼は興に乗って、人の気配のない雪原にむかい、ひびきのある声音を張りあげる。

「アイ、ケイム、フロム、アラバマ、ウイズ、バンジョー、オン、マイ、ニイ」

捕鯨船の乗組員となるために学ぶべきことはひと通り身につけた。

彼の航海についての知識は、一等航海士として充分通用するものである。そのうえ、船内では重要な技術として尊重される樽造りの専門家でもある。

――あとは農場でええはたらきぐちがみつかるのを、待っちゅうだけじゃ。バートレット先生も、いまが骨休めのときじゃけえ、ゆっくり一服しちょけ言いなはった――

バートレット校長は、ニューベッドフォード港に船籍を置く捕鯨船の船主、船長と懇意であったので、最優秀の成績で卒業した万次郎に好条件の働き場所を斡旋《あっせん》すると、うけあってくれていた。

捕鯨船出漁のシーズンである来年の六月になれば、万次郎は航海に出かけてゆく。

――ひと儲《もう》けして帰ってくりゃ、キャサリンと祝言《しゅうげん》をあげるぜよ――

アルバティーナは農場の一隅《いちぐう》に彼とキャサリンの新居を建てるよう、すすめてくれていた。

――今日帰るとは誰も知らんきに、びっくらしよるじゃねや――

万次郎は何の鳥とも知れない黒影が、林のなかから雪を蹴落《けお》とし飛びたつのを見つつ、口もとをほころばす。

――皆のみやげも買うちょるきに。ヘナンもよろこびゆう――

彼はホイットフィールドの農場が、いつのまにか中ノ浜の生家よりも影濃く心に宿っているのに気づく。中ノ浜の記憶はおぼろとなり、母志おへの思慕のみが燐光《りんこう》を放つように鮮明であった。

雪の降る日がつづいた。

ホイットフィールドの農場で唯一《ゆいいつ》の男手である万次郎は、家畜の世話、水汲《みずく》み、薪割《まきわ》り、家の内外の掃除、屋根の雪おろしと、力のいる雑用をひきうける。

すべてが片づくと、二階の自室で航海術の書物をひろげ、読みふけった。彼はナサニエル・バウディッチの『新アメリカ航海士便覧』をくりかえし精読する。日月星辰《せいしん》の距離を測り緯度を求める法。大小数減法。大小数乗法。大小数除法。割円線法。割地線法。平面走法。縦横走法。等分走法。

太陽高度をもって経度を測る法。太陽高度をもって時刻を計る法など、さまざまの演習問題を解いてゆくうち彼は熱中し、時の経つのを忘れる。

夕食後はキャサリンがたずねてくる。二人はともにいるだけで満ちたりた気分になった。キャサリンは窓外に雪の降る気配がする、森閑と静まりかえった部屋で万次郎と話しあい、よく笑う。

キャサリンは万次郎の中ノ浜での生活について聞きたがった。

「中ノ浜じゃ貧乏しよったけんなあ、ちっとばあ体のぐあいが悪《わ》りいうても、はたらかされたもんじゃ。そんじゃけえ、ええ話は無えが」

「何でもいいのよ、教えて」

「そうじゃなあ。わえが村年寄の太平やんのヤッコに使われちょったときにのう。毎日何俵も米搗《こめつ》かされて、手間かかって仕方ないきん、浜で小石つかんできて臼《うす》に入れたんよ」

万次郎はダイガラ臼の絵を描《か》いてみせる。

「そんがにしようたら、米が滅法早う搗きあがるんよ。それを太平やんに見つけられてのう、そげなことやったら米が砕けるさかいやめちょきいうて拳骨《げんこつ》で殴られた。わえがそのあともやめなんだらまた見付けられて、怒鳴りつけられたんよ。わえはもう辛抱でけんと思うたけん、足あげて屁《へ》ぇかまひちゃった。太平やんはえろう怒って刀持ちだしよって、わえを切ろうちゅう騒動よ。それで家出して鰹《かつお》船の炊《かし》夫《き》になったんじゃ。海へ出ようたけえ、いまここに住んでキャサリンに逢《あ》えたんじゃ」

キャサリンは涙ぐみつつ、笑いころげた。

「マンは何でも工夫するのね。工夫しなきゃ何事も成功できないって、うちのお父さんがいってたわ。マンは小さい時分から頭が冴えていたのよ。私は努力するあなたが大好きなの」

彼女はランプの光りのなかで、万次郎の眼をのぞきこんだ。

ヘンリーは日増しに成長してゆく。

万次郎が仕事をすませ居間の椅子《いす》に腰かけるのを見つけると、奇声をあげつつ危うい足取りで駆け寄ってくる。

膝《ひざ》に抱きあげると、よだれに濡《ぬ》れた頰を万次郎の頰にすりつけ、何事かしきりに語りかける。

「また汚れた手をしちゅうが」

万次郎は肥えふとったてのひらの指を押しひらき、握っている糸屑などを取りのぞき、湯でしぼったタオルでていねいに拭《ふ》いてやる。「ブウブウ」などと意味のとれないことをつぶやいているヘンリーは、こちらが語りかける言葉を何でも理解している。

返事は身ごなしで充分に用が足りるので、万次郎は彼と言葉をかわしているような錯覚にとらわれ、問いかけてみてはまだ喋《しゃべ》れないのだと苦笑いをする。

ヘンリーのもっとも好む遊戯は、ゴム毬《まり》を投げあうことであった。よくはずむ毬を万次郎がゆっくりと投げてやってもほとんど落すが、たまに両手で胸に抱きとめると、澄んだ笑声をはじけさせる。

暖炉のそばの床に足を投げだしむかいあい、万次郎はよだれかけを濡らして熱中するヘンリーの胸に、ゆっくりと毬を投げた。

「これはカンニングぜよ」

いいつつ、ヘンリーの腕のなかへ毬を押しこむ。

ヘンリーの眼差《まなざ》しにはさまざまの感情、意志がひしめきあっていて、万次郎はそれをすべて読みとる。

アルバティーナとアミリアが傍にきて、二人の様子を笑みをうかべ眺めていた。ヘンリーは眠くなり、居睡《いねむ》りをしながらも遊びたがる。万次郎が抱きあげると身をそらして怒りつつ、たわいもなく寝ついてしまう。

「ヘナンはええ子じゃきん、かわゆうてならんぜよ」

万次郎はヘンリーをベッドに寝かせたあとも、しばらく背を叩《たた》いてやる。

十二月はじめの眩《まぶ》しく晴れわたった朝、ヤコブが遊びにきた。彼ははじめて見る農場を見渡して褒《ほ》めた。

「いいところじゃないか。あそこに見えるのは海か。池のように静かだなあ。こんなところで愛する家族と暮らせたら、最高だね」

彼はアルバティーナ、アミリアに挨拶《あいさつ》した。

「これがわえの大事なヘナンじゃ」

万次郎が抱きあげてみせると、ヤコブはヘンリーの豊かな頬にくちづけをする。ヘンリーは陽気な笑声をあげた。

ヤコブはアルバティーナとアミリアの心のこもった昼食をふるまわれた。

食後、二人は戸外に出た。

「ええお天気で、日向《ひなた》は温《ぬく》うてええ気色《きしょく》じゃのう」

「そうだな、ご馳走《ちそう》で胃袋をふくらませたから、よけいに気分がいいよ。アルバティーナとアミリアはどちらも料理が上手だね」

「そうじゃねや。わえはしあわせ者よ。毎日ええ物ばっかり食わせてもろうて」

万次郎は家畜小屋へ案内する。

「乳牛が十二匹に馬が八匹じゃ。豚は二十八もおるんぜよ。山羊《やぎ》は五匹じゃ」

鶏の群れがにぎやかに啼きかわしつつ、浜辺のほうからやってくる。

「鶏もたくさんいるんだなあ」

「百は越えちょるき、卵も売らにゃ余ってしかたないぜよ」

キャサリンが突然あらわれた。

「あらジョン・マン。ここいたの」

弾んだ声で呼びかけ、走り寄ろうとしてヤコブを見て立ちどまる。

「こんにちは、ヤコブ・トリップです」

ヤコブは帽子をとり、挨拶した。

「これは隣りのキャサリンでのう」

万次郎は紹介しかけ、口ごもる。

「あ、マンの婚約者だね。キャサリンは」

ヤコブは人なつこい笑みをうかべた。

「家のなかで待っちょってくれるかえ。じきに帰るきに」

万次郎はヤコブを海の見える丘へ連れてゆく。

「キャサリンは美人だし、気立てのいい子のようだ。あんないい相手にめぐりあって、マンは運がいいよ」

二人は斜面を登ってゆく。

ヤコブが雪の吹き溜《だま》りに足をいれると、腰の辺りまで沈んだ。

「そっちはいけん。こっちへきておうせ」

万次郎はヤコブの手を引き、丘の頂きへ登った。

「いい眺めだなあ。あれがウェスト・アイランドだね」

ヤコブは眼《め》をほそめ、海上の島影を見る。

暖かい陽《ひ》を浴びた雪の表面が融《と》け、ジワジワと音をたてている。

「マン、僕は来年の五月に捕鯨船に乗り組んで太平洋へゆくよ」

ヤコブが沖に眼をやりながらいった。

「え、ほんまか。どこの船じゃ」

「ジョン・ハウランド号だよ」

「ほんなら、わえの乗った船じゃ」

万次郎はおどろいた。

ヤコブは午後遅くフェアヘブンへ帰っていった。

その夜、万次郎はベッドに入っても寝つかれず、遅くまで眼ざめていた。

――ヤコブはジョン・ハウランド号に乗りようか。わえにゃ何の話もないが、バートレット先生はほんまにええ船に乗せてくれるがか。気がかりじゃなあ――

フェアヘブン、ニューベッドフォードで捕鯨船員になるには、強健な体さえあればいいといわれているが、人種についての偏見はないとはいえない。

捕鯨船長のなかでは、ホイットフィールドのような穏和で公平な人物はすくないであろう。

万次郎はキャサリンと結婚し、アメリカで生きてゆくためにいずれは船長になりたいと野心を抱いていたが、ヤコブのようにはやばやと勤め先がきまらないのが不安になった。彼は幾度も寝返りをうつ。

雪がやみ、風が出ていた。ガラス窓がきしみ声をあげている。突風が吹くと二階がわずかに揺れるような気がする。

――馬小屋の扉《とびら》は錠をかけちゅうき、風で開くことはないじゃねや――

暗い天井の木組みに眼をさまよわせているとき、窓下でサマンサが吠《ほ》えた。

――また兎《うさぎ》でも走りようたか――

サマンサは吠えやまない。くりかえし吠える声は切迫していた。ときどき敵を威嚇《いかく》するような低く尾を引く唸《うな》り声をあげる。

——何ぞ来ちゅうか——

万次郎ははね起き、身支度をして懐《ふところ》鉄砲をつかみ、階下へ下りていった。

アルバティーナとアミリアも起きていた。三人は暖炉の前で眼を見交す。

「何ぞ妙なものがきてるようじゃのーし。見てみますらあ」

「気をつけてね。獣なら追い払えばいいけれど、この頃《ごろ》馬泥棒《どろぼう》がフェアヘブンにあらわれているって聞いたわ」

万次郎は眼を光らせた。

「ほんじゃ、杖《つえ》も持っていきますらあ」

彼はナイフを仕込んだ杖を帯に差す。

サマンサは狂ったように吠え猛《たけ》っている。万次郎は玄関ドアののぞき窓を開け外を見る。

サマンサは背をまるめ、足を踏んばり吠えていた。万次郎は家畜小屋の戸が開き、風に揺れているのを見て、アルバティーナにいう。

「わえが出るきに、あとは締めてつかあされ。わえが戻るまで、家のなかで鉄砲をいつでも撃てるように構えててつかあされや」

万次郎がドアを静かにあけ、半身を出したとき、ブヒョッと何かが耳もとをかすめ、軒先に火花が散った。

万次郎は室内に転げこむ。誰かが鉄砲を撃ちかけてきて、ポーチの柱に吊《つる》したランタンの金具に弾丸があたったのである。

どこから撃ってくるのか分らないので、彼は床に腹這《はらば》いになり、もういちどドアをあける。家畜小屋の外壁に身を沿わせ誰かがいた。銃声が二度鳴り、頭上の壁に弾着音がした。万次郎の内部に憤怒《ふんぬ》が湧《わ》きあがった。

「おどれらあ、クソボロケが」

彼は罵声《ばせい》をあげ、闇《やみ》にむかい、懐鉄砲を二発撃つ。さらにつづけさまに四発撃って弾丸を詰めかえようとする。

「マン、これを撃って」

アルバティーナが二連銃を手渡してくれた。万次郎は立ちあがって引金をひく。腹にこたえる轟音《ごうおん》が闇をつらぬき、万次郎はもう一発散弾を撃った。

小屋のなかから黒影が走り出てきた。

「くそこなあ、待て」

万次郎が喚《わめ》き、アルバティーナが弾丸を詰めてくれた懐鉄砲を手にあとを追った。

街道に馬蹄《ばてい》の音がして、駆け去ってゆく二組の人馬が見えた。万次郎は彼らの後姿を狙《ねら》い懐鉄砲を六発撃って家に戻った。

「マン、怪我《けが》はなかった」

「大丈夫なの」

アルバティーナとアミリアが彼を抱く。

「気遣いないでのーし。どこも撃たれちょらんきに。それより小屋を見廻《みまわ》ってきますらあ」

万次郎は昂奮《こうふん》しているが、戸外の様子を冷静に観察する。

街道へ出て逃げてゆく男たちを追いかけていたサマンサが息を荒げ戻ってきたので、家畜小屋に賊は潜んでいないはずである。

「サマンサ、ついてこい」

万次郎は懐鉄砲を右手に構え、左手にランタンを提げて出る。

「これは血の痕《あと》じゃ」

街道へむかい血痕《けっこん》が点々と散っている。おそらく散弾で怪我したのであろう。

家畜小屋へ入ると、馬房の柵《さく》の横木がひとところ外されている。

「やっぱりあのくそおじらは、馬盗《ぬす》っ人《と》やったか」

牛馬の数は減ってはいない。

馬泥棒たちは万次郎の猛烈な反撃におどろいて逃げうせたのである。万次郎はドアのまわりの壁に幾つかの弾痕があるのを見て、身震いをした。

翌朝、万次郎は家畜小屋の傍《そば》で懐鉄砲一挺《ちょう》を拾った。白磨《しろみが》きの銃身にG・Cと頭文字が彫られていた。引金が軽く動くように細く削られているのを見ると、鉄砲遣いに熟練した者の持ち物のようである。弾丸は輪胴に二発残っていた。

「これを持って、町の役人の所へ届けてきますらあ」

万次郎はアルバティーナに告げる。

「昼間じゃけえ、めったなことはないですろうが、キャサリンに手助けにきてもらうでのーし。気いつけてつかあさい」

彼は馬に乗り、キャサリンの家へ寄った。

「マン、どこかへでかけるの」

「町の役人にこの懐鉄砲を届けてくるんよ」

「え、それは誰のものなの」

「昨夜《よんべ》に馬盗っ人が馬を取りにきようた。わえが懐鉄砲やらバラ玉やら撃ったら、びっくらこいてこれを落して逃げくさったんじゃ」

「え、泥棒と撃ちあいをしたの。マンがそんな怖いことをしたの」

「そうじゃ、盗っ人は二人で、逃げたあとに血い流しちゅう。おおかた怪我したんじゃろのう」

万次郎が馬から下りると、キャサリンは彼を抱きしめる。

「そんな危ないことをしていたとは知らなかったわ」

「頭の横の壁と軒のランタンに何発か当っちゅう。わえはあとでそれ見たときゃ、身ぶるいしたぞな。それでキャサリンに頼むじゃが、わえが町から戻るまでアルバティーナ様といっしょに、家の守りしておうせ」

「いいわ、鉄砲を持っていくわ」

「鉄砲はうちにあるきに、いらんぜよ。ほやわえが連れていくきに、馬へ乗りんさい」

「ちょっと待って。そのガンをお父さんに見せてくるわ」

キャサリンは泥棒の落していった懐鉄砲を父親に見せにいった。

まもなく父親のベンが表へ出てきた。

「やあ、ジョン・マン。昨夜は騒動だったんだってなあ。銃声が聞えたらすぐ駆けつけたんだが、ひどい風で音が届かなかったよ。隣りにいながら力になれなくて済まなかった。ところでこのガンにはG・Cとイニシャルが入ってるが、こいつは誰か知ってるかい」

万次郎はかぶりをふる。

「ニュージャージー一帯じゃ、名高い馬泥棒のギャレイ・クロイルっていう悪さ。奴《やつ》は射撃の名人だよ。よく命があったんだなあ。ギャレイが逃げたほどだから、よっぽど手ごわく遣《や》りあったんだろうよ」

馬泥棒に襲われたあと、万次郎は毎夜散弾銃を自室の壁にたてかけ、夜遅くまで起きていた。

サマンサがいるので不意をつかれるおそれはないと思えるが、油断はできない。雪の降る日が幾日かつづくと、灰色の濃淡をつらねる雲のあわいから光りの箭《や》が降りそそぎ、やがて陶器の肌《はだ》のようなあざやかに青い空がひろがる。

「ええお天気には、雪をおろさにゃいけん」

万次郎は眩《まぶ》しく雪上から照りかえす陽射《ひざ》しに汗を流し、屋根の雪を鍬《くわ》で掻《か》きおとす。

キャサリンがヘンリーを抱いて見あげている。ヘンリーはにぎやかに笑声をあげ、身もだえして雪のうえに下りたがる。

「この子はほんとにじっとしていないのね。じゃ、下してあげよう」

ヘンリーはキャサリンの手をはなれるとあわてて走りはじめ、五、六歩ゆくといきおいよく転ぶが、泣きもせず起きあがる。

万次郎はキャサリンが雪玉をこしらえてはヘンリーに投げさせてやるのを眺《なが》めつつ、雪おろしをつづけた。

――わえはこげな極楽のような暮らしができゆうとは思わなんだがじゃ。何もかもキャプテンのおかげじゃ――

ヘンリーは目覚めているあいだは万次郎のあとをついて歩き、遊びの相手をしてほしがる。万次郎は彼を紐《ひも》で背中へくくりつけて、家畜小屋の片付けをすることがあった。アルバティーナ、キャサリンはその姿を見るとおかしがった。

「日本じゃこがいにして背たろうんでのーし。いけんですろうか」

「かまわないわ。ヘナンもよろこんでいるじゃないの」

農場での楽しい冬が過ぎていった。

クリスマスが過ぎ、正月を迎えるまで変ったことはおこらなかった。

騒がしくはしゃぐヘンリーは健康で、成長が目に見えるようである。アルバティーナ、アミリアは万次郎を信頼していた。

キャサリンはいまでは万次郎の半身であった。たがいにふかい思慕を交しあい、相手が眼前からいなくなれば生きてゆく意欲を失うほどにささえあい、もたれあっている。

万次郎はなつかしい記憶の絵を心につみかさねてゆく。キャサリンと家族たちのさまざまの姿が脳裡《のうり》に鮮明な画像としてたくわえられ、数をふやしていった。

小麦粉のようなこまかい雪がふりしきっていた二月の朝、農場へめずらしい客がおとずれた。

万次郎が家畜にやる飼料をこしらえていたとき、アミリアが呼びにきた。

「いま玄関の呼鈴が鳴ったわ。あけてもいいかしら」

「いや、ちと待っとうせ」

万次郎は母屋《おもや》に戻り、懐鉄砲を手に表戸ののぞき窓をあける。

ポーチには外套《がいとう》の肩につもった雪をはらいおとしている男がいた。

「どなたじゃのう」

声をかけるとふりむく。

「ここはホイットフィールド船長の農場ですか」

「そうじゃけんど」

男は覗《のぞ》き窓をみつめる。

「その声はジョン・マンじゃないか。俺《おれ》だよ、ジョン・ハウランド号に乗っていた銛《もり》打ちのアイラ・デイビスだ。ニューヨーク生まれのデイビスさ」

男は鍔広《つばひろ》帽子をぬぎ、灰色の髪を指で掻きあげる。

「おう、ほんにデイビスじゃ。ようきてくれたなあ。さあ、入っておうせ」

万次郎はドアをあけた。

アイラ・デイビスはジョン・ハウランド号の幹部船員で、ポールとともに万次郎にエンケレセの読み書きを教えてくれた親切な男であった。

デイビスはアルバティーナ、アミリアに挨拶《あいさつ》をする。

「主人の船で鈷打ちをして下さった方なら、私にもはじめてお目にかかったように思えませんわ。どうかゆっくり休んでいって下さい。デイビスさんはニューヨークの方ですって。私と同郷なのね。嬉《うれ》しいわ」

アルバティーナはデイビスを暖炉のまえに導き、ホットワインをカップに満たしもてなす。

「デイビス、いつからフェアへブンへきていなはった」

「正月の末だよ」

「何しにきなはった」

「しばらくナンテカット島で近海捕鯨の船に乗っていたんだが、こんど捕鯨船のキャプテンになったんだよ」

「そりゃえらい出世じゃが。何ちゅう船かのう。聞かせてつかーれ」

「ヌーベッホーに船籍のある、バーク・フランギラン号という船さ。長さは四十メートル、二百七十三トンで、近頃三本マストに改造したんだ。ジョン・ハウランド号よりひとまわり小さいが、いい船だよ」

　万次郎はデイビスが訪れた理由を、ほぼ察した。

　デイビスは万次郎が思っていた通り、用件をきりだした。

「今日、ジョン・マンをたずねたのは、五月に船出して太平洋へむかうフランギラン号に乗ってもらいたいと思ってね。誘いにきたわけだよ」

「へえ、そりゃええ話じゃが、キャプテンがいま航海に出ちょるけえ、留守を頼まれちょるきに、アルバティーナ様の都合も聞かにゃいけんぜよ」

　万次郎は捕鯨船乗組みを待ち望んでいたが、馬泥棒の騒ぎがあってのちは、ホイットフィールドが帰還するまで農場の留守居をしていたほうがいいと考えるようになっていた。そうすれば、キャサリンと結婚する日も早まる。

　デイビスは熱心に誘った。

「俺はヌーベッホーで船員を探している。定員は二十四人で、おおかた揃《そろ》ったが、俺の相棒になってくれる幹部は、信頼できる男が欲しい。人選をすすめていたところへ、つい先日ジョン・マンがスコンチカットネックのキャプテン・ホイットフィールドの農場にいると聞いたんだ。マンはバートレット学校で航海、測量学を勉強したうえに、樽《たる》造りもできるっていうじゃないか。

ジョン・マンなら前の航海で苦楽をともにした仲だし、俺の片腕になってくれるとよろこんでふっ飛んできたのさ。頼むよ、どうか俺といっしょに航海してくれ。おたがい、シーマンの腕を磨こうじゃないか」

「そりゃええ話じゃ。わえも乗りたいけどのう。いったん沖へ出りゃ、ここへ去《い》ぬるのは三年先になりゆうが」

「それはそうだが、なんとか協力してくれないか」

「まあ考えさせてほしいのう。いますぐ返事するわけにゃあ、いかなあよ」

デイビスはうなずく。

「分ったよ。なにしろ長い航海だから、簡単に返事もできないだろう。じゃ、またしばらくしてくるよ。そうだな、つぎの日曜日の午後にお邪魔しよう」

デイビスは万次郎、アルバティーナたちと昼食のテーブルをかこみ、にぎやかに世間話を交したあと、帰っていった。

アルバティーナは万次郎に聞く。

「デイビスは何の用できたの」

万次郎はいいよどむが、打ちあけないわけにはゆかない。

「こんどキャプテンになったけえ、五月に船を出すんじゃが、わえを雇いたいちゅうてきたんじゃがのーし」

デイビスが帰ったあと、家畜小屋へゆこうとした万次郎は、アルバティーナに呼びとめられた。

「マン、ここへお坐《すわ》りなさい」

彼女は暖炉のまえの椅子《いす》に招いた。

「今日デイビスにどんな返事をしたの」

「ヌーベッホーにいよるけえ、ちと思いたって頼みにきただけじゃでのーし。まだ返事はしちょらんですらあ」

アルバティーナは青く澄んだ眼《め》をむける。

「ためらわないでもいいのよ、マン。デイビスとバーク・フランギラン号に乗り組むのは、めったにないいい話だわ」

万次郎は頭を垂れ、うなずいた。

「ほんまは、そうやのーし。わえに片腕になってくれんかちゅうて、いいよったんですらあ」

「それで、どんな返事をしたの」

「ちと待っとうせちゅうて、去なせたんですらあ」

「どうしてすぐ返事しなかったの。マンにとってはあつらえむきのはたらきぐちじゃないの」

「そらそうやが、すぐにゃ心がきまらんでのーし」

アルバティーナは万次郎の眼をのぞきこむ。

「ためらってはだめよ。いい機会を逃がしたら後悔することになるわ」

万次郎はいう。

「ほんにええ仕事ぐちじゃが、わえはキャプテンが帰ってくるまで、農場の守りをするというたきに、勝手なことはできんでのーし。馬盗っ人もきようたし、男手がなけりゃ安気《あんき》に日送りできなあと思いゆうて、すぐにゃ返事できなんだが」

「そんなことは気にしないでいいのよ。私たちは農場を誰かに預けて、フェアヘブンの家に戻ってもいいわ。ヘナンも町にいて育てるほうがいいと思っていたのよ。お医者さんも学校もあるし、商店も近いからなにかと便利だわ。ホイットフィールドだって、マンに仕事を逃がしてまで農場を守ってもらうつもりはないでしょう」

「そうまでいうてくれるんなら、よう考えてみますらあ」

万次郎は日暮れまえまで家畜小屋にいた。掃除をし、牛馬の体を拭《ふ》いてやり、飼料をこしらえる作業をつづけながら、寒気を忘れ思いにふける。

──キャサリンと三年も別れとうないがのう。仕事も捨てるわけにゃいけんし、アルバテイーナ様はあげなことをいうてくれる。どうすりゃええかのう──

万次郎はおなじことをくりかえし考えつづけた。

夕食後、万次郎はキャサリンに会いにいった。

「やあ、マン。外は降ってるかい」

居間でパイプをくゆらせていたベンがいう。

「よう降ってますらあ。大分積もるがじゃゆ」

二階へあがるとキャサリンは万次郎を抱きしめ、二人はながいくちづけを交わす。

「今夜は凍《い》てついてるでしょう」

「そうじゃねや。道は板みたいじゃ。いま降りゆう雪もじきに凍っちゅう」

風が窓ガラスを打つ音を聞いている万次郎に、キャサリンは問いかける。

「マン、何かあったの。考えこんでいるようだわ」

「うん、今日はめずらしい客がきたんじゃ」

「誰なの、ヤコブ？」

「アイラ・デイビスちゅうて、ジョン・ハウランド号の銛打ちしようた男ぜよ」

万次郎は胸にわだかまる思いをうちあける。いまキャサリンと三年間も別れて捕鯨航海に出る気にはなれない。

「デイビスはこんど捕鯨船のキャプテンになってのう。五月に太平洋へでかけるんじゃ。それでわえに片腕になってくれちゅうが、まだ返事はしちょらんぜよ。わえはいまお前《ま》んの傍《そば》をはなれとうないきに、いくつもりはないじゃねや」

キャサリンは静かな声音で聞く。

「航海に出れば、二、三年は帰らないわね」

「そうじゃ。そげな長いあいだ、お前んの顔見ずにおれんがじゃ」

キャサリンは首をふった。

「でも捕鯨はマンの仕事でしょう。ことわっちゃだめよ。私の兄も従兄弟《いとこ》も捕鯨船に乗っているわ。兄の妻はヌーベッホーの家で留守居しているの。私は待っているわ。アルバティーナは何といったかしら」

「農場を人に預けて、アミリアとヘナンといっしょにフェアヘブンの家に住むけん、わえは船に乗れちゅうてくれた」

「キャプテンの奥さんだもの、そういってくれるのは当然よ。私はマンが帰るまで待っているわ。マンは稼《かせ》いで私たちの住居を建てなきゃいけないのよ。分って。そのかわり、ひとつだけお願いがあるの」

キャサリンは万次郎の耳に唇《くちびる》を寄せ、早口に告げた。

「三月になったら、私と結婚してちょうだい。私たちは夫婦になるのよ。ねえ、お願いを聞いて」

彼女は万次郎に身をもたせた。

三月に入ると昼間の陽射しがあたたかくなった。晴天が幾日もつづくと雪のうえに溝《みぞ》のような裂けめが走り、雪融《ゆきど》け水が流れるようになる。

雪原を歩く農夫たちは足もとに注意を集めねばならない。てのひらの幅ほどの裂けめをのぞきこむと、水が濃い青色を帯びているところがある。

そこは底無しの深みで、うかつに足を踏みいれると溺《おぼ》れかねない。

万次郎ははなやいだ春の陽射しの照りわたる昼さがり、キャサリンと農場の高みにたたずみ、海を眺めていた。

彼はキャサリンの肩を抱き寄せている。うしろの松林で雀《すずめ》が騒がしく啼《な》きかわしていた。

青く澄みわたる海面に、ちぎれ雲が影をおとしゆるやかに動いてゆく。

万次郎は新調の毛織の衣服をつけ、キャサリンも紅色羅紗《らしゃ》の晴着をよそおっていた。二人は眼を見交わし、ほほえみあう。

「私たちはここで命のあるかぎり暮らしてゆくのよ。子供をつくり、家畜を飼い、畑を耕して年を重ねてゆくの。マンといっしょに生きてゆけるなんて、夢のようなしあわせだわ」

キャサリンがささやくようにいった。

「わえのほうこそ夢みたいじゃねや。キャプテンがスコンチカットネックに農場を買わなんだら、キャサリンに逢《あ》えなんだ。ほんに思いもかけぬ縁じゃ」

万次郎が顔を寄せ、二人は抱きあう。

その朝、万次郎はアルバティーナにつきそわれ、フェアへブンの教会へ出向き、両親につきそわれたキャサリンと待ちあわせ、婚礼をあげた。

森閑とした教会で、婚礼は静粛のうちにおこなわれた。列席する縁者はアルバティーナとキャサリンの父母のみである。

万次郎はのちに婚姻について記している。

「妻帯するには自分女を見立て、その志したる女へただちに相談し、得心のときは向うの親と自分の親とへ告げ、それより親とともに寺へゆく。

住持へたのみ住持より両人を呼び、まず婿《むこ》へむかって、そのほう何某が娘を妻にいたすおもむきその通りにやと問い、さようなりと答う。

また嫁にむかって何某の妻となること相違なきかと問い、相違なしと答う。

それより双方へ申すのちにて菓子をたがいに与え、契約あいすみ家に帰る。格段に婚礼の祝盃《しゅくはい》などすることなし」

結婚は本人たちの意志を尊重し、簡単な手続きで成立した。

万次郎たちの新居は農場の海にのぞんだ林のなかのちいさな平屋であった。

まえの農場主が使っていた離れで、一部屋に台所、風呂場《ふろば》がついているだけであるが、二人で暮らす分には充分こと足りる。

万次郎は部屋をふたつに仕切り、いっぽうに寝台を置いた。毎日めざめると楽しさに胸が満たされている。

「わえがお前んのような女子《おなご》を嫁にしての日暮らしは、いまでも嘘《うそ》みたいに思えてならんがや」

夜、暖炉のおぼめく火明りに浮かぶキャサリンの裸像は白磁のような、まぶしいほどのうつくしさであった。

二人はいいあらそうことがない。

「あなたって、ふしぎな人ね」

キャサリンは首をかしげる。

「何じゃ、何がふしぎじゃろ」

「だって、私はあなたのいうことなら、何でもすなおに聞けるんだもの。私の考えとは違うけれど、我慢して聞いておこうと思ったことなど、一度もないわ」

　万次郎は笑った。

「そういわれりゃ、そん通りぜよ。わえもお前んのいうことで、納得できなんだことはないわのう」

「他人どうしでいっしょに暮らせば、かならずおたがいの考えのくいちがいがでてくると思うわ。それがないからほんとにふしぎなの」

「それはのう、キャサリンが優しい女子じゃけえ、わえに従うてくれるさかいじゃねや」

「違うわ、私たちは性格が一致しているの。こんなことはめずらしいんじゃないかしら。きっと私は分身にめぐりあったんだわ」

　万次郎は雪融けの季節を迎え、せわしくはたらく。

　日曜日には、キャサリンとフェアヘブンの教会へ詣《もう》で、また別の日にはニューベッドフォードの商店街で新居に使う日用品を物色する。食器、カーテン、テーブル掛けなどを買いととのえる毎週の楽しみを、二人は待ちかねた。

　ヘンリーが突然しゃべりはじめたのは、万次郎たちが結婚してまもない頃《ころ》であった。

　ヘンリーはいったん口がきけるようになると洪水《こうずい》のように饒舌《じょうぜつ》になった。

「なんと、ヘナンはいつの間にこげな仰山《ぎょうさん》の言葉を覚えてたんじゃ」

万次郎はおどろく。

「マン、キャシイ、いるの」

ちいさな訪客は毎日松林の家へ姿をあらわした。

万次郎はヘンリーを見ると抱きあげ頰《ほお》ずりをする。

「もうご飯は食べたかや、ヘナン」

「僕がコーヒーカップをこわして、ママはお尻《しり》をぶったの。痛い、痛い」

ヘンリーは眼に涙をためていた。

「なんぞいたずらをやりようたか」

ヘンリーは右頰にえくぼを見せ、うなずく。

「ヘナン、悪い、悪い」

ヘンリーは床におろされると、ズボンをおろし、尻を見せる。

「そげなことすりゃ、風邪ひくがや。なんとつきたての餅《もち》のような尻じゃねや」

万次郎はやわらかい尻の皮膚にアルバティーナの手のあとが赤く残っているのを見て、撫《な》でてやる。

「わえはこれから仕事してくるきに、キャシイと遊んじょき」

万次郎が鍬《くわ》を担《かつ》ぎ外へ出るのをヘンリーは手を振って見送る。

彼はキャサリンにもなついていて、家事をする傍でおもちゃをならべ、ひとりごとをいいながら遊んでいる。

万次郎が雇い人の農夫とともに雪融けしたばかりの畑を牛馬を使いすき返し、汗を流してはたらいていると、ヘンリーの声がした。

「マン、ヘナンがきたよ」

ふりかえると、ブーツをはいたヘンリーが危うい足どりで若草の萌《も》えはじめた斜面を登ってくる。

うしろでキャサリンが腕を組み、笑っていた。

「ヘナンはマンにいいものを見せるってきかないのよ」

「なにを見せてくれるんじゃや。向うの端まで馬を追うていくきに、ちょっと待っちょっとうぜ」

万次郎はひと畝《うね》をすきおえて、戻ってくる。ヘンリーがよろこんで手を叩《たた》き笑声をひびかせる。

「何じゃ、ヘナン。何を見せてくれゆう」

「でずみのキイラだ」

ヘンリーは胸をそらせていった。

万次郎は首をかしげる。

「何じゃねや、それは」

キャサリンが説明した。

「鼠《ねずみ》のミイラがうちの床下に転がってたのよ。それをヘナンが棒でつつきだしてよろこんじゃって、涎《よだれ》を地面にとどくほど垂らしてつつきまわすの。このいたずら小僧めが、それをあなたに見せるっていって聞かないの」

「マン、いこう」

ヘンリーは小さな手で万次郎の泥《どろ》にまみれた指を握りしめた。

「ほんなら、見にいくか」

万次郎はしゃがみこんでヘンリーを首にまたがらせ、肩車をして家に戻る。

「わあ、高いや。マンは馬だ、早く走れ」

マンは笑いながら湿った黒土を踏んで小走りに家へ戻った。

「どこじゃ、でずみのキイラは」

「こっちよ」

肩車を下されたヘンリーは、万次郎の手を引き、裏手へまわる。

日当りのいい窪《くぼ》地《ち》に、灰色の野兎《のうさぎ》が草を嚙《か》んでいた。

「あっ、兎ちゃんだ」

ヘンリーは足をとめ、みつめる。

ものおじしない野兎は、口をうごかしながら逃げようとしない。ヘンリーは地面に膝《ひざ》をつき、両手をまえにつき兎の姿勢をまね、すこしずつ進んでゆく。

兎は耳を動かしつつ見つめていたが、ヘンリーが一メートルほど傍まで近寄ると、ひと跳びでくさむらに姿を消した。

「いった、いっちゃった」

ヘンリーは立ちあがり、地だんだを踏む。

「兎はじっとしとらんぜよ。ヘナンもよう動きゆうが、兎もおんなじじゃ。それより早うキイラを見せとうせ」

「こっちへおいで」

万次郎はヘンリーの湿った手で指を握りしめられると、いとおしさが湧《わ》く。

「ここ、あれがでずみのキイラだよ」

ヘンリーは唇をとがらせ、眼《め》をみはって万次郎に告げ、指さす。

乾燥した黒い布切れのようになった鼠の屍骸《しがい》が床下にころがっている。

「ヘナンはこげな汚ない物がめずらしいかや」

ヘンリーは眼をまるくしたままうなずく。

「でずみは汚のうて、毒を持っちょるけえ、触《いろ》うたらあかんぜよ」

ヘンリーはまた大きくうなずき、手を外套《パルレ》で拭き、あとじさりをした。

「お前《ま》んは何をしよっても、かわいい奴《やつ》じゃねや」

万次郎はヘンリーの頭を撫でた。

五月がきた。

風はつめたいが陽ざしは明るく、農場の樹林はかがやく薄みどりの若葉をかざっていた。

いつまでも忘れられない抒情《じょじょう》の影濃い記憶をかさね、日は過ぎていった。

「マンの出発まで、あと半月だわ」

キャサリンは壁の日めくりを繰っては、ためいきをつく。

「支度はひととおりしたけれど、まだ何か忘れたことがあるかしら」

キャサリンは憂《うれ》いをこめた灰色の双眸《そうぼう》をむける。

「支度はもうできちゅう。船へ乗りゃ、何でもあるけん」

万次郎も言葉すくなく答える。

二人は夜になるとベッドで抱きあい、不眠の夜を過ごした。

「ヌーベッツホーから三百隻《せき》も捕鯨船が出航して、一万人以上の船乗りが航海しているというのに、私はマンが無事に帰ってきてくれるだろうかと、気になってならないわ。もし帰らなかったらどうしようと思うと、眠れない」

　キャサリンは寝返りをくりかえすうち短い睡《ねむ》りにおちるが、じきにめざめた。

「そげん気にしようたら、わえは出ていけんきに、航海はやめるか」

「そうしてくれる。私は気がちいさいのか、あなたが三年も留守になると思うと、さびしさで耐えられないわ」

「お父《と》はんもお母《か》はんもいてなはるがのう」

「マンがいないとだめなのよ。ねえ、私はわがままかしら」

「そげんことはない。わえもキャサリンがよそへ旅するけえ、三年待ちよれといわれりゃ、かなわんぜよ」

　朝になるとキャサリンは気をとりなおす。

「私はばかだわ。主人が大事な仕事にでかけるのに引きとめるなんて、いけないわ。マン、私のことは気にしないで行ってちょうだい」

　万次郎はどうすればいいか迷って、アルバティーナとアミリアに相談した。

　二人は彼をはげます。

「せっかくのいいはたらき場所を、見逃す事はないわ。キャサリンもシーマンの華といわれる捕鯨船乗りを主人に持ったんだもの、もっとしっかり覚悟をきめなきゃだめだわ」

「あの子は若いから迷うんだけど、根はしっかり者だから大丈夫よ。私たちがいい聞かせるから安心しなさい」

キャサリンはアルバティーナとアミリアに説得され、元気をとりもどした。

「マンがキャプテンになるためには、はたらき盛りのうちに、幾度も航海に出なければいけないんだもの。私もマンの気を引きたてるようしなきゃ、いい妻といえないわ」

万次郎はフランクリン号の出帆が数日後に迫った日曜日、キャサリンとヘンリーをともないフェアへブンへ出かけた。

ドッグ・ウッドの若葉が澄んだ風のなかでそよいでいる朝、教会で航海安全を祈り、港へ出た。

その日は午後から港広場で町の記念行事がおこなわれた。フェニックス要塞《ようさい》守備隊が、イギリス軍のレッド・コートの一隊と戦う場面を市民兵が演じるのである。

万次郎はヘンリーを肩車にのせ、広場へでかけた。群衆が詰めかけているにぎやかな場所へゆくと、ヘンリーは怯《おび》えたように万次郎の頭を抱えこむ。

露店が軒をならべ、客を呼ぶ声が騒がしい。花火が鳴り、笑声が湧く。

「どうじゃ、ヘナン。もう去《い》ぬか」

万次郎が聞くと、ヘンリーはかぶりをふった。

「ここにいるよ、帰らない」

キャサリンは万次郎によりそい、眩《まぶ》しい陽射《ひざ》しに眼をほそめていたが、露店でアイスクリームとゴム毬《まり》を買い、ヘンリーに与える。

「さあ、合戦のまねごとをしゆう。あれ見ておうせ。大筒を撃ちよるが。ヘナンは耳に栓《せん》をせにゃいけん」

万次郎はヘンリーを抱きおろし、両耳を手でふさいでやる。

広場の一方にレッド・コートのイギリス兵に扮《ふん》した男たちが五、六十人ほども出てきた。

彼らは車輪のついた砲架に乗せた野砲を曳《ひ》いてきて、模擬弾をこめる。

反対側には白や灰色の外套《パルレ》をつけたフェニックス要塞守備隊の兵士たちが五、六十人、やはり野砲を曳いてあらわれた。

空気を震撼《しんかん》させ、砲声がはじけた。まずレッド・コートが砲撃をはじめたのである。万次郎はヘンリーが泣くのではないかと懸念《けねん》したが、体を震わせたのみで黙っている。

「えらいのう、ヘナン。男の子じゃ」

万次郎はほめてやる。

彼我の野砲が空砲をつづけさまに放ち、銃声が鳴りはじめた。広場は硝煙に包まれ、銃剣《バヨネット》を光らせた守備隊の兵士が喊声《かんせい》をあげ、突撃する。

――わえはあと十日ほどで、ここにゃおらんがじゃ――

万次郎は寂寥《せきりよう》に胸をかまれた。

一八四六年（弘化《こうか》三年）五月十六日の追風に恵まれた昼さがり、バーク・フランクリン号はニューベッドフォード港を出航した。

波止場は見送りの老若《ろうにやく》で隙間《すきま》もなく埋まっていた。船上には船長デイビスたち二十八人の乗組員が並び、手を振っている。

楽隊がにぎやかな行進曲を吹奏し、花火が打ちあげられる。

「元気でやってこい」

「かならず戻るんだぞ」

「大漁を祈っているよ。フレー」

大勢の叫び声、歓声がいりまじり湧きたつ。万次郎は不眠の眼をしばたたきつつ、手を振る。

波止場には彼が買ってやったラッパを手にしたヘンリーを抱くアルバティーナの左右に、アミリアとキャサリンがたたずんでいた。

万次郎は出航まえの数日をフランクリン号での作業についやしたのちいったん農場へ戻り、

前日を家族と過ごした。

彼は海辺の林のなかのちいさな平家で、キャサリンと過ぎてゆく時を惜しんだ。

「明日の朝までにゃ、まだ時間があるきに」

万次郎はキャサリンを抱きしめ、ささやく。彼が三年前にフェアヘブンへきたときとおなじ、晩春の季節であった。

澄みわたった青空の下にたんぽぽの綿毛が飛び、バターカップのはなびらの黄が丘の斜面《なぞえ》をいろどっている。

ベッドのなかで、キャサリンがいった。

「あなた、きっと帰ってきてね。私はあなたの子供を産むわ。ヘナンのようなかわいい子供がほしいの。ねえ、子供につける名前をいまのうちに決めておきましょうよ」

「そうじゃなあ。わえとお前んの子にゃ、ええ名をつけちゃらな、いけなあ」

万次郎はしばらく考えたあと、はにかみつつ聞く。

「わえは木ぃが好きじゃけえ、木ぃの名ぁつけてもええじゃろかのう」

「いいわよ。きめてちょうだい」

「男の子ならドッグウッド。いけんか」

「おかしくないわ」

「女の子ならカミーリア（椿《つばき》）じゃ」

万次郎はアメリカと日本で、もっともなつかしい樹《き》の名をひとつずつ告げた——

　キャサリンは舷側《げんそく》に立つ万次郎をまっすぐ見つめ、うなずいてみせるとウィンクを返してくる。

　曳き船のシチンボールの汽笛が鳴ると、群衆の歓声がたかまり、アルバティーナに抱かれたヘンリーがブリキのラッパを差しあげ泣き顔になった。

　万次郎は波止場が遠ざかり、見えなくなるまで手を振っていた。

　ヘンリーが泣きだすと同時に、キャサリンが顔をゆがめたのを、彼は眼裏《まなうら》にとどめていた。

　——泣きよりゃ、笑われるもんのう——

　万次郎は必死に涙をこらえる。

　船員のひとりが彼に声をかけた。

「君のワイフは美人だなあ。まったくうらやましいよ」

　万次郎は無言でうなずく。胸に湧きたつ思いをおさえかね、言葉がでてこない。

　彼はキャサリンとアルバティーナに、ホイットフィールドを見送った農場に近い丘にはこないでほしいと告げていた。別れの挨拶《あいさつ》を二度もくりかえしたくはない。

　フランクリン号は若葉によそおわれたフェアヘブンを後にアクシュネット川を下ってゆく。

「さあ、帆の支度にとりかかれ」

キャプテン・デイビスの指図で、船員たちは帆をあげる準備をあわただしくはじめた。

万次郎ははたらきつつ、左舷に近づいてくる丘に眼をやる。誰もいないと思っていた斜面に人影を見つけ、彼は心臓を高鳴らせた。

――キャサリンじゃ。あそこに立っちゅうが――

万次郎の両眼から涙が噴きだし、頰《ほお》を濡《ぬ》らした。彼は周囲への遠慮も忘れ、舷側に駆け寄り、懸命に手を振って叫ぶ。

「キャサリン、キャサリン、キャサリーン」

キャサリンの高い声が戻ってきた。

「マン。ジョン・マン。私のジョン・マン」

万次郎は丘が樹林の彼方《かなた》に消えるまで、叫びつづけた。

デイビスが彼の肩を抱き、なぐさめた。

「かみさんとの別れは辛《つら》いものさ。とりわけ新婚の夫婦はたいへんだが、われわれ船乗りが避けては通れない経験だ。さあ、気をとりなおし、大きな収穫を手にしてヌーベッホーへ戻ってこようぜ」

曳き船はアクシュネット川の河口でロープをはずした。

シチンボールの船員たちは手を振り、見送る。

「グッド・ラック。安全な航海を祈るよ」

大西洋の波は荒く、フランクリン号は前後に揺れる。

――さあ、沖出じゃ――

万次郎の身内にシーマンの感覚がよみがえる。

十一枚の帆に追風をはらんだフランクリン号は、弦《つる》をはなれた矢のように沖へむかった。

フランクリン号はコッド岬《みさき》の沖を通過し、最初の寄港地ボストンに碇泊《ていはく》した。

「なんと大きな町じゃなあ」

万次郎は眼をみはるばかりであった。

デイビスが教えた。

「ここはボーシトンといって、メリケの東海岸では一番の良港さ。人口は十万人だ。ここから何本ものレイロー（レイル・ロード）が各地方へ通じているよ」

港内には大小の船舶が檣《ほばしら》を林立させていた。万次郎は巨大な軍艦が数十艘《そう》碇泊し、そのあいだを小型のシチンボールが忙しく行き交い荷積みをしているのに眼をやる。

ホイッスルが鳴り、ウィンチがガラガラと下され、汽笛が吼《ほ》える。

「あれを見ろよ。海に浮かんでいる要塞だよ」

デイビスが黒塗りの艦体を聳《そび》えたたせている戦艦を指さす。

「あれが艦隊の主力になるバトル・シップだ。大砲が両舷に百五門ずつ、三段にわけて据《す》えられている。帆三十二反、乗組員は五百九十人だよ。あちらのは大砲七十門ずつ二段に据えている。三百人乗りで帆は二十反だ」

「なんとえらいもんじゃなあ。ヌーベッホーで見た軍艦でさえたまがったもんじゃが、これはほんに城じゃねや」

波止場に沿い、五層、六層の大廈《たいか》高楼が櫛比《しっぴ》していた。

「あの塔はなんと高いのう。四百フィートか、いや五百フィートもあるか」

「あれはオールド・サウス・ミーティング・ハウスといって、市民の集会所だよ。天辺《てっぺん》に船の形の風見《かざみ》があるだろう。シーマンたちはあの動きを見て風位をはかるのさ。塔の中ほどにある大時計は、市民たちが遠くからでも眺《なが》めて時間を知るんだ」

万次郎は海岸に設けられた石造の砲台の偉容に感嘆した。

彼はフェアヘブンのフェニックス（砲台）見物にでかけたとき、ヤコブから石造砲台は敵の砲撃を受けたとき石の破片が飛散して危険であるため、時代遅れになったと聞いたが、眼前にする砲台の石は、砲撃で破壊されるような脆弱《ぜいじゃく》なものではなかった。

一個が一軒の家屋ほどもある巨石が、四層、五層と積みかさねられ、蜂《はち》の巣のようにうがたれた孔《あな》から鈍く陽射しを反射する砲身がのぞいている。

万次郎は波止場の光景をスケッチした。

市街の中心にあるマサチューセッツ州庁舎は、彼がはじめて眼にする大ドームである。街路にはドッグ・ウッドが花をひらいていた。

フランクリン号はボストンに三日間碇泊し、航海に必要な資材を積みこむ。

万次郎は荷積み作業のあいまに、繁華な市中を見物した。デイビスは彼に教える。

「ユナイッシテイトとメキシコのあいだに、テキシトン（テキサス）という土地がある。両国のあいだでそれがどちらのものかを以前からあらそっていたが、三年前から戦争がおこったんだ。メリケもメキシコもあとへは引けない。どちらも兵器、軍艦をくりだして戦いは大きくなるばかりだ。だからボーシトンの町も港もこんなに騒がしいんだよ」

万次郎は澄んだ空気のなかで白と淡紅のはなびらをゆらめかすドッグ・ウッドの並木の下を歩み、公園に群れている幼児につきそう女性の声を聞くと、やるせなさに胸をしぼられる。

――いまごろ、キャサリンは何をしちゅうかのう。ヘナンといっしょに、浜の家で遊んでいゆうがか――

仕事に立ちはたらく昼間はまだ気がまぎれる。日没と夜明けの静寂《しじま》には、万次郎は何もかも投げだして農場へ駆けもどりたい衝動にかられ、動悸《どうき》をたかめた。

彼は夕食をすませたあとも、いつまでも眠れなかった。

「ホール・ハウスへいかないか」

若い船員たちが売女をひやかしにいこうと誘うが、万次郎は応じない。

日が暮れはて、市街の灯火が闇中《やみじゅう》にむらがりまたたきあうとき、彼はシチンボールの号笛が尾を引いて水上をよぎるのを聞き、キャサリンへの思いに胸を嚙《か》まれる。

彼は舷側にもたれ、南の空をみつめる。フェアヘブンはボストンの南々西百キロメートルの辺りにある。

――キャサリン、ヘナン、逢《あ》いたいぜよ――

万次郎は空にむかい語りかける。

――なんぼ思うたち、何ともなるかよ。こげな暮らしは、シーマンなら誰でもしゆうが。キャプテンもヤコブも海へ出ちゅう。わえだけ泣きごとをいうちゃいけんが――

彼は風のひえてくる夜更《よふ》けまで海を眺め、午前零時三十分に船上で鳴らされる一点鐘の澄んだ余韻が闇に消えてゆくのを聞いてから、キャビンに入った。

朝のめざめに、彼は農場の離れ家でキャサリンといる錯覚にとらわれ、ベッドのうえをまさぐり、空虚であるのに気づく。

――早うメリケを離れたやのう。こげな思いは切のうてならん――

万次郎は海上に出て鯨を追う危険にみちた労働にわれを忘れたかった。

フランクリン号はボストンを出帆したのち、大西洋を横断し東へむかった。

船中で海上測量のできる者はデイビスのほかに四人で、万次郎は彼らのうちでも敏腕であったので、常に舵輪《だりん》をあずかっていた。

万次郎は数学が得意であるため、デイビスも理解できない数式を駆使して、船の現在位置、進行方向、時刻を割りだす。

彼は若いのでスチュワード（船室係）の地位にあったが、航海士の役割を充分果した。

フランクリン号は八百浬《カイリ》を走ってウェスト・アイランドのプハーヨー島に寄港した。現在のポルトガル領アゾレス諸島の火山島ファイアル島で、リスボン西方約千六百五十キロに位置している。

周囲三十里ほどのファイアル島は気候温暖で、住人の容姿はアメリカ人に似ていた。

ファイアル島で二日をすごし、食糧、薪水《しんすい》を積み南下してケープ・バーダ諸島のサンチァゴにふたたび寄港し、豚と薪《まき》を買いいれた。

住民は肌《はだ》が浅黒く、頭髪は縮れている。

「これから暑うなりよらあ」

万次郎は紺碧《こんぺき》の海面に照りつけるつよい陽射しのなかを飛びかう藤九郎（信天翁《あほうどり》）を見あ

げつつ、デイビスにいう。

帆のはためく音、ロープの軋《きし》みを聞きつつ、揺れる甲板で潮の香を呼吸するとき、万次郎の野性はよみがえる。

――キャサリン、待っちょっておうせ。仰山《ぎょうさん》スパーム・オイルをみやげにするけのう――

フランクリン号は赤道を通過するまで南下し、その後は南東にむかい、アフリカの南端ケープゴノホップ沖を東へ通過した。

ケープゴノホップとは、ケープ・オブ・グッドホープのことで、喜望峰である。

喜望峰附近の海はサウス・アメリカのケープ・ホーンとはちがい、湖面のように穏やかであった。

喜望峰から針路を東へ転じ、インド洋の南端に近いあたりを航行するうち、行手にニューアムステルダム島と呼ばれる無人島があらわれた。

「あっ、あれは何だ」

船員のひとりが波間にあらわれた黒影を眼《め》にとめ、望遠鏡でたしかめる。

「亀《かめ》だ、大亀だぜ。化物のような奴《やっ》だ」

「ほんとうか、さっそく捕まえてスープを楽しもうぜ」

ボートが降され、銛《もり》をたずさえた船員たちが乗りこむ。万次郎も加わっていた。

巨大な亀は、海藻《かいそう》を生やした甲羅《こうら》を水面にあらわし、ボートが接近しても怖《おそ》れる様子もなく泳いでいる。

鯨を追う数カ月の航海で男たちは危険に慣らされていた。

帆船は風がなければ動かないので、低気圧で荒れる海をえらんで航行する。海には魔物が住むといわれるが、いつ破滅の危機に出会うかは熟練した船乗りにも予測できない。

フランクリン号が百メートルから二百メートルのゆるやかなうねりに乗って進んでいる海は底知れない深淵《しんえん》である。

万次郎たちは数日まえ、鯨と見違えるほどの黒ずんだ大烏賊《いか》が泳いでいるのを見た。

「この辺りは気味のわるい海だな。何が出てくるかも知れないぜ」

船員たちは怯《おび》えた眼を見交した。

彼らが大海亀を発見するとためらうことなく捕獲にむかったのは、稀《ま》れにしかめぐりあえない珍味を見逃がしかねたためである。

デイビスは舵《かじ》を繰りボートのあとを追いつつ大声で注意する。

「無理をするんじゃないぞ。獲《と》れなかったら引きあげてこい」

ボートは大海亀に追いつき、並行して漕《こ》いでゆく。

亀は青透いた海水をかきわけゆるやかに四肢《しし》を動かしつつ、横眼で万次郎たちを見る。

舳《へさき》で機をうかがっていた銛打ちが、手投げ銛を掛け声とともに打ちこんだ。

「やったぞ」

銛は首の付け根に突き刺さった。

海中に血の輪がひろがったが、亀は荒れ狂った。銛の柄《え》につけたロープがたちまち延びてゆく。

亀はのけぞり口をあけ、猛《たけ》り狂って銛を抜こうとする。

「これは大きいぞ。牛の腹みたいだ」

「破裂銛を投げろ」

数本の銛が投げられたが、いずれも命中しない。亀はボートの舷側に岩のような甲羅を打ちつけてきた。

「あぶない。転覆するぞ。ボートを離せ」

漕ぎ手があわててオールを動かすが、亀はまた衝突した。

「舷側にひびが入ったぞ。引き揚げよう」

舵手が叫ぶ。

甲羅の全長が三メートルをこえる巨大な亀を無理に捕えようとすれば、ボートをこわされかねない。

亀の首から出血がつづいているので、鱶《ふか》がいつあらわれるか知れない。ボートが舳を本船のほうへむけようとしたとき、万次郎が立ちあがった。

彼は上衣《うわぎ》をぬぎすて、長いシーナイフを口にくわえ、海中へ躍りこむ。船員たちは息をのんだ。

身の縮む冷たい海水のなかに沈んだ万次郎は気泡《きほう》にかこまれ浮きあがってゆく途中、頭上に黒影を見て身をひねる。

海面に顔が出ると眼のまえに亀の甲羅があった。するどい爪《つめ》のある足を避け、うしろから甲羅へ乗りかかる。

「危ない、ジョン・マン。やめろ、戻ってこい」

万次郎はボートからの船員たちの叫びを聞きつつ、幾度かふりおとされ、甲羅についた牡《か》蠣《き》で手足を傷つけながら海草をつかみ、ようやく首のつけねのロープを握った。

「よう見ちょき、やっちゃるぜよ」

彼は喚《わめ》きつつシーナイフを力まかせに亀の首筋に突きこみ、えぐった。

亀はロープを引いたまま海中に沈んでゆく。万次郎も甲羅にしがみついたまま姿が見えなくなった。

フランクリン号の船上からデイビスが声をからして叫ぶ。

「皆でロープを引け。ジョン・マンが死ぬぞ」

ボートの船員たちは必死にロープを引っ張る。

皆が息を呑《の》んで見守るうち、海の深みから白いものが浮きあがってくる。

「マンだ、もっと引け」

海面にあらわれた万次郎は、荒々しく呼吸をする。彼の体の下には息絶えた大海亀がいた。

ボートと本船から歓声があがった。

「ひゃあ、凄《すご》いぜジョン・マン」

「やった、やった。ジョン・マンが亀を獲った」

体力をつかいはたした万次郎は、腕をつかまれボートに引きあげられた。

「おどろいたなあ。ジョン・マンは心に鉄を持っている男だ」

荒くれ男たちは万次郎を褒《ほ》めたたえた。

万次郎は風呂場《ふろば》で体を洗ったあと、ベッドに入りしばらく熟睡した。海中での亀との格闘で全力をつかいはたしていたのである。

彼が危険きわまる行動をあえてしたのは、船員たちに勇気を示さなければならないと思ったからである。

フランクリン号では、万次郎は操舵の能力をそなえた幹部であった。ジョン・ハウランド号に救われたときのように、船員たちに庇護《ひご》される立場ではない。

彼らは万次郎を競争者と見て、学力ではかなわないため、折りにふれ体力で圧倒しようとした。小柄《こがら》な万次郎は冒険をあえてしても、彼らに勇気を示さねばならなかった。

フランクリン号はインド洋で鯨を追ううち、一八四七年（弘化《こうか》四年）の新春を迎えた。万次郎は二十歳になった。

――キャサリンもはたち、ヘナンは二つと四月《よつき》じゃ。ふたりとも息災でいておうせ。おめでとうさん――

万次郎は船室に飾った二人の写真に語りかけ、新年を祝った。

フランクリン号は進路を東北にとり、スマトラとジャワの瀬戸、スンダ海峡に入った。デイビス船長は海峡を通過するまで船員たちに昼夜の警戒を分担させた。

「この辺りでは漁をするよりも命を失わないようにするのが肝心だ。両方の陸地から凶暴な海賊がいつ押し寄せてくるか分らないからね。風が落ちてこの辺りの海岸に碇泊しなければならないようなことになれば大変だ。おたがいに無事を祈ろう」

万次郎たちは二門の大砲を船倉から曳《ひ》きだし甲板に備えつけ、長い銃剣《バヨネット》を装着した小銃に弾丸を装填《そうてん》し、昼夜の警戒にあたった。

海賊は音もたてずに泳ぎ寄り、手鉤《てかぎ》をつかい船腹をよじのぼってくるので、片時も気を許せない。

万次郎は船腹に当ってはくだけ繊細なレース飾りのような純白の夜光虫のかがやきをひろげる波頭を眺めつつ、中ノ浜とフェアヘブンの二つの故郷を心にえがく。

船の両舷《りょうげん》に沿っておびただしい小魚の群れが泳いでいる。魚体は骨格から内臓まで夜光虫の蛍光《けいこう》を帯びているので、無数のちいさな提灯《ちょうちん》が動いているように見えた。

操業はインド洋でも予想をうわまわる成果であった。

「さあ、これからが本格的な仕事場だ。太平洋で思いっきり稼《かせ》いで、できるだけ早く帰ろうぜ」

デイビス船長が、船員たちをはげます。

常に動揺してやまない船上での生活は、体力さかんな青年たちにとっても苦痛の連続である。長期間ろくに上陸しないで航海をつづけるうちには、気も狂わんばかりの閉塞《へいそく》感にとらわれることがあった。

オーストラリア近海で操業していたフランクリン号は、一八四七年二月、タイモウ（チモール）島の西南端コッペーン（クーパン）港に、船体修理のため入港した。

タイモウ島はオランダ領であった。地図を見れば、島の面積は日本の九州ほどであろうかと思える。港は広く五里四方ほどもあり、人家は二百軒ほど密集し、十艘《そう》ほどの通船が碇泊《ていはく》していた。

コッペーンに上陸すると、オランダ人のほかにインド人、清国人《しんこく》もいた。

「ここらの家は、ほんに土州のようなのう」

万次郎は草葺《くさぶ》き、板葺きの家並みのつらなる波止の眺めに、中ノ浜を思いだした。

デイビスが教える。

「この島の建物は清国の大工が建築したものだから、日本に似ているのだろうよ」

船員たちはひさしぶりに地上を歩くと地面が揺れているような錯覚にとらわれ、足を踏みしめて歩く。

港に群れている黒人たちは男女ともに体格がすぐれ、縮れた頭髪を長く伸ばしている。

肌色の黒さは鍋墨《なべずみ》を塗ったようで、アメリカに住む黒人の比ではない。男女ともに椰子《やし》の葉を編んだ腰蓑《こしみの》を身につけ、耳、鼻、腕を金属の環《わ》で飾っていた。

「この港にはホール・ハウスが何軒もあるぞ」

フランクリン号がコッペーンに一カ月碇泊し、船体修理をすることになったので、船員たちは毎日上陸して散歩をするうち、さまざまの見聞を語りあう。

売女は大勢いた。波止場、店屋の軒先などいたるところにたたずみ、客引きをする。黒人だけではなく、色の白い混血娘もいた。

万次郎はデイビスとともに、清国人の大工を指図し修繕作業を監督する。暇があれば足腰を鍛えておくため、附近の険しい山へ汗にまみれて登った。

「ジョン・マンは女を欲しくないのかい」

ホール・ハウスへ通いつめている若い船員に聞かれると、万次郎はうなずく。

「欲しいがのう、わえにゃ嫁さんがおるきに、女子《おなご》は買わんがじゃ」

「そうか、恋女房だな」

「うん、わえはキャサリンに惚《ほ》れちょるきに」

万次郎はためらわず答えた。

「帰国すれば愛する妻が待っているのか。うらやましいなあ。俺《おれ》たちは病気をうつされるのを心配しながら、シーマン共通の恋人を買いにゆくかわいそうな身のうえさ」

相手は恥じらう口ぶりになった。

フランクリン号は二月になってタイモウ島をはなれ北東へ針路をとり、附近の島嶼《とうしょ》の近海で鯨漁をおこなったのち東へむかい、ニューギニア北方に達した。

デイビスはいう。

「ニューゴイネヤとハホスランド（ニューアイルランド）、ソロモンには人喰《ひとく》い人種がいる。風待ちで岸へ寄るときは気をつけよう」

フランクリン号はニューギニアのニューアイルランドに碇泊したが、船員たちは上陸しなかった。

小舟を漕ぎ寄せてくる住民たちは顔をさまざまの顔料で隈《くま》どり、髪を白く塗り、全身に刺《いれ》青《ずみ》をほどこしていた。

「なんと恐ろしげな面《つら》じゃねや」

万次郎は甲板に立ち、梯子《はしご》をあがってくる彼らを見物する。

「なんといっても人喰い島といわれてるところだから、住んでいる連中も物騒だよ」

デイビスは彼らと片言で交渉し、水、薪、野菜、豚を求める。

「あの足のうらを見ろよ。まるで靴《くつ》の底皮だぜ」

船員たちは島の男女の逞《たくま》しい足を見ておどろく。

彼らは椰子の葉の腰蓑をつけているが、うしろから見ると裸同然である。皮膚は脂《あぶら》光りして、体臭がつよい。

朝夕をとわず湿気が多く、息もつまらんばかりの暑熱であったが、デイビスは海で泳ぐのを禁じた。

「水は澄みきっているのに、何か毒魚でもいるんですかね」

船員が聞くとデイビスはうなずく。

「もちろん、熱帯の海に毒魚はいるさ。でも俺がこの辺りで泳ぐのをとめるのは、体がかぶれるからだ」

「なぜですかい」

「さあ分らないが、全身が水ぶくれのようになって痒《かゆ》くてしかたがなくなるよ。硫黄風呂に浸って癒《なお》すよりしかたがないんだ」

　万次郎たちはソロモン島近海で鯨を追いつつ北上し二月にギューアン（グアム）島アプラ湾に到着した。

「ここへきたのは四年半ぶりじゃねや。昔と変らんのう」

「ジョン・マンはこの島は二度めかい」

「三遍めじゃ」

「へえ、そいつは凄《すげ》えや」

　新参の船員たちは感心する。

　フランクリン号はアプラで一カ月碇泊した。船員たちは民家が千軒も立ちならぶ町に出て、休暇を楽しむ。

　アプラの町には、太平洋で操業する船員のあいだで手紙を交換するためのポストがある。

　アプラに寄港した捕鯨船、商船の乗組員たちはポストをあらため、自分への来信がないかをたしかめた。

「キャプテンに便りを書くかのう」

万次郎は太平洋のどこかで船を走らせているであろうホイットフィールドに手紙を書いた。

万次郎は便箋《びんせん》をまえにすると、ホイットフィールドに告げたい事柄が脳裡《のうり》にひしめきあうように浮かんできた。

彼はしばらく考えたあげく、書きはじめる。

「一八四七年三月十二日、グアムにて。

尊敬する友よ。

私が達者に暮らしていることをお知らせしたいので、ペンをとります。あなたも私と同様にお元気でおられることと存じます。

まず最初に私がフェアヘブンを離れた頃《ころ》の農場の様子をお知らせしましょう。

あなたの子息ウィリアムは夏の最中から寒い季節まで元気でした。彼はかつて見たこともないほどかわいらしく利口で、奥様にするように私のあとを泣きながら追ってきました。

去年の夏はアップル五十ブッシェル、ポテト百十五ブッシェル、乾牧草八、九トンの収穫を得ました。

乾牧草三トンから四トンは売りました。牛乳も大量にあり、お飲みいただきたかったのです。

奥様は気配りのこまかいよくはたらく方で、尊敬すべき立派な女性です。私はあなたがよき配偶者を持たれたことをよろこんでいます。

私のことをどうかお忘れなきように。私は毎日あなたのことを思いだしています。偉大なる神をのぞけば、あなたが地球上でのベスト・フレンドであると考えています。神さまが私たちすべてにお恵みを下さいますよう。

ウィリアムとは何としてもいっしょに暮らしたいと思います。彼はいままで見たこともないかわいいカンニング・リトルです。

農場へお帰りになれば、皆さまによろしくお伝え願います。

われわれは母港を出帆してから今月の十六日でちょうど十カ月になります。われわれはこののち西北にむかい、日本の琉球《りゅうきゅう》列島へ参ります。私は同地で無事に上陸する機会があればと望んでいます。

捕鯨船が補給を受けられるよう開港させるため、はたらきかけたいとも思っています。

私たちは今月三日にここへ入港したのち、数多い捕鯨船員に会いました。そのうちの一人は琉球の島に接近し、飲食物を供給してもらうためボートを漕《こ》ぎ寄せたところが、琉球の役人のひとりが二日のうちに島を離れないと船をこわすといったそうです。

この船はニューベッドフォードのエブラハム・ハウランド号で、船長はハーパーです」

万次郎はキャサリンについて書こうと思うが気恥ずかしく、ためらったあげくにやめた。

「ハーパー船長は日本近海へゆくそうで、私にいっしょにゆかないかと誘ってくれましたが、私の船の船長デイビスは私を手離しませんでした。

私はここに、奥様のあなたあての手紙を持っています。彼女の手紙は私よりももっとくわしく農場のことについて、あなたにお知らせすると思います」

フランクリン号はアプラ湾に一カ月碇泊したのち、北方へ針路をとった。

途中抹香鯨《まっこうくじら》の大群をしばしば発見し漁をかさね、四月にボーニン島に着いた。ボーニンは無人《ぶにん》が訛《なま》ったもので、一五九三年に小笠原貞頼《おがさわらさだより》が発見した小笠原諸島である。

フランクリン号はピール島（父島）のポートロイドという港に入った。

デイビスは自ら舵輪《だりん》をとり、細心の注意をはらい複雑な水路を通過した。

「ここは港内へ船を入れるのにかなりむずかしい手際《てぎわ》がいるんだが、入ってしまえば安全だ。外の波浪に脅《おびや》かされないですむからね」

ピール島には四、五十人の白人が住んでおり、一軒の屋根にアメリカ国旗がひるがえっている。

デイビスが万次郎に教えた。

「ここには十数年前までは誰も住んでいなかったが、マサチューセッツの貿易商人でナタニエル・セボリという男がはじめて住みついたんだ。

おなじ頃、ホノルルのイギリス領事がボーニンの領有権を主張して、イタリアのジェノア出身者のマテオ・マザロに島の管理を命じた。マテオ・マザロの仕事は、沖合に船舶があらわれるとイギリス国旗を旗竿《はたざお》に掲げることだけだ。ところが奴《やっこ》さんは島で焼酎《しょうちゅう》をつくっては呑んでばかりで、ついに早死にしてしまったんだよ。それにひきかえナタニエル・セボリは島で各種の野菜栽培を試み成功して、ボーニンは太平洋を航行する船舶が野菜と水の供給を受ける寄港地として、知られるようになったんだよ」

フランクリン号はポートロイド湾に十日ほど碇泊し、新鮮な野菜と飲料水を積みこむ。

万次郎は島の住人から哀れな話を聞いた。

「四年ほどまえにスペインの船が洋上で漂流している日本の船を見つけ、一人だけ生き残っていた男をこの島へ連れてきた。男は島でしばらくいたが、皆にこき使われるのを嫌《きら》って、死んでもいいといって、自分でこしらえた船で漕ぎ出したまま、戻ってこなかったよ」

万次郎はピール島に滞在しているあいだ、景色を眺《なが》めているだけで郷愁が身体《からだ》にあふれた。ここから北へむかい黒瀬川を越えれば日本の陸が真近いと思うと、呼吸ができなくなるほどの胸苦しさを覚える。

――お母《か》はんらは、達者でいゆうかのう――

万次郎は中ノ浜の谷前の家で暮らしているであろう家族たちの、六年前の姿を鮮明に思いうかべた。

ピール島にも藤九郎が棲《す》みついており、しきりに空を飛び交い、マストにとまり羽根を休める。

万次郎はデイビスに訴えた。

「早うどこぞへ行こらあ。ここにおりゃ、昔のことばっかり思いだすけん。去《い》にとうてならんぜよ」

デイビスは表情を曇らせる。

「マンの気持ちはよく分るよ。ながい間離れている故郷へ帰りたいのは当然だ。しかし、役人に刀で首を斬《き》られては帰っても無駄《むだ》だろう。俺たちはここを出ると西へむかい、琉球へゆく。あとは日本の海岸沿いに北東へ漁をしながら向うんだ。そのうち上陸できるチャンスがあれば帰国すればいい。俺はマンができるだけ船を降りないよう願っている。君のように測量、操舵に有能な者がいないからね。でも上陸できるならそうしろよ。しかたがない」

万次郎も決心がつかなかった。

日本へ戻り、運よく咎《とが》めを受けず中ノ浜へ帰れたとしても、二度とスコンチカットネックへ向う機会がなくなるかも知れない。

このままキャサリンと会うことができなくなれば、生きてゆく望みを断たれるのも同然だと万次郎は思う。

ともかく琉球へ着いて、島役人の応対をうかがってみることだと彼は気を落ちつけようとした。

フランクリン号はピール島を出帆すると真西にむかい、抹香鯨を追いつつ半月後に琉球諸島のマンビコシン島沖に達した。

「ジョン・マン。いっしょにいこう」

デイビスは万次郎をともない、ボートで島へむかった。

マンビコシンは小島で、周囲を珊瑚礁《さんごしょう》に囲まれている。珊瑚に入ると水深は浅くなり、海の色は白色の胡粉《ごふん》を溶かしたような晴れやかな青になる。

海中には熱帯の海で見るのとおなじ極彩色の小魚が群れていた。

「あそこに役人がくるぞ」

舳《へさき》に坐《すわ》っているデイビスが指さす。甚平《じんべえ》のような着物を風にふくらませた男が三人、波打際に歩み寄ってくるのが見えた。

デイビスはボートを海岸から二十メートルほど離れた辺りで停《と》め、十数人の乗り手のうち五人をえらび上陸することにした。

「あまり大勢でゆくと彼らは警戒するだろう。小銃はボートに置いてゆこう」

デイビスは懐《ふところ》鉄砲を股引《ももひき》のポケットに隠し、ボートから下りた。

「ジョン・マンは通訳をやってくれ。言葉は通じるだろう」

「ちっくとむつかしかろうが、分らんこたあないろうか」

浅い海に膝《ひざ》まで入り歩み寄ってゆくと、海岸の人影はたちまちふえ、二十人ほどになった。

陽射《ひざ》しはつよく、空中にたちこめる熱気は南洋の気候とかわらない。

「ハロー」

デイビスは両手をあげ、笑顔を見せた。

役人らしい黒塗りの笠をかぶった男たちは、渋い顔つきでうなずく。

他の船員たちもデイビスの仕草をまね、笑みをうかべ愛嬌《あいきょう》をふりまく。役人たちは万次郎にけげんな眼差《まなざ》しをむける。

「彼は日本人だ。ジョン・マン。万次郎という名だ。万次郎」

デイビスがいい、万次郎はあわててうなずく。

「そうじゃ、わえは万次郎ちゅうんじゃのーし。土州のなあ、中ノ浜の者じゃ。土州を知っちゅうかのーし」

役人たちは顔を見あわせ、早口で何事か話しあい、ひとりが万次郎に問いかけてくる。

「何じゃねや、分らんのう。日本の言葉か」

万次郎は首をかしげた。

役人がまた話しはじめた。

「もっとゆっくりゆうちゃってくれんろうか」

万次郎はしばらく言葉を交してみて、デイビスをふりむく。

「こりゃいけん。一言も分らんが」

「でも琉球は日本の領分だろう」

役人たちは砂上に敷いた筵《むしろ》に万次郎たちを坐らせ、しきりに話しかけてきた。

万次郎が日本人であると思っているのかくりかえし問いかけてくるが、まったく理解できなかった。

「水と野菜、牛か豚をほしいといってくれないか」

デイビスに頼まれるまま交渉しても、結局手真似《てまね》と絵で意志を通じさせるしかなかった。

島役人たちは牝《めす》牛二頭を曳《ひ》いてきてデイビスに渡し、早く立ち去れと身振りで示す。デイビスたちは木綿四反を返礼に渡し、船に戻った。

フランクリン号は黒潮に乗り北上をはじめ、途中で幾頭もの抹香鯨を捕獲した。海上の遠《おち》近《こち》に、弧をえがく抹香鯨の潮噴きが見えるので、気を許せない。

万次郎は危険な作業をおこなっているときだけ気がまぎれた。船上の喧騒《けんそう》が納まり、甲板の後片付けがすむと、不安がこみあげてくる。

――琉球は地図を見りゃ、土州から大分離れちょるけん、物云《ものい》いが分らんこともありゅうがか。そやけどわえも十四のときに土州をはなれ、オアホで船頭はんらと別れてからは日本の人と口きいたこともないがじゃ。大分言葉も忘れたきに、琉球で一言も分らんじゃったんやろうか――

七月末の雨が降っていた朝、万次郎は夜明けとともに起き、甲板へ出た。

当直の船員が雨よけ頭巾《ずきん》のなかで笑みを見せた。

「ジョン・マン。ハレケン・アイランドが見えてるぜ。ほら、あそこだ」

万次郎は雨に煙る島影が近づいてくるのを眺める。

彼が四人の仲間とともに藤九郎の干し肉で飢えをしのぎ、岩の窪《くぼ》みに溜《たま》ったわずかな天水で渇きを癒《い》やし五カ月を過ごした島が、変らない姿を見せていた。

島の中央に聳《そび》える険しい山の頂きには、あいかわらず遠眼《とおめ》には雪をかぶったように見えるほどに、藤九郎が群れている。

フランクリン号は海亀《うみがめ》の卵を採るためハレケン・アイランドの島蔭に二日碇泊《ていはく》した。

万次郎はボートで島に上陸し、六年前に住んでいた洞窟《どうくつ》をたずねた。彼が仲間と寝台のかわりに使った板、水を呑《の》むための貝殻《かいがら》、日付を記した岩壁の印などが、変らず残っていた。

——ほんに六年の間にゃ、仰山《ぎようさん》のことがあったぜよ——

万次郎は磯《いそ》のにおいを吸いながら、感慨にふけった。

——いま逢《あ》いたいのは、お母《か》はんとキャサリンじゃ。いつかキャサリンをここへ連れてきてみたいじゃねや——

フランクリン号は、また日本の南方を北東へむかう。

八月の烈日が照りつけている朝、日本の陸地から八十里ほど離れた海面で、二、三十艘《そう》の漁船が漁をしているのに行き会った。

「船だ、釣《つ》り船だよ。ずいぶん忙しく魚を釣っているぜ」

万次郎は見張りの船員の声で甲板に走り出た。

「あれはほんに日本の漁師じゃ」

彼は眼を見張って叫んだ。

デイビスが万次郎に聞く。

「あの連中は何を釣っているのかね」

「鰹《かつお》じゃねや。八月の鰹は育っちゅうけん、旨《うま》いんじゃ」

「そうか、俺《おれ》たちも釣ろうよ。おなじことをしているうちに、漁師たちは用心せず近づいてくるだろう。ジョン・マンは日本の服装をして呼びかけてみろよ。土州へ帰る方法を教えてくれるかも知れないぞ」

万次郎は船員たちに鰹釣りの針テグスの仕掛けを教えてやってから、船室に戻りトランクをあける。

なかには土州宇佐浦を出漁するとき、母親の志おが手渡してくれた胴着《どんざ》が納められていた。

万次郎はそれを取りだし身につけ、縄帯《なわおび》をむすび、手拭《てぬぐ》いで鉢巻《はちま》きをした。

甲板へ出ると、船員たちはさかんに鰹を釣っていた。海面へホースで水を撒《ま》くだけで、鰹はいくらでも集まってくる。

甲板をはねまわる鰹が二百匹ほどになったとき、日本の漁船二艘が間近に漕ぎ寄せてきた。

万次郎は声をあげ彼らを呼ぶ。

「おーい、こっちへきてくれよう」

漁師たちはフランクリン号の船腹の真下へ船を寄せる。

万次郎が手を振ると、彼らもおなじ動作をした。

「お前《ま》んらはよう。どこの人かのう」

漁師たちは耳に手をあてた。

「どこから来たんじょ。お前んらの船はどこの国の物なら」

漁師たちは意味が分ったらしくうなずきあい、一人が答える。

「せんでえ、せんでえ」

「せんでえのう」

傍《そば》からデイビスがすすめる。

「ボートを降して話しあえばいいよ」

万次郎は数人の船員とともにボートを降し、漁師たちの傍へ漕ぎ寄せた。

「お前んら、これをやらあ。持っていきやあ」

万次郎はビスケットの小桶《こおけ》二個を漁師たちにやった。

「お前んらはせんでえの人か。せんでえはどこの国じゃ」

「陸奥《むつ》でなっす」

「むつのう。分らんがじゃ。ここから土佐へ去《い》ねるか」

漁師たちは万次郎に幾度もおなじ言葉をくりかえさせ、分らないと首を振る。

万次郎には彼らの言葉がほとんど理解できなかった。漁師たちはビスケットを貰《もら》った礼に鰹を渡そうとしたが、万次郎は受けとらなかった。

万次郎は本船へ戻るとデイビスに頼んだ。

「わえはあの人らと去ぬきに。船を下りるぜよ」

　デイビスはとめた。

「危いぞ、ジョン・マン。俺は君をとても下船させられない。捕鯨船に乗る者なら日本に上陸するのにどれほど危険を冒さねばならないか知っている。友達を死なせるわけにはゆかない」

　船員たちも万次郎をひきとめた。

「ジョン・マン。危いよ。さっき君が話しかけてもほとんど通じなかったじゃないか。無理に上陸すれば役人に捕えられて、牢獄《ろうごく》へ入れられるぞ」

「それどころじゃない。上陸すれば、マンとお母さんがいっしょに首を斬られるということだぜ」

　海上には数十艘の漁船が集まり、日本の漁師たちがフランクリン号を眺めながら、何事か相談しあっている様子である。

　ビスケットをくれた日本人が異国船へ戻ったのを見て、不審に思っているのであろう。

　デイビスは万次郎に告げた。

「今度はやめておこう。つぎの機会に、もっと慎重に事をすすめたほうがいい。どうも、この辺りの漁師たちはマンに好意を持っていないようだ。さあ、帆をあげよう」

フランクリン号はたちまち日本漁船から遠ざかった。

デイビスは万次郎をなぐさめる。

「君は今後日本へ上陸するときは、琉球のマンビコシンを撰《えら》ぶべきだ。あそこの役人は、すくなくともわれわれに危害を加えようとする意思がなさそうだったからね。この船は漁をつづけながら東へむかい、あと二カ月ほどでオアホのハナロロへ入港する予定だ。ハナロロには、マンの仲間がいるはずだよ。彼らと会って相談したうえで、帰国の手段をきめるのがいいね」

万次郎もデイビスのすすめる方法をとるのが安全だと思う。

「わえの言葉は、さっきの釣り師らにゃ分らなんだ。鰹をくれるち云うて、仰山釣ったきにいらんとことわりようたが、相手にゃ分らなんだ。オアホで筆之丞《ふでんじょ》はんらに会うて相談せにゃならんじゃねや」

万次郎は中ノ浜の浦人を虫けらのように見下す傲慢《ごうまん》な浦役人の姿を思いだす。

彼らは万次郎を鎖国の禁をおかした罪人として捕え、断首するのをためらわないであろう。

「命あっての物種じゃき、用心せにゃいけなあ」

万次郎はオアホに寄港する日を待った。

捕鯨船の生活は、危険な作業に集団で立ちむかわねばならないため、すべての面で階級序列がきびしく定められていた。

命令指揮系統が乱れたときは、全員の行動が敏速を欠くことになる。

船長、航海士はメーン・キャビンで食事をする。キャビンへ先に入るのは船長で、航海士たちは階級順にあとにつづく。

食事が終れば三等航海士からキャビンを出てゆく。船長は最後に椅子《いす》を立つのである。

万次郎は平船員たちとおなじテーブルで食事をした。

「ジョン・マンは航海士の資格が充分にあるんだが、まだ年齢が若いからしばらく辛抱してくれ。そのうち昇給させるから」

デイビスにいわれ、万次郎は笑顔で答える。

「そげな気をつこうてもらわいでもええんじゃ。わえはこげん暮らしに慣れちょるきに」

フランクリン号に乗り組んでいる船員たちの半ばは、二十歳に満たない少年たちであったので、万次郎は彼らから頼られていた。最年少の十五歳の少年は顔に産毛《うぶげ》をのこしている。

船員たちの寝起きする船首の大部屋は荒天の日には換気がよくないので、煙草《たばこ》を喫《す》うことができない。

寝台は壁に沿い二段にならんでおり、むかいあう寝台のあいだの狭い床にベンチが置かれている。

漁のできない日には、船員たちはベンチに腰をおろし、語りあい、バンジョーを弾きつつ歌う。カードの勝負に時を忘れる者もいた。

船員たちは前甲板のテーブルで食事をとった。彼らは皿をまえにして溜息《ためいき》をつく。

「また塩漬《しおづ》け肉か。いやになったたな」

新鮮な野菜は不足がちであった。

たまに牛、豚のバーベキューが食卓をにぎわす。

晴天の日には、船員たちは甲板の日蔭《ひかげ》で書物をひろげ、手紙をしたためる。

フランクリン号がハワイのオアフ島へ寄港したのは十月はじめであった。

万次郎はハナロロの港へ入港するとき、舳に立って潮風を受けていた。

「ハナロロへ着くのは、五年九カ月ぶりじゃ。筆之丞はんらは、達者でいてるかのう」

ハナロロの波止場が近づいてくると、万次郎の眼に涙がにじんだ。

デイビスが彼に近づいてきた。

「君の仲間たちはきっと元気でハナロロにいるよ。すべてはうまく運ぶさ」

ハナロロのサウス・ハーバーには、六年前とかわらず諸国の商船、漁船が檣《ほばしら》をつらね碇泊していた。

フランクリン号は長い水路を曳き船に導かれ港内に入る。カメハメハ大王の古戦場ヌアヌパリの山頂が見えてきた。

——ほんまに筆之丞はんらに逢えるがか——

万次郎は期待と不安で胸苦しくなる。二千余といわれるハナロロの町並みは、以前と変ってはいない。日本の茅葺《かやぶ》きに似た草屋根の民家のあいだに旗をひるがえす教会、巨大な石造の役所、兵舎が見える。

——ハナロロのお殿さんの家来のカウカハワは、いまでも達者にいゆうか——

万次郎は、親切であったハワイ王国の高官マタイオ・ケクアナオアの部下に逢えば、筆之丞たちの消息が分るだろうと思っていた。

デイビスは船が波止場に着き、鯨油樽《だる》の陸揚げ作業がはじまると、さっそく万次郎を呼んだ。

「君は今日の作業を休んでいいよ。港へ上陸してすぐ仲間を探すがいい」

「おおきに、誰がいうてくれるか」

万次郎はデイビスに礼をいい、波止場へボートを乗りつけた。

まず役所へゆこうと大通りを歩きはじめると、ハツェロンと呼ばれる寛衣の裾《すそ》を風にひるがえし、見あげるように背の高いオアホの住民が近づいてきておぼつかないエンケレセで問いかけてきた。

「お前、チャイニーズか」

「いや、わえは日本人じゃき」

男はほほえみうなずいていった。

「ではトライの知りあいか」

「トライ、そげん人は知らんぜよ」

万次郎は行きすぎかけて足をとめる。

「何じゃ、お前んいま何ち云うたかのう。トライは日本人かや」

「おう、そうだよ」

寅右衛門《とらえもん》がハナロロにいるのだと万次郎は直感した。

彼はポケットから小銭を出し、頼んだ。

「トライに逢わせてくれんけ」

男は万次郎を裏通りへみちびき、草屋根の家をのぞいた。

「トライ、いるかね」

ほの暗い屋内から応答が聞え、陽灼《ひや》けした顔の小柄《こがら》な男が出てきた。右手に物指しのような細長い板を持っている。

万次郎はひと眼《め》見て、寅右衛門だと分った。ハツェロンを着て、頭髪をざん切りにしているが、まちがいない。

「寅んよ、わえじゃ。万次郎じゃが」

万次郎の声は震えた。

寅右衛門はけげんな顔で聞く。

「お、お前んはいま何ていうた。もう一遍いうてくらんせえ」

「わえは万次郎じゃねや。六年前にお前んらとここで別れて、メリケへいきようた万次郎じゃ」

「えっ、そりゃほんまか。万次郎とは違う人のように見えるちゃ」

「そらそうじゃろかい。別れたときゃ十五で、いまははたちじゃき」

寅右衛門は手に持つ木切れを取り落し、茫然《ぼうぜん》と万次郎を見つめ、自分にいい聞かせるようにつぶやく。

「そういわれりゃ、声は覚えちゅう。メリケの水主《かこ》の姿はしちょるが、よう見りゃ万次郎じゃ。うむ、たしかに万次郎ぜよ。こりゃめずらしい者《もん》が来ようたぜよ。どうじゃ、達者でいようたんじゃのう。逢えてよかったぜよ」

二人は抱きあい、涙をこぼし再会をよろこぶ。

万次郎は寅右衛門の土佐訛《なまり》を聞くと、なつかしさがこみあげてくる。

「まあ、こっちゃへ入っちょくれ」

寅右衛門は万次郎の肩を抱き、居間へ誘った。

彼は拳《こぶし》で涙をぬぐいながら聞く。

「お前んは何でハナロロへきたんかや」

「いまバーク・フランギランちゅう船に乗って、鯨を捕っちゅうぜよ」

「ほう、シーマンかや。その船はジョン・ジェイムシ・ハオランぐらいあるんか」

「いや長さは二十八間じゃけ、ジョン・ハオランよりゃ二間短いが、ええ船ぜよ。キャプテンは、ジョン・ハオランじゃ銛《もりう》打ちしようたアイラ・デイビスじゃ」

寅右衛門は眼差《まなざ》しを宙に遊ばせ、思いだす。

「デイビスちゅうたら、ヌーヨーカたらいうメリケの都で生れたちゅう、粋《いき》な男やろが。覚えちゅうぜよ。そうか、お前んはいまでも水主か」

「うん、わえはキャプテン・フヒットフィルトにメリケのハヤへブンちゅう町へ連れてもろうて、学問をさせてもろうたんでのう。ちっとは賢うなったんぜよ。いまじゃ船の舵《かじ》も取らせてもらいゆうが」

「そりゃ豪勢なもんじゃ。フヒットフィルトは今年の春に、ここへ来ようたが」

「えっ、そりゃほんまか」

万次郎はなつかしいホイットフィールド船長が、ハナロロで寅右衛門たちに会ったと聞いておどろく。

「五《ご》右《え》衛門《もん》が町で呼びとめられたんよ」

　寅右衛門は口数のすくない男であったが、六年ぶりに会った万次郎にオアホ島で暮らした歳月について、息つく暇もなく語りはじめた。

「わえらはお前んがメリケへいきようてから、ここで一年ほどは遊ばせてもろうたんじゃ。世話になりゆうカウカハワの畑の手伝いしよったり、水汲《みずく》み掃除もやっておったんじゃけんど、そのままいよるわけにもいかなあ。それでこの土地の物云《ものい》いにもちと慣れてきたら、どこぞの傭《やと》われ人になって稼《かせ》ぎようて身すぎせざかと皆で相談のあげく、カウカハワにいうたんじゃが、カウカハワは聞きよらんぜよ」

　カウカハワは上司のケクアナオアから寅右衛門ら四人を扶養しておくよう命令されているので、遠慮なくこのまま暮らすようすすめた。

　四人は彼の好意に甘えていても、いつまでハナロロに滞在していなければならないか分らないので、ケクアナオアに願い出て許可を得た。

「メリケの医者のダッタジョージ（ドクター・ジャッド）は今はえらい役人になりようて、オプニカウカちゅう名に変えちゅう。わえらはオプニカウカにはたらきぐちを探してもろうたんぜよ」

筆之丞はオアホの住民たちが名を呼ぶのに発音しにくいため、伝蔵と改名していた。

彼はミシ（ミスター）クーケというアメリカ人ミッションスクール校長の自宅に下僕として傭われた。

「わえは大工の棟梁《とうりよう》に奉公してのう。いまじゃ家こしらえから船の仕立てもやりよるんじゃ。こげな物知っちゅうか。西洋算盤《そろばん》じゃねや」

寅右衛門は木枠《きわく》で縁をかこんだ黒い石板をとりだして見せる。

「スレートか。知っちゅうぜよ」

「なんじゃ、つまらん」

寅右衛門は笑いながら、長さ一尺、幅八寸ほどの石板に鉄釘《てつくぎ》でアラビア数字を書きつらね、指で消した。

「そげな字をば棟梁の所で覚えたがか」

「そうじゃねや」

寅右衛門は得意げに歯を見せた。

「重助と五右衛門はオプニカウカの屋敷で奉公したんよ。重やんは足の怪我《けが》が直らんと不自由な日送りをしようたが、オアホで暮らすうちに腹ぐあいがようなかってのう。オプニカウカは五右衛門はまだ十七やし、兄貴の面倒も見んならんしで、子守りだけしようた。重助は薪割《まきわ》り、水汲みだけぜよ」

万次郎は寅右衛門から重助が病死したと聞かされ、おどろく。

「重やんは去年の正月に死んでしもうたんよ。まだ二十八で若死にして、ほんに哀れなことよのう。腹下りが止《や》まんと骨皮に痩《や》せてなあ。オプニカウカが看病の銭呉《く》れて、早う治しとうせちゅうて親身になってくれたぜよ。いろせと薬呑《の》ませてみたが、ようならなんだ」

オプニカウカはある日伝蔵と五右衛門に告げた。

「私は重助を治療して是非健康を回復させてやりたいと思っているが、いまは医師をやめているので手もとに良い薬がない。それで、ハナロロから三里離れたコーラウという村に腕のいい医者がいるので紹介する。君たちは重助をコーラウへ連れてゆき、治療してもらうがいい」

オプニカウカは重助のために、治療の依頼をしてくれた。

寅右衛門はいう。

「わえは見舞いにハスダラ（ハーフ・ダラー）を持たせたんじゃ。オプニカウカは駕籠《かご》を買《こ》うてくれ、伝蔵と五右衛門はそれに重助をば乗せて、舁《か》いていきようた」

駕籠とは、寝椅子のことである。

伝蔵たちは一刻も早くコーラウへゆこうと道を急ぐうち、途中で馬二頭を曳《ひ》いてくるオアホ人たちと出会った。

オアホ人は伝蔵たちに声をかけた。

「お前さんがたはハナロロの日本人かね」

「そうじゃ」

「俺《おれ》はコーラウの者だが、オプニカウカに申しつけられて、お前さんがたを迎えにきたんだよ」

「えっ、それは済まんのう」

三人兄弟は、思いがけない迎えを受けてよろこぶ。

オアホ人たちは重助の横たわる寝椅子を担《かつ》いでくれ、伝蔵、五右衛門は馬に乗った。重助はコーラウに着くと早速医師の治療を受けた。

コーラウに近いカネオエという村にキリスト教の寺院があり、パーカーという牧師がいた。彼はかつてフェアヘブンでホイットフィールドの家の近所に住んでいたことがあり、所持していた薬を呉れた。

重助は医師の手厚い看病を受けたがしだいに衰弱し、一八四六年一月に息をひきとった。

寅右衛門はいう。

「伝蔵と五右衛門は、兄弟の重助の骨を埋めた土地から離れるのは嫌《いや》じゃちゅうて、カネオエに住んで芋やら粟《あわ》、瓜《うり》らを植えて生計《たつき》やりゆうが」

伝蔵と五右衛門はカネオエで暮らし、重助の菩提《ぼだい》をとむらう。あるションレイの朝、突然ホイットフィールド船長が彼らをたずねてきた。

カネオエのパレカ教会へ参詣《さんけい》していた五右衛門が、うしろから太い声で呼びかけられたのである。

「ゴウエモン、ゴウエモン」

おどろいてふりかえると白地の外套《パルレ》の裾を海風にひるがえし、ホイットフィールドが立っていた。

「これはキャプテンじゃなあ。めずらしいお人が来なはるもんじゃのーし」

五右衛門は四年ぶりに再会したホイットフィールドと抱きあった。

五右衛門はたどたどしい英語をあやつり、ホイットフィールドと話しあう。

「私はドクター・ジャッドから君たちがここにいるのを聞いて、会いにきたんだよ。パレカ教会のミスター・パーカーの顔もひさしぶりに見たいと思ってね。オアホは気候がいいから、暮らしやすいだろう。重助は亡《な》くなったというが、残念なことをした」

「そげなことでのーし。重助兄哥《あにい》は腹下しをしようて、皆に看病してもろうたに癒《なお》らなんだでのーし」

「筆之丞は元気かね」

「いまいっしょに暮らしちょりますらあ。筆之丞ちゅう名前はオアホの人にゃ呼びづらいけん、伝蔵と変えていま百姓しちょるでのーし。呼んできますらあ」

五右衛門は家に駆け戻り、伝蔵を連れてきた。

ホイットフィールドはパーカー牧師の部屋で伝蔵に重助の悔みを述べた。

「おとなしい、いい性格の重助が早く神に召されたのはいたましいかぎりです。もう一度元気な顔を見たかった。でも、君たち二人が達者でいてくれて、よかったよ。ところで、君たちは景色のいい海岸に住んでいるらしいね。私に見せてくれないか」

伝蔵たちは家に走って戻り、室内を掃除し、メリケの嫌《きら》う漬物桶《つけものおけ》をとり片づけ、椅子《いす》を拭《ふ》いて待つ。

ホイットフィールドはパーカー牧師とともに訪れた。

「これはいい家だね。崖下《がけした》に海が一望できて、見事な景色だ」

ホイットフィールドは椅子にもたれ、伝蔵兄弟が建てた小屋を褒《ほ》めたあとでいった。

「以前に私の船に乗っていたコックスという船員が、こんどフロリダという捕鯨船の船長になって日本の近くへいくんだ。君たちが帰国したいなら、頼んでみてもいいよ」

寅右衛門は万次郎にいう。

「キャプテンはええ人じゃねや。お前のこともメリケへいきようてからは、よう学問するし、ひとに倍してはたらき者じゃとよろこびようたがよ。わえとは気があわんがのう」

万次郎は笑いながらうなずく。

寅右衛門は気むずかしく、メリケとまじわるのに気遅ればかりしていた。そのためジョン・ハウランド号の船員たちと容易になじまなかった。

「わえはメリケは好かんきに」といい、彼らに親しもうとしない寅右衛門は、ホイットフィールドの威厳のある物腰に怯《おび》え、反撥《はんぱつ》する。敏感なホイットフィールドは寅右衛門が自分を嫌っているのを知っていて、彼を遠ざけた。

「キャプテンはハナロロへ去《い》ぬとき、明けの日にわが船へこいというたけん、五右衛門がいきよったら、仰山《ぎょうさん》の物を呉れたぜよ。外套《パルレ》五枚、股引《ワワエロ》五枚、白の布二反、履《くつ》二足、煙草《たばこ》じゃ。五右衛門はそれをば一荷《いっか》に担《にの》うて帰ったんじゃ。キャプテンは五右衛門らに、フロリダちゅう船へ乗って日本へ去ねとすすめてくれゆう。五右衛門と伝蔵は泣いてよろこんで、その気になってのう。わえも連れていこうちいうたら、キャプテンは聞いてくれりゃあせん」

「そりゃ、何でじゃ。キャプテンは情深い人じゃに」

「あの人はのう、わえが懐《なつ》かなんだけん、世話する気はないちいいよる。伝蔵らはキャプテンの膝《ひざ》をば抱いて頼んでくれた。キャプテンは渋々聞いてくれ、三人ともに日本へ去ねることになったんじゃ」

「ほや、寅んはなんでここにおるんじゃ。筆之丞はんと五右衛門はカネオエにいゆうがか」

「いや、あれらは去年の十一月の末に、フロリダへ乗って、日本へ去んでしもうたが」

「えっ、カネオエで芋つくってないのかえ。お前んはそういうたが」

「そりゃいいまちがいよ。今頃《いまごろ》は土州へ帰っちゅうやろか」

「お前だけがここへ残ったんは、なんでじゃ」

いぶかしむ万次郎に、寅右衛門ははにかんだ笑顔をむける。

「わえはフロリダちゅう船に乗れたら伝蔵らと去ぬつもりやったが、乗せてくれん。別の大けな船に乗せられたんよ。その船のキャプテンが意地の悪い奴《やつ》で、とてもおられんと思うたけん、湊《みなと》を出るまえに下りたんじゃ」

万次郎には寅右衛門の気持ちが理解できた。彼はひとりでメリケの船に乗れなかったのである。

伝蔵と五右衛門は寅右衛門がせっかく便乗を許された大船から下りたのを翻意させようと、さまざま説得したが無駄《むだ》であった。

ついにフロリダ号の出帆するときがきた。寅右衛門は土佐の「いごっそう」といわれるかたくなな性情をあらわし、涙も見せず波止場で笑って手を振り伝蔵たちを見送った。

「お前《ま》んらは難儀に逢《あ》わんと達者で去んでおうせ。わえのことは気にせいでええき。オアホで暮さあ。ひとりになっても、こればあなことでへこたれりゃーせん」

寅右衛門は伝蔵たちとの別離の様子を淡々と語ったが、眼《め》に涙をにじませていた。

「わえはオアホの人間になるときめちょったが、お前んがきてくれりゃ生け返ったよな気分ぜよ」

万次郎もうなずきつつ眼をおさえる。

「ところで寅んよ。わえは鯨船であっちこっちと廻《まわ》りようたが、日本の人にゃ一人も逢わなんだぜよ。ハナロロでお前んらが暮らすうちに、やっぱり見なんだかえ」

寅右衛門はかぶりをふった。

「筆之丞が伝蔵に名あ変えたあとのことじゃけえ、わえらがハナロロに着いた翌年の五月やったなあ。かれこれ半歳《はんとし》たって、カウカハワの家をば借ってからに、ちとオアホの暮らしになじんだ時分やった。日本の若衆が二人でわえらをたずねてきたんぜよ」

「へえ、どこの人なら」

「摂津兵庫《ショエチ》の者じゃというちょったが、善助ゆうて、二十一、二の年頃やったなあ。花色羅《ら》紗《しゃ》の上着に萌黄《もえぎ》の袴《チヤラロシ》つけて、金色の外套《パルレ》をば肩にかけちゅう。頭にゃ冠のような金の絞り模様のついた笠《かさ》をのせてのう。ええ男やったぜよ。善助は炊夫《かしき》一人連れちょった。まえの年に阿波《あわ》から江戸へ渡海のとき、西北風《やませ》に吹き流されてイシバニシ（イスパニア）の船に助けられてその国へいきようたやと。船衆は十三人で、十一人は山稼ぎ柴《しば》刈りではたらきよった。善助と炊夫は金持の商人《あきんど》の家に寝泊りしよったんじゃ」

善助たちはスペインの商船に救われた。その船はルソンからアメリカへ向う途中であったので、メキシコ領のカリフォルニア、サン・ルカスに十三人の日本人たちを上陸させ去っていった。

善助たちはサン・ルカスからおなじメキシコのマサトランに移り、日本へ帰る便船を待っていた。

「善助はええ男じゃき、居候《いそうろう》しゆう家の主人に見込まれてのう。店で帳付けをば任されるうちに、娘三人のうち気にいった者を嫁に貰《もろ》うてくれち、いわれたそうじゃ」

善助は日本への帰国をひたすら願っていたので、メキシコで妻帯せず、たまたま清国《しんこく》へむかうアメリカの商船がマサトランに寄港したので、便乗したのである。

「善助は四人の連れがあるというちょった。三人は船にいよる。十三人のうち五人しか乗れざったのは、乗せてくれなんださかいじゃちゅう。そやけど乗ってはみたが、船頭、水主《かこ》の気が悪《あ》しゅうて、一人に銀百枚の乗り賃を払うちょるに、奴《やっこ》のように追い使《つこ》うて、わえらは客じゃちいうてはたらかざったら、殴る蹴《け》るの痛い目にあわすんじゃとなあ。

　それで船がハナロロへ入って港へあがってみたら、日本人が住んじょるちゅうき、わえらにもいっしょに去《い》のらちゅうてすすめにきたんぜよ。善助がいうにゃ、お前んら四人がふえりゃ、船頭も、がい（乱暴）にゃ扱えんじゃろとのことじゃき、わえらもその気になって、ハナロロのケクアナオア様に去にたいとお頼みに出向いてのう」

　ケクアナオアは、早速下役人を船へやり、伝蔵ら四人の便乗を交渉してくれたが、船長にことわられた。

「それで、わえらは日本へ去にそびれたんじよ。かれこれしゆううちに、秋の頃じゃったか、また日本の若衆二人がきようたぜよ」

　ハナロロの内港に外国船が入ると、子供たちが小舟をあやつりめずらしい雑貨、食料品を買いにゆく。

　彼らが船内に日本人がいるのを見たので、噂《うわさ》がひろまった。

「まだ重助が達者な時分やったが、わえらは皆で浜へ出てのう、波止の辺りへ歩いていたら、伝馬船《てんません》に乗ってくる男がいゆう。顔見りゃ日本人よのう。おーいちゅうて声かけたら、その人も笑うてこっちむいてのう。陸《たか》へあがったら走ってきゆうが」

　伝蔵たちが出会ったのは、江戸に住んでいたという二十歳の青年安太郎であった。

彼は年初に陸奥《むつ》で塩を積みこんだ船で江戸へ向い、途中難船して吹き流されること一年に及んだ。

食糧は尽き果て飢死にを覚悟したが、さいわい鮪《まぐろ》をしばしば釣《つ》り、露命をつないだ。

乗り組んでいるのは船頭以下八人であったが、飢渇《きかつ》に苦しみしだいに体力が衰え、六人が死に、安太郎と藤兵衛という三十過ぎの男だけが生き残り、アメリカ捕鯨船に救助されたのである。安太郎はよろこんでいった。

「ここでお前さんがたに会えたのは天の助けだ。すぐ船へ帰って相番《あいばん》の藤兵衛を呼んでくるからよ。待っててくんな」

安太郎は藤兵衛をともない、伝蔵たちの住む家へたずねてきた。藤兵衛はいう。

「俺たちゃ助けてもらった船の船頭さんが女房と子供三人を連れているんで、子守りをさせてもらってたんだが、ハナロロから日本へいかねえんで、唐《から》へゆくプランシ（フランス）の船に乗りかえることになったでござんすよ。ところが俺たちゃ異国の言葉を一言だって知らねえんで、メリケの船でようやく馴染《なじ》みもできたのにまたプランシの人と口をきかなきゃならねえんで、困りはてていたんでさ。お前さんがたなら異国の言葉を会得《えとく》していなさるし、いっしょに日本へ帰ってくれりゃこんな嬉《うれ》しいことはないんでござんすがねえ」

伝蔵たちは心を動かされた。

「わえらも日本へ去にたいきに、プランシの船へいって頼んでみゆうがか」

彼らは安太郎と藤兵衛にともなわれ、フランス船の船長に便乗を頼んだが、船賃の前払いを求められ、金額を聞いてみるとおどろくほどに高い。寅右衛門は語った。

「とても払えるような金高でないきに、あきらめにゃいけんようになったが、安太郎と藤兵衛は船賃の足しになるならちゅうて、吹き流された船で死んだ六人の相番の着物を持ってきて、売ってくれというたが、ハナロロじゃ買い手はないきに、泣く泣く別れたんじよ」

「そうかえ、それからは日本の人はこなんだかえ」

「さっぱり見なんだのう」

「ところで、その安太郎ちゅう人らは陸奥から塩積んで江戸へくるあいだに吹き流されたんかえ。陸奥ちゅうのは、日本のどの辺りかのう」

万次郎は日本近海での体験を告げる。

「わえはいま乗ってるフランギランちゅう船であちこちの港を回っても、日本の人にゃ一人も逢わなんだが、この夏に琉球《りゅうきゅう》の小島へあがって、役人と口きいたぜよ」

「琉球ちゅう島は、日本かえ」

「そうじゃけど、わえのいうことも先方のいうことも、何にも分らなんだ」

琉球が日本の南の外れであると万次郎に聞かされた寅右衛門は、心細げな顔つきになる。

「万やんのいうことが、なんで分らなんだんじゃろ」

「マンビコシンちゅう島じゃったけんど、そこで牝牛二匹貰うてのう、丑寅《うしとら》（北東）へさして鯨を獲《と》りもていったんよ。ハレケン島へも寄ったが北へいくうち、八月のかかりに下り鰹《がつお》を釣っちゅう日本の船二、三十艘《そう》と会《お》うてのう」

「日本の船頭が釣りをやっちゅうのに会うたか」

寅右衛門は眼を見張った。

「その人らに声をかけてみたんか」

「うん、胴着《どんざ》着込んで向う鉢巻《はちまき》締めてのう。お前んらはどこからきたんじゃと聞いたら、センデエじゃちいうた。どこのセンデエかと聞いたら、陸奥じゃちゅうき。土佐へ去ねるかちゅうても首傾《かし》げゆう。わえのいうことは半分も分らなんだぜよ。寅んは陸奥がどこか、安太郎ちいう人らに聞いたかえ」

「江戸から北向いて八十里ほどじゃちいうてたが、センデエはどこか聞かなんだぜよ」

万次郎は、いつ土州中ノ浜へ帰れるのであろうかと胸に不安をうねらせつつも、寅右衛門をはげます。

「寅んはひとりで淋《さび》しかろうが、オアホの人はええ人ばっかりじゃちゅうき、去ねるときを待っちょることじゃや。達者でいててなあ。土州へ去なにゃいけん。体いとうていこらえ。フランギランはまだひと月ほどはハナロロにおるけん、またくるぜよ」

万次郎は寅右衛門と抱きあい、涙を流し別れた。

フランクリン号に戻ってみると、デイビスが声をかけた。

「ジョン・マン。仲間に逢えたかい」

「寅右衛門と逢《お》うたぜよ。いまは大工仕事をやっちゅう」

「元気だったかい」

「達者にやりゆうが、筆之丞はんと五右衛門は、去年の十一月に日本へいきゆうフロリダちゅう鯨船に乗せてもろうて出ていってしもうたようじゃ」

デイビスが驚いたようにいう。

「そのフロリダだが、さっき入港したよ。その船には日本人が二人乗っているというので、君に早く教えてやろうと待っていたんだ」

「そりゃ、ほんまか」

万次郎は甲板から三本マストのフロリダ号を見た。

「行っちくるぜよ」

彼はボートに飛び乗り、フロリダ号へむかった。

万次郎がボートをフロリダ号の舷側《げんそく》につけ舷梯《タラップ》を登りかけたとき、二人の男が甲板から下りてきた。茶台のような形の帽子をかむり、筒袖《つつそで》上着に白木綿の股引、黒皮の靴《くつ》をはいたメリケの服装であるが、万次郎には先に下りてくるのが筆之丞であるとひと目で分った。

二人は重たげな行李《こうり》を担《かつ》ぎ、大勢の船員たちに見送られている。

「幸運を祈るよ。達者でな」

「またすぐにつぎのチャンスがあるさ」

「きっと日本へ帰れるよ」

船上からにぎやかに声が降ってくる。

「筆之丞《ふでんじょ》はん、五右衛門」

万次郎が呼びかけると、二人は驚いたように足をとめた。

「お、お前んは、もしや万次郎ではないろうか」

「そうじゃ、万次郎でのーし。いま寅んの家から戻りよったところじゃに、お前んらがこの船へ乗っちゅうとキャプテンに聞いて、あわててきたんじゃが」

「え、お前んはキャプテン・フヒットフィルトとヌーベッホーへいきようたんじゃろ」

「そうじゃ、向うで学問させてもろうて、航海術もひと通りは知っちゅう。キャプテンは一八四四年の六月にウリュンエンドエライザちゅう鯨船のキャプテンになって、漁に出て、お前んらにも去年会うたわのう。わえもジョン・ハオラン号に乗り組んで銛《もりう》打ちしよったアイラ・デイビスがフランギランちゅう鯨船のキャプテンになってからに、傭《やと》うてくれたきに、スチュワードになりよって去年漁に出たんよ。いまフランギランはこの港に着いちゅう。あそこに見えよるが」

　万次郎はフランクリン号を指さしてみせた。

「そうか、ようきたなあ。万やんは大きゅうなりよって見違えるばあじゃ。また逢えてほんにうれしいぜよ」

「筆之丞はんは、伝蔵ちゅう名に変えたんやて」

「寅右衛門に聞いたんか」

「うん、そやけどお前んらは土州へ去なんと、なんでここへ戻りよったんじゃ」

「それがなあ、日本の蝦夷地《えぞち》（北海道）へ一遍はあがったんじゃが、あかん。村の人らが皆隠れよって、どこにもいよらん。わえらはそればあのことぐらい気にせんと去ぬつもりじゃったが、フロリダ号のキャプテンが、危ないけん陸へあがるなちゅうてとめよらあ。それで仕方ものうて戻ってきたんよ」

　筆之丞はこらえかねたように涙をこぼし、拳《こぶし》で押しぬぐった。

　万次郎はその夜寅右衛門の住居に泊り、伝蔵、五右衛門と語りあかした。

「わえらはハナロロの港を出て、オアホの島をはなれて磁石の針をば申酉《さるとり》（西南西）へとって幾日走ったかのう。ある日の朝《あさり》にゃ山もなけりゃ、椰子《やし》の樹《き》がぽつぽつ生えちょるだけの裸島に着いたんよ。船頭のコックスのいうにゃ、ニュージネェ（ニューギニア）からオシツレリア（オーストラリア）のあいだにある島じゃ。メリケの水主衆は、島に住む人をカナカと呼びゆう。その島は砂地で、ちと小高いところもあってからに、ひと抱えより大っきな椰子の木が生えちょった。棕櫚《しゅろ》のような椰子は、蒲《がま》をたばねたようなぐあいに葉を出しよらあ。オアホといっしょじゃ。実は人の顔ほどあって、汁は三、四合もあるけん、一遍にゃ呑《の》みきれなあ。冷やこうて、なんともいえんほどに旨《うま》かったぜよ」

伝蔵の見聞は微細にわたっている。万次郎は伝蔵がほとんど表情を動かさずに語っているが、珍奇な体験を反芻《はんすう》し陶酔しているのを察した。

眼尻《めじり》の切れあがった五右衛門が、ラム酒をなめるように呑みつつ酔いのまわった口調で語りはじめる。

「島の衆は皆裸じゃねや。女子《おなご》は椰子の葉をつづって前垂れみたいにしゆうが、うしろから丸見えよ。髪の毛はうしろで切って髭《ひげ》は皆抜いちょるけん、男女を見分けるにゃ股倉《またぐら》をのぞくしかないんじゃねや」

島民の住居は地面に穴を掘って椰子の木を縦横に渡し、椰子の葉で屋根を葺《ふ》いただけの簡単なものである。

「鍋釜《なべかま》ちゅうような物はないんじゃねや。海苔《のり》をば串《くし》に刺してのう、火にあぶって食うか、椰子の汁をすするだけじゃけえ、人は皆傍《ねき》へ寄ったら椰子油のにおいしゆうが」

フロリダ号が碇泊《ていはく》すると、住民の男女は椰子の樹でこしらえた船に乗り、漕《こ》ぎ寄せてきて、船員たちから煙草《たばこ》、食物、こわれた鉄製の器具などを貰い、女を抱かせる。

寅右衛門は伝蔵、五右衛門の語るところを熱心に聞いているが、万次郎は裸島へ数度立ち寄っているので、めずらしくはない。彼は伝蔵たちが日本へ戻ろうとして果せなかった事情を知りたい。

フロリダ号は鯨を追いつつギューアン（グアム）から北上し、三月上旬に八丈島を間近に見る辺りに至った。

「わえらは、眼のまえに見えゆう山の二つある島が八丈じゃと分って、胸つまってのう。日本へ帰れるとよろこんで、あがろうとしようた。船頭はんもついていってくれるちゅうことじゃった」

フロリダ号の船長コックスは、日本人の住居、生活の様子を見たいといい、伝蔵、五右衛門とおなじボートで八丈島へむかった。

伝蔵はホイットフィールドが彼らをハレケン・アイランドから救出し、オアホに滞在させるうち、便船を得て日本へ帰国させるに至った事情を記した日本の役人あての英文の手紙を持っていた。

コックスが上陸に同行しようとしたのは、ホイットフィールドから預けられた二人を無事に日本側へ戻す責任があるので、結果を見届けるためである。

ボートは海岸に近づき、島民の住家、牛馬を牽《ひ》いて耕作する人があきらかに見分けられる辺りまで接近したが、波が荒く上陸できなかった。

「なんせえらい波じゃねや。浜に打ち寄せるときにゃしぶきは四、五間ほども立っちゅうが。浜はまっしろに霧かかったようじゃきに、船持っていきゃ一遍に割れらあ。海のなかにゃ剃《かみ》刀《そり》みたいな岩が立っちょるき、体ぶっつけられりゃ、膾《なます》になるけんどうにもならなあ。なんとかあがる所はないろうかと、朝から日の暮れるまで島のまわりをぐるぐる廻《まわ》りようたが、あかなんだ。翌《あく》る日もおんなしことでのう。島へあがるのをばあきらめて、子《ね》丑《うし》（北々東）のほうへ向うたぜよ」

伝蔵は陽灼《ひや》けた頬《ほお》をゆがめ、瞼《まぶた》から涙をひとしずく落した。

「ほんに、日本の島が眼のまえに見えちゅうに、上れん。運がついちょらんかったんじゃねや」

五右衛門も眼頭をこする。

フロリダ号は鯨を追いつつしだいに北上し、蝦夷の海岸にさしかかった。

コックスはある朝伝蔵たちに告げた。

「この辺は日本の蝦夷松前というところだ。ここから土州へ帰るがいい」

伝蔵兄弟はいよいよ帰郷できると胸を高鳴らせる。

岬《みさき》の端を北側へまわりこみ、海岸へ近づくと、狼煙《のろし》が数カ所からあがるのが見えた。黒煙のあがるさまがすさまじいので、船員たちは不安の眼《め》を見交す。

「これは危険だ。日本の役人たちは何を考えているか分らない。突然攻めてくるか知れないぞ」

伝蔵は彼らの危惧《きぐ》をうち消そうとした。

「日本じゃ異国船がくりゃ狼煙あげて用心しゅう。めずらしいことはないきに。浜へあがって訳を話しゃ、分ってくれゆうが」

コックスはボートを下すのを許した。

伝蔵兄弟とコックスはボートで人の気配のない浜辺に上陸した。

彼らは狼煙のあがっているところに誰かいるだろうと近寄ってゆく。狼煙場には数人の人影が見えたが、伝蔵たちがあらわれると転がるように逃げうせ、林間に姿を消してしまった。

辺りは寂寞《せきばく》として風音が聞えるばかりである。伝蔵兄弟は声をからし叫んだ。

「わえらは日本人じゃ。大和《やまと》びとじゃき、出てきておくれ」

くりかえし呼びかけても返答はなかった。伝蔵は万次郎に語る。

「狼煙場にゃ小屋があってのう。なかへ入ってみりゃ、へっついに釜かけて、飯は温《ぬく》いし、茶瓶《ちゃびん》にゃ茶が沸いちょる。いま逃げようた者らが放《ほう》っていったんじゃが。わえはコックスはんに頼んだぜよ。ここは日本の国のうちじゃけん、わえらをこのまま残しちょいておうせとな。コックスは頼みを聞いてくれなんだ」

コックスはいう。

「私はフィツフィールの書いた手紙を添えて君たちを日本の役人に渡し、彼らの受け取りを承諾した書面をもらわないといけない。フィツフィールとの約束を果したことにならないんだよ。だからここへ残しておくわけにはゆかないんだ」

伝蔵は松前での様子を語りつつ、無念の思いがこみあげてくるのか唇《くちびる》を嚙《か》む。

「コックスがなんちゅうても聞いてくれんけえ、しかたなしに船へ戻ったぜよ。四月の中頃《なかごろ》やったが寒かったのう。海にゃ海鹿《あざらし》が仰山《ぎょうさん》泳ぎよらあ。船はそれから子《ね》（北）にのぼりゆうてからに、何百ちゅう鯨を獲《と》ったぜよ。五十日ほどは毎日忙しゅう漁をばしゆううちに、ラシャ（ロシア）のルシン山ちゅう山の見える所までいきよった」

万次郎は首をかしげる。

「わえもその辺りへ行きよったが、そげな山は知らざったのう」

「なんせ高い山じゃき、遠い所からでも見えゆう。雪の色は淡赤《うすあこ》うて、空にくっきりそびえちょった。そこから奥へいきゃ、見渡すかぎりの霧じゃ。お陽いさんの顔拝むこともなしに何十日も海をば渡って、昼と夜はいっしょになりようたぐあいじゃ。たまによその鯨船とすれちがうときにゃ、棒で舷《ふなべり》を叩《たた》いて叫《おら》びよってからに、行き当らんようにするがじゃゆ。海は澄んでるかと見ちょるうちに土色の濁り潮になる。底に岩があるんじゃが。ルシン辺りの小島で鯨を何匹か取って、九月の西風で帰ってきよった。オアホへくるまでにゃ、船の沈むかと思いゆうほどの嵐《あらし》にも逢《お》うたぜよ」

万次郎はかぶりをふる。

フランクリン号はハナロロに十一月上旬まで碇泊していた。伝蔵兄弟はかつてホイットフイールドの部下であったコックス船長のもとではたらくことになり、カネオエの家には戻らず、フロリダ号の船員とし雇われた。

万次郎はハナロロに滞在するあいだ、町なかを見物して歩いた。カメハメハ三世が三年前に完成させたという新宮殿は、従来の外観にアメリカ風の屋根、テラスなどをとりいれた斬《ざん》新《しん》な構造である。

案内役の大工寅《とら》右衛《え》門《もん》が町筋に目立つ優美な建築を指さす。

「あれはメリケの船頭が建てた家でのう。ハナロロでいっちええ家じゃといわれちゅう」

万次郎はアメリカ風の破風《はふ》と柱廊の目立つ屋敷を眺《なが》め、嘆声をもらした。

「こりゃほんにええ家じゃなあ。こげな家はフェアヘブンでも、ヌーベッホーでも見たことないぜよ」

屋敷を建てたアメリカ人船長は、贅沢《ぜいたく》な家具を買いととのえるため清国《しんこく》へ出掛けたまま遭難して帰らず、いまはマサチューセッツ生れの未亡人が家内にとじこもり、めったに姿も見せないという。

「じっと待っちょるうちにゃ、船長が生け返って帰ってきゆうがかと、嫁はんは毎日待ち暮らしよると聞いとうぜよ」

鮮明な色彩の南国の花に埋まる庭に取り囲まれた華奢《きゃしゃ》な白塗りの屋敷の窓はカーテンにとざされ、人の気配はなかった。

万次郎はスコンチカットネックの農場の小さな家で、彼を待っているキャサリンが首をかしげほほえみかけている幻影を眼前にうかべ、みぞおちのあたりにこみあげ疼《うず》く恋しさに動悸《どうき》をはやめる。

——キャサリン、達者でいゆうがか。こんど去《い》ぬまで息災でいておくれ——

彼ははるかな遠方の彼女に呼びかける。

伝蔵と五右衛門の話を聞けば、日本への帰国はたやすく達成できそうにないと思われた。

中ノ浜へ戻り、志おときょうだいに会いたいが、帰れば牢屋《ろうや》に入れられるにちがいない。

当時牢屋に入れられた囚人は、不潔な獄舎でろくな食物も口にできず、牢症という病いを発して死ぬといわれていた。

――この分なら、しばらくは去ねんじゃろが、キャサリンと暮らせりゃ淋しゅうはないきに――

万次郎は自分にいい聞かせる。

彼はハナロロの海員友の会（ザ・シーマンズフレンド・ソサエティ）に所属しているサミュエル・デイマン牧師の家を度々おとずれた。

デイマン牧師はハナロロの海岸に近い海員教会にいて、入港する各国船舶のホームシックにかかった船員たちを慰め力づけてやっていた。

日曜日には入り口に旗を掲げ、船員、住民たちに礼拝式へ出るよう呼びかける。

万次郎がたずねてゆくと、旧知を迎えるように、うちとけた態度を見せた。デイマンは万次郎に会うまえから、彼のことを知っていた。

「君のことはキャプテン・フィツフィールから詳しく聞いているよ。フェアヘブンのバートレット・アカデミーを首席で卒業した、たいへんな秀才なんだって。船員のうちに君のような青年がいるとはうれしいかぎりだ。書物を読みたければ毎日くるがいいよ。地下室にはいろいろの新聞、パンフレット、各国語に訳された聖書があるからね」

デイマンはひとつづりの新聞をさしだして見せる。

「これはフレンドというニュース・ペーパーさ。私が一八四三年に創刊したんだが、この紙上にフィツフィールも寄稿してくれたことがあるんだ」

「これなら、わえも読んだことがあるでのーし」

フレンド紙にはハナロロ港へ出入りした船舶の名称、アメリカ本国の商業統計資料、ニューベッドフォード市場における最新鯨油価格、一年間の暦、ハナロロへ寄港した船舶がもたらした世界のニュースなどが、簡明な文章で掲載されていた。

太平洋を航行する船が他の船と行きあい、情報を交換しあうとき、まず欲しがるのが、フレンド紙の最新版であった。

万次郎は地下の読書室で分厚い皮表紙の本を手にとり、机にむかいページを繰るとき、激しい船上の労働に疲れ乾燥した心がうるおうのを覚えた。

彼は便箋《びんせん》とあたらしい羽ペンも備えられている静かなデスクで、フェアヘブンへ帰ったときキャサリンに見せる詳細な日記をしたためる。

デイマン夫人が優しく気を配ってくれるので、居心地がよかった。

「わえはここにいゆうときゃ、フェアヘブンの農場におるような気がしてならんですらあ。

おおきに」

彼はデイマンに礼を述べた。

フランクリン号は十一月はじめの東北風の吹いている朝、ハナロロを出港した。

波止場には伝蔵、寅右衛門、五右衛門が立ち、いつまでも手を振り見送っていた。

フランクリン号は南下してギューアン（グアム島）付近のマリアナ海域で鯨を追い、西北へむかい、さらに西へ走って二月頃ギューアンのアプラ港へ入った。

ここでデイビスが精神異常の発作をおこした。彼はハナロロを出帆した時分から捕鯨操業のときにほとんど命令を下さず、黙りこむようになっていたので、エーキン一等航海士がデイビスに替り指揮をとってきた。

ふだんは部下に無理な仕事を押しつけることもなく、温和であったデイビスが船員たちと口をきかない。黙って薄笑いを浮かべ、テーブルのノートにむかい羽ペンを上下に動かし字を書くでもなく、ながい時間を過ごす。また、ボーイが船長室へコーヒーを持ってゆくと、デイビスがさかんに話している。

誰かいるのかと思い部屋に入ってみると、デイビスは壁にむかいしきりに喋《しゃべ》っていた。

「キャプテンは、どうも気が触れたようだな」

船員たちは優秀な銛《もり》打ちとしてシーマンのあいだに知られていたデイビスの、正気を失ったふるまいを見て、不安に思いはじめた。

デイビスは不審な挙動をするが、とりわけ他人に迷惑を及ぼすこともないので、皆は彼が正気にもどるのを待つことにした。

「この辺りは暑いから、脳の病気によくない。もっと北へいってみるか」

だがマリアナ海域に抹香鯨《まっこうくじら》の群れが集まる季節であったので、船長の病状を気遣ってせっかくの獲物を逃すわけにはゆかない。

皆はデイビスをアプラ港で下船させ、一カ月ほど碇泊するあいだ医者の治療を受けさせようと考えたが、到着してみると急にデイビスの症状が悪化してきた。

それまでは、黙りこむか誰かと話す様子をするばかりであったのが、激昂《げっこう》して喚《わめ》きたて船内を駆けまわる。

「キャプテン、危ないですぜ」

船員が抱きとめようとすると殴りかかってくる。

腕力のなみはずれてつよい巨漢であるため、取りおさえるのに四、五人がかりの騒動をしなければならない。

「これはとても下船させるどころではないようだな」

航海士たちが協議しているところへ、ボーイが駆けこんできた。

「キャプテンが小銃とサーベルを持ちだして、甲板で暴れています」

皆が甲板へゆくと、デイビスはサーベルを抜き、檻《おり》のなかに飼っている豚に切りつけていた。

デイビスは船員たちが抱きとめようとすると小銃を発射した。

「あぶない、皆隠れろ」

船員たちは物蔭《ものかげ》に身を隠した。デイビスは狩猟をしているようなつもりなのか、豚の頭に銃口をむけ轟然《ごうぜん》と撃つ。

船員たちは彼が小銃に弾丸をこめようとする隙《すき》に駆け寄り、組みついて武器をとりあげた。

「貴様ら、なにをしやがる。キャプテンにさからって船乗りができると思っているのか。ヌーベッホーへ帰港すればさっそく裁判にかけ死刑にしてやるぞ」

デイビスは眼をいからし唾《つば》を飛ばして怒号する。

キャビンに閉じこめておくと、ドアに椅子《いす》を叩きつけあばれまわったが、放っておくうちに静かになった。

「キャプテンをどうすればいいか。港へ上陸させるか」

エーキン一等航海士ら幹部はメーン・キャビンに集まり、相談をする。

「アプラ港にはキャプテンを治療する医師はいない。ここへ残しておけば彼に死を宣告するようなものさ」

　エーキンは腕を組み、考えこむ。

　万次郎がいった。

「ルソンのマネラ港まで連れていこうぜよ。マネラにはユナイッシテイトの領事館も病院もあるきに入院させ、本国へ送りかえす手配を役人に頼みゃよかろ」

　皆が万次郎の意見に同意した。

「あげなおとなし男が、なんで暴れゆうがか。分らんのう」

　万次郎はデイビスが正気に戻るのを願ったが、症状は悪化するばかりであった。

　船員がボーイをともないデイビスの部屋へ食事をとどけようとドアをあけると、いきなり素裸のデイビスに組みつかれた。

「キャプテン、何をするんだ。やめてくれ」

　船員は悲鳴をあげ逃げようとしたが、デイビスに引きずられ、ベッドへ投げとばされた。

　デイビスは奇声をあげ、船員のうえにまたがる。万次郎たちが駆けつけ、ようやく彼らを引き離した。

「これは悪化するばかりだな。男と女の見さかいがなくなっている。しかたがない、鎖で縛っておこう」

船員たちはデイビスを鎖で柱に縛りつけた。

デイビスは声が嗄《か》れるまで喚きつづけ、鎖に縛られた手足の皮が剝《は》がれてもあばれつづけた。

アプラ港で船体を修繕したフランクリン号は、三月初旬に出航し、ルソン島へむかった。

マリアナ近海で鯨群としばしば行きあい、捕獲をおこなう。

万次郎はデイビスの病状が気になり船長室をのぞきにゆくが、鎖につながれた彼は誰がたずねても昂奮しかすれた怒声を放つ。

ボーイたちは排泄物《はいせつぶつ》に汚れた彼の部屋の掃除をいやがった。

ルソン島の東海岸に近づいた四月下旬の朝、フランクリン号の行手に百頭ほどの鯨群が見えた。

「スパーム・ホエールだ。ボスがたくさんの牝を連れているぞ」

見張りが叫び、甲板の船員たちは色めきたった。

舵輪《だりん》をとっていたエーキンと万次郎は顔を見あわす。

「この雲行きは感心しないな。風もつよまるいっぽうだ。嵐《あらし》が間近まできているよ。早く北上したほうがいいようだな」

エーキンが強い南西風の吹く空を眺める。

「そうじゃな。早う風を外すほうがよかろうがなあ」

　万次郎も同調した。

　だが銛打ちのジョージが反対した。水夫長をつとめるジョージは身長が二メートルもあり、荒々しい性格である。

「お前らが臆病《おくびょう》風に吹かれたって、そうはさせないぞ。せっかくのお宝が眼《め》のまえにいるんだ。獲《と》らないでどうする」

「しかし、あと半日もすればこの辺りの海は嵐にまきこまれる。いまのうちに避難しないとたいへんなことになりかねないよ」

　ジョージはエーキンの言葉を聞くと、船員たちに呼びかける。

「よう皆、せっかくの獲物が目のまえをうろついてるっていうのに、このまま見逃すかね。どうだ、用心ぶかいエーキン航海士のいいつけに従うか、それとも俺《おれ》といっしょに鯨の土手っ腹に銛をぶちこむか。どっちにするかい」

　ジョージの手下らが四、五人、声をあげて応じた。

「いこうぜ、ジョー。せっかくのスパームを見逃す手はねえよ」

　フランクリン号はボートを降した。暗緑の海面には、いちめんに三角波が立ち、風に吹きとばされるしぶきが霧のようにたちこめていた。

「仕方ないのう。手早うやるか」

万次郎は舵輪をまわし、舳《へさき》を鯨群のほうへむけた。

その日は豊漁であった。

フランクリン号の四隻《せき》のボートは、三頭の巨大な牡鯨を捕獲したが、西風の荒れる海上で鯨を追ったボートを本船に収容するのに手間がかかった。万次郎とエーキンが懸命に舵《かじ》を操り帆を上下してようやく追いついたときは日が暮れかけていた。

空には黒ずんだ雨雲が、間もなく垂れこめていて、嵐のまえぶれを示すうねりが高まっている。

「早くしろ。揺れがひどくなったら作業ができなくなるぞ」

鯨解体の作業は危険をきわめた。最初の脳油を採る作業のあいだ、スキをふるう三人の航海士が動揺する足場板から幾度も落ち、命綱で宙吊《ちゅうづ》りになった。

「こいつは危ねえぞ。あとの二頭は捨てなきゃだめだ」

気の荒い船員たちも、せっかく船腹に曳《ひ》き寄せていた鯨二頭の鎖をはずした。

頭部を水平に切断したタンクと呼ばれる部分に半裸の船員たちが入り、胸まで脳油のなかに漬《つか》って汲《く》みだし作業がすすめられ、ジャンクと呼ばれる脂肪組織が切りとられてゆく。

皮脂肪が切りとられ、分厚い「毛布」が甲板に積まれてゆく段階で、作業は中止された。

「やめろ。この揺れではとてもだめだ。かまどで火を焚《た》けないぞ」

鯨の残骸《ざんがい》を海中に投げ棄《す》て、「毛布」を甲板の一隅《いちぐう》に積み上げる頃《ころ》、フランクリン号は前後左右にはげしく動揺し、命綱がなければ歩くこともできない状況になっていた。

帆柱よりも高い山稜《さんりょう》のような波の頂きが白く崩れると、咆哮《ほうこう》しつつフランクリン号をひと呑《の》みにしようと押し寄せてくる。

「危ない。ハッチを締めろ」

船員たちは頭上から叩《たた》きつける滝のような海水に打たれ、よろめきつつ船室へ逃げこんだ。

航海士たちは弱まるかに見えては、船体が木《こ》っ端《ぱ》微塵《みじん》になるかと思うようないきおいで打ちあたってくる波濤《はとう》のあいだを切り抜けるため、必死に舵をあやつる。

なかば下した帆は、いまにも破れそうに鳴りはためく。万次郎たちは一瞬の油断もできない。いつ船が転覆するか知れなかった。

「エーキン。こりゃいけんろう。波の頭へ乗りゃ、逆落しにひっくり返されらあ」

万次郎は船がいつのまにか海岸へ近づいているのにいちはやく気づく。

「あれ見よ、海が沸いちょるきに。暗礁《はい》があるんじゃ」

彼は舵を切ってあやうく座礁《ざしょう》を免《まぬか》れた。

フランクリン号は嵐のなかで座礁の危機をようやく乗りこえたが、その後もルソン海を北上するあいだ荒天がつづいた。

見知らぬ島に立ち寄れば海賊に襲われる危険があるが、波浪が高まってくるとやむなく海岸に近づき碇泊《ていはく》する。

荒れる海で船体が波の峰に乗りあげては逆落しに奈落《ならく》の底へ落ちこんでゆくとき、航海の経験をかさねた猛者《もさ》でも眼をとじ沈没しないよう神に祈る。

船員たちは終日舵輪を操り、湧《わ》きたつ海に船を走らせる万次郎にすがりつくような眼差《まなざ》しをむける。

彼らのうちには日頃頑丈《がんじょう》な巨体を小柄《こがら》な万次郎にみせつけ、かすれ声ですさんだ言葉を吐き、脅そうとする者もいたが、フランクリン号が沈没しかねない嵐のなかでは万次郎をひたすら頼った。

「ジョン・マン。ムネラ（マニラ）までたどりつけるだろうか。鱶《ふか》の餌《えさ》になるのはご免だからね」

万次郎は蒼《あお》ざめた彼らに声をかけられると、大声で答えた。

「安心しちょき。きっとムネラへ届けちゃうきにのう」

フランクリン号は五月末にようやくマニラへたどりついた。

船員たちはマニラ湾に入ると万次郎を抱きしめよろこぶ。

「ありがとうジョン・マン。君のおかげで命拾いができたよ」

「マンがいなけりゃ、俺たちは今頃ルソン海の塩からい水のなかで浮かんでいるさ」

万次郎はかぶりをふる。

「そげなこたあないぜよ。エーキンやほかの航海士といっしょにはたらいたけん、乗り切れたんじゃ。わえひとりじゃとてもでけんわい」

マニラは繁華な町であった。

「なんと大けな町じゃのう。ハナロロよりにぎやかに見ゆうが」

デイビス船長はアメリカ領事館に預けることにした。

マニラの病院でしばらく静養させたうえで、便船を求めアメリカへ送還してもらうのである。

デイビスを病院へ送りとどけたあと、船員たちは今後の長い航海のあいだ、誰を船長に決めるか相談をはじめた。

エーキンがいう。

「俺たちが命を預けるキャプテンは、やはり選挙できめるのがいいと思うよ」

全員が同意して選挙がおこなわれた。皆が甲板に置かれた木桶《きおけ》のなかに一票ずつ入れた。

投票を終え、各自の指名を集計してみるとおどろくべき結果がでた。一等航海士エーキンと万次郎が同点で船長候補者にえらばれたのである。

万次郎は先輩のエーキンを船長とすべきだと主張した。

「わえはキャプテンにゃなれんちゃ。皆を差配しよる人はエーキンよ。わえは二十一でエーキンは二十九じゃ。年齢《とし》からいうてん、貫目《かんめ》がちがうぜよ」

万次郎を支持する船員たちは、さっそく提案する。

「嵐のとき、俺たちの救い主になってくれたのはジョン・マンだ。マンを副船長にしよう」

「そうだ、それがいい。副船長なら一等航海士だぜ」

万次郎は大勢の支持を受け、副船長兼一等航海士となった。

食事はメーン・キャビンで船長について配膳《はいぜん》をうける。幹部のうちでも三等航海士はメーン・キャビンでもっとも遅く食卓につき、船長が食事を終えたときは料理を食べおえていないときでも立ちあがり、キャビンを出ていかねばならない。

万次郎は船長エーキンとともに最後までキャビンに残り、コーヒーと葉巻を楽しむ。

食事の内容はスチュワードのときとはまったく変った。平船員のときはコーヒー、紅茶にいれるのは糖蜜《とうみつ》であったが、キャビンでは砂糖である。船上では貴重な果物もしばしばテーブルをにぎわした。

万次郎は船首の船員部屋から個室に移り、広いベッドに寝そべってキャサリンの写真に語りかける。

「わえはフランギランの副船長になったぜよ。皆はメヘンシタ（ミスター）ジョン・マンと呼んでくれゆう。白麻の上等の外套《パルレ》をば、お前《ま》んに見せたいぜよ。早う去《い》にたやなあ」

万次郎ははるかなスコンチカットネックの農場にいるキャサリンの姿を宙にえがき、抱きしめ接吻《せっぷん》する仕草をする。

航海の前途はまだ長かった。万次郎は仕事を投げすてキャサリンのもとへ帰りたい衝動に胸を高鳴らせ、目尻《めじり》に涙をにじませる。

副船長になった万次郎に、自然に威厳がそなわった。いままで馴《な》れ馴れしく声をかけてきた船員たちも、靴《くつ》の踵《かかと》をうちあわせ姿勢をあらため口をきく。

フランクリン号がマニラ港を出航したのは七月上旬であった。針路を北にとり、台湾から日本へむかうのである。

万次郎が船員たちの信望を集めているのは、彼の航海、測量の技術が卓抜であったためである。

二百七十三トンのフランクリン号も、四方が水平線で丸く囲まれている大洋のただなかではけし粒のような存在である。乗員の生死は万次郎の判断にかかっていた。

フランクリン号は台湾から琉球《りゅうきゅう》の沿岸を北上し、日本近海で鯨を追う。万次郎は足摺岬《あしずりみさき》沖を通過するとき、望遠鏡で海辺を眺《なが》めた。

――お母《か》はん、わえはまた足摺の沖へきよったぜよ。きっと帰るけえ、達者でいててよう――

彼は岩場に砕ける白波を眺めつつ、胸のうちで志おに語りかける。

副船長の万次郎は日本への帰国を考えることができない。彼はいったんフェアヘブンへ帰ったのち、キャサリンとも話しあってその時期を決めようと思っていた。

フランクリン号はマニラを出港して三カ月後、一八四八年十月十七日にハナロロに入港した。

万次郎は上陸すると、ニューヨークから日本へ軍艦二隻が派遣されたという噂《うわさ》を聞いた。ビッドル提督の乗ったコロンブス号とヴィンセント号が江戸へおもむき、領事を駐在させ通商したいと申しいれたが、聞きいれられなかったという。

軍艦の一隻がさきに引き返したところ、日本ではアメリカの軍艦が大挙して押し寄せてくると幕府が防禦《ぼうぎょ》のそなえをとっているらしい。

「ほんまか、日本の役人衆は何を考えちょるんかのう」

万次郎は急いでサミュエル・デイマン牧師が編集しているポスト・フレンド紙を買い読んでみると、噂通りの情報が詳細に記されていた。

万次郎はデイマン牧師をたずねた。

デイマンは万次郎を見ると大声をあげ手招いた。

「ジョン・マン。帰ってきたかい。元気でなによりだ。君の留守中に女性から手紙がきているよ。早く読みたまえ」

「え、誰からやろうかのう」

万次郎は胸を高鳴らせ、牧師から三通の手紙を受けとった。

彼は静かな地下の読書室へ入り、封筒の上書きを見る。

「やっぱりそうじゃ。手紙をくれようたか」

彼は震える指で封をあける。

一通はミス・チャリティ・アレンから、あとの二通はキャサリンとホイットフィールドからであった。

万次郎は便箋《びんせん》に書きつらねられたキャサリンのなつかしい癖のある文字を読み下す。

脳裡《のうり》にフェアヘブンの五月の穹窿《そら》のような澄んだ韻律が、尾を引き流れている。

――この手紙は、キャサリンが農場の浜辺の家のテーブルで書きようたがか――

万次郎は便箋を胸に押しあて眼《め》をとじ、はるかな浜辺を歩むキャサリンの幻を見る。

しばらく目をとじたあと、彼は文面をむさぼるように読む。

「一八四六年五月十六日夜、スコンチカットネックの家にて
最愛の夫へ
あなたを丘のうえで見送ってから、もう十時間以上たちました。いま深夜に眠れないまま
この手紙を書きます。
あなたがフランクリン号の舷《ふなべり》から手を振り私を呼んでくれた姿が、部屋のくらがりのなか
に鮮やかな絵のように浮かんでいます。
さっきお別れしたばかりなのに、私には時の経《た》つのが恨めしいほど遅く、一年も、いいえ
百年も過ぎたような思いです。
あなたのいないベッドで、地虫の声と波音を聞きながらひとり寝るなんて、耐えられませ
ん。
でも、あなたがシーマンになるために私も泣言をいってはいけないと、自分をはげましてい
ます。あなたが三年間の航海を終えて帰ってくるまで、気の遠くなるような長い月日だけ
ど、私は主婦として留守居をしています。
いま地球儀を眺め、あなたの船がこれからゆく海の広さをたしかめ、不安に胸をしぼられ
る思いです。あなたがめざすパシフィック・オーシャンのなんと広いこと。今夜はボストン
に碇泊して、明日はアトランティック・オーシャンを南へ下ってゆくのですね。

どうか無事で過ごしていて下さい。私がどんなにあなたを愛しているか。いつもあなたの姿を思いだしています。またお手紙を書きます。

ミセス・キャサリン・マン」

万次郎は全身を締めつけているせわしい日常の箍《たが》が急にはずれたような、こころよい忘我の思いにひたっていた。

——わえにはキャサリンがいゆう。しっかりはたらいて去にゃ、待っててくれゆう。わえはしあわせ者じゃねや。ちっとの苦労も苦にならんぜよ——

彼の瞼《まぶた》に熱い涙がたまり、まばたきするとこぼれおちそうになっていた。

——もう二年と五月もたったんじゃ。あとしばらくすりゃ逢《あ》えるぜよ。スパーム・オイルを仰山《ぎょうさん》みやげに持って帰るけのう——

ホイットフィールドからの手紙は、太平洋で操業している彼の船の近況を伝え、万次郎の捕鯨船員の生活について様子を知らせてほしいと記していた。

また万次郎がフェアヘブンのオクスフォード校で英語、習字、数学を教わったミス・ジェーン・アレンの姉チャリティ・アレンは、フェアヘブンでの出来事を彼に伝えるとともに、海上生活では健康に留意し体調をととのえ、危険に対する不断の注意が必要であるなど、こまごまと心得を告げてよこした。

――わえは久しぶりに、逢いたい人の顔を見たような気になったがや。嬉《うれ》しゅうてたまあるか――

万次郎は読書室の机上に三通のなつかしい手紙を並べ、しあわせな思いの余韻をかみしめていた。

――ほんに盆と正月がいっしょに来ようたげな気色《きしょく》じゃねや――

彼は便箋をひろげ、まずキャサリンへの返事を認《したた》める。

「一八四八年十月三十日ハナロロにて
私のもっとも大切なキャサリン。愛する妻へ。

わえは今日ハナロロ海員友の会のサミュエル・デイマン牧師をたずねよったら、お前《ま》んの手紙が着いちょったきに、思いもせなんだお前んの字を見て、ほんに嬉しかった。お前んが眼の前にいるような気がするきん、涙出ちょったぜよ。

早う逢いたい。いまからでも飛んで去にたいが、デイビスが気が違いよって船下りてからわえが副船長になったけえ、船動《いの》かさにゃならん。あとしばらくの辛抱じゃとわが胸にいい聞かせちゅうが。

フランギランはいままでにスパーム・オイルをば七百バレルも取ったぜよ。どこぞの港でお前んに頸飾《くびかざ》りを買《こ》うて去んじゃるけえ、達者で待っちょってつかあされ。

わえはお前んが待ってくれゆうと思うて、毎日他人の十倍も仕事しよるんじゃ。お前んがわえをはたらかせてくれちょるんよ。

もうちっとの辛抱じゃ、待っててなあ。

ジョン・マン」

万次郎はペンを置いたあと、涙がこみあげてきて目先がかすんだ。

キャサリンに告げたいことがさまざま頭のなかで押しあい、彼はたかぶる気持ちをおさえた。

——あと半年か一年か。今までよりゃみじかいんじゃ——

彼はスコンチカットネックの鏡面のような入江を思いうかべた。

十一月初旬、フランクリン号はハナロロを出帆した。碇泊期間が短かったのは、捕鯨の漁期になっていたからである。

西南に針路をむけ、南洋群島で鯨を追い、一八四九年二月にニューギニア西方のセネマン（セラン）島に寄港する。

セラン島はオランダの植民地であった。フランクリン号は一カ月ほど碇泊し、船員たちは航海の疲れを癒《いや》す。

万次郎たちのニューベッドフォード帰港の日は近づいていた。七、八月にはなつかしいスコンチカットネックの農場へ帰れるのである。

ハナロロを離れるとき、デイマン牧師が万次郎とエーキン船長に教えてくれた。

「アメリカ近海の航路では、ウェストコーストに近づいたとき、気をつけないと危険だ。いまアメリカとメキシコはカリフォルニアで戦っているから、巻きぞえをくらっては大変だよ」

万次郎は自室のカレンダーの日付を一日ずつペンで消してゆくのが楽しみであった。

――半年で去ねるぜよ。恋しいお前んに会えらあ――

彼は机上のキャサリンの写真のまえに、彼女からの手紙を置いていた。毎朝めざめたあと、封筒にくちづけをする。

セラン島には鸚鵡《おうむ》がおびただしく林中を飛び交っている。町なかで籠《かご》にいれて売っており、商人がすすめた。

「このきれいな鳥は、人間の言葉をしゃべれるよ。買って帰れば、めずらしいみやげになる。一羽どうだね」

試してみると、鸚鵡は万次郎のいうことを、声音までそっくりにまねていう。

「こりゃええのう。一匹へナンのみやげに買うていくか」

万次郎はヘンリーのために一羽を買い、甲板で飼って毎日言葉を教えた。

セラン島を出航したフランクリン号はタイモウ（チモール）からモリテヨシ（モーリシャス）、ホーボン（レユニオン島）まで二カ月ほど島影も見えないインド洋のなかを航行した。

船は西へ向った。

「あそこへ見えてきたのは、マラカシカニだな」

エーキン船長が海図を眺めながらいう。

フランクリン号はマダガスカル島の南端を未申《ひつじさる》（南西）にとり、一八四九年五月頃《ごろ》、アフリカ沿岸に寄港する。

「この辺りの黒人国に住む男女は、コットンピッカーとしてアメリカへ大勢連れていかれるんだ」

エーキンがいった。

アメリカ南部で綿摘みに使役する黒人たちは、奴隷《どれい》狩りの船に誘拐《ゆうかい》されたのだとエーキンはいう。

「黒人はメリケの船が碇泊《ていはく》すると、めずらしがって先をあらそい近寄ってくる。太平洋の島々の住民とおなじように人なつこく、警戒心がないんだ。白人たちは彼らに食物を与え酒を呑《の》ます。強い酒に慣れない黒人はたちまち酔っぱらって眠りこんでしまう。そのあいだに船艙《せんそう》へ放《ほう》りこみ、ドアに鍵《かぎ》をかけてしまうのさ。アメリカまで運べば一人あたり幾らぐらいの金になるか、十ドルぐらいか」

「メリケにも人買いしゅう悪者がいよるんじゃなあ。わえはキャプテン・フヒットフィルト（ホイットフィールド）がような情深い人に拾うてもろうて、ほんに運がよかったんじゃねや」

万次郎は見知らぬ国へ売られ、牛馬のようにはたらかされていたかも知れないわが姿を想像する。

操船技術を学ばせてくれたキャプテンの好意のおかげで、いま副船長となり船員たちにメヘンシタの敬称をつけて名を呼ばれるようになった。

――そのうえ、わえはキャサリンと夫婦《めおと》になれたぜよ。こげなありがたいことがあるか。キャプテンに百万遍礼をいうてん、足りゃせん――

彼はハワイのデイマン牧師に預けたホイットフィールドあての手紙にも、百万遍感謝しても足りないと記していた。

――ここまでくりゃ、ヌーベッホーまではまあふた月じゃ。もう去んだようなもんよ。キャサリンに会《お》うて、この手で抱ける。うれしゅうてたまあるか――

万次郎はキャサリンの姿を思いうかべるだけで胸苦しくなった。

フランクリン号はアフリカのケープ・オブ・グッドホープ（喜望峰）にさしかかった。

一帯の海上は荒れていた。船体を軋《きし》ませ翻弄《ほんろう》する三角波が白馬を走らせている。

「ここまできて難破してはいままでの苦労が無駄《むだ》になる。用心ぶかくいこうぜ」

エーキンと万次郎は、航海士たちをはげまし、怒号する波濤《はとう》に揉《も》まれる船の舵《かじ》をとる。夜になると空は曇り、星が見えなかった。

万次郎はランプのゆらめく明りのなかで揺れつづける船磁石の針を見つめる。

ときどき磁針が大きく揺れ動き、万次郎たちは緊張した。海中に磁性を帯びた暗礁《はい》が点在していた。

万一舵をとりそこなえば、船は坐礁《ざしょう》する。荒天下の坐礁は船体が木《こ》っ端《ぱ》微塵《みじん》となり、乗組員全員が遭難する危険を覚悟しなければならなかった。

フランクリン号は危険な海域をようやく通過した。磁性のつよい暗礁の真上を通るときは、船の釘《くぎ》さえ抜け落ちるといわれていた。

大西洋に入れば戌亥《いぬい》（北西）にむかいひたすら航行する。四十カ月の航海で得たのは鯨五百頭分のスパーム・オイル数千樽《たる》、八百数十バレルであった。

一バレル（百九十リットル）あたりの時価相場は百十五ドルであるので、油の売上高のみで九万三、四千ドルになる。

大西洋に入って背美《せみ》の巨鯨の群れが泳ぐのを見かけると、船員たちはおどけて手を振る。

「俺《おれ》たちはお前たちの仲間の油をたんまり頂戴《ちょうだい》しちゃったぜ。だからもう追いかけはしないよ。つぎの航海に出てくるまでにもっとでっかくなっていてくれよ」

鯨は好奇心がつよいので、半日ほども船を追いかけてくる。

舷側《げんそく》の真際《まぎわ》で巨人の溜息《ためいき》のような音をたて潮を吹き、羽織の紋のように白い牡蠣《かき》を寄生させた銀杏《いちょう》葉形の尾鰭《おひれ》を垂直に立て沈む。

右舷の船腹に直角に猛進してくる巨鯨を見て、船員たちがおどろきの声をあげる。

「危ないよ、船に大穴あけられりゃお陀仏《だぶつ》さ。お前と心中したくないんだから勘弁してくれよ」

皆は冗談をいいつつも緊張する。

巨鯨はいまにも船腹に激突するかと見えたとき急速に潜った。

「奴《やっこ》さん、こっちがわへ出てくるぜ」

船員たちは左舷へ移る。

鷗《かもめ》の群れが騒がしく啼《な》き交しつつ輪をかいて飛んでいる海面に、白泡《しらあわ》をたてて鯨が浮きあがった。

「あそこへ出たぜ。ほんとにいい気なものだ。遊んでらあ」

船員たちは手を打って笑う。

まもなく帰郷できるので、誰もが陽気になり、甲板に笑声が湧《わ》きおこる。

「ヌーベッホーへ帰りゃ、分け前を貰《もら》って半年ほど遊び暮らそうぜ」

エーキンも上機嫌《じょうきげん》であった。

「俺は帰ったらさっそくキャレホネへ金を掘りにゆくよ」

ショーンという二等航海士がいう。

「なんだ、また金儲《かねもう》けか。そんなにあくせく稼《かせ》がなくてもいいだろう」

「いや、若いうちにひと財産こしらえとかなくちゃ、チャンスに乗り遅れるよ」

元フランス領だったセングリメン（サクラメント）に金鉱が発見されたとの噂《うわさ》は万次郎も聞いていた。

サンフランシスコの北東サクラメントで大金鉱が発見されたのは、一八四八年一月二十四日であったといわれる。

同地のサター要塞《ようさい》建設工事の用材をこしらえる製材工場が操業をはじめる直前のことである。製材所の機械は水力を利用し運転するので、シエラネバダ山脈から流れるアメリカン川の水を場内へ引き、排水を放水路で川へ戻す水路をこしらえていた。

その日、建設現場主任のマーシャルが放水路の状況を調べにゆき、水中にきらめく金の粒を幾つか発見した。

マーシャルはそれを拾いあげ、帽子に入れて持ち帰る。職工たちが寄ってきた。

「それは何だい」

「金じゃないか」

「ばかな、こんなところに金なんかあるはずがないよ」

彼らの仲間にブラウンという砂金採りの経験をもつ男がいた。

ブラウンはマーシャルの拾った大豆粒ほどの塊を歯で嚙《か》んでみるなり大声で叫んだ。

「金だ、まちがいない。これは大変だ」

彼は石のうえで金らしい物をハンマーをふるって叩《たた》く。

「やっぱりそうだ」

いくらでも延びるのである。

マーシャルは要塞へ戻り、酸をかけ比重を測ってみて、拾った金属が純金であると知った。

マーシャルたちは製材所の従業員たちと、金発見の事実を外部へ洩《も》らさないよう申しあわせた。彼らは製材所の作業を終えたあと、日曜日の余暇を利用して水路の金を拾い集める。

だが、秘密は誰が洩らしたのか三月十五日には新聞で報道され、五月にはカリフォルニア州で知らぬ者がいなくなった。

商店を捨て、牧場を閉鎖してアメリカン川へ押しかける人々の列が切れ目もなくつづく。

船員、教会を去った牧師までが金探しに加わる。

ゴールド・ラッシュのニュースは、カリフォルニアからメキシコへ伝わり、捕鯨船がハワイ、清国《しんこく》、インドにまで広めた。

アメリカ中西部から東部へ噂がひろまるのはまたたくうちで、ヨーロッパからも金採掘をめざす男女が渡航してきた。

カリフォルニアはアメリカがメキシコとの戦争の結果、あらたに獲得した領土であった。第十一代大統領ポークは、一八四八年十二月五日、議会でカリフォルニアに大量の金が発見されたことを報告した。

アメリカ各地の新聞紙面は連日金採掘のニュースを掲載し、読者の射倖心《しゃこうしん》をかきたてる。

「金の埋蔵量ははかり知れないほどである。十万人が十年掘っても掘りつくせない」

「ひと握りの土から半オンスの純金が取れた」

七ポンドの金塊を発見した、一週間で一万二千ドルにあたる金塊を掘りだしたなどの見出しに刺戟《しげき》され、カリフォルニアへむかう人の数はふえるばかりであった。

万次郎はハワイで捕鯨船仲間からゴールド・ラッシュの情況を聞き、めったにめぐりあえない金儲けのチャンスであろうと想像していた。

見知らぬ西部へ金採掘に出かけるのは命がけの冒険であろう。辺境ではわが身を守ってくれるのは所持する鉄砲のみであった。

欲望の渦巻《うずま》く無法地域へ単身むかうには危険を覚悟しなければならないが、セブン・シーズを三年数カ月にわたって航海し、荒れ狂う海上を運にまかせ渡っては捕鯨をおこなうシーマンの苦難に満ちた生活にくらべれば、さほど怖《おそ》れることもなかろう。

スコンチカットネックに戻り、キャサリンと相談したうえで、金採掘に出向いてもいいと万次郎はひそかに考えていた。

彼はグアム島で、キャサリンのために真珠の頸飾りを買いもとめてきた。おどろくほどの高値であったが、エーキンから前借して買ったのである。

万次郎は自室に戻るとトランクから頸飾りをとりだし、キャサリンの幻影に話しかける。あとひと月ほどで彼女に逢《あ》える。

「もうじき逢えると思よったら、よけいに気が急ぎゆう。時計ばっかり見ゆうが。陽《ひ》が暮れて星が見えてくりゃ、ああやっと一日がたったとほっとしちゅうぜよ。早う去《い》んで、静かな浜辺の家でお前《ま》んとゆっくり休みたいのう」

彼はキャサリンの写真にむかい話しかけつつ、昂《たか》ぶる気をおさえるためラム酒を呑んだ。

——土州へは早う去なんでもええきん、キャサリンと暮らすんじゃ。若いうちに仰山金儲《ぎょうさん》けしよって、子ができりゃ百姓しよってゆっくり日送りするんがええ——

万次郎は静かなフェアヘブンの風土がなつかしい。

追風が落ち船足が鈍ると万次郎はもどかしさをおさえられない。

フランクリン号はセントヘレナ島を過ぎたのち、舳《へさき》を北西にむけ、ニューベッドフォードをめざす。

六月にノースメリクの東方海上に達し、八月中旬、ニューベッドフォード沖に到着した。


（下巻につづく）

この作品は一九九六年七月新潮文庫に所収されたものです。

本書中には今日の人権擁護の見地に照らして、不適切と思われる語句や表現がありますが、時代的背景と価値を考え合わせ、編集部の判断で一部を改めるにとどめました。

幻冬舎文庫

●最新刊
家族旅行あっちこっち
銀色夏生

トランプばかりで行動的でなかったケアンズや、温泉、美術館、美味しいものを楽しんだ金沢など。気ままで気楽な家族旅行の小さいところには、面白いことがたくさんあります。フォトエッセイ。

●最新刊
イチロー思考VS松坂思考
児玉光雄

度重なる「壁」を突破し、「夢」を手にしたイチローと松坂。その秘訣を、スポーツ心理学の第一人者が徹底分析。目標設定のしかたやスランプ脱出法など、ビジネスマンにも役立つ情報が満載。

●最新刊
酔いどれ小籐次留書　偽小籐次
佐伯泰英

町年寄の突然の自害、米会所の急なお取り潰し。小籐次の名を騙り、法外な値で研ぎ仕事をする男の出現。騒動の背景を探る小籐次が突き止めた予想外の事実とは？　超人気シリーズ、第十一弾！

●最新刊
ぐずろ兵衛うにゃ桜　黒揚羽《くろあげは》
坂岡　真

怠け者の岡っ引き・六兵衛のもとから盗まれた妻の持参金の小判が、盗賊に破られた問屋の蔵から見つかった。「黒揚羽」と名乗った女盗を追ううち、その驚くべき狙いが明らかになる。

●最新刊
幸せに愛される美人の秘密
佐藤富雄

30万人が実行し、運命が変わったという幸せの秘訣を紹介。「私は変わったと確信する」「相手のよいところだけを見つける」「会う人ごとに誉める」等を実行すれば3週間で驚くほどの変化が！

幻冬舎文庫

●好評既刊
やさしい旋律
Blue Destiny
井上香織

友人に裏切られ失恋した過去の体験から、恋に臆病になっている25歳のOL茉莉亞。ある夜、捨てられた古いピアノを拾い手入れをするうちに、閉ざされた心がほどけていく。感動の純愛小説。

●好評既刊
奥さまはニューヨーカー
岡田光世
島本真記子

転勤で突然ニューヨークに引っ越した一家のドタバタ日常をコミカルに描いた爆笑失笑快笑マンガ。日本語訳が付いた英語のセリフには、思わず口にしたくなるNY直輸入の口語表現が満載。

●好評既刊
なぜかどんどん幸せになれる
恋愛のスピリチュアル・ルール
佐藤界飛

うまくいかない恋愛は、必ずあなた自身に理由がある。まずは「幸せ体質」を作ること。いいことばかり言う、自分を褒める、植物に触れる、一日に二度お風呂に入るなどで、簡単に幸せ体質に！

●好評既刊
カリスマセールスウーマンが教える
仕事で愛されて成功する方程式
田原祐子

職場で好かれている女性ほど、仕事ができて、キャリアアップも早い。忘れてはいけないのは、基本的なマナーが好感度アップにつながるということ。仕事上手は愛され上手、これぞ賢い女性の処世術。

●好評既刊
明治時代の人生相談
山田邦紀

「乳首に毛があると妊娠できない？」「便所に落ちたら早死にする？」。100年前の新聞・雑誌に投稿された人生相談を紹介。くすりと笑ってしまってから、思わず身につまされるお悩みの数々。

椿《つばき》と花水木《はなみずき》

万次郎《まんじろう》の生涯《しょうがい》(上)

津《つ》本《もと》陽《よう》

平成21年2月10日　初版発行

発行者――見城徹

発行所――株式会社幻冬舎

〒151-0051東京都渋谷区千駄ヶ谷4-9-7

電話　03(5411)6222(営業)

03(5411)6211(編集)

振替00120-8-767643

印刷・製本―中央精版印刷株式会社

装丁者――高橋雅之

幻冬舎文庫

ISBN978-4-344-41258-3　C0193　つ-2-20